Ruth Cardello
Liebe auf den ersten Test

Montlake
Romance

Das Buch

Es geht weiter mit der heißen »Legacy-Reihe« von *New-York-Times*-Bestsellerautorin Ruth Cardello.

Alethea ist Sicherheitsexpertin und ebenso schön wie gerissen. Dass sie überall Gefahren sieht, hat ihr nicht nur Freunde gemacht – vor allem nicht bei den Corisis, der Familie ihrer besten Freundin Lil. Denen geht Alethea so auf die Nerven mit ihrer Schwarzseherei, dass Security-Chef Marc Stone ab sofort die Aufgabe hat, den temperamentvollen Rotschopf von der Firma fernzuhalten. Doch dann werden die Corisis tatsächlich bedroht und der attraktive Ex-Marine braucht Alethea mehr, als er zugeben möchte. Denn sie kann nicht nur jedes Sicherheitssystem knacken, sie hat sich auch in seine nächtlichen Fantasien eingeloggt ...

Die Autorin

Nachdem sie zwanzig Jahre lang als Lehrerin gearbeitet hatte, veröffentlichte Ruth Cardello ihren ersten Liebesroman selbst. Mit dem Sprung ihres dritten Buches in die Bestsellerliste der New York Times und von USA Today, gelang ihr auch der internationale Durchbruch.

Ruth Cardello schreibt lustige, spannende Romanzen mit attraktiven Alphamännern und starken Frauen, die sie zu zähmen wissen. In allen Geschichten ist die Bedeutung von Familie, Vergebung sowie Vertrauen in andere und sich selbst tief verwoben.

Ruth Cardello

LIEBE
auf den ersten
TEST

ROMAN

Aus dem Amerikanischen von Marina Ignatjuk

Montlake Romance

Die amerikanische Ausgabe erschien 2013 unter dem Titel »Breaching the
Billionaire: Alethea's Redemption« im Selbstverlag.

Deutsche Erstveröffentlichung bei
Montlake Romance, Amazon Media EU S.à r.l.
38, avenue John F. Kennedy, L-1855 Luxembourg
Oktober 2019
Copyright © der Originalausgabe 2013
By Ruth Cardello
All rights reserved.
Copyright © der deutschsprachigen Ausgabe 2019
By Marina Ignatjuk

Die Übersetzung dieses Buches wurde durch Amazon Crossing ermöglicht.

Umschlaggestaltung: semper smile, München, www.sempersmile.de
Umschlagmotiv: © ImagesBazaar / Getty Images; © Andrea Cappelli/Picture
Press / Getty Images; © sumire8 / Shutterstock
Lektorat und Korrektorat: Verlag Lutz Garnies, Haar bei München,
www.vlg.de
Gedruckt durch:
Amazon Distribution GmbH, Amazonstraße 1, 04347 Leipzig /
Canon Deutschland Business Services GmbH, Ferdinand-Jühlke-Str. 7,
99095 Erfurt /
CPI books GmbH, Birkstraße 10, 25917 Leck

ISBN: 978-2-91980-887-8

www.montlakeromance.de

EIN WORT AN MEINE LESER

Viele meiner Romanfiguren forme ich nach einer Person, die ich bewundere – so auch Alethea. Nein, die echte Alethea bricht nicht in Gebäude ein. Aber sie ist eine entschiedene Verfechterin von Bildung in ihrer Gemeinde. Sie bietet jedem die Stirn, der ihrer Meinung nach nicht im besten Interesse der Kinder handelt.

Also, Alethea, vielen Dank für die Namenspatenschaft und dafür, nicht gekränkt zu sein, dass ich deine Figur mit einigen Schwächen abgerundet habe. Die Welt braucht Menschen, die bereit sind, für das einzustehen, woran sie glauben. Danke, dass du einer dieser Menschen bist.

Liebe Leser, die Geschichte endet hier nicht. Die Figuren leben in meinen anderen Milliardär-Reihen fort: den Andrades und den Barringtons. Ich liebe diese Welt zu sehr, um sie zu verlassen.

KAPITEL 1

ich komplett darauf einlassen oder bis zum letzten Atemzug dagegen ankämpfen; Veränderung ist die einzige Konstante im Leben.

Oder kurz gesagt:

Veränderungen sind scheiße.

Alethea tigerte in ihrem Appartement in Manhattan auf und ab und blieb kurz am Fenster stehen, um einen Blick auf die geschäftige Straße hinabzuwerfen. Sie besaß noch viele andere Wohnungen, doch da ihr in New York ansässiges Unternehmen florierte, bot es sich für sie an, sich in dieser Stadt niederzulassen. Außerdem verbrachte Lil Dartley, ihre beste Freundin, den Großteil ihrer Zeit hier. Eine Freundin, deren Schwester kurz davor war, ein Baby zu bekommen. Heute oder morgen, wenn die Vorhersagen des Arztes korrekt waren.

Die zweite Dartley, die ein Baby bekommt.

Beim ersten wurde ich gebraucht.

Diesmal bin ich nicht einmal willkommen.

Dennoch hatte Alethea das Gefühl, in der Nähe sein zu müssen, falls Lil oder ihre Familie sie doch brauchten. Nein, sie hatten ihr noch nicht verziehen, wie mies sie mit der »Jeremy-Situation« umgegangen war – unter aller Sau, das musste sie sogar selbst zugeben. *Gibt es etwas Schlimmeres, als gesagt zu bekommen, wie furchtbar man ist, und dann zu erkennen, dass es stimmt?*

Ich habe Menschen verletzt, die mir wichtig sind.

Ich war selbstsüchtig.

Dass es mir leidtut, reicht nicht aus, um es wieder in Ordnung zu bringen. Ich muss den Schandfleck meiner Fehler auslöschen, falls das überhaupt möglich ist.

Einige Fehler sind unverzeihlich.

Sie runzelte die Stirn. *Vor allem, wenn die heilige Abby sie dazu erklärt.*

Alethea ermahnte sich im Stillen: *Lass es gut sein. Hasse sie nicht. Sei froh, dass sie und Lil einander wiederhaben. Sie ist ein Teil von Lils Leben. Gib nicht auf. Für Lil.*

Das Handy klingelte und riss Alethea aus ihren trüben Gedanken. Sie lächelte, als sie sah, wer anrief. *Wenn man vom Teufel spricht.*

»Alethea, Abby hat angerufen.« Lils Stimme vibrierte vor Aufregung. »Die Wehen haben eben eingesetzt. Dominic fährt sie jetzt zum Mount Sinai Hospital. Es geht los!«

»Brauchst du jemanden, der auf Colby aufpasst?« Als sie auf Lils kleine Tochter zu sprechen kam, die sie als ihre Nichte ansah, breitete sich ein Lächeln auf ihrem Gesicht aus.

»Nein, ich nehme sie mit. Wir haben dort eine ganze Suite für uns. Du kennst ja Dominic, nur das Beste. Tut mir leid, dass ich nicht schon früher angerufen habe. In den letzten paar Tagen war einfach die Hölle los. Die Presse ist überall. Alle wollen unbedingt ein Foto vom Baby. Also ich sage dir, beinahe vermisse ich die Ruhe, als mich noch niemand kannte. Manchmal parken die einen wortwörtlich zu. Kein Wunder, dass Dominic so viele Bodyguards hat. Früher dachte ich, er übertreibt, aber jetzt würde ich mir Sorgen machen, ob sie ohne Schutz überhaupt bis zum Krankenhaus kämen.«

»Wie sieht der Sicherheitsplan fürs Krankenhaus aus?«, fragte Alethea instinktiv.

»Keine Ahnung, aber er ist ganz bestimmt erstklassig«, antwortete Lil.

Gemessen an wessen Standards? Alethea runzelte die Stirn. »Na hoffentlich. Chaos wird gern ausgenutzt.«

»Du machst dir zu viele Gedanken, Al. Wahrscheinlich wird die Tür von einem Einsatzkommando bewacht. Die Suite wird quasi Fort Knox sein. Niemand ist so paranoid wie Dominic.« Lil lachte. »Das heißt, außer dir vielleicht.«

Alethea verdrehte die Augen gen Himmel. *Wachsamkeit ist keine Laune, sie ist notwendig, um zu überleben.* »Wenn es tatsächlich Leute gibt, die einem schaden wollen, hat das *absolut nichts* mit Paranoia zu tun. Du weißt genauso gut wie ich, dass sich etwas zusammenbraut.« Gereizt winkte sie ab und fügte hinzu: »Ich weiß, du denkst, ich hätte noch nicht genug Beweise, aber mein Instinkt sagt, dass das erst der Anfang der Schwierigkeiten für Corisi Enterprises ist. Die Ausfälle im System; die Gerüchte über einen Insider. Und jetzt bekommt Abby ihr Baby und von Softwareproblemen plötzlich keine Spur mehr. Irgendwas stimmt da nicht. Das eine sollte nichts mit dem anderen zu tun haben.«

»Hat es auch nicht.« Lil seufzte. »Hör mal, Alethea, ich hab dich lieb, aber für so was habe ich im Moment keine Zeit. Alle sind auf dem Weg ins Krankenhaus. Lass mich einfach dieses Erlebnis genießen. Ich möchte nicht über Verschwörungstheorien oder Computerausfälle reden. Ich möchte jetzt im Moment von dir hören, dass meine Schwester eine leichte Geburt und ein gesundes Baby haben wird. Das ist alles. Freu dich für Abby. Freu dich für mich.«

Alethea richtete ihre Aufmerksamkeit auf ihre neuen Jimmy Choos – stylish und mit zehn Zentimeter hohen Absätzen, die jederzeit als Waffe dienen konnten. »Ich freue mich für Abby ... und für dich.«

»Wirklich? Freust du dich ehrlich?«

»Ja, klar!«, erwiderte Alethea abwehrend. *Ich habe ein Geschenk zur Babyparty geschickt. Eine passwortgeschützte, verschlüsselte, über nahe Distanz aufnahmefähige Teddybär-Kinderüberwachungskamera. Ich wette, sie ist noch nicht mal ausgepackt. Keine Ahnung, schließlich war ich seither weder zur Babyparty noch zu Abby nach Hause eingeladen.*

Wann wird mir endlich angerechnet, dass ich versuche, Corisi Enterprises zu retten? Wie lange muss ich noch dafür büßen, dass ich bei Jeisa die Beherrschung verloren habe?

Sofort bereute Lil ihre Frage und beeilte sich zu sagen: »Entschuldige, Al. Du weißt, dass ich dich heute liebend gern mitnehmen würde. Alle werden da sein. Alle außer dir. Wenn du dich einfach nur ein wenig zurücknehmen würdest, könnten sie die Alethea sehen, die ich liebe. Es ist die Eindringlichkeit, die sie nicht verstehen.«

»Eindringlichkeit? Meinst du etwa, weil ich das Trugbild nicht akzeptiere, dass uns nie wieder etwas Schlimmes passieren wird? Ich kann nicht so tun, als sei alles in Ordnung, wenn dem nicht so ist.« Ihr Magen verkrampfte sich schmerzhaft. *Glaubst du, ich wäre nicht gern wie du? Wahrscheinlich vergisst du immer noch, nachts die Tür abzuschließen, weil du davon ausgehst, dass schlechte Dinge nur den anderen widerfahren.*

»Für dich ist nichts einfach mal in Ordnung, Al. Das ist das Problem. Du findest immer etwas, weil du ständig nach etwas Ausschau hältst. Immer. Du gestattest dir nie, daran zu glauben, dass alles gut sein kann. Abby hat ihr Happy End gefunden. Und ich meins. Warum kannst du dich nicht einfach für uns freuen?«

Alethea blinzelte die Gefühle zurück, die in ihr aufwallten. *Für diese Art Glück muss man kämpfen. Man muss es Tag für Tag beschützen oder es wird einem entrissen.* »Die Wahrheit ist die beste Verteidigung.«

»Wogegen, Al?« Lil holte tief Luft und sagte dann ruhig: »Bitte hör auf. Du hast nichts in der Hand, außer deinem

Bauchgefühl und ein paar Ausfällen. Hör einfach auf. Ich kann mich jetzt nicht damit beschäftigen. Ich muss los.«

Alethea schluckte den Frust hinunter und schaute wieder aus dem Fenster. »Ruf mich an, wenn du mich brauchst.«

Lil zögerte, offensichtlich hin- und hergerissen. »Ich melde mich, wenn's vorbei ist.«

Nicht in der Lage, sich zu zügeln, blaffte Alethea: »Wieso auch sollte mich das interessieren, wenn ich mich ohnehin für keine von euch freue?«

»So habe ich das nicht gemeint, Al. Ich weiß, dass es dir wichtig ist. Ich meine nur …«

»Ich weiß. Geh … leiste deiner Schwester Gesellschaft. Sie braucht dich.«

Nachdem sie sich verabschiedet hatten, legte Alethea ihr Handy auf den gläsernen Couchtisch. Sie schaltete den Fernseher ein. Auf allen angeklickten Sendern wurde live von dem Krankenhaus übertragen, zu dem Abby und Dominic unterwegs waren. Die Presse war tatsächlich überall. Männer in dunklen Anzügen standen in der Menge verteilt und waren der Beweis dafür, dass Dominics Security bereits die Positionen eingenommen hatte.

Chaos eröffnet immer Gelegenheiten, wenn man ungesehen durchschlüpfen will. Sie hatte genügend Sicherheitspläne für Events getestet, um das zu wissen. *Man braucht nichts weiter als Entschlossenheit und eine gute Lüge. Selten marschieren die zur Vordertür herein, die den größten Schaden anrichten wollen. Sie kommen durch die Spalten wie Kakerlaken. Hat Dominic die Wäscherei gesichert? Die Küche? Wie sieht's mit den Umkleideräumen aus? Hat jemand die Uniformen gezählt?*

Ich würde ja Dominic oder seinen Sicherheitschef Marc Stone fragen, aber sie wollen meine Meinung nicht hören. Sonst hätten sie mich gebeten, mir den Sicherheitsplan anzusehen, bevor sie ihn implementieren.

Lil will, dass ich mich zurückziehe und allen die Zeit gebe, über unser letztes Zusammentreffen hinwegzukommen.

Die Sender zeigten weiterhin Bilder der Menge, die sich um das Krankenhaus versammelte. Auf einer Aufnahme war der Hintereingang des Gebäudes zu sehen. Vor der Tür nahe den Müllcontainern war niemand postiert. *Womöglich bewacht ja einer die Tür von innen.*

Vielleicht kann allerdings auch jeder x-Beliebige einfach durch diese Tür hineinspazieren. Als die Kamera weiterschwenkte, sah sie kurz eine Bewegung – ein Küchenmitarbeiter schien durch die Tür herauszukommen und sich eine Zigarette anzuzünden. *Rauchpause. Hat jemand daran gedacht, wie oft diese normalerweise gesicherten Türen deswegen zeitweise nicht richtig geschlossen werden?*

Sie konnte keine Minute länger fernsehen. Entschlossen marschierte sie ins Schlafzimmer und zog legere Alltagskleidung an. Dann bürstete sie ihr langes rotes Haar zu einem Dutt zusammen, verbarg es unter einer brünetten Perücke und entfernte den Großteil ihres Make-ups. Egal, wie ungern sie etwas anderes als High Heels trug, für diese Mission waren die Sportschuhe nötig.

Ihr Magen rebellierte – ein sicheres Zeichen dafür, dass sie handeln musste. Sonst wer konnte durch diese Hintertür ins Krankenhaus eindringen. Sie würde es sich nie verzeihen, wenn Abby oder ihrem Baby etwas zustoßen sollte.

Nein, sie wollen mich nicht dort haben, aber gut möglich, dass sie mich dort brauchen.

* * *

Wie üblich in seinen schwarzen Anzug von Brooks Brothers gekleidet, lauschte Marc Stone den Statusberichten in seinem Ohrstück, während sein Sicherheitsteam sich im Krankenhaus und auf dem gesamten Gelände verteilte. Sie waren auf der Straße, in der Gasse, in den Korridoren – überall, wo jemand lauern könnte. Einige seiner Männer trugen Anzüge und waren bereit, eine beeindruckende Schutzmauer zu bilden, sobald Dominic und Abby am Noteingang des Krankenhauses vorfuhren. Andere tarnten sich mit Alltagskleidung, um in der Menge unterzutauchen und unauffällig beobachten zu können.

Die jahrelange Arbeit für Dominic Corisi hatte Marc nicht nur ziemlich wohlhabend gemacht, sondern ihn auch gelehrt, auf alles gefasst zu sein, wenn es um den Umgang mit der Öffentlichkeit ging. Der märchenhafte Charakter ihrer stürmischen Romanze hatte Dominic und Abby umgehend eine Berühmtheit beschert, wie es Reichtum allein nicht vermochte. So sehr geliebt wie er einst gehasst wurde, war Dominic jetzt so etwas wie amerikanischer Hochadel. Das brachte Herausforderungen einer ganz anderen Art mit sich. Abbys Popularität machte sie zu einem begehrten Fotomotiv und zog jede Menge ungewollte Aufmerksamkeit von übereifrigen Verehrern beiderlei Geschlechts an. *Die Kirsche auf der Sahnehaube? Das Baby.* Die Paparazzi befanden sich in einem wilden Wettlauf um das erste Foto.

Sie auf Abstand zu halten lag in seiner Verantwortung.

Und war ihm eine Ehre.

»Der Storch ist im Anflug«, verkündete sein Ausguck Craig, der am Eingang zur Notaufnahme positioniert war. Marc verdrehte die Augen. Der junge Mann war theatralisch und voller Flair. Seine Ausbildung war umfassend und ausgezeichnet. Er war intelligent und engagiert, weshalb sie ihn auch eingestellt hatten, obwohl er außerhalb des Trainingsgeländes noch nie eine Waffe abgefeuert hatte. Craig hatte die schärfsten Augen in Marcs Team, allerdings war sein Enthusiasmus für den Job manchmal anstrengend.

»Ich bin an der östlichen Tür.«

»Verstanden«, sagte Craig.

Marc winkte mit der rechten Hand und sandte eine Reihe Männer hinaus, die den Weg des Paares von der Limousine zum Krankenhauseingang flankierten. Staatsoberhäupter waren mit weniger Security unterwegs, als man für den heutigen großen Tag rekrutiert hatte.

Dominic stieg aus der Limousine und drehte sich um, um seiner Frau hinauszuhelfen. Eine Krankenschwester eilte mit einem Rollstuhl heran. Dominic beugte sich hinab und gab seiner Frau einen Kuss auf die Wange. In der Ferne blitzte ein Licht auf. Marc hob den Kopf und sah, dass auf der anderen Straßenseite jemand auf den Baum geklettert war. Er nickte in diese Richtung und zwei seiner Männer machten sich auf den Weg zum Fotografen.

Dieses Foto wird niemals in den Boulevardblättern auftauchen. Nicht, solange ich das Kommando habe.

Die Art, wie das Foto verschwand, mochte ethisch nicht ganz einwandfrei sein, aber allein, weil er für Dominic arbeitete, hatte Marc genug einflussreiche Freunde gefunden, dass eine Beschwerde niemals öffentlich werden würde. Wenn die Sache korrekt gelöst wurde, würde der Fotograf entweder zufrieden mit ein wenig Extrageld in der Tasche oder verängstigt, dass er nie wieder ein Foto verkaufen kann, abziehen. Die Entscheidung lag bei ihm, aber das Resultat stand außer Frage. Es würde keine Fotos vom Baby geben, bis Dominic und Abby eins veröffentlichten.

Als die beiden das Gebäude betraten, nahm Marc seinen Platz neben Dominic ein und lächelte zum ersten Mal an diesem Tag. »Abby, du siehst aus, als seist du mehr als bereit, dieses Baby zu bekommen.«

Sie lächelte zu ihm hinauf und zuckte zusammen. »Bin ich. Kannst du etwas tun, um die nächste Phase hiervon zu beschleunigen?«

»Das gehört nicht zu meinem Job, Ma'am. Gott sei Dank.«
Er drehte sich zu Dominic. »Oben ist alles vorbereitet. Eure Suite ist gesichert. Der Arzt ist hier. Deine Familie findet sich gemeinsam mit den Andrades in einem angrenzenden privaten Wartebereich zusammen.«

»Gut«, erwiderte Dominic und ließ die Hand seiner Frau nicht los, während die Krankenschwester den Rollstuhl weiterschob.

Marc senkte die Stimme. »Guter Rat gefällig?« Dominic hob eine Augenbraue – Interessenbekundung genug, sodass Marc fortfuhr. »Folge dem Baby. Ich weiß, du möchtest sehen, wie deine Tochter zur Welt kommt. Ich habe gehört, dass es eine der wunderbarsten Erfahrungen im Leben sei. Aber sobald sie draußen ist, darfst du den Blick nicht von der Kleinen abwenden. Nach ihrer Geburt sieht da unten alles wie ein blutiger Autounfall aus und die Erinnerung daran wird dich später beim Sex heimsuchen. Folge dem Baby, vor allem, wenn du weitere Kinder haben willst.«

Obwohl Dominic nach wie vor besorgt und fürsorglich aussah, hatte er ein halbes Lächeln für Marc übrig. »Ich wusste gar nicht, dass du Kinder hast.«

»Hab ich nicht«, antwortete Marc. »Nur eine Horde aus Nichten und Neffen und Schwestern, die kein Detail auslassen können.«

Dominic lachte leise. »Verstanden.«

Sie nahmen gemeinsam den Aufzug nach oben und kurz bevor die Tür aufging, wiederholte Marc: »Folge dem Baby.«

Abby schaute über die Schulter hinauf zu ihrem Mann. »Was soll das heißen?«

Dominic drückte ihr einen Kuss auf die Stirn. »Das heißt, Marc macht sich Sorgen, dass er meinen schlaffen Hintern aus dem Kreißsaal tragen muss, wenn ich umfalle.«

Abby lächelte zu Marc hinauf.

Er zwinkerte ihr zu. »Genau.«

Als die Familie auf Dominic und Abby zugelaufen kam, zog sich Marc auf eine Position in der Nähe zurück. Er drückte einen Knopf an seinem Ohrstück und befahl: »Eingänge und Treppenhäuser abriegeln, die zur Suite führen. Außer dem genehmigten Personal kommt niemand rein.«

Craig gab die Anweisung an den Rest der Männer weiter. »Der Storch sitzt im Nest. Ich wiederhole: Der Storch sitzt im Nest. Das Nest sichern ...«

KAPITEL 2

Geh raus!«, verlangte Lil im strengsten Ton. »Du machst alles nur schlimmer statt besser. Bitte zwing mich nicht, Marc zu rufen.«

»Ich gehe nirgendwohin!«, brauste Dominic auf.

Seine Schwägerin gab nicht nach. Im Gegenteil, bei seiner Weigerung stieg ihr die Zornesröte in die Wangen. »Du jagst den Schwestern Angst ein. Und der Arzt kann sich nicht die Informationen verschaffen, die er braucht. Du musst dir die Beine vertreten und wieder einen kühlen Kopf bekommen.«

Die Arme vor der Brust verschränkt stand Dominic breitbeinig und unverrückbar da und hielt die Stellung. »Ich werde auf keinen Fall die Geburt meiner Tochter verpassen!«

Im Bett neben ihnen sagte Abby sanft: »Wir haben noch mehr als genug Zeit. Der Muttermund ist noch nicht vollständig geöffnet.«

»Zumindest nehmen wir das an«, fuhr Lil mit ihrer Schelte fort. »Wir würden es genauer wissen, wenn du den Arzt nicht eben verscheucht und ihm damit gedroht hättest, ihm die Lizenz entziehen zu lassen.«

Dominic dachte an die Arroganz des Arztes und bereute kein bisschen seinen Wutanfall. »Er hat Studenten mitgebracht. Ich habe gesagt, keine Studenten. Abby ist keine Fallstudie.«

Lils Miene wurde weicher und sie legte ihm die Hand auf den Arm. »Dom, das ist so üblich. So lernen die jungen Ärzte dazu. Ich bin mir sicher, dass das Abby einerlei ist, solange das

Baby heute rauskommt. Glaub mir, als ich Colby bekam, wäre es mir egal gewesen, ob zehn Leute um mich herumgestanden hätten. Mir war nur wichtig, dass sie rauskommt und dass ich die richtigen Schmerzmittel erhalte. Aber das wird nicht passieren, wenn du niemandem erlaubst, ihr zu helfen.« Kopfschüttelnd blickte sie zur Tür, die in die angrenzende Suite führte. »Wo ist Jake? Vielleicht kann er dich zur Vernunft bringen.« Damit verließ sie den Entbindungsraum und machte sich auf die Suche nach ihrem Verlobten.

Dominic drehte sich zu seiner Frau, die sich mit errötetem Gesicht Mühe gab, tapfer auszusehen. Nichts, absolut gar nichts, würde ihn je dazu bringen, ihre Seite zu verlassen.

Doch ihre nächsten Worte brachten ihn aus dem Konzept. »Sie hat recht, Dom. Dreh eine kleine Runde.«

»Nein.«

Abby streckte ihm die Hand entgegen. Mit einem großen Schritt war er bei ihr, nahm ihre Hand in seine und beugte sich hinab, um ihre Finger sanft zu küssen. Abby lächelte trotz einer schmerzvollen Wehe. »Du wirst nichts verpassen. Mir geht's gut. Aber du – du siehst aus, als stündest du kurz vor einem Schlaganfall. Der Arzt hat gesagt, dass es noch Stunden dauern könnte. Hol dir mit Jake etwas zu trinken. Umarme Marie. Nicole kann es wahrscheinlich auch kaum erwarten, dich zu sehen. Du wirst dich besser fühlen und ich kann eine PDA bekommen. Ich dachte, ich würde keine wollen, aber meine Meinung hat sich ziemlich schnell geändert.«

Jake steckte den Kopf zur Tür herein und hielt sich die Augen zu. »Ist hier alles jugendfrei? Kann ich reinkommen?«

Abby lachte. »Ich bin komplett zugedeckt.«

Mit einem strahlenden Lächeln stellte er sich neben Dominic. »Nimm's mir nicht übel, Abby, aber ich ziehe es vor, wenn einige Dinge so lange wie möglich ein Geheimnis bleiben.«

Abby verzog das Gesicht, als erneut eine Wehe einsetzte. »Tu ich nicht. Du wirst noch früh genug selbst an der Reihe sein. Kannst du vorerst Dominic auf einen Spaziergang mitnehmen? Ich möchte den Arzt sehen, bevor Dominic ihn dazu treibt, seinen Beruf an den Nagel zu hängen.«

Dominic zuckte mit den Schultern. »Hier gibt's ganz sicher noch andere. Bessere, die Anweisungen auch befolgen können.«

Abby zog eine Grimasse und schloss ihre Hand fester um seine. »Ich will keinen anderen Arzt. Ich mag den, den ich habe. Ich vertraue ihm. Und jetzt verschwinde ein paar Minuten lang von hier und schick ihn herein.«

»Abby …«, fing Dominic an.

Sie ließ seine Hand los und zeigte auf die Tür. »Wenn ich selbst aufstehen und ihn holen muss, geht hier niemand mit den Eiern in der Hose raus, mit denen er gekommen ist!« Sie funkelte Jake an. »Dich eingeschlossen!«

Wäre er nicht krank vor Sorge, hätte Dominic das Feuer in den Augen seiner Frau und die Art, wie sie ihn herumkommandierte, genossen. Normalerweise liebte er ihre Stärke und respektierte ihre Meinung, aber diesmal rührte er sich nicht von der Stelle. Er suchte nach den Worten, die sie davon überzeugen würden, dass er bleiben sollte.

Jake überraschte ihn, indem er ihn nicht gerade sanft in Richtung Tür schubste. Wütend wirbelte er zu ihm herum, doch Jake begegnete Dominics finsterem Starren mit seinem rasend machenden gelassenen Blick. »Sie meint das ernst, Dom. Los, komm. Ich bin mir sicher, dass sie glücklicher sein wird, wenn du ihr die Chance gibst, die richtigen Medikamente zu bekommen.«

Vor sich hinknurrend folgte Dominic Jake zur Tür. Kurz bevor er den Raum verließ, blieb er stehen. »Ich liebe dich, Abby.«

Sie wischte sich mit der Hand über die rote Wange. »Ich weiß. Ich liebe dich auch. Und jetzt schick mir Lil und den Arzt herein. Das wird nur ein paar Minuten dauern. Mach einen kurzen Spaziergang. Beruhige dich, und dann komm gleich wieder her. Ich brauche dich, Dom, aber den Arzt brauche ich auch.«

Leicht beschämt darüber, dass seine Frau sich dazu herablassen musste, ihn wie ein Kind für die Behinderung der Abläufe zu schelten, nickte Dominic und verließ das Zimmer. Das Wartezimmer quoll über von Blumen, Freunden und Familie. Marie spielte mit Colby und ihren Bauklötzen auf dem Boden, während Rosella zusah und krähte. Victor und Alessandro schwatzten mit ihren Frauen.

Nicole kam mit ihrem Verlobten Stephan im Schlepptau zu ihm gelaufen. Sie schlang ihm die Arme um die Taille. »Wie geht's Abby? Ist alles okay? Du siehst furchtbar aus.«

Dominic drückte seine Schwester an sich und gestand: »Sie hat mich rausgeworfen.«

Nicole streichelte mitfühlend die Wange ihres Bruders. »Ach, sie lässt dich schon wieder rein. Du darfst nur nicht vergessen, dass sie dich liebt, egal, was sie sagt. Sogar wenn sie auf dem Tisch steht und brüllt, dass sie dich hasst, meint sie das nicht wirklich.«

Dominic sah besorgt zu Jake. »Wird sie das tun?«

Jake zuckte mit den Schultern. »Woher soll ich das wissen?«

»Hauptsache ist, dass ihr es ins Krankenhaus geschafft habt«, fuhr Nicole fort.

»Stimmt. Nicole hat meinem Neffen Joey in einer Limousine auf die Welt geholfen, ohne all das hier«, sagte Stephan ausnahmsweise mal ohne Sarkasmus. »Keine Sorge. Abby wird nichts passieren.« Dann breitete sich ein verschmitztes Lächeln auf seinem Gesicht aus. »Nächstes Mal wird's leichter. Wie ich gehört habe, will Abby eine große Familie haben.«

Dominic wurde blass und schwankte.

Nicole verpasste Stephan einen Schlag auf den Arm. »Sei heute nett.«

Jake nahm Dominic beim Arm. »Komm, wir besorgen dir was zu essen.«

Dominic ging kopfschüttelnd mit. »Ich weiß nicht, ob ich das noch mal mitmachen kann.«

Lil hörte seine Bemerkung und konterte mit vor Sarkasmus triefender Stimme: »Ich bin mir ziemlich sicher, dass es Abby härter trifft als dich, Dom.«

Der Seitenhieb war eine schmerzhafte Erinnerung daran, dass er darin versagte, Abby das zu geben, was sie brauchte. Sie hatte ihn zu Recht rausgeworfen. Er konnte sich nicht erinnern, dass er sich als Erwachsener schon einmal emotional derart am Ende gefühlt hatte. »Denkst du, das weiß ich nicht?«, knurrte er zurück und bereute dann seine harschen Worte.

Er war daran gewöhnt, die Kontrolle zu haben.

Daran gewöhnt, den Willen zu haben und um ein gewünschtes Resultat zu kämpfen.

Hier fühlte er sich recht hilflos, und das war ein Gefühl, mit dem er nicht gut umgehen konnte.

Ganz offensichtlich nicht.

Ich bin ein egoistischer Arsch. Abby braucht mich, aber ich kann mich selbst nicht gut genug beherrschen, um für sie da zu sein. Und jetzt lasse ich an Lil aus, dass ich auf mich sauer bin.

Sie kam zu ihm herüber und legte ihm die Hand auf den Unterarm. »Alles wird gut, Dom. Ein Baby zu entbinden ist stressig und schmerzhaft, aber es ist auch wundervoll und vollkommen natürlich. Abby ist hier im besten Krankenhaus des Landes und wird bestmöglich betreut. Du brauchst nichts weiter zu tun, als ihre Hand zu halten und für sie da zu sein.«

Als Zeichen seiner Dankbarkeit legte er seine Hand auf die seiner Schwägerin. »Ich würde alles für sie tun.«

»Das weiß ich«, erwiderte Lil lächelnd und mit Tränen in den Augen. »Also, geh mit Victor und Alessandro etwas essen. Ruf Jeremy und Jeisa an und bring sie auf den neuesten Stand. Ich komme raus und sag dir Bescheid, sobald Abby nach dir fragt.«

Dominic nickte und trottete zu den Andrades los.

Jake lachte leise.

Lil fuchtelte mit dem Zeigefinger. »Wag es ja nicht, über ihn zu lachen. Wenn wir unseres bekommen, wirst du genauso ein Wrack sein wie er.«

Zurechtgestutzt gesellte sich Jake zu Dominic.

Als Lil außer Hörweite war, knurrte Dominic leise: »Wenn ich sehe, wie dieser Arzt mit jemandem da reingeht, der nicht wie eine Schwester aussieht, hänge ich ihn kopfüber aus dem Fenster.«

Jake schaute sich kurz im Raum um und winkte Marie zu sich. Sie übergab Colby einer anderen Frau und erhob sich langsam. Ihr Alter hielt sie nicht davon ab, auf dem Boden zu sitzen, allerdings kam sie danach nicht mehr ganz so schnell auf die Beine.

Marie musterte die Gesichter der beiden Männer. »Hat sie dich rausgeworfen?«

Dominic nickte kurz und grimmig.

Marie führte sie beide zu einem mit Essen beladenen Tisch, der eine ganze Wand des privaten Wartezimmers einnahm. »Hab ich dich nicht gewarnt, dass du nett zum Arzt sein sollst? Was hat sie gesagt?«

»Sie hat gesagt, dass ich mir was zu essen holen und mich beruhigen soll.«

»Dann wirst du genau das auch tun.«

Dominic nahm sich ein Croissant und biss hinein. Für Abby würde er etwas essen. Für Abby würde er draußen warten, während sie mit dem Arzt sprach. Er würde sogar daran arbeiten, sein Temperament zu zügeln. Aber ruhig zu bleiben?

Damit verlangte man das Unmögliche.

* * *

Die Hintertür des Krankenhauses unweit der Müllcontainer war nach wie vor unbemannt, als Alethea eintraf. Zumindest war sie verschlossen. Sie setzte sich auf einen der Stühle, die daneben standen, holte eine Zigarette heraus und zündete sie an, obwohl sie nicht rauchte. Raucher nahm man zwar wahr, dennoch wurden sie nicht gesehen. Sie hielt die Zigarette in der Hand und ließ sie abbrennen, während sie ab und zu Asche abklopfte und so tat, als würde sie sich langweilen. Jemand in Küchenuniform kam aus der Tür. Alethea drückte flink die Zigarette aus und huschte hindurch, bevor sie wieder zufiel.

Der enge Korridor führte in einen kleinen Pausenraum und dann in einen Umkleideraum. Dort fand sie eine weiße Uniform des Küchenpersonals und ein Haarnetz. Sie durchsuchte die Spinde, bis sie am Boden von einem das Namensschild eines Mitarbeiters fand. Es war immer riskant, die ID eines anderen zu benutzen, andererseits las so gut wie niemand den Namen auf dem Schild.

Eine Krankenhausküche glich so ziemlich jeder anderen. Bestellungen wurden über einen Computer generiert. Zum Glück befand sich ein Computer samt Drucker in der Ecke des Raumes. Obwohl es früh am Nachmittag war, gab Alethea eine Bestellung für Pancakes ein. Sie brauchte etwas, das eine Sonderbestellung war.

Mit der ausgedruckten Bestellung ging sie hinüber zur Bratstation und reichte sie dem Koch. »Ich brauche das so schnell wie möglich.«

»Pancakes?«, schnauzte der entnervte Koch. »Das Frühstück ist vorbei!«

»Hey, reiß mir doch nicht den Kopf ab!«, erwiderte Alethea mit stärkerem New Yorker Akzent als sonst. »Das ist eine VIP-Bestellung. Die Krankenschwestern auf der Station oben sagen, sie haben ein Kind dort und das will nun mal Pancakes essen.«

»Die Krankenschwestern? Begreifen die nicht, dass mein Herd für Mittagsgerichte eingerichtet ist? Nein, für die ist das nur ein schnelles kleines Gericht. Pah! Ein Megaaufwand, das ist es!«

»Kannst du es machen?«, fragte Alethea und gab ihr Bestes, besorgt zu klingen.

Der Koch schüttelte angewidert den Kopf, willigte jedoch ein. »Gib mir fünf Minuten. Aber sag denen, dass ich nicht glücklich darüber bin. Wenn der Mittagsbetrieb angefangen hat, ist es mir egal, wer es ist – entweder bestellen sie das, was auf der Karte steht, oder sie können warten.«

»Danke.« Alethea warf ihm ein Lächeln zu, sah ihm allerdings nicht direkt in die Augen. Stellt man Blickkontakt her, bleibt die Interaktion im Gedächtnis hängen. Das ebnet den Weg zu weiteren Fragen. Sie hielt den Blick gesenkt und ihre roten Locken unter der faden braunen Perücke versteckt.

Bescheiden.

Durchschnittlich.

Schnell vergessen.

Nachdem sie das Bestellte erhalten hatte, trug sie das Tablett zum Dienstaufzug und fuhr zur Entbindungsstation hinauf. Kaum dass sich die Türen geöffnet hatten, stand sie der ersten Reihe an Sicherheitskräften gegenüber. Sie erklärte, dass sie den Krankenschwestern auf der Station das bestellte Essen liefere. Die Männer riefen in der Küche an, um eine Bestätigung einzuholen, und ließen sie mit einem kurzen Nicken passieren.

Den Schwestern der privaten Station reichte bereits der Anblick ihres Namensschildes und der Uniform. Alethea nahm an, dass sie an diesem Tag nicht die Erste war, die eine Mahlzeit zustellte. Sie zückte die ausgedruckte Bestellung, gab an, was sich auf dem Tablett befand, und erklärte, die Familie hätte die Bestellung telefonisch in der Küche aufgegeben. Die Krankenschwester nickte ungeduldig. »Bringen Sie es hinein. Bei all dem, was bereits geliefert wurde, kann ich kaum glauben, dass man etwas vergessen hat.«

Alethea fügte hinzu, es sei für eins der kleinen Kinder.

Die Schwester nickte. »Ihre gesamte Familie haben sie mitgebracht. Unglaublich, was? So viel Wind um etwas, das hier tagtäglich passiert.«

Die andere Krankenschwester lehnte am Tresen und seufzte träumerisch. »Versuch gar nicht erst so zu tun, als wärst du nicht begeistert, dass die Corisis ihr Baby hier bekommen. Ich würde am liebsten um ein Foto mit ihnen bitten, wenn ich mir nicht sicher wäre, dass mich das meinen Job kostet.«

Alethea nickte zustimmend und lächelte nichtssagend. Nichts Ungewöhnliches. Nichts Fragwürdiges. Eine der Schwestern brachte Alethea zur äußeren Tür der Suite, an der zwei weitere Sicherheitskräfte standen. »Ist schon okay, sie arbeitet hier und liefert nur noch mehr Essen.«

Die Schwester legte die Hand an die Tür und schwang sie auf, als sich die Härchen in Aletheas Nacken aufstellten. Sie drehte den Kopf, um zu sehen, weshalb. Stahlblaue Augen trafen auf ihre und sie wusste, dass sie nicht weiterkommen würde.

Marc Stone kam mit langen Schritten auf sie zu und schloss vor ihrer Nase die Tür. Er nahm das Tablett in die eine und schnappte sich ihren Arm mit der anderen Hand. »Du hast hier nichts verloren!«, presste er hervor.

Die Schwester wedelte nervös mit den Händen. Ihre schrille Stimme war weithin zu hören. »Was soll das heißen? Man hat sie an der Tür überprüft.«

Ohne Alethea loszulassen drückte Marc der Schwester das Tablett in die Hand und sagte: »Sie sind nicht in Schwierigkeiten. Ich kümmere mich darum.«

Alethea versuchte, den Arm loszureißen, doch sein Griff war eisern. Sie gab sich Mühe, es nicht zu genießen. Marc hatte etwas an sich – vielleicht seine stattliche Größe, die ausladende Breite seiner muskulösen Schultern oder der kalte Stahl in seinen Augen –, das ihre Libido jedes Mal zuverlässig auf Touren brachte. Wie wäre es wohl, mit einem Mann zusammen zu sein, bei dem sie sich nicht hundertprozentig sicher war, ob sie ihn kontrollieren konnte?

Und weshalb war diese Vorstellung so verdammt verlockend?

Er zog sie um die Ecke in einen ruhigeren Korridor. »Ich hätte wissen sollen, dass du heute auftauchst.«

»Lass meinen Arm los!«, befahl Alethea mit zusammengebissenen Zähnen.

»Kannst du vergessen. Zumindest nicht, bevor ich deinen süßen kleinen Hintern wieder zu der Tür rausgeworfen habe, durch die du reingekommen bist.«

Süßer kleiner Hintern? Sie kämpfte gegen die Freude an, die bei seinem Kommentar in ihr aufblitzte. Mit leicht gekräuselter Lippe konterte sie: »Du solltest dich bei mir bedanken! Ich hätte sonst wer sein können. Jetzt hast du hoffentlich kapiert, dass du alle Hintereingänge abdecken musst und für den Zutritt in diesen Bereich spezielle Sicherheitspässe mit Foto ausgeben solltest. Nimm deine Neandertalerhände weg und ich werde auch keinem verraten, dass es eine Lücke in deiner Sicherheit gibt.«

»Es gibt keine Lücke. Du hast es nicht bis in die Suite geschafft.«

»Nur weil du mich erkannt hast. Aber was, wenn du mich nicht gekannt hättest? Oder einen Moment lang weggeschaut hättest?« Ihre Argumente kamen mit rauchigerem Ton heraus, als ihr lieb war. »Mehr braucht es nicht. Eine Gelegenheit.«

Etwas, das wir beide in der Nacht hatten, als wir uns begegnet sind, bevor ich es vermasselt habe. Ich hätte mein Ziel erreicht, auch ohne zu testen, ob ich dich von deinen Pflichten an diesem Abend ablenken kann. Und nachdem ich entdeckt hatte, wie wundervoll leicht das war, hätte ich die Früchte unserer gegenseitigen Anziehung ernten können, anstatt deinen Ausrutscher im Urteilsvermögen in einem Bericht für Dominic zu dokumentieren.

Es ist also gut möglich, dass ich die Härte in deinem Griff verdient habe, aber ich brauche sie nicht zu akzeptieren. Sie funkelte ihn finster an und kalkulierte, wie wahrscheinlich es war, dass ein gut platzierter Kick seinen Griff lang genug lockern würde, um sich losreißen zu können.

»O mein Gott, Al!« Lil kam auf sie zugerauscht. »Was machst du hier?«

Marc ließ Aletheas Arm los und fluchte leise vor sich hin.

Alethea nahm die Perücke ab, schüttelte ihre lange Mähne aus und trat ihrer Freundin stolz entgegen. »Ich hatte so ein Gefühl, dass Marc versäumt hatte, alle Zugangspunkte abzudecken, und ich hatte recht.«

Eine weniger achtsame Person würde denken, dass ihm ihr Seitenhieb nichts ausmachte. Marcs Ausdruck blieb kühl professionell, doch seine Pupillen weiteten sich und die Nasenflügel blähten sich kaum merklich. Alethea war sich sicher, dass seine Reaktion ohne Publikum nicht so gut verborgen geblieben wäre.

Lil wandte sich an Marc: »Könntest du uns kurz allein lassen?«

Er nickte abrupt und entfernte sich ein paar Meter, behielt die beiden jedoch im Auge. Er hatte sich nur aus Respekt vor

Lils Bitte zurückgezogen, und dass er in der Nähe blieb, deklarierte, dass die Atempause nur vorübergehend war.

Lil warf die Hände in die Luft und lief vor Alethea auf und ab. »Für so was habe ich jetzt wirklich keine Zeit!«, schimpfte sie mit vor Aufregung erhobener Stimme. »Ich habe keinen Nerv, mich mit dir und deinem verrückten Zwang, alles testen zu wollen, zu beschäftigen. Die Schwestern sind in Aufruhr. Wir haben gehört, jemand habe versucht einzubrechen.«

Sie warf ihrer Freundin einen wütenden Blick zu. »Hast du eine Ahnung, wie sich das auf die Stimmung im Wartezimmer ausgewirkt hat? Gott sei Dank ist Dominic bei Abby im Zimmer. Jake hat alle beruhigt. Er brauchte gar nicht erst mit mir hier rauszukommen – und weißt du, wieso? Weil wir beide gleich, als wir gehört haben, was passiert ist, wussten, dass du es bist. Niemand außer dir würde das tun.«

Langsam kam die Reue. Nein, es gefiel ihr nicht, Lil aufgebracht zu sehen. Aber wie aufgebracht wären alle gewesen, wenn Abby oder dem Baby etwas zugestoßen wäre? Lils Ärger war ein akzeptabler Kollateralschaden. »Sei froh, dass nur ich das war. Jeder x-Beliebige hätte durch diese Hintertür hereinkommen können. Jeder.«

Lil bedeckte das Gesicht mit den Händen. »Al, ich weiß, dass du es gut meinst, aber heute hast du es zu weit getrieben. Ich weiß nicht mehr, was ich mit dir machen soll. Ich dachte, wenn wir älter sind, würde es besser werden. Ich dachte, du würdest entspannter sein, wenn du Jake und Dominic erst besser kennst. Immer wieder schiebe ich meine verdammte Hochzeit auf, weil ich darauf warte, dass du und Abby euch vertragt. Aber das wird nie passieren, wenn du dich nicht änderst.«

Alethea verschränkte betroffen die Arme vor der Brust. »Dann ziehst du es also vor, dass deine Familie in Gefahr ist, nur damit du dich nicht von mir genervt fühlst?«

Lil seufzte frustriert. »Nein. Natürlich nicht. Aber drohte uns heute denn Gefahr? Wirklich? Oder brauchtest du nur einen Vorwand, um herzukommen?«

Bei dieser Unterstellung ließ Alethea die Arme fallen und schreckte zurück. »Glaubst du das etwa?«

Lil legte sich die Arme um den Bauch. »Ich weiß nicht, was ich glauben soll, Al. Aber ich weiß, dass du nicht hierbleiben kannst. Geh nach Hause. Warte, bis ich dich anrufe und dir erzähle, wie alles gelaufen ist. Genau wie ich dich ursprünglich gebeten habe. So wie Freunde das normalerweise tun.«

Plötzlich hin- und hergerissen zwischen der Überzeugung, recht zu haben, und dem Bedauern, ihrer Freundin Kummer bereitet zu haben, bot Alethea eine halbe Entschuldigung an: »Ich hatte nicht die Absicht, jemanden zu beunruhigen.«

Lils Unterlippe zitterte, was ein sicheres Zeichen dafür war, dass sie Tränen zurückhielt. »Ich weiß, Al.« Sie schüttelte den Kopf und ging davon. »Geh bitte einfach nach Hause.«

Als Lil verschwand, machte Marc einen Schritt auf Alethea zu, wurde jedoch aufgehalten, da Jake ihn von der Tür der Suite aus zu sich rief. »Marc, wir müssen kurz reden.«

Alethea wollte eben die Ablenkung ausnutzen, als sie bemerkte, dass Marc sie vom anderen Ende des Korridors aus verärgert anstarrte. In seinen Augen stand nicht nur Wut, sondern auch Feuer, und ihr stockte vor Erschütterung der Atem, wie stark sie davon angezogen wurde. Das Verlangen, die Distanz zwischen ihnen zu überwinden, war beinahe unbezwingbar. Was würde er tun, wenn sie kühn zu ihm hinüberginge und erst stehen blieb, wenn sich ihre Brüste gegen die harte Wand seiner Brust pressten? Sie stellte sich vor, wie sie ihm die Arme um den Hals schlang, seinen strengen Mund zu ihrem hinabzog und ihn küsste, bis er stöhnte und die Beherrschung verlor.

All der Ärger würde seinen Hunger nach ihr nur weiter anfachen.

Genau wie in der Nacht, als sie sich zum ersten Mal begegnet waren.

Marc rettete sie vor sich selbst, als er etwas in sein Ohrstück sagte und sich zwei seiner Männer augenblicklich neben ihr positionierten. Dennoch hielt er ihren Blick, und sie hielt den Atem an. Erinnerte er sich ebenfalls an ihre erste Begegnung?

»Bitte kommen Sie mit, Ma'am«, sagte einer der Männer. »Wir sollen Sie hinausbegleiten.«

»Natürlich«, erwiderte Alethea mit erzwungener Höflichkeit, wandte jedoch nicht den Blick von Marc ab. Dieser hörte Jake zu und nickte. Sie konnte nicht widerstehen und zwinkerte ihm zu.

Sein Gesicht lief rot an und er wandte sich ab, aber vorher erkannte sie noch die Wahrheit in seinen Augen. Egal, wie sehr er sich bemühte, kühl aufzutreten, er fühlte sich genauso sehr zu ihr hingezogen wie sie sich zu ihm.

Nur dass keiner von uns dem nachgeben kann. Sie betraten den Aufzug und Alethea wies sich auf der Fahrt nach unten selbst zurecht. *Es ist egal, wenn er mich anziehend findet. Es ist egal, dass sein Kuss mich erschüttert hat wie keiner zuvor. Er ist tabu. Konzentriere dich darauf, weshalb du heute hergekommen bist.* Noch im Dienstaufzug sagte Alethea zu einem der Bodyguards: »Überprüfen Sie, ob die Pathologie überwacht wird. Wenn jemand eine Leiche vor sich herschiebt, zögert man, dies infrage zu stellen.« Sie sah den anderen Mann an. »Es würde auch nicht schaden, jemanden in der Wäscherei zu postieren.«

Einer der beiden Bodyguards schob sie wortlos zur Hintertür hinaus, ironischerweise war es genau dieselbe, durch die sie hineingekommen war. Der andere folgte ihr nach draußen und baute sich vor der Tür als physische Barriere gegen ein erneutes Eindringen auf.

Mit hoch erhobenem Kopf ging Alethea davon, nicht ohne einen zufriedenen Blick zurückzuwerfen. *Einen Beliebtheitswettbewerb würde ich nicht gewinnen, aber der Kücheneingang ist jetzt gesichert. Allein nach Hause zu gehen ist ein kleiner Preis dafür, dieses Ziel erreicht zu haben.*

* * *

Marc lief mit Jake einen seitlichen Korridor entlang, bis sie außer Hörweite aller waren. Normalerweise kaum aus der Ruhe zu bringen, war Marc nun mehr als nur ein wenig von Aletheas Invasion frustriert und davon, dass es ihm nun nach etwas verlangte, das er sich bisher erfolgreich verwehrt hatte.

»Sie hätte es nicht so weit schaffen dürfen«, mahnte Jake.

Marc riss sich aus einer Fantasie, in der sich Alethea unter ihm wand und seinen Namen schrie, während er mit der über ein Jahr lang angestauten Entbehrung in ihre süße Nässe hämmerte, und blickte Jake Walton in die Augen. »Nein, Sir.«

»Jetzt werd nicht gleich total förmlich mit mir, Marc. Ich habe dich nicht zur Seite genommen, um dich rund zu machen. Alethea ist eine Meisterin in ihrem Metier. Vielleicht die Beste, die ich je gesehen habe. Deshalb ist sie dermaßen gefragt. Sie findet immer einen Weg hinein. Aber als ich sie sah, dachte ich, dass ich nicht länger damit warten kann, dich über eine Sache zu informieren, die momentan läuft.«

»Heute? Hier?«

Jake schüttelte den Kopf. »Nein, im Corisi-Stammhaus. Ich habe niemandem etwas erzählt, vielleicht ist es auch gar nichts. Im Augenblick gibt es eine Serie von Aussetzern in der Software und das Gerücht, dass sie absichtlich herbeigeführt wurden.«

Marc runzelte die Stirn. »Die Art Technologie, von der du hier sprichst, ist nicht mein Spezialgebiet.«

»Das ist mir klar, aber falls das keine Serie kleinerer Fehler im Code ist, wird unsere Software wieder von irgendjemandem sabotiert – allerdings sollte die Firewall, die Jeremy entwickelt hat, unüberwindbar sein.«

»Dann nimmst du also an, dass es ein Insider ist?«

Mit leicht finsterem Blick antwortete Jake: »Wer sonst? Ich habe unsere Leute darauf angesetzt, aber bislang denken sie, dass die Fehler unabhängig voneinander eintraten.«

»Und das Gerücht?«

»Quelle unbekannten Ursprungs. Ich weiß nicht, was ich davon halten soll, aber ich möchte, dass du die Augen offenhältst. Halt nach allem Ungewöhnlichem Ausschau. Und behellige Dominic nicht damit. Er ist jetzt im Papaland. Vielleicht ist da ja nichts. Ich will ihm das nicht vorlegen, solange wir keine Beweise für Manipulation gefunden haben.«

Wenn der Saboteur gut genug war, um Dominics Lieblingshacker zu umgehen, würde es nicht leicht sein, an Beweise zu gelangen. »Ich verstärke die physische Security im Stammhaus und den Nebenbüros. Ich kann diskret zusätzliche Überwachungskameras installieren lassen. Wir durchforsten alle Zugangsberechtigungen und Hintergrundberichte. Wenn sich jemand an einem Platz befindet, an den er nicht gehört, finden wir ihn.«

Jake nickte. »Ich habe vollstes Vertrauen in dich.«

Marc sah zum Dienstaufzug am Ende des Korridors. Kodierfehler, die nichts weiter bewirkten, als eine Schwäche in der Firewall aufzudecken. Er wollte nicht glauben, dass die Frau aus seinen mitternächtlichen Fantasien so weit gehen würde, dennoch musste er zugeben, dass es ihrem Muster entsprach. »Du glaubst doch nicht …«

Jake rieb sich müde den Nacken. »Ich hoffe nicht. Sie meint es gut, aber wenn sie glaubt, dass sie recht hat, gibt es keine Grenze, die sie nicht überschreiten würde.«

»Ein wenig wie noch jemand, den wir beide kennen.« Marc bezog sich auf seinen Chef, der nach einem eigenen moralischen Kodex lebte und damit ein Vermögen angehäuft hatte.

»Allerdings hat Dominic mich, um ihn in Schach zu halten. Alethea hört auf niemanden.« Mit gesenkter Stimme fuhr Jake fort: »Ich will, dass du sie gut im Auge behältst. Lil würde es das Herz brechen, wenn sie hört, dass Alethea noch mehr Ärger verursacht. Egal, was du herausfindest, bring es zuerst zu mir.«

»Verstanden.«

Damit war das Geschäftliche erledigt und Jake lächelte. »Es ist Zeit, dass ich wieder reingehe. Mal sehen, ob Dominic sein Gemächt noch hat.«

Beinahe fragte Marc, was Jake damit meinte, entschied dann aber, dass er es lieber nicht wissen wollte.

KAPITEL 3

*D*as ist nicht gut«, sagte der *A*rzt mit *B*lick auf den *M*onitor. »Das Baby ist in Position, aber es bewegt sich nicht so viel, wie mir lieb wäre. Der Herzschlag ist nach wie vor gleichmäßig.« Er rollte ein kleines Gerät heran. »Wir machen noch einen Ultraschall.«

Abby legte schützend die Hand auf ihren Bauch. »Was stimmt denn nicht?«

»Das weiß ich noch nicht«, murmelte der Arzt und glitt mit der Ultraschallsonde über Abbys Babybauch.

»Das ist nicht gut genug!«, knurrte Dominic.

Der Arzt blickte von Abby zu Dominic. »Mr Corisi, ich werde Sie aus dem Raum entfernen lassen, wenn ich glaube, dass mich Ihre Anwesenheit in irgendeiner Weise daran hindert, das Wohl Ihres Kindes und dessen Mutter zu sichern. Haben Sie verstanden? In Ihrem Vorstandszimmer dürfen Sie gern Befehle bellen, aber das hier ist meine Welt. Meine Patientin.«

Etwas weniger aufgeblasen fragte Dominic: »Was kann ich tun?«

»Halten Sie Ihrer Frau die Hand, reden Sie mit ihr, und lassen Sie mich meinen Job machen.«

Dominic nickte und blickte in das besorgte Gesicht seiner Frau hinab. Er suchte nach beruhigenden Worten. In seinem ganzen Leben hatte er sich noch nie so gefürchtet wie jetzt. »Der Arzt sagt, alles sei normal. Er ist nur vorsichtig.«

Abby lächelte tapfer. »Ich habe ihn gehört, Dom.« Sie drückte seine Hand. »Er hat recht. Etwas ist anders. Ich kann es spüren.«

An ihnen vorbei anstatt mit ihnen redend, begann der Arzt Anweisungen zu geben. »Der Herzschlag des Babys wird langsamer. Sieht nach einem möglichen Nabelschnurvorfall aus.«

»Was heißt das?«, fragte Abby und hielt Dominics Hand fester.

»Wir müssen sofort handeln. Wenn die Nabelschnur herausfällt, bevor das Baby kommt, riskieren wir einen Verschluss, was bedeutet, dass die Blut- und Sauerstoffversorgung eingeschränkt sein könnte.«

»Tun Sie, was nötig ist!«, sagte Dominic barsch. Er hielt die kalte Hand seiner Frau an seine Wange. »Ich bin hier, Abby. Genau da, wo ich immer sein werde. Direkt an deiner Seite.«

Sie klammerte sich an seine Hand. »Ich habe Angst.«

Während der Arzt konzentriert arbeitete, befolgte Dominic dessen Rat und hielt seine Aufmerksamkeit auf das Einzige gerichtet, bei dem er helfen konnte. »Weißt du noch, wie du bei unserer ersten Begegnung absichtlich mit deinem Auto rückwärts in mich reingefahren bist?«

Etwas von der Angst in ihren Augen verlor sich, als sie ihre Tat an jenem Tag verteidigte. »Du warst so ein arroganter Arsch. Ich fand es unmöglich, dass du mich mit Geld zu einer gemeinsamen Nacht überreden wolltest. Du hattest Glück, dass dein Auto das Einzige war, was ich gerammt habe.«

Er lächelte zu ihr hinab und nutzte diese Erinnerung, um sie zu beruhigen. »Damals wusste ich es noch nicht, aber ich war dir sofort, als ich dich erblickt hatte, verfallen. Noch nie hatte mir jemand auf derart fürsorgliche Art die Stirn geboten wie du. Deinetwegen wollte ich ein besserer Mann sein.«

Abby kamen die Tränen. »Du warst ein guter Mann, bevor du mich getroffen hast, du wusstest es nur nicht.«

»Wie es aussieht, können wir hierbleiben«, vermeldete der Arzt. »Sie hat sich gedreht. Was für ein kluges kleines Mädchen Sie haben. Und was für ein ungeduldiges. Sie kommt schnell heraus.«

Dominic sah zum Arzt und dann wieder zurück zu Abby. »Geh und begrüß sie.«

Seiner Tochter dabei zuzusehen, wie sie auf die Welt kam, erfüllte Dominic mit einem Schwall an Empfindungen. Vor Schock blieb er bewegungslos stehen, sogar als der Arzt die Kleine auffing und schnell säuberte. »Zeit, deine Mami kennenzulernen«, sagte die Krankenschwester und legte Abby ihr Baby auf die Brust.

Hauchzart berührte Dominic die winzigsten Finger, die er je gesehen hatte. Sein Blick traf sich über das Bett hinweg mit dem des Arztes. »Vielen Dank«, sagte er leise.

Der Arzt nickte einfach nur und gab dann der Krankenschwester weitere Anweisungen.

Abby küsste die Stirn ihrer weinenden Tochter. »Sie ist so wunderschön.«

»Bleibt ihre Kopfform so wie jetzt?«, fragte er, ohne nachzudenken.

Abby lächelte voller Liebe auf das Baby. »Hättest du das Babybuch gelesen, das ich dir gegeben habe, wüsstest du, dass alle anfangs so aussehen.«

»Ich habe etwas davon gelesen«, erwiderte Dominic. Als sie ungläubig die Augenbrauen hob, räumte er ein: »Okay, ich habe Jake aufgetragen, es zu lesen. Er sollte mir eine Liste mit den Hauptpunkten geben. Wie ich ihn einschätze, hat er alles im Buch mit Querverweisen zu medizinischen Studien versehen. Bevor sie nach Hause kommt, werde ich alle Fakten kennen, versprochen.«

Abby lachte und schüttelte den Kopf. »Fakten? Als wäre sie ein neues Projekt?«

Er beugte sich vor und küsste erst Abbys Wange und dann den Hinterkopf seiner Tochter. »Das wichtigste Projekt meines Lebens. Eins, das noch einen Namen braucht. Ich weiß, dass wir eine Liste zusammengestellt haben und einen Namen daraus auswählen wollten, wenn sie da ist, aber ich habe nachgedacht. Wie wäre es mit Judith Rosella?«

»Judith nach meiner Mutter und Rosella nach deiner. Das gefällt mir.« Abby neigte leicht den Kopf zur Seite. »Was meinst du, Judy? Gefällt dir der Name?«

Beim Klang der mütterlichen Stimme hörte die Kleine auf zu weinen. Abby lächelte ihren Mann an. »Dann also Judith Rosella Corisi. Das Nächste benennen wir dann nach Marie.«

Dominic schwankte leicht. »Das Nächste?«

»Mr Corisi, möchten Sie die Nabelschnur durchschneiden?«, fragte der Arzt.

Obwohl Dominic bei der Vorstellung ein wenig mulmig wurde, nickte er entschlossen und nahm mit zittrigen Händen die Schere entgegen. »Natürlich.« Hier ging es um seine Frau, sein Baby. Die Option abzulehnen, kam ihm nicht einmal in den Sinn.

Erleichtert kehrte er an Abbys Seite zurück.

»Nur noch wenige Kontraktionen und dann haben wir es geschafft, Abby. Wie fühlen Sie sich?«, fragte der Arzt.

Abby blickte hinab auf ihr Baby und dann zu Dominic hinauf. Die Liebe in ihren Augen schnürte Dominic vor Rührung den Hals zu. Er hoffte inständig, dass der Arzt ihm jetzt keine Frage stellen würde. Dass er im Augenblick in der Lage war, etwas Sinnvolles von sich zu geben, war zu bezweifeln.

Mit ein paar Handgriffen am Bett sorgte die Schwester dafür, dass Abby wieder bequem unter der Decke und leicht aufgerichtet lag. Danach nahm sie das Baby kurz mit, um es mit einem Namensband am Handgelenk zu versehen und ein paar

Routineuntersuchungen durchzuführen. Dominic nickte und sank in den Sessel neben Abbys Bett.

Er hatte kaum genug Zeit gehabt, um wieder zu Atem zu kommen, als Judy wiedergebracht wurde. Diesmal übergab die Krankenschwester das Baby ihm. Er hielt die Kleine in seiner Armbeuge, schaute hinab in die wundervollsten blauen Augen, die er je gesehen hatte – eine kleinere Version von Abbys Augen –, und empfand sogar noch tiefere Liebe für seine Frau und für das Kind, das sie gemeinsam gezeugt hatten.

Ein paar Augenblicke später platzte Lil ins Zimmer, blieb am Waschbecken stehen, um sich die Hände zu waschen, und eilte dann zu Dominic. »Es tut mir so leid, ich war … ich musste … ach, egal. Wo ist meine Nichte?« Jake folgte ihr auf den Fersen und die Liebe, die er für Lil empfand, stand ihm deutlich ins Gesicht geschrieben, als er ihr zusah, wie sie neben Dominic aufgeregt zappelte, bis er ihr Judy überreichte. Mit der Kleinen im Arm ging Lil zu Abby. »Sie ist vollkommen, Abby. Absolut vollkommen.« Dann sah sie über die Schulter hinweg zu Jake und sagte: »Jake, ich will noch ein Baby. Colby braucht eine Schwester. Und vielleicht einen Bruder.«

Dominic erhob sich und bot dem plötzlich ganz bleichen Jake den Sessel an. »Du siehst aus, als bräuchtest du den dringender als ich.« Jake schüttelte den Kopf, konnte allerdings mit seiner tapferen Miene niemandem etwas vormachen.

Dominic ging ums Bett herum und stellte sich neben Lil. »Abby, sag mir, wenn dir das zu viel ist. Ich kann alle rausschicken.«

Lil drückte die kleine Judy an sich und lachte zu ihm hinauf. »Du kannst es ja mal versuchen.«

Abby streckte die Hand nach Dominic aus. Er nahm sie in seine und bewunderte den Ausdruck von Stärke und Liebe in ihrem Blick. »Ich fände es wunderbar, wenn du Nicole, Rosella und Marie hereinholst. Ich bin mir sicher, dass sie da draußen vor Neugier sterben.«

Er beugte sich hinab und küsste die umwerfendste Frau, der er je begegnet war, auf die Wange. »Ich wollte meine Familie erst hereinbitten, wenn du bereit dafür bist.«

»Unsere Familie«, korrigierte Abby sanft mit einem derart liebevollen Blick auf ihr neugeborenes Baby, dass Dominic sich wegen der aufwallenden Rührung räuspern musste.

Es war nicht schwer, die drei herbeizuholen, nach denen Abby gefragt hatte; sie fielen praktisch zur Tür herein, die zur Suite hinüberführte. Nicole und Rosella weinten vor Glück und umarmten sich – was Dominic noch nie erlebt hatte. Maries Augen glänzten ganz gerührt, aber sie versuchte, gefasst zu bleiben.

»Abby fragt nach euch«, sagte Dominic.

Nicole gab Dominic einen Kuss auf die Wange und flog an ihm vorbei ins Zimmer. Marie neigte fragend den Kopf zur Seite und es brauchte nicht mehr als ein angedeutetes Nicken von ihm, da lief sie ebenso hastig hinein.

Rosella stand mit tränennassen Wangen und derart fest ineinander verschlungenen Händen vor Dominic, dass die Knöchel weiß hervortraten. »Du auch«, sagte er sanft.

Neue Tränen traten ihr in die Augen. »Bist du dir sicher? Ich kann verstehen, wenn du möchtest, dass ich warte.«

Er räusperte sich. »Abby fragt nach dir.« Dennoch wirkte sie noch unsicher, also öffnete er instinktiv die Arme und seine Mutter flog hinein. Sie umarmte ihn dermaßen fest, dass er kaum noch Luft bekam. Er wischte sich ein Tröpfchen verräterischer Feuchtigkeit aus dem Augenwinkel und es war ihm ein wenig unangenehm, als er aufblickte und ihm klar wurde, dass alle Augen auf sie gerichtet waren. Dieses Gefühl verblasste schnell, als er Victor Andrades Blick von der anderen Seite des Zimmers auffing. Er und sein Bruder Alessandro nickten anerkennend. Da er mit einem grausamen und ablehnenden Vater aufgewachsen war, fühlte sich das warme Gefühl, mit dem ihn ihre Anerkennung erfüllte, sehr ungewohnt an.

In diesem Moment wurde die Sorge kleiner, ob er ein guter Vater sein konnte. Nein, er war von keinem guten Mann erzogen worden, aber das legte nicht automatisch fest, welche Art Vater er sein würde. Judys Geburt hatte den letzten Rest der Verbitterung über die Vergangenheit ausgelöscht. Sein Leben drehte sich nicht länger darum, was er nicht bekommen hatte. Seine Frau, seine Tochter und die Familie, die sie gemeinsam gegründet hatten – das war seine Zukunft. »Komm mit, Mom. Judith Rosella Corisi muss ihre Omi kennenlernen.«

KAPITEL 4

Eine Woche später saßen Lil und Alethea im West-Village-Viertel in einem Restaurant, dessen Backsteinwände pikant eine Tapete mit Abbildungen nackter Frauen zierte. Wie gewünscht erhielten sie einen Tisch in der Ecke, abseits von den anderen Gästen.

»Wärst du so nett, den Akku aus deinem Handy zu nehmen, Lil?«

»Im Ernst jetzt?«

»Es sei denn, du hast es mit Anti-Spyware geschützt. Es ist lächerlich einfach, einen Virus auf ein Handy zu laden, mit dem man jede Unterhaltung mithören kann, sogar wenn es ausgeschaltet ist.«

»Ich nehme mein Handy nicht auseinander, nur weil du heute unter Verfolgungswahn leidest.«

Alethea sah ihrer Freundin einfach in die Augen und wartete. Da sie seit der Mittelstufe befreundet waren, wusste sie, dass Lil ihre Meinung aus Neugier ändern würde.

»Ach, na schön!« Lil öffnete ihr Handy, entnahm den Akku und legte ihn mitten auf den Tisch. »Kannst du es mir jetzt verraten? Oder wirst du mir noch zwanzig Fragen stellen, um sicherzugehen, dass ich es auch wirklich bin? Was, wenn ich von Aliens entführt und durch eine exakte Kopie ersetzt wurde? Sie könnten alle meine Erinnerungen hochgeladen haben, also schlage ich außerdem noch einen Bluttest vor.«

»Mach dich lustig so viel du willst, Lil. Nur, weil etwas unwahrscheinlich ist, heißt das nicht, dass es auch unmöglich ist.« Sie sah Lil in die Augen, um ihren Punkt deutlich zu machen. »Ich spreche nicht von einer Entführung durch Außerirdische und das weißt du auch. Ich spreche von den Gerüchten, dass bei Corisi Enterprises etwas vorgeht. Nein, du brauchst mich gar nicht so anzusehen. Du lebst in einer Fantasiewelt. Sicherheit erfordert Gewissenhaftigkeit. Du hast jetzt eine gesunde Nichte, weil der Arzt nicht blind darauf vertraut hat, dass alles reibungslos verlaufen wird. Er blieb wachsam und handelte zügig, als ein Problem eintrat.«

Lil sank gegen die Rückenlehne in ihrer Nische. »Al, müssen wir das heute machen? Ich hatte mir ein nettes Mittagessen mit dir erhofft. Du weißt schon, eins, bei dem du mich fragst, wie es Abby und meiner kleinen Nichte geht, und ich dann begeistert von beiden schwärme und dir Fotos zeige. Ganz normaler Kram eben.«

Wenn ich bei diesem Theater mitspielen muss, damit du mir zuhörst, na klar, gern. Es war nicht so, dass ihr Abby oder die Geschichten, die Lil ihr erzählen wollte, egal waren – das waren sie nicht. Doch das, was sie mit Lil besprechen und weshalb sie sie treffen wollte, war dringend. »Wie geht's Abby?«

Lil wirkte, als wollte sie etwas anderes sagen, spielte dann jedoch mit. »Gut. Sie ist wieder zu Hause. Das Baby haben sie Judith Rosella genannt. Du solltest sehen, wie wunderhübsch sie ist. Und wenn sie etwas will, kann sie so laut schreien, dass man es im ganzen Haus hört. Nicht wie das leise Weinen, mit dem Colby angefangen hat. Das Mädel hat ein Paar kräftige Lungen.«

Corisi-Lungen, dachte Alethea, behielt es jedoch für sich. Lil war nicht in der Stimmung für ihren schneidenden Humor. »Ist Dominic zurück im Büro?«

»Er ist Abby nicht von der Seite gewichen. Allerdings glaube ich, dass sie nichts dagegen hätte, wenn er ginge. Er ist eine unglaubliche Glucke. Wer hätte das gedacht?«

»Er weiß, wie leicht man etwas verlieren kann, das ungeschützt ist.«

Lil schüttelte geschlagen den Kopf. »Ich geb's auf. Reden wir über was anderes. War das nur Einbildung oder bin ich Marc und dir im Krankenhaus bei etwas dazwischengekommen?«

»Marc, der Typ von der Security?«

»Du weißt, von welchem Marc ich rede. Der Typ, der wie eine Kreuzung aus einem Gladiator und dem Secret Service aussieht. Ich hätte schwören können, dass du ihn ganz verträumt angesehen hast.«

Verdammt!, sie spürte, wie sie rot wurde. Lil kannte sie zu gut. »Du spinnst ja. Ich war sauer, weil er nicht verstehen konnte, dass ich ihm einen Gefallen tat.«

»Sauer? Nein. Das war nicht der Ausdruck in deinem Gesicht. Ich glaube, es war eher: ›Oh, Baby, nimm mich sofort, du großer heißer Prachtkerl!‹«

Alethea warf Lil einen Croûton an den Kopf. Diese duckte sich und lachte leise. »Das war mit Sicherheit nicht das, was ich dachte.« *Du schwindelst, du schwindelst, du schwindelst!*

Lil hob ungläubig eine Augenbraue. Sie nahm ihr Handy in die eine und den Akku in die andere Hand. »Niemand außer mir hört uns zu. Du brauchst nicht zu lügen.«

Alethea gestand sich sogar selbst einen Moment lang die Wahrheit nicht ein, doch dann gab sie nach und ein breites Lächeln erschien in ihrem Gesicht. Sie beugte sich vorn über den Tisch. »Ich habe die heißesten Träume mit diesem Mann.« Sie erbebte. »Ich weiß nicht, was es ist, aber er hat irgendwas an sich. Seit dem Abend, als ich Jeremy in Dominics Verlobungsfeier geschmuggelt und Marc zum ersten Mal gesehen habe, hege ich eine kleine Schwäche für ihn.«

»Eine Schwäche?« Lil klatschte einmal begeistert vor Aletheas Nase in die Hände.

Alethea zuckte mit einer Schulter. »Okay, vielleicht habe ich seinen Hintergrund mehrmals durchleuchtet, nur um zu sehen, ob es ein unansehnliches Foto von ihm gibt. Nichts. Sogar als Kind war er schon süß. Außer auf dem einen Bild, bei dem sein Gesicht vom Hockeyspielen etwas malträtiert war. Obwohl, nee, sogar da sah er hinreißend geschunden aus.«

»Al, manchmal jagst du mir Angst ein«, sagte Lil kopfschüttelnd. »Wieso lädst du ihn nicht einfach auf einen Kaffee ein?«

»Ich kann nicht.« Allein der Gedanke daran ließ ihr Hirn erbeben.

»Wirklich?«, fragte Lil mit zunehmender Faszination. Alethea bereute es bereits, so viel preisgegeben zu haben. »Du bist bei Männern nicht schüchtern. Gewöhnlich verdrehst du sie zu emotionalen Brezeln und lässt sie fallen.«

»Dieser Typ ist anders. Er ist ein Kriegsheld, um Himmels willen, ausgezeichnet mit einem Navy Cross. Deshalb hat Dominic ihn angeheuert. Marc kam verwundet nach Hause und machte Schlagzeilen, als man ihn in einem Kaufhaus nicht einstellen wollte. Arbeitsloser Kriegsheld. Die Story wurde im ganzen Land gebracht. Dominic hat ihm die Verantwortung für sein Sicherheitsteam übertragen. Quasi wie eine Feuerprobe. Marc hat ganz allein etwas aus sich gemacht und einen beeindruckenden Ruf in seiner Branche.«

Lils Augen wurden groß. »O Gott, ich dachte nicht, dass ich diesen Tag einmal erlebe! Du hast endlich einen Mann gefunden, den du respektierst!«

»Bausch das nicht zu mehr auf, als es ist. Mir gefällt, dass er ist, wer er ist. Keine Geschichten. Keine Lügen. Egal, wie tief man gräbt, man findet nur noch mehr vom durch und durch amerikanischen Jungen von nebenan. Seinem Bruder und seiner Schwester hat er das Studium finanziert; das Haus seiner Eltern abbezahlt.«

»Und du willst lieber keinen Fehler begehen und mit solch einem Mann schlafen, nicht wahr?«

Alethea warf ihr einen ungeduldigen Blick zu. »Du solltest besser als alle anderen wissen, weshalb er für mich tabu ist.«

Offensichtlich hatte Lil ihre frühere Warnung vergessen, dass Alethea sich von ihm fernzuhalten hatte. »Du traust dich wohl nicht, ihn anzurufen?«

»Das funktioniert vielleicht bei anderen, aber nicht bei mir. Ich bekomme auch ohne deine Hilfe schon genug Ärger. Kannst du dir vorstellen, was alle sagen, wenn ich mit Dominics Sicherheitschef ausgehen würde?«

»Wenn es dich davon abhält, dich zwanghaft mit allem zu beschäftigen, das eventuell schiefgehen könnte, und davon, dich in Krankenhäuser zu schleichen, nur um zu beweisen, dass du es kannst, werden es alle großartig finden. Ich sollte Jake bitten, herauszufinden, ob Marc mit jemandem zusammen ist.«

»Nein. Lil, hör auf. Ich hätte nichts sagen sollen. Erzähl Jake nichts davon. Erzähl niemandem, was ich gesagt habe.«

Einen Moment lang wirkte Lil aufmüpfig, doch dann seufzte sie resigniert. »Meine Lippen sind verschlossen.«

»Das meine ich ernst, Lil.«

Amüsiert warf Lil die Hände in die Luft. »Wieso denken alle, ich könnte kein Geheimnis bewahren?«

Alethea hob die Hand und signalisierte der Kellnerin, dass sie die Rechnung bringen sollte. »Weil wir dich kennen?«, fragte sie, ohne schneidenden Ton in der Stimme – nur eine gute Freundin, die eine andere liebevoll neckte. »Du weißt, dass ich nur Spaß mache. Das heißt, größtenteils. Können wir eine Minute lang ernsthaft miteinander reden?«

Lil legte die Gabel ab. »Ich kann mich nicht auf die Art reinhängen, wie du es gern möchtest. Alles, was ich tun kann, ist Jake erneut zu fragen, ob es Probleme in der Firma gibt, und ihm nahezulegen, mit dir zu sprechen. Weiter als das werde ich nicht gehen, Al.«

»Er wird dir nicht die Wahrheit sagen.«

Augenblicklich war Lil so ernst wie ein Herzinfarkt. »Wir erzählen uns alles.«

»Jeder Mensch hat Geheimnisse.«

»Wir nicht voreinander«, erwiderte Lil überzeugt.

Seufzend lehnte sich Alethea zurück und beschloss, eine andere Strategie zu versuchen. »Was, wenn er nicht weiß, wie ernst es ist?«

Lil setzte sich aufrechter hin. »Jakes Verstand ist einer der schärfsten im Land. Wenn es ein Problem gibt, wird er das Gesamtbild erkennen. Wenn du handfeste Informationen hast, bringen wir sie direkt zu ihm.«

»Was zum Teufel sollen handfeste Informationen sein? Ich bezahle Leute, damit sie die Ohren offenhalten. Ich bezahle sie gut dafür, dass sie mich über Ereignisse auf dem Laufenden halten, auch wenn sie unwichtig erscheinen. Es sind Häppchen von drinnen, von draußen, aus dem Untergrund und aus Übersee, und ich erkenne Muster, die andere vielleicht nicht sehen. Damit will ich nicht sagen, dass ich klüger bin als dein genialer Freund …«

»Verlobter.«

»Ich bitte vielmals um Entschuldigung, dein Verlobter«, korrigierte Alethea sarkastisch.

»Moment mal, hast du eben gesagt, von drinnen? Also innerhalb von Corisi Enterprises? Da arbeitet jemand, der auch auf deiner Gehaltsliste steht?« Lil fiel schockiert die Kinnlade runter.

Wenn sie das so sagt, hört sich das schlimm an. »Ja, stimmt. Seitdem Abby nach China geflogen war. Etwas, wofür du mir dankbar gewesen wärst, wenn sie verschwunden wäre.«

»Oh, mein Gott, Al!« Lil stand auf, stopfte alle Teile ihres Handys in die Handtasche und schwang sie über die Schulter. »Ich will nichts weiter hören.«

»Bist du überhaupt nicht neugierig, was ich gefunden habe?«

Schachmatt.

Lil setzte sich. »Du hast etwas gefunden?«

»Diese Aussetzer sind kein Zufall. Mein Informant hat zwei von ihnen über mehrere Scheinadressen zu einer einzigen IP-Adresse zurückverfolgt.«

»Dann steht das nicht mehr infrage. Wir müssen das Jake mitteilen.«

»Noch nicht.«

»Was soll das heißen? Jake muss davon wissen. Sobald sie herausgefunden haben, wer dahintersteckt, werden er und Dominic ihn vernichten. Problem gelöst.«

Die Kellnerin brachte den Zahlungsbeleg, und als sie wieder allein waren, sah Alethea Lil direkt in die Augen. »Das können wir nicht zulassen. Zuerst müssen wir uns sicher sein, dass er schuldig ist.«

»Du hast gesagt, du wüsstest, wer das tut.«

»Nein, ich habe gesagt, dass es von ein und derselben IP-Adresse kommt. Wir benötigen mehr als das, bevor wir mit dem Finger auf jemanden zeigen.«

»Al, immer glaubst du, dass wir das allein schaffen müssen, aber Jake kann uns helfen. Wir brauchen nicht länger private Spürhunde zu spielen. Du könntest Teil eines Teams sein, anstatt allein zu arbeiten.«

»Lil, es ist Stephans IP-Adresse.«

Lil schwankte auf ihrem Platz. »Nein!«

»Doch.«

»Ach, du heilige Scheiße!« Lil schwieg einen Moment lang und ließ sich die Vorstellung durch den Kopf gehen. Dann schüttelte sie entschieden den Kopf. »Nein. Das würde Stephan nicht tun. Er liebt Nicole.«

»Er hat Dominic auch früher schon aufs Korn genommen.«

»Das war, bevor sie sich verlobt haben.« Erneut schüttelte sie schockiert den Kopf und hielt sich die zittrige Hand vor den Mund. »Du glaubst doch nicht ernsthaft, dass er so etwas tun würde, oder?«

»Geld und Macht korrumpieren die Menschen. Ich weiß es nicht.«

Lil hielt ihre Handtasche eng an sich gedrückt und wirkte zugleich wütend und unglücklich. »Ich weiß nicht, was ich jetzt damit anfangen soll, Al. Ich will das nicht wissen. Ich will glücklich sein. Ich liebe Nicole und ich liebe Stephan. Das würde die Familie auseinanderreißen. O Gott, wir dürfen Jake nichts sagen. Er misstraut Stephan.«

Obwohl sie es furchtbar fand, ihre Freundin aufgewühlt zu sehen, wusste Al, dass sie herausfinden musste, ob Stephan hinter diesen Aussetzern steckte – und dass sie dafür Insiderinformationen brauchte. »Dieses Problem wird sich nicht in Luft auflösen, nur weil du dich weigerst, dich ihm zu stellen. Willst du wirklich aufs Beste hoffen und abwarten und zusehen, wie die Sache ausgeht? Was, wenn Stephan es darauf angelegt hat, dem Unternehmen deines Verlobten zu schaden? Möchtest du die Person sein, die keinen Finger gerührt hat?«

»Gib mir einen Tag Bedenkzeit, Al. Unternimm erstmal nichts. Lass mich die Sache einfach überdenken. Versprich mir, dass wir das ausnahmsweise mal auf meine Art angehen. Versprich es mir.«

Lil hob zwei Finger zum Pfadfinderehrenwort.

Alethea gefiel das nicht, aber was konnte sie schon tun? Sie schwor mit Pfadfinderehrenwort, auf Lils Lösung zu warten.

* * *

Marc ging die Aufnahmen der zusätzlichen Überwachungskameras durch, die er systematisch in allen Bürogebäuden von Corisi Enterprises hatte installieren lassen. Da dies nur nachts nach Büroschluss erledigt werden konnte, hatte das fast eine Woche lang gedauert. Dem nächtlichen Sicherheitsteam teilte er nichts weiter mit, als dass er das System upgraden ließ. Je weniger davon wussten, desto besser. Nur seine engsten Mitarbeiter hatte er in dieses Projekt miteinbezogen. Wenn es einen Maulwurf gab, würde er ihn finden.

Craig kam mit einem Bericht in der Hand herein. »Wir haben die Hintergrundüberprüfungen aller durchkämmt, die in den letzten sechs Monaten eingestellt wurden. Nichts.«

»Dann gehen Sie ein Jahr zurück. Gehen Sie zwei zurück. Suchen Sie weiter.«

»Was hoffen Sie zu finden?«

»Nichts. Ich hoffe, Sie kommen ohne Resultat zurück. Aber ich habe so ein Gefühl, dass das vielleicht nicht der Fall sein wird. Außerdem sind Sie hiermit degradiert.«

»Was? Ohne jedes Feedbackgespräch? Geht's hier um den Vorfall im Krankenhaus?«

»Nein«, antwortete Marc unwirsch. *Das war meine Schuld. Alethea hatte recht gehabt. Speziell ausgestellte IDs wären nötig gewesen. Daran hätte ich denken sollen.* »Die Degradierung ist nur pro forma. Sie gehen undercover. Keine Sorge, Ihr Gehalt bleibt unverändert. Sie haben den Auftrag, der lässigste Postraumbote in der Geschichte von Corisi Enterprises zu sein. Ich gebe Ed im Postraum Bescheid. Eventuell erkennt er Sie als Teil meines Teams, aber ich kann darauf vertrauen, dass er das für sich behält. Sie werden die Post ausliefern und sich, wo auch immer Sie hingehen, umsehen. Gesellen Sie sich überall dazu, wenn sich die Leute in den Pausen treffen. Halten Sie Ausschau, wer ein neues Auto fährt, das er sich eigentlich nicht leisten kann. Alles dieser Art. Wenn ich etwas über Maulwürfe weiß, dann das: Sie mögen gut darin sein, ihre Spuren zu verwischen, aber der Versuchung, das zusätzliche Geld auszugeben, kann niemand widerstehen. Lächeln Sie. Flirten Sie. Seien Sie jedermanns Freund. Mir ist egal, ob Sie mit jeder unserer Sekretärinnen etwas trinken gehen müssen. Ich will den Büroklatsch.«

»Harter Auftrag.« Er setzte ein junges, verschmitztes Lächeln auf, bevor er sich strammer hinstellte, am Türpfosten in Pose ging und versuchte, wie Casanova zu lächeln.

»Bleiben Sie auf dem Boden, Craig. Sie sollen sie nicht daten. Kommen Sie nah genug heran, um herauszufinden, ob sie etwas wissen, und dann gehen Sie zur Nächsten über. Wenn man mich nicht sofort erkennen würde, hätte ich das selbst übernommen.«

»Ich hoffe, ich breche niemandem das Herz«, meinte Craig mit gespielter Sorge.

Marc verdrehte die Augen. »Ich bin mir sicher, sie werden es überleben.«

»Das ist herzlos, Marc. Echt herzlos. Wie nennen wir diese verdeckte Operation? Wir brauchen etwas Griffiges.«

»Sagen wir doch ›Jobsicherheit‹. Wenn Sie das vermasseln, werde ich Sie vor dem Zorn der da oben nicht retten können. Also, tauchen Sie unter, besorgen Sie die Informationen, die wir brauchen, und verschwinden Sie. Niemand darf wissen, was wir tun.«

Craig nickte lächelnd. »Alles klar!«, erwiderte er und verließ den Raum. Einen Moment später leuchtete das Ohrstück auf Marcs Schreibtisch auf. Er nahm es hoch und drückte einen Knopf, der es dem Sender erlaubte, mit ihm ein geschütztes Privatgespräch über Funk zu führen.

»Der Hai ist im Wasser. Ich wiederhole: Der Hai ist im Wasser«, sagte Craig.

»Und Sie sind der Hai?«, fragte Marc mit resignierter Amüsiertheit.

Kaum lauter als im Flüsterton fragte Craig: »Ist das ein Test, ob ich meine eigene Tarnung aufdecke?«

Marc schloss die Augen und bemühte sich, Geduld zu wahren. »Meinetwegen nennen Sie sich, wie Sie wollen, aber legen Sie mir am Ende des Tages einen Bericht vor.« Er legte das Ohrstück hin. Craig hatte er aufgrund seiner quirligen Persönlichkeit für diesen Auftrag ausgewählt. Das würde ihm helfen, sich im Gebäude frei zu bewegen, ohne Verdacht zu erregen. Marcs Eliteteam war zu gereift, zu abgehärtet, um die Rolle des Postraumboten zu spielen. Craig war die einzige realistische Option.

Marc kehrte an den Schreibtisch zurück und richtete seine Aufmerksamkeit auf den eigentlichen Joker in diesem Spiel. Einen, dem Craig nie etwas vormachen könnte. Er mochte sich als Hai bezeichnen, doch aus einem Unschuldigen wie Craig würde Alethea mühelos Hackbällchen machen.

Marcs Stolz war noch immer von der ersten Begegnung mit ihr verletzt.

Alethea. Ebenso schön wie gerissen. Sowohl Dominic als auch Jake hatten ihn vor ihr gewarnt, allerdings war diese Warnung einen Tag zu spät gekommen. Als er sich an ihr erstes Treffen erinnerte, schlug sein Herz doppelt so schnell. Mit ihrer wilden langen rostroten Mähne, smaragdgrünen Augen und der athletisch straffen Figur war sie fraglos die bemerkenswerteste und schönste Frau auf Jakes Verlobungsparty gewesen.

Von der Art, wie sie die Augen auf ihn geheftet hielt, hätte er wissen sollen, dass sie Hintergedanken hegte. Das Lächeln auf ihren Lippen zeigte sich zu leicht. Die flirtenden Blicke waren zu unverhohlen. Dennoch war er nicht fähig gewesen, ihrem Reiz zu widerstehen.

Jedes kritische Wort über ihn, das in ihrem Bericht für Dominic stand, hatte er verdient. An jenem Abend war er tatsächlich schwach und leicht abzulenken gewesen. Er hatte sie mit einer nie gekannten Intensität gewollt. Wie eine Sirene hatte sie nach ihm gerufen und er war ihr gefolgt – wobei er seine Pflichten vernachlässigte, was in all der Zeit, die er für Dominic gearbeitet hatte, noch nie vorgekommen war.

Dominic hatte mit einer simplen Warnung darauf reagiert: »Halt dich von Alethea fern. Sie macht nichts als Ärger.«

Jake hatte ihm eine ähnliche Anweisung gegeben: »Erspar dir den Trümmerhaufen, der von jeder persönlichen Verstrickung mit Alethea übrig bleibt.« Marc hatte sich daran gehalten, denn trotz der vielen Nächte, die er mit der Erinnerung an den einen heißen Kuss mit ihr verbrachte, lag seine Loyalität bei den Männern, die ihm eine Chance gegeben hatten, während der Rest der Welt ihm den Rücken zukehrte.

Keine Frau, nicht einmal eine, deretwegen Sex mit anderen Frauen weniger verlockend war, würde der Grund dafür sein, diese beiden je wieder zu enttäuschen.

Jetzt wollte Jake, dass er Alethea überwachte – und zwar lückenlos. Dagegen hatte er prinzipiell nichts einzuwenden. Andererseits barg dies ein gewisses Risiko, dass er vergaß, weshalb zwischen ihnen keinesfalls etwas laufen durfte. Seine persönlichen Gefühle mussten sich seiner Pflicht unterordnen.

Er musste herausfinden, ob sie mit den aktuellen Programmierfehlern etwas zu tun hatte. Um das zu erreichen, musste er die Verteidigungsmauern einer Frau durchbrechen, die seine eigenen schon einmal mit einem einzigen sinnlichen Blick demoliert hatte.

Wie überlistet man eine Frau, die dafür berühmt ist, alle anderen zu überlisten?

Man spielt nach ihren Regeln.

Mit anderen Worten: Es gibt keine.

Er dachte an den Ausdruck in ihren Augen zurück, als sie ihn im Krankenhaus erblickt hatte. Egal, wie ihre erste

Begegnung ausgegangen war, die Anziehung beruhte nach wie vor auf Gegenseitigkeit.

Das kann ich nutzen.

Vielleicht sogar genießen.

Sie anzurufen beherrschte den ganzen Tag lang seine Gedanken, aber er zwang sich, abzuwarten. Wenn er gewinnen wollte, musste er Strategie und Zeitpunkt sorgfältig wählen. Zum Glück hatte er sein Ziel fast ein Jahr lang studieren können.

Und diese Zeit hatte er genutzt. Er behielt sie auf dem Radar, auch wenn manche hätten sagen können, dass das unnötig war. Zwar besuchte sie zunehmend weniger die gesellschaftlichen Veranstaltungen, bei denen er arbeitete, doch wenn sie kam, konnte er den Blick nicht von ihr abwenden. Anfangs versuchte er, sich einzureden, dass das zu seinem Job gehörte, wobei er nicht abstreiten konnte, dass es ihm Freude bereitete, sie zu beobachten. Alethea betrat einen Raum stets mit einer Absicht im Sinn. Wollte sie im Mittelpunkt stehen, ließ sie ihre rote Mähne offen wallen – und fachte damit die Leidenschaft der Männer an, um sie wie ein Matador mit seinem roten Tuch in ihr Verderben zu locken.

Verderben war vielleicht ein wenig übertrieben. Die meisten Gespräche endeten mit einem nachdenklichen Ausdruck auf ihrem Gesicht. Die rassige Kleidung, verweilende Seitenblicke und sogar ihr leicht flirtendes Lachen waren Mittel, mit denen sie ihre Opfer ablenkte, während sie sich die Informationen verschaffte, die sie haben wollte.

Sie war eine Frau, die niemals die Kontrolle verlor.

Eine Frau, der Männer schmeichelten, anstatt sie herauszufordern.

Jemand, der gern gewann.

Ein teuflisches Grinsen breitete sich auf seinem Gesicht aus. Marc wusste jetzt ganz genau, wie er sie aus der Bahn werfen und neben der Spur halten konnte.

Es klingelte. Zweimal.

»Hallo?«, meldete sich Alethea leicht skeptisch, höchstwahrscheinlich, weil er seine Nummer blockiert hatte.

Zeit, es dir heimzuzahlen.

KAPITEL 5

Alethea stöhnte auf und drehte sich im Bett auf den Rücken, als sie ihr Handy klingeln hörte. Den meisten ihrer internationalen Kontakte hatte sie beigebracht, sie zu einer vernünftigen Zeit anzurufen, dennoch gab es noch ein paar, die das ab und zu vergaßen. Sie griff nach dem Telefon, stellte es sofort auf Lautsprecher und ließ sich rückwärts auf die festen Kissen fallen. Das Bett war analog zum Rest der Wohnung zweckbetont, ohne übermäßige Bequemlichkeiten. Zu viel davon ließ einen weich werden, machte verwundbar.

Und Alethea weigerte sich, das jemals wieder zu sein.

»Hallo Alethea«, hallte eine tiefe männliche Stimme durchs dunkle Schlafzimmer, als wäre ihr Besitzer dort bei ihr.

Schlagartig wach, setzte sich Alethea auf. Es gab nur einen Mann, dessen Stimme allein ihren Körper vor Aufregung zum Vibrieren bringen konnte. »Marc«, erwiderte sie und bemühte sich, gelassen zu bleiben. Sie war froh, dass er nicht sehen konnte, wie ihre Wangen warm wurden und wie sich ihre Brustwarzen an ihrem baumwollenen T-Shirt steif abzeichneten – eine Nebenwirkung der zahllosen Nächte, in denen sie ihn als Inspiration benutzt hatte, wenn sie sich selbst verwöhnte. »Womit habe ich mir einen Anruf verdient?«, fragte sie sarkastisch, doch ihre Stimme klang rauer, als sie beabsichtigt hatte.

»Ich musste die ganze Woche über an dich denken.«

Auf die gleiche Art, wie ich an dich?, überlegte sie, behielt die Frage allerdings klugerweise für sich.

Sie legte sich entspannt in die Kissen zurück und schloss die Augen. Mit Captain America hatte sie nichts gemeinsam – auch wenn ihre Libido überzeugt war, dass das nichts zur Sache täte. »Und hast du endlich beschlossen, dich für meine Hilfe im Krankenhaus zu bedanken?« Okay, das war ein Seitenhieb, aber sie konnte es sich nicht verkneifen.

»Lass uns nicht über die Arbeit reden«, lenkte er geschmeidig ab. »Genau genommen gibt's da nur ein Wort, das ich von dir hören will, und das lautet Ja.«

Frag nicht weiter. Er will deine Neugier anstacheln ... »Ja wozu?«

Er lachte leise und klang dabei dermaßen sexy, dass es ihr ein warmes Kribbeln in den Bauch und weiter nach unten sandte. »Zu allem.«

»Das kannst du vergessen.«

»Hast du Angst?«, fragte er mit rauer Stimme.

Nur davor, mir weh zu tun, weil ich mich nicht schnell genug für dich ausziehen kann. Siehst du? Deshalb kann ich nicht Ja sagen. Wenn sich nämlich etwas so gut anfühlt, wie mit dir zusammen zu sein, nimmt es immer ein schlechtes Ende. »Nein, ich bin nur clever genug, um zu wissen, dass du mich nur anrufen würdest, wenn du etwas von mir brauchst. Was du hier vorschlägst, könnte chaotisch und kompliziert werden. Du willst weder mit dem einen noch mit dem anderen zu tun haben. Also, was willst du wirklich?«

»Ach, Alethea. Um so vieles klüger als wir anderen. Wenn du mich und meine Motive so gut durchschaust, gehst du ja kein Risiko ein, wenn wir uns treffen.« Er lachte wieder leise. »Es sei denn, du befürchtest, dass du dich bei mir nicht beherrschen kannst.«

»Dieses Risiko besteht nicht.«

»Dann beweis mir, dass ich mich irre. Lass uns etwas trinken gehen.«

Ihre rationale Seite begann, alle Gründe aufzulisten, weshalb das keine gute Idee war. Er arbeitete für Dominic. Wenn sie herausfinden wollte, was vorging, musste sie jetzt mehr denn je einen klaren Kopf behalten. Andererseits hatte er vielleicht Insiderinformationen, die helfen könnten, Stephan zu entlasten.

Ich habe Lil versprochen, dass wir uns erst unterhalten, bevor ich etwas unternehme.

Allerdings hat sie mich ebenfalls dazu herausgefordert, Marc anzurufen.

Das heißt, genau genommen würde ich mein Versprechen nicht brechen.

»Okay, einen Drink.«

»Großartig. Und jetzt sag es.«

»Was denn?«

»Ja.«

Was für ein Spiel war das? »Nein.«

»Du bist eine köstliche Herausforderung, Alethea«, sagte er mit tieferer Stimme und heißes Verlangen durchzuckte sie. »Kämpf ruhig weiter darum, in jeder Situation die Kontrolle zu behalten. Das macht es um so süßer, wenn du dich schließlich fügst.«

Aletheas Herz klopfte laut, denn ihr Körper reagierte erneut im Widerspruch zu dem, was sie dachte. *Mich fügen? Was glaubt dieser Typ eigentlich, mit wem er hier redet?* Leicht ironisch gestand Alethea sich ein: *Nur mit einer Frau, der allein der Gedanke daran, wie er versucht, sie zu unterwerfen, ein nasses Höschen beschert …*

Cool bleiben. Spiel die Coole. Lass dir nicht anmerken, dass er einen Effekt auf dich hat.

»Ich dachte, du möchtest was trinken gehen.«

»Wir wissen beide, was du in Wahrheit von mir willst. Wieso es noch abstreiten?«

»Wow, in deinem Bett ist wahrscheinlich nicht genug Platz für mich und dein Ego, also lehne ich dieses Angebot dankend ab.«

Sein tiefes Lachen war so ziemlich das Sinnlichste, was sie je gehört hatte. Es klang verspielt und barg dennoch das Versprechen auf Entschlossenheit. »Ich liebe es, wie du dich hinter Sarkasmus versteckst, wenn du Angst hast. Das mag andere abschrecken, aber ich finde das heiß. Du kannst mich beleidigen so viel du willst, Alethea. Das ändert nichts daran, wie der Abend enden wird. Ich weiß, was du brauchst.«

Eine kalte Dusche? Was zum Teufel ist eigentlich los mit mir? Wütend steckte sie ihre Decke eng um sich herum fest. »Ich brauche überhaupt nichts. Ich kann jeden haben, den ich will, und zwar wann ich will und wie ich will!«

»Genau das ist der Grund, weshalb du unzufrieden bist. Du willst jemanden, der nicht nach deiner Pfeife tanzt. Du träumst davon, genommen zu werden, auf die raue Art, wieder und wieder. Du willst diejenige sein, die um Erlösung bittet. Ich weiß, wonach du dich sehnst. Ich kann dir diese Fantasie geben – und noch einiges mehr. Aber du musst dich mir ganz und gar ergeben. Das ist, was mir gefällt. Das ist, was *ich* brauche.«

Alethea wurde panisch und legte auf.

Bevor sie einwilligen konnte.

Ihr Handy vibrierte und sie sah nach. Er hatte ihr eine kurze Nachricht geschickt: »Ich hätte dich für mutiger gehalten.«

Beinahe konnte sie sein Lachen hören und vor Wut wurden ihre Wangen heiß. *Bastard!* Sie warf ihr Handy neben sich aufs Bett.

Was für ein arroganter Arsch. Für wen hält er sich eigentlich – Gottes Geschenk an die Vagina?

»Kein Mann konnte dich je richtig befriedigen«, äffte sie seine Stimme nach.

Lächerlich!

Und absolut korrekt.

Natürlich hatte sie ihren Teil an Orgasmen und Sexualpartnern gehabt, aber nichts davon war so außergewöhnlich gewesen, dass sie es klar in Erinnerung behalten hätte. Die Zahl hielt sich bei kaum mehr als einer Handvoll, obwohl sie mit einem der talentierteren ihrer Partner in Kontakt geblieben war. Doch sogar er war kaum mehr als zweckdienlich. Als Frau konnte man zwar viel in Batterien investieren, aber ab einem gewissen Punkt musste Sex auch mal das einzig Wahre mit einschließen.

Vielleicht ist das mein Problem. Sie versuchte, sich daran zu erinnern, wann sie zum letzten Mal Sex mit einem Mann gehabt hatte, und stellte fest, dass es vor über einem Jahr war. *Es ist zu lange her. Mehr ist da nicht. Ich bin eine gesunde Frau in den besten Jahren.*

Marc ist nichts Besonderes.

Ich hätte was mit ihm trinken gehen sollen, einfach nur, um die Natur zu befriedigen und diese lächerliche Faszination zu beenden, die ich für ihn hege.

Warum konnte er sie nicht einfach irgendwohin ausführen, ihr einen Drink ausgeben und sie mitten in der Nacht, wenn er schläft, aus der Wohnung schleichen lassen, wie alle anderen Männer, die sie kannte? Warum musste er den Machogang einlegen und Volldampf den »Füg dich!«-Kurs fahren?

Mit dieser Aussage hat er bewiesen, wie wenig er mich kennt.

Nie im Leben unterwerfe ich mich einem Mann!

Okay, in einer flüchtigen Fantasie tue ich das hin und wieder, aber das ist eben Fantasie. Im echten Leben würde ich einem anderen niemals freiwillig die Kontrolle über mich geben.

Sie dachte an die Psychologin, mit der sie damals in der Highschool gesprochen hatte, als ihre Mutter meinte, sie müsste ihre Gefühle laut artikulieren. Die Frau hatte sie gewarnt, dass sie niemals glücklich sein würde, wenn sie den Rest ihres Lebens hoch alarmiert verbrachte.

Das war leicht gesagt für jemanden, der noch nie wegen einer Gefahr, die ihm entgangen war, alles verloren hatte.

Wenn der Vater gestorben war und man wusste, dass man daran schuld war.

Solange ich etwas zu verlieren habe, werde ich mich nicht entspannt zurücklehnen.

Solange ich jemanden zu beschützen habe.

Entspannen und tief schlafen kann ich, wenn ich tot bin.

* * *

Marc legte sein Handy auf den Tisch, zog sich für die Nacht aus und lächelte. Den Anzug hängte er in den Schrank und schlüpfte in eine bequeme Flanellhose. Alethea würde sich an diesem Abend nicht mit ihm treffen, aber das hatte er auch nicht erwartet. Allerdings hatte er sie aus der Fassung gebracht, was seine Absicht gewesen war.

Brieftasche und Armbanduhr legte er auf den Nachttisch neben den Fotos seiner Familie ab und schüttelte amüsiert den Kopf. Seine Mutter würde ihm die Ohren langziehen, würde sie ihn je mit einer Frau so sprechen hören, wie er es eben mit Alethea getan hatte, und seine beiden Schwestern auch. Er war in einem Haus mit starken und eigensinnigen Frauen aufgewachsen. Sein Vater war, genau wie dessen Vater vor ihm, ein US-Marine – eine Tatsache, die den meisten Menschen eine falsche Vorstellung von Marcs Kindheit vermittelte. Als Sohn von älteren Eltern und dem Vater im Ruhestand, entging er den Entsendungen und Versetzungen und wuchs in einem soliden Haushalt mit beiden Elternteilen auf. Sein Vater liebte seine Frau abgöttisch und verwöhnte die Töchter. Die Männer der

Familie Stone verteidigten ihre Familie und ihre Heimat mit aller Macht, aber zu Hause waren sie entspannt und neigten eher zum Humor als zu harschen Worten. Marcs Vater sagte oft, dass es Zeiten und Orte gab, die das Hässlichste erforderten, das in einem Mann steckte – das Zuhause gehörte jedoch nicht dazu.

Die Familie war nicht reich. Sie arbeiteten hart und erzogen ihre Kinder dazu, Autorität, Bildung und den Wert eines geladenen 45er-Colts zu respektieren. Marc war mit mehr als nur ein wenig Bewunderung für intelligente und unabhängige Frauen aufgewachsen.

Trotzdem hatte Alethea etwas an sich, das den Drang in ihm wachrief, sich auf die Brust zu trommeln und sie in die nächstbeste Höhle zu zerren – ein Trieb, der sich verstärkte, da er jetzt gespürt hatte, dass ein Teil von ihr genau das auch wollte.

Scheiße.

Konzentrier dich!

Ich brauche Zugang zu ihren Gedanken, nicht zu ihrem Bett.

Seine Loyalität zu Dominic würde er nicht von einem paranoiden Rotschopf untergraben lassen, egal, wie umwerfend sie war oder wie viele kalte Duschen dafür nötig waren.

Er nahm sein Notebook mit ins Bett und durchforstete das Internet nach allem, was ihre Motivation erklären konnte. Über ihren persönlichen Hintergrund wusste er durch eine gründliche Durchleuchtung Bescheid, doch irgendwie passte da etwas nicht ganz zusammen. Bis zur Mittelschule war sie eine vorbildliche Schülerin gewesen. Dann musste etwas vorgefallen sein. Etwas, das ernst genug war, um den Verlauf ihres Lebens zu ändern. Die beachtliche Liste an Privatschulen, aus denen sie rausgeflogen war, sprach Bände über den Einfluss ihrer Familie und deren Reichtum. Im Bericht stand, dass ihr Vater an einem Herzanfall gestorben sei. War sie bei ihm gewesen, als es passierte? Dazu gab es keine Angaben. Über den Vorfall existierten auffallend wenige Informationen.

Dank der explosionsartigen Ausbreitung von Social Media brachte seine Suche Fotos von Alethea und Lil bei öffentlichen Veranstaltungen über die Jahre hinweg zum Vorschein. Abschlussbälle, Partys mit Freunden – nicht einmal jemand, der so umsichtig war wie Alethea, konnte alle Fotos von sich aus dem Internet heraushalten. Die Leute hatten Fotos gepostet und sie darin getaggt. Lil hatte eine ganze Fotomontage der beiden im Abschlussjahr zusammengestellt und auf einem alten Blog veröffentlicht, den beide wahrscheinlich längst vergessen hatten.

Er lächelte über ein Foto, auf dem die Freundinnen Seite an Seite vor einer Schule standen und herrlich schuldbewusst aussahen. Es gab aktuellere Fotos von Alethea, auf denen sie mit liebevollem Blick auf die neugeborene Colby in ihren Armen hinabschaut.

Ganz eindeutig liebte sie Lil und deren Kind. Wie weit würde sie gehen, um sie zu beschützen? Hatte Jake recht? Waren die Aussetzer in der Software Aletheas Warnung, dass es Schwachstellen in der Firewall des Corisi-Servers gab?

Obwohl er ihre Loyalität zu Lil bewunderte, war Marc jedoch auch klar, was das hieß.

Er konnte ihr nicht vertrauen.

Und er musste sie aufhalten.

* * *

Auf der anderen Seite der Stadt betrieb Alethea ebenfalls ein paar Nachforschungen. Sie hatte kaum geschlafen, aber das war nichts Neues. Das Bett war mit Akten bedeckt, die sie herausgesucht hatte. *Hör auf, daran zu denken, wie diese Nacht hätte sein können, und konzentrier dich auf das, was wichtig ist,* wies sie ihre Libido in die Schranken.

Die frühmorgendliche Sonne begann eben erst, durch die Fenster ihre Wohnung zu erhellen. Sie hatte nur ein paar Stunden geschlafen und das nicht gerade friedvoll.

Wieso sollte Stephan Dominic weiterhin im Visier haben?

Was könnte er bezwecken wollen?

Indem er Nicole heiratet, holt er auch Isola Santos in seine Familie zurück.

Stephans Unternehmen steht aufgrund der Verbindung mit Corisi Enterprises besser denn je da.

Kann es Neid sein?

Er hatte bereits die Möglichkeit, Dominic fertigzumachen, ohne dabei erwischt zu werden. Doch stattdessen hatte er gestanden und für Nicole alles riskiert.

Um was damit zu erreichen? Dass ihm alle blind vertrauen?

Was könnte er überhaupt vorhaben, das noch vernichtender ist, als sein damaliges Ziel, Dominic finanziell zu ruinieren?

Sie schlug eine der Akten auf ihrem Schoß auf und schloss sie gleich wieder. Es war eine Anfrage für einen Auftrag in Dänemark. Man wollte, dass sie die Sicherheitsvorkehrungen einer neuen Bankenkette testete. Das war eine großartige Gelegenheit für sie und normalerweise wäre sie sofort darauf angesprungen.

Wie leicht es wäre, wenn sie das, was sie über die Computeraussetzer wusste, einfach Jake übergab und allem den Rücken zukehrte. Für ihre Einmischung würde ihr dagegen niemand danken. *Stephan kenne ich kaum. Es ist nicht meine Aufgabe, seinen Namen reinzuwaschen.*

Mein Instinkt sagt, dass er nichts damit zu tun hat. Aber was, wenn doch? Was, wenn ich auf dieser Information zu lange sitzen bleibe, weil ich nicht glauben will, dass er dazu fähig wäre – weil ich nicht will, dass Lil unter den Konsequenzen zu leiden hat?

Was, wenn er genau darauf zählt? Dass ihn jetzt niemand mehr verdächtigen würde?

Ich muss dem auf den Grund gehen.

Ich muss wissen, ob er es auf Dominic abgesehen hat.

Und wenn nicht er, dann muss ich wissen, wer sonst.

KAPITEL 6

Lil lud ihre beiden Gäste ein, sich zu setzen, und stellte vier Teetassen auf ein Tablett. Sie bediente heute persönlich. Genau genommen hatte sie dem Personal den Vormittag freigegeben. Sie wollte nicht, dass jemand mitbekam, was sie geplant hatte.

Marie Duhamel, Dominics persönliche Assistentin und zweite Mutter, nahm die angebotene Teetasse entgegen und stellte sie vorsichtig vor sich ab. Als ihr Blick auf die vierte Tasse fiel, zog sie eine Augenbraue hoch. Lil gab vor, es nicht zu bemerken.

Komm nicht zu spät, Alethea. Ruf mich ja nicht mit einer Ausrede an, weshalb du nicht kommen kannst. Das muss klappen!

Nicole hob ihre Tasse an und sah sich im Raum um. »Lil, du klangst nervös, als du mich eingeladen hast, heute Morgen zu dir zu kommen. Ist etwas passiert? Geht's Abby gut? Ich habe sie gestern gesehen und sie schien okay zu sein.«

»Es geht nicht um Abby.«

Marie beugte sich über den Tisch vor und legte bestärkend ihre Hand auf Lils. »Egal, was es ist, wir sind für dich da. Du kannst über alles mit uns reden.«

Kann ich das? Habe ich mich richtig entschieden? Alethea und ich haben uns schon einmal in dieser Lage befunden — bewaffnet mit Informationen, die geliebte Menschen retten, aber ebenso gut auch verprellen könnten. Damals hätte ich Jake beinahe verloren, weil ich ihn angelogen habe. Diese Menschen sind meine Familie. Und wir wollen alle das Gleiche. Wir wollen alle, dass Stephan unschuldig ist. Niemand wird sich über die jüngsten Erkenntnisse freuen – weder Alethea noch Marie, und ganz sicher nicht Nicole. Aber wir können beweisen, dass Stephan nichts damit zu tun hat – und zwar gemeinsam. Ich werde sie dazu bringen, das einzusehen.

Lil atmete Kraft schöpfend durch und sagte dann: »Ich habe noch Alethea eingeladen.«

Maries Ausdruck wurde verschlossen und sie zog ihre Hand zurück. »Ach, was für eine nette Überraschung«, sagte sie mit erzwungener Höflichkeit.

»Das ist sicher nicht leicht für dich, Lil.« Nicole sah sie mitfühlend an. »Ich weiß, wie viel sie dir bedeutet, aber manche Charaktere vertragen sich nicht allzu gut mit anderen und leider ist Aletheas Charakter einer davon.«

»Wie liebenswürdig von dir«, sagte Marie zu Nicole. »Äußerst liebenswürdig.«

Lil straffte entschlossen die Schultern und verteidigte ihre Freundin. »Alethea ist mir seit Langem eine sehr gute Freundin. Ich weiß, dass sie die Dinge auch mal zu weit treiben kann. Sie ist impulsiv, sie ist bissig und sie misstraut sogar dem Mond, sobald sie ihn nicht mehr sehen kann. Aber für mich ist sie wie eine Schwester, also sprecht in meiner Anwesenheit bitte nicht schlecht über sie.«

Maries Miene wurde etwas weicher. »Niemand sagt, dass du nicht mit ihr befreundet sein darfst.« Lil sah ihr direkt in die Augen. Marie fuhr fort: »Und wahrscheinlich sollten wir alle versuchen, uns etwas mehr Mühe zu geben und netter zu ihr zu sein. Du solltest nicht das Gefühl haben, sie vor uns verteidigen zu müssen.«

Nicole setzte ihre Tasse ab und lächelte. »Kaum zu glauben, dass sie sich durch die Küche ins Krankenhaus geschlichen hat. Das Mädel hat Schneid. Das muss man ihr lassen.«

»Ich hoffe, ihr gesteht ihr mehr zu als nur das.«

Marie neigte den Kopf leicht zur Seite. »Was meinst du?«

Lil biss sich nervös auf die Unterlippe und antwortete dann: »Sie hat mir etwas erzählt und ich weiß nicht, was ich damit anfangen soll. Marie, du bist ein Problemlöser. Ich brauche deinen Rat. Und Nicole, möglicherweise weißt du etwas, das alles aufklären kann, bevor das größere Kreise zieht. Ich vertraue euch beiden voll und ganz. Ich hoffe, ihr versteht, weshalb ich uns zusammengebracht habe.«

Nicole wurde bleich. »Du machst mich ganz nervös.«

Alethea stand, wie immer unangekündigt, in der Tür. »Ich wusste nicht, dass das eine Party sein sollte.«

Lil durchquerte den Raum zu ihrer Freundin und nahm sie beim Arm. »Al, diese Methode ist besser als deine. Diesmal kann ich nicht Detektiv mit dir spielen. Ich habe zu viel zu verlieren. Sag ihnen, was du weißt. Lass uns gemeinsam herausfinden, was vorgeht.«

Sie wollte Alethea mit sich zu den beiden anderen Frauen ziehen, allerdings rührte sich diese keinen Millimeter. Sie schaute von Marie zu Nicole und wieder zurück. »Warum wirfst du mich nicht gleich den Wölfen zum Fraß vor? Glaubst du etwa, sie wollen hören, was ich herausgefunden habe?«

»Wollen? Nein. Müssen sie es hören? Ja«, gestand ihr Lil diesen Punkt mit geröteten Wangen zu. »Alethea, ich habe dich lieb, aber die beiden liebe ich auch. Vertrau ihnen. Vertrau mir.«

Das wird funktionieren. Es muss einfach.

Widerstrebend ging Alethea zu dem Tisch, an dem die Frauen saßen. Keine der beiden erhob sich. Ein letztes Mal warf sie Lil einen Blick zu, bevor sie sagte: »Ich habe Informationen, die die aktuellen Softwareaussetzer bei Corisi Enterprises zu Stephans IP-Adresse zurückführen.«

Marie stand auf und warf aufgebracht ihre Serviette auf den Tisch. »Was ist das für ein Unsinn?!« Noch vor einem Augenblick hatte Marie wie eine sanftmütige ältere Dame gewirkt. Angefangen beim konservativen Leinenkleid mit

Überjacke bis hin zum feinen Schmuck, alles an ihr strahlte New Yorker Kultiviertheit aus. Diese gesittete Fassade wurde bei der Andeutung einer Gefahr für ihre Jungs transparenter.

»Das ist kein Unsinn«, griff Lil eilig ein. »Wenn Alethea sagt, dass ihr die Information vorliegt, dann ist das die Wahrheit.«

»Das bedeutet nicht, dass ...«, warf Alethea ein, konnte den Satz jedoch nicht beenden, da Nicole ihr das Wort abschnitt.

»Nein!«, widersprach Nicole laut. Sie stand auf und bedeckte den Mund mit ihrer zitternden Hand. Tränen traten ihr in die Augen. »Stephan würde nie etwas tun, das mich oder meine Familie verletzt. Wir werden heiraten. Wie kannst du nur annehmen, dass er in so etwas verwickelt sein könnte?«

Alethea hob beschwichtigend die Hand, ihr Ton war jedoch nicht freundlich genug, um eine Frau zu beruhigen, die nach wie vor besorgt war, dass Dominic den Mann, den sie liebte, niemals komplett akzeptieren würde. »Wir sollten versuchen, uns auf die Fakten zu konzentrieren und deshalb nicht emotional zu werden.«

»Nicht emotional werden?!«, rief Nicole mit erhobener Stimme. »Nicht emotional?! Du kleine Schlampe! Du stehst da und behauptest, dass mein Verlobter das Unternehmen meines Bruders sabotieren will, und davon soll ich mich nicht angegriffen fühlen?«

»Ich habe nicht behauptet ...«, begann Alethea ungeduldig.

Nein! Das läuft alles ganz falsch. Die Frauen hörten Alethea nicht richtig zu und drängten sie in eine Verteidigungshaltung. Das verhieß nichts Gutes für den Ausgang des Treffens. »Nicole ...«, schnitt Lil Alethea das Wort ab.

»Welche Beweise hast du?«, fragte Marie mit kaltem Ton.

Alethea warf sich herausfordernd die langen Haare über die Schulter zurück und erwiderte scharf: »Ist das wichtig? Entweder ihr glaubt mir oder nicht.«

»Ich glaube es nicht«, verkündete Nicole mit so fest vor sich verschränkten Händen, dass sie bleich wurden. »Ich glaube dir kein Wort. Und mir fehlt die Zeit, um sie auf jemanden zu vergeuden, der nichts mehr liebt, als Unruhe zu stiften.« Bevor sie ging, wandte sie sich zu Lil um. »Glaubst du, dass Stephan etwas mit dem zu tun hat, was sie ihm da vorwirft?«, fragte sie verärgert.

Unter Druck bin ich nicht gut. Ich wünschte, Abby wäre hier. Sie wüsste, wie man mit Nicole reden musste, um sie zu beruhigen. »Nein, ich will nichts von dem glauben, aber Nicole, du stehst ihm am nächsten. Menschen machen Fehler. Er hat Jahre damit verbracht, Dominic zu hassen. Ist er wirklich darüber hinweg? Wenn das jemand weiß, dann du.«

Nicole wich zurück. »Ich weiß es, und ich kann nicht glauben, dass du mich das überhaupt fragst«, erwiderte sie mit vor Emotion brechender Stimme. Sie drehte sich um und verließ das Zimmer.

»Das war ganz anders gemeint, als es klang …«, sagte Lil traurig. Sie wusste, dass sie es nur schlimmer machen würde, wenn sie Nicole hinterhereilte. *Marie ist noch hier. Sie wird wissen, wie man das wieder in Ordnung bringen kann.*

Alethea und Marie standen sich Stirn an Stirn gegenüber. Zwei starke Frauen, die niemals handgreiflich werden würden. Allerdings wussten sie mit Sicherheit, wie sie einander verbal in der Luft zerreißen konnten. *Das darf ich nicht zulassen.*

Lil stöhnte, als sie das Feuer in Aletheas Augen sah. Auf Konfrontation reagierte sie allergisch. Manche Menschen mieden daher Konflikte, doch Alethea schaltete angesichts derer ein paar Gänge höher. Jemand war auf sie wütend? Sie wurde noch viel wütender. Das war ein Teil der Angst, die Lil immer bei ihrer Freundin gespürt hatte. Alethea musste die Oberhand haben und zog in den Kampf, sobald sie das Gefühl hatte, sie verloren zu haben.

»Niemand hat behauptet, dass Stephan der Drahtzieher ist. Ich weiß nicht, wer Zugriff auf seine Konten haben könnte oder weshalb er ihn jemandem geben würde, aber die Spur führt direkt zu ihm«, stellte Alethea mit schneidendem Ton klar.

»Natürlich tut sie das. Nein, du hast Stephan nicht beschuldigt, du hast nur gerade genug gesagt, um Zweifel zu säen«, erwiderte Marie gereizt. »Bist du derart unglücklich, dass du es nicht ertragen kannst, wenn andere glücklich sind?«

Nein! Nein! Nein! »Stopp, Marie! Dieses Treffen war meine Idee, nicht Aletheas.«

Marie fuhr damit fort, Alethea anzufeinden. »Diese angeblichen Aussetzer, existieren die überhaupt? Ich habe nichts davon gehört und die Jungs erzählen mir alles. Weißt du, was ich glaube? Ich glaube, du hast Angst, Lil zu verlieren, und bist bereit, jeden zu vernichten, damit es nicht dazu kommt.«

»Glaubst du ernsthaft, dass es mich interessiert, was du von mir denkst?«, fragte Alethea mit hoch erhobenem Kopf. »Ich brauche dir gar nichts zu beweisen. Lil kennt die Wahrheit.«

Kenne ich die? Lil musterte eindringlich Aletheas Gesicht. »Ich weiß, dass du glaubst, es gäbe ein Problem, Al, aber diesmal bin ich mir nicht sicher, was ich denken soll. Mir ist klar, dass sich die Dinge zwischen uns verändert haben. Das ist sicher nicht leicht für dich. Allerdings sehe ich neuerdings eine Seite an dir, die ich nicht verstehe. Du warst grausam mit Jeisa. So habe ich dich noch nie zuvor erlebt. Damit will ich nicht sagen, dass du dir alles ausgedacht hast, aber ist es möglich, dass du dich irrst?«

Aletheas Miene versteinerte. »Dann glaubst du mir also auch nicht?«

»Das habe ich nicht gesagt, Al, aber erkennst du, dass diese Sache alles zerstören könnte? Kannst du es nicht einfach gut sein lassen?« Lil sah hilflos zu Marie und dann wieder zu Alethea.

»Du weißt, dass ich die Wahrheit aufdecken muss.«

Lil sackte ein wenig in sich zusammen. »Sogar, wenn daran unsere Freundschaft zerbricht?«

»Sogar dann«, erwiderte Alethea knurrend, ging zur Tür und aus dem Haus hinaus zu ihrem Auto.

»Da hast du ja eine wirklich spezielle Freundin«, kommentierte Marie in die entstandene Stille hinein.

Lil legte sich die Arme um den Bauch und schüttelte den Kopf. »Nicht, Marie. Du kennst sie nicht.«

Marie nahm ihre Handtasche und antwortete: »Diese Tatsache kann ich definitiv nicht bestreiten. Dennoch möchte ich behaupten, dass ich dich gut kenne. Du bist glücklich, Lil. Lass nicht zu, dass sie dir das ruiniert.«

Nachdem Marie gegangen war, kehrte Lil in den hinteren Bereich des Hauses zurück, um die Nanny abzulösen. Colby kam ihr entgegengelaufen und vergrub ihr Gesicht am Bein ihrer Mutter. »Mama, Mama, hoch.«

Lil griff hinab und hob ihre kleine Tochter hoch. »Warst du lieb mit Karen?«

Colby lachte und zog ihre Antwort zu einem komisch langen Wort in die Länge. »Liiiieeeb?« Dann schüttelte sie feierlich den Kopf. »Nein.«

Lil drückte sie an sich und lachte laut auf. »Ich auch nicht. Ich glaube, ich habe so richtig Mist gebaut.«

Colby nahm das Gesicht ihrer Mutter in die kleinen Hände und sagte: »Zwei Minuten Auszeit.«

Wenn es für Erwachsene nur so einfach wäre.

KAPITEL 7

*A*lethea kippte sich den dritten *S*hot hinunter. Der *B*arkeeper hätte versprochen, der Drink würde sie umhauen: Die Heiligen Drei Könige – Johnny, Jack und Jim –, eine Mischung, die anfangs wie ein Schock einschlug und dann ein herrliches Brennen verursachte. Sie steckte das kleine leere Glas auf den Stapel der beiden anderen und winkte den Barkeeper heran. Sie wollte sich absichtlich so lange betrinken, bis sie entweder aufhörte, sich selbst zu hassen oder nichts mehr empfand – was auch immer zuerst eintrat.

Sie hätte sich besser umziehen und das enganliegende, ärmellose Tank-Dress zu Hause lassen sollen. An der Bar saßen zwei Männer, die sie ständig beäugten. Sie prüfte, ob sie eine Gefahr darstellten, und verwarf beide. Einer war groß und dicklich. Der andere sah nicht so aus, als hätte er schon einmal die hässliche Seite einer Faust zu spüren bekommen. Falls ihr einer von denen zur Tür hinaus folgte, bliebe nur zu hoffen, für den Schmerz, den sie ihm zufügen würde, nicht im Gefängnis zu landen.

Der eine lächelte ihr zu, als er ihren prüfenden Blick bemerkte. Sie schüttelte den Kopf und schaute weg. *Tut mir leid, ich finde Männer unattraktiv, wenn ich weiß, dass ich sie rund machen kann.*

»Wie's scheint, hast du es dir anders überlegt mit unserem Drink«, raunte eine tiefe vertraute Stimme aufreizend in ihr Ohr.

Alethea schaute nicht einmal auf, sondern kippte den vierten Shot hinter. »Verarsch mich nicht, Marc. Ich hatte einen Scheißtag.«

»Was du nicht sagst«, erwiderte er trocken.

»Woher wusstest du, dass ich hier bin?«

»Glaubst du mir, wenn ich sage, ich hatte so eine Ahnung? Oder sollte ich mich lieber zu leichtem Stalking bekennen?«

Alethea musste beinahe lächeln und winkte dem Barkeeper zu, einen weiteren Shot zu bringen. »Bring mich nicht zum Lachen. Im Augenblick hasse ich alles und jeden.«

»Willst du darüber reden?«

»Nein.« Sie trank den fünften Shot.

Er nahm ihre Handtasche, durchsuchte sie, holte ihre Autoschlüssel heraus und steckte sie in die Tasche seiner anthrazitgrauen Anzughose.

»Was machst du da?«, wollte sie mit den ersten Anzeichen einer schweren Zunge wissen.

»Du fährst heute Abend nirgendwo mehr hin.«

»Wie ich nach Hause komme, geht dich nichts an.«

»Mag sein, aber ich rühre mich nicht von hier weg.« Er nahm neben ihr Platz. Der Barkeeper kam mit dem nächsten Shot heran, doch Marc winkte ihn fort. »Also, dann erzähl mir mal von deinem Scheißtag.«

Alethea schloss die Augen und stützte sich dann mit den Ellbogen auf dem Tresen vor sich auf. »Ich feiere meine Befreiung von der Verantwortung, andere dazu zu bringen, die Realität zu sehen.«

»Du feierst nicht, du suhlst dich in Selbstmitleid.«

Alethea versuchte erfolglos, die leeren Shotgläser zu einer Pyramide aufzustapeln. »Du hast überhaupt keine Ahnung von dem, was vorgeht. Hat Marie dich geschickt? Sie glaubt, ich sei neidisch auf Lil und ihr neues Leben. Bin ich aber nicht. Ich will keinen Ehemann und keine Kinder. Mit ihrem perfekten kleinen Leben würde ich vor Langeweile sterben. Das heißt aber nicht, dass ich mich irre.«

»Worüber?«, fragte er leise.

Sie blickte auf in seine intensiv blauen Augen und bereute es augenblicklich, das getan zu haben. Auch wenn sie leicht verschwommen wirkten, waren sie schön wie immer. Vielleicht sogar noch schöner, weil sie so nah waren. Zu nah. Genau wie seine sinnlichen Lippen, die zu einer nachdenklichen Linie zusammengepresst waren. Es wäre so leicht, sich in ihnen ebenso zu verlieren wie im Alkohol. »Über das Leben. Wenn man etwas hat, das man liebt, muss man es beschützen, oder jemand wird es dir entreißen.« Sie schnipste mit den Fingern in der Luft. »Kurz weggeschaut und verloren, einfach so.«

»Vor welchem Verlust versuchst du Lil zu bewahren?«

»Dem Komplettverlust!«, antwortete sie wütend und stieß die Gläser um. Der finstere Blick, mit dem sie der Barkeeper bedachte, als zwei davon am Boden zerbrachen, kümmerte sie nicht. »Aber sie begreifen das nicht. Sie glauben, ich würde nach Problemen suchen, wo keine sind. Das war's, ab jetzt ist mir egal, was sie von mir denken. Ich sollte einfach alles den Bach runtergehen lassen – dann werden sie mich vermissen.« Sie lehnte sich weiter zu ihm vor, bis sich ihre Lippen beinahe berührten. »Sogar du würdest mich vermissen. Gib's zu.«

Marc hüstelte. »Das ist eine Unterhaltung, die wir nicht in einer öffentlichen Bar führen sollten. Na komm, ich fahre dich nach Hause.«

Er half ihr auf die Beine und sie lehnte sich an ihn. »Wenn du glaubst, dass du mich mit Sex dazu bringen kannst, dir alles zu erzählen, dann liegst du so was von flasch … von falsch«, korrigierte sie sich selbst, als sie über ihre eigenen Worte stolperte.

»Wir werden zusammenkommen, Alethea, aber nicht heute Nacht«, versicherte er ihr mit einem frechen Lächeln und führte sie, seinen Arm stützend um ihre Taille gelegt, aus der Bar.

Himmlisch. Nur schade, dass ich mich daran wahrscheinlich nicht erinnern werde. Er setzte sie auf den Beifahrersitz seines Wagens und schnallte sie an. Dabei kam er nah an sie. Zu nah.

»Ich will dich so gern blöd finden, aber du riechst so gut.«

»Ach, meine kleine Kriegerin, du bist betrunken.«

»Nicht genug. Ich kann noch meine Füße spüren. Ich hatte mir die totale Besinnungslosigkeit gewünscht.«

»Alkohol ist niemals eine Lösung.«

Alethea zuckte mit den Schultern. »Verurteile mich so viel du willst. Ich weiß, dass ich nicht perfekt bin. Ich habe Fehler gemacht. Wer nicht?« Sie sank tiefer in den Sitz und schloss die Augen. »Glaubst du, dass ich so sein will, wie ich bin? Will ich nicht. Ich will an die Illusion von Sicherheit glauben. Aber ich kann nicht. Hast du je wieder einen Brief an den Weihnachtsmann geschrieben, nachdem du erfahren hast, dass es ihn nicht gibt? So ist mein Leben. Genau so.«

»Ich habe alles verstanden, bis der Weihnachtsmann ins Spiel kam«, sagte Marc mit unerwartet sanfter Stimme.

Aletheas Augen öffneten sich langsam und sie musterte ihn. Womöglich lag es am Alkohol. *Okay, es liegt garantiert am Alkohol.* Doch Marc klang, als würde es ihn kümmern. Der Schmerz und die Angst, die sie normalerweise vor der Welt verbergen konnte, sprudelten hervor. »Ich habe meinen Vater verloren, weil ich zu vertrauensselig, zu naiv war, um ihn zu beschützen.« Sie schaute zum Fenster hinaus in den verzerrten Anblick des Straßenverkehrs, der sofort ein flaues Gefühl im Magen hervorrief, und sie drehte sich zu ihm zurück.

Er warf ihr einen Blick zu und sah sie auf eine Weise an, die sie bereuen ließ, dass sie so frei heraus gesprochen hatte. »Dein Vater ist zu Hause an einem Herzanfall gestorben, nicht wahr?«

Was macht das schon, wenn ich's ihm erzähle? Mir glaubt man sowieso kein Wort, das ich sage. »Das ist, was man mir gesagt hat, aber da war dieser Mann. Und Dokumente. Danach sind wir unheimlich schnell auf die andere Seite des Landes gezogen. Ich wusste, was geschehen war, bevor ich *wusste*, was geschehen war. Weißt du, was ich meine?«

»Ich möchte gern sagen, dass ich verstehe, was du sagst, aber du sprichst sehr in Rätseln. Ich bringe dich nach Hause und du kannst es mir morgen erzählen.«

Morgen. Sie schloss wieder die Augen. *Muss es denn kommen? Können wir nicht hierbleiben? Nur du und ich. Keine Probleme zu lösen. Keiner, der sagt, er würde mich lieben, wenn ... wenn ... wenn ich nicht ich wäre. Einfach nur der süße Trost, deinen Körper an meinem zu spüren, und gerade genug Benommenheit, um sich nicht darum zu sorgen, weshalb das falsch ist.*

Sie stellte sich vor, wie sie beide in ihr Bett fielen und einander die Kleider vom Leib rissen. Obwohl ihr unheimlich schwindelig war, lächelte sie.

»Wir sind da«, sagte Marc und Alethea merkte, dass sie einen Filmriss gehabt haben musste. *Siehst du, deshalb sollte ich mich öfter betrinken – ich bin ein Leichtgewicht.* Der Begriff amüsierte sie und sie lachte laut los.

Marc sah sie verdutzt an, wodurch sie nur noch mehr lachen musste.

Während er sie halb tragend, halb stützend durch die Tiefgarage unter ihrem Haus führte, gab sie der Versuchung nach und glitt mit der Hand unter sein Jackett. Seine Bauchmuskeln waren steinhart, genau wie sie es sich vorgestellt hatte. »Hm, nett.«

Sie spürte, wie er heftig einatmete, bevor er ihre Hand in seine nahm und sie von sich weghielt. »Du machst es mir nicht gerade leicht«, sagte er stöhnend.

Sie lächelte frech zu ihm hinauf. »Weil du mich willst. Das weiß ich genau. Ich sehe, wie du mich anschaust.« Als sie den Aufzug betraten, lehnte er sie ans Geländer und trat zurück. Sie schwang den Arm für mehr Nachdruck, als sie erklärte: »Du warst tabu, weil ich niemanden aufbringen wollte, oder die Pferde scheu machen, das Boot zum Kentern bringen ... was auch immer. Aber jetzt ist das egal. Jetzt sind eh alle auf mich sauer.«

Als der Aufzug in ihrer Etage hielt, stolperte sie und ließ den Schlüssel fallen. Er las ihn auf und hob sie mit einem Schwung in die Arme. Sie legte den Kopf an seine Schulter und atmete seinen Duft ein. So wie sie verzichtete er auf künstliche Aromen. Sein Duft war ganz entzückend: einfach er. Sie wusste, dass sie ihm sagen sollte, er müsse gehen, doch nur einen kleinen Moment lang gestattete sie es sich, es auszukosten, im Arm getragen zu werden. Seit ihrer Kindheit hatte ihr niemand mehr das Gefühl von Sicherheit geben können, aber in seinen Armen fühlte sie sich endlich sicher.

Er öffnete die Tür mit einer Hand, trug sie ins Wohnzimmer, stellte sie wieder auf die eigenen Beine und trat von ihr weg. Alethea kämpfte gegen das Bedürfnis an, ihm zu folgen, wieder in diese starken Arme zurückzuklettern und das kurze Gefühl von Frieden wiederzuerlangen.

Aber sie tat es nicht. Sie stand da, schwankte leicht und fragte sich, weshalb er unglücklich wirkte, als sie ihm eine Nacht des Vergnügens anbot.

Er lief in der Wohnung umher, musterte die nackten Wände und das spärliche Dekor. »Warum hast du keine besseren Sicherheitsvorkehrungen?«, verlangte er zu wissen.

Was ärgert ihn denn? »Ich biete dir an, die Nacht hier zu verbringen und du machst dir Sorgen, welche Alarmanlage ich habe oder nicht habe?«

Er ging zu ihr und funkelte sie finster an. »Ich dachte, du hättest fünfzig Riegel an deiner Tür und ein Hightech-Sicherheitssystem.«

Sie hob die Hand zu der Tür mit einfachem Schloss und Riegel und winkte ab. »Ich schütze, was wichtig ist. Mein

Computer ist mehr oder weniger auf Selbstzerstörung programmiert, falls sich jemand daran zu schaffen machen sollte.«

»Dir ist es egal, ob dir etwas zustößt, oder?«

Diese blauen Augen durchschauten mühelos ihr Draufgängertum und blickten in ihre Seele. »Seit diesem Tag damals«, antwortete sie mit rauer Stimme.

Seine Miene verschloss sich verärgert. »Na los, stecken wir dich ins Bett.«

Vorhin hatte diese Vorstellung ihren Reiz, doch nun drehte sich Alethea alles und ihr Mund war plötzlich furchtbar trocken. »Ich halte das für keine gute Idee mehr …«

Ein leichtes Lächeln kräuselte eine Seite seiner sinnlichen, köstlichen Lippen. »Ich leiste dir liebend gern Gesellschaft, allerdings nicht so.«

»Entschuldige«, krächzte sie hastig, stolperte ins Badezimmer, fiel auf die Knie und übergab sich in die Toilette. Da spürte sie, wie er mit beiden Händen ihr Haar nahm, um es von ihrem Gesicht fernzuhalten, während sie sich erneut erbrach. *Super, ich weiß, wie man Männer heiß macht.* Als sie sich zitternd und benommen auf ihre Fersen zurücksetzte, reichte er ihr ein kühles, feuchtes Handtuch fürs Gesicht. »Geh einfach, Marc.«

Er hockte sich neben sie, strich ihr ein paar Haarsträhnen hinters Ohr und erwiderte: »Du brauchst Wasser, Aspirin und eine Mütze Schlaf. Musst du dich noch mal übergeben?«

Übergeben? Nein. Vor Scham im Boden versinken – tja, diese Möglichkeit bestand definitiv noch.

»Nein.« Sie stand schnell auf. Ihre Beine fühlten sich jetzt wie Pudding an und der Raum schwankte. »Wahrscheinlich nicht«, korrigierte sie weniger zuversichtlich.

Marc hob sie mit Schwung in seine Arme hoch. Sie schloss die Augen und trotz des rumorenden Magens gestattete sie es sich, den Moment zu genießen. Da war es – dieses Gefühl, dass sie wieder umsorgt wurde. Auch wenn es nicht echt war, auch wenn er das für jeden in ihrem Zustand tun würde, fühlte es sich unerträglich gut an. Er trug sie ins Schlafzimmer und setzte sie sacht auf der Bettkante ab. Dann durchsuchte er ihre Kommode und kehrte mit dem albernen geblümten, hochgeschlossenen Nachthemd aus Baumwolle zurück, das ihre Mutter als Geschenk geschickt und bei dem sie es nicht übers Herz gebracht hatte, es wegzuwerfen. Inzwischen bestand ihre Beziehung nur noch daraus: Feiertags- und Geburtstagsgeschenke, die offenbarten, wie wenig sie einander kannten. *Seit ich erwachsen bin, trage ich ausschließlich Shorts und T-Shirts im Bett. Da wir uns allerdings so gut wie nie sehen, schätze ich, dass sie das nicht wissen kann.*

»Steh auf, dreh dich um und zieh dich aus«, befahl Marc ohne Umschweife.

Sie stellte sich hin, verengte die Augen und fuchtelte mit dem Zeigefinger. »Eigentlich solltest *du* dich doch umdrehen.«

Er schüttelte den Kopf. »Ich muss aufpassen, dass du nicht auf die Nase fällst.«

Was denkt er denn, wie stark betrunken ich bin? Als Trotzreaktion blieb sie zu ihm gewandt stehen und griff nach dem Reißverschluss ihres Kleides im Rücken. *Ich schäme mich nicht für mein Aussehen.* Sie tastete herum und zog ihn ein paar Zentimeter hinab.

Er sah ihr mit einer Mischung aus Verlangen und Vergnügen zu. »Komm, ich helfe dir.«

Sie schlug seine Hand weg. »Das kann ich selbst!« Sie schnappte sich den unteren Saum des Kleides und zog ihn hoch. Dabei vergaß sie, wie eng es geschnitten war. Wütend zerrte sie es über den Kopf und steckte dann mit erhobenen Armen darin fest, während die kalte Luft ihre freiliegenden Brüste und die Taille umspielte.

»Warum bist du so stur?«, fragte er mit einem Knurren. »Ab und zu mal Hilfe zu brauchen, ist keine Schande.«

Sie wollte sich Marc entziehen. Da sie nach wie vor auf halbem Weg überm Kopf im Kleid gefangen saß, fiel sie beinahe vornüber. »Ich brauche dich nicht! Ich brauche niemanden!«

Mit einer kräftigen Bewegung zerrte er sie an sich, hielt ihren zappelnden Körper mit einem Arm um die Taille fest und zog ihr das Kleid über den Kopf hinweg aus. Blitzschnell ersetzte er es mit dem Nachthemd und drehte sie danach mit dem Gesicht zu sich. »Jeder braucht jemanden.« Er schlug die Decke zurück, steckte sie ins Bett und sagte: »Noch nicht einschlafen. Ich hole dir schnell Wasser.«

Während seiner kurzen Abwesenheit legte sich eine tiefe Traurigkeit über Alethea. Der Alkohol brachte die Wahrheit hervor, die sie gewöhnlich sogar sich selbst vorenthielt. *Du hast recht, Marc. Ich will nicht allein sein. Ich will die Art Freundin sein, die Lil zu all den Familienfesten einladen kann, die sie schmeißt. Eigentlich ist es mir doch wichtig, was sie von mir halten.*

Nur weiß ich nicht, ob ich so sein kann, wie sie mich haben möchten.

Als Marc zurückkam, setzte sie sich auf und nahm gehorsam mit einem Becher Wasser die Tabletten, die er ihr hinhielt. Dann ließ sie sich ins Bett fallen. Das süße Vergessen, das sie zuvor gesucht hatte, trat ein und sie sank in einen tiefen Schlaf.

* * *

Marc zog einen Sessel näher zu ihrem Bett und machte es sich darin bequem. Er würde sich nicht vom Fleck rühren.

Im Schlaf wirkte sie friedvoll und grazil. Es war schwer, ihre süßen Züge mit der Person in Einklang zu bringen, die sie der Welt präsentierte. Er war stets davon ausgegangen, dass ihr überbordendes Auftreten von einer Sucht nach Adrenalinstößen und dem Bedürfnis, immer recht haben zu müssen, herrührte.

Das war allerdings nicht die Frau, die vor ihm lag.

Diese Frau hatte ein Trauma erlitten, dem sie sich nicht stellen konnte. Während der Jahre beim Militär hatte er Gefechte an der Front miterlebt. Er hatte gesehen, wie unterschiedlich sich die Schrecken des Krieges auf Menschen auswirkten. Einige stumpften dagegen ab. Andere kehrten von Albträumen gequält heim. Krieg prägte einen und zwar niemals nur zum Besten. Egal, wie man damit umging, was man erlebt hatte, was man getan hatte – ein Teil der Persönlichkeit war unwiderruflich verändert.

Aletheas Schmerz sprach seinen eigenen an und erinnerte ihn an seine dunklere Seite, die er verschlossen und verborgen hielt.

Er wusste ganz genau, wonach Alethea am Boden der Schnapsgläser gesucht hatte, weil er in den ersten Monaten nach seiner Entlassung aus dem Veteranenkrankenhaus das Gleiche gesucht hatte. Alkohol hatte seine Probleme nicht gelöst, im Gegenteil, er war der Grund, weshalb er den berühmten Job im Kaufhaus nicht bekommen hatte. Seine blutunterlaufenen Augen hatten verraten, womit er die Nacht vor seinem Bewerbungsgespräch verbracht hatte.

Und das machte die zweite Chance, die Dominic Corisi ihm nach einem Beitrag über Marc in den Nachrichten gegeben hatte, so unverdient. Dominics Computerimperium wuchs rasant und er wusste, dass er einen Sicherheitsdienst brauchte. Gleichzeitig war er jemand, der nur wenigen Menschen vertraute. Wenn Marc daran dachte, dass Dominic gerade ihm die Verantwortung übertragen hatte, musste er immer noch den Kopf schütteln.

Selbstverständlich hatte Marc den Job gebraucht, dennoch war er in Bezug auf seine Berufserfahrung schonungslos ehrlich mit dem großspurigen Unternehmer gewesen. »Ich weiß einen Scheiß über Firmensicherheit.«

Dominic hatte ihm gelassen mitgeteilt, dass ihm sein Lebenslauf egal sei. »Die geschäftliche Seite der Firmensicherheit kann man lernen«, hatte er erwidert. »Aber die Art Loyalität, die Sie gegenüber Ihrem Platoon gezeigt haben, als Sie zurückgingen, um mehr von ihnen rauszuholen, obwohl Sie angeschossen waren – die steckt in einem Mann drin oder eben nicht.«

Es verging kein Tag, an dem Marc nicht für das Vertrauen dankbar war, das Dominic ihm entgegengebracht hatte, und seine Loyalität hatte nie gewankt. Er hatte sein Selbstvertrauen wiedergefunden und genoss einen Lebensstil, um den ihn die meisten beneideten. Geld gebar noch mehr Geld. Obwohl er nicht in der gleichen finanziellen Liga spielte wie sein Chef, war er vermögender, als er es sich je hätte vorstellen können. Er würde sagen, dass es nichts Wichtigeres gab als seinen Job.

Bis jetzt.

Mit einem Seufzer kehrte sein Blick zu Alethea zurück. Er sollte jede noch so kleine Information aus ihr herauspressen, solange sie noch angreifbar war. Es wäre ein Leichtes, sie zu manipulieren, und wahrscheinlich würde sie sich am nächsten Tag an nichts erinnern.

Doch das konnte er nicht tun.

Nicht einmal für Dominic.

Hinter dem knallharten Auftreten und dem selbstsicheren Lächeln verbarg Alethea ihren Schmerz, und genauso wie er seine Kameraden nicht auf dem Schlachtfeld hätte zurücklassen können, konnte er das nicht einfach ignorieren. In der Vergangenheit mochten sie Gegenspieler gewesen sein, doch wenn es darum ging, was er als das Wichtigste ansah, fanden sich mehr Gemeinsamkeiten als Unterschiede zwischen ihnen.

Er wollte sie.

Er brauchte sie.

Und würde einen Weg finden, sie zu bekommen.

Er war mit vielen Frauen ausgegangen – bei einigen war er sogar der Liebe nahegekommen, bevor es aus dem einen oder anderen Grund in die Brüche ging. Allerdings war ihm noch keine so sehr unter die Haut gegangen wie Alethea. Bei keiner anderen hatte bereits der bloße Gedanke daran, sie zu berühren, sein Blut in Wallung gebracht.

Doch es war mehr als das.

Er respektierte sie.

Wollte sie an sich drücken und trösten.

Oder schütteln, bis sie Vernunft annahm.

Die Versuchung war groß, zu ihr ins Bett zu krabbeln, sie im Arm zu halten und den Schmerz wegzuküssen, den er in ihren Augen gesehen hatte. So gern er sie beschützen wollte, so war es doch seine Aufgabe, sie zu überlisten. Er hoffte bei allen Heiligen, dass sie nichts mit den Problemen bei Corisi Enterprises zu tun hatte.

Morgen. Morgen würde er sich überlegen, was zu tun war. Im Moment konnte er nichts weiter tun, als über sie zu wachen.

Ein paar Stunden später regte sie sich im Schlaf und stöhnte. Ihre Augen flogen auf und sie fragte in die Dunkelheit hinein: »Marc?«

Er kämpfte erfolgreich gegen den Drang an, zu ihr zu gehen. Stattdessen antwortete er leise: »Ja?«

»Was machst du noch hier?« Sie klang überrascht und perplex.

»Aufpassen, dass es dir gut geht.«

Sie legte den Kopf zurück aufs Kissen und schloss die Augen. »Ich hab doch gesagt, dass ich dich nicht brauche«, murmelte sie und schlief bereits wieder ein.

Ich weiß, dachte er. *Aber du irrst dich.*

KAPITEL 8

Seine Lippen verschlossen die ihren und Alethea stöhnte genüsslich, öffnete den Mund für ihn, lud ihn zur Eroberung ein. Hingebungsvoll vereinnahmte er ihren Mund, was sein intensives Verlangen nach ihr ausdrückte. Ein Verlangen, das auch sie erbeben ließ.

Mit heißen Lippen fuhr er ihr über die Wange und raunte: »Du gehörst mir, Alethea.« Seine Hand glitt unter den Saum ihres kurzen Nachthemds, legte sich auf eine ihrer Pobacken und griff besitzergreifend zu. Er rollte auf den Rücken und nahm sie mit sich, sodass sie auf ihm lag. Mit einer kräftigen, forschen Bewegung zog er ihr im Handumdrehen das Nachthemd über den Kopf und drückte sie an sich, nackte Brust an nackter Brust. »Das ist besser«, raunte er und schob einen Finger unter den Saum ihres seidenen Slips. »Aber warum hast du den hier noch an?«

Alethea rieb sich mit dem durchfeuchteten Zwickel ihres Höschens an seiner Erregung. »Vielleicht weil du heute so langsam bist?«

»Ich zeig dir gleich, was langsam ist«, knurrte er und schob sie von sich, bis sie rittlings auf ihm saß. Dann begann er mit einer heißen, quälend langsamen Verwöhnung ihrer Brüste. Zuerst strich er mit der Rückseite der Hand über sie hinweg und umkreiste ihre erregten Brustwarzen mit seinen schwieligen Daumen. Er schob ihre steifen Nippel von einer Seite zur anderen, bis sie vor Lust keuchte. Daraufhin zog er sie zu sich hinab, nahm eine ihrer kleinen Brüste in den Mund und sog zärtlich daran. Die Intensität dieser Liebkosung schoss ihr durch den Bauch und sie konnte sich nur noch machtlos an ihm reiben.

Er rollte mit ihr zusammen auf die Seite, nahm ihre Hände und hielt sie mit einer Hand über ihrem Kopf fest, während er ihren Mund vereinnahmte und mit seiner Spitze aufreizend zwischen ihren nassen unteren Lippen auf und ab glitt. Mit einer kraftvollen Bewegung drehte er sich auf sie und drückte ihre Beine weit auseinander.

»Du gehörst mir«, sagte er rau. »Sag es!«

Als sie sich weigerte, drang er mit der Spitze seines Schafts in sie ein und rotierte die Hüften in einer heißen Bewegung, bei der sie sich wild unter ihm hin und her warf. »Du bist mein, und ich kann dich wie ich will und so oft ich will nehmen. Unterwirf dich mir, Alethea. Du willst es doch auch.«

Sie schüttelte ablehnend den Kopf, bis er sich derart tief in ihr versenkte, dass sie aufschrie – ein Geräusch, das er mit seinem Mund auf ihrem dämpfte. Dann zog er ihn hinaus und begann mit einer quälend süßen Folter. Er rieb sich an der geschwollenen Klitoris und den Falten. Seine Zunge vereinnahmte ihre. Ihre Hände verblieben unbeweglich über ihr, während seine freie Hand sie erkundete.

Sie konnte sich nicht gegen seine Inbesitznahme wehren und war dermaßen nass und bereit für ihn, dass es sich nicht mehr leugnen ließ, wie sehr sie sich ihm ergeben wollte.

Erneut stieß er seinen Schaft tief in sie hinein, nutzte es aus, dass sich ihr Mund keuchend weiter öffnete und drang auch dort noch tiefer in sie ein. Ihre Sinne wurden von ihm überflutet und sie verlor den Kampf gegen sich selbst. Er zog ihn heraus und leckte nun einen Pfad hinab über ihr Dekolleté, zwischen ihren Brüsten hindurch und am Bauchnabel vorbei, bis sein Mund über ihrem Geschlecht schwebte.

»Gegen mich kannst du nicht gewinnen, Alethea. Ich habe hier das Sagen. Nicht du. Sag es!«

Ihr war schon lange nicht mehr wichtig, was sie aussprach. Sie krallte sich auf beiden Seiten im Bettlaken fest und warf den Kopf hin und her, während sie ausrief: »Nimm mich, Marc! Nimm mich einfach!«

Das Geräusch ihrer eigenen Rufe weckte sie und sie setzte sich mit einem Ruck auf. »Marc?« Im Zimmer drehte sich alles. Sie kniff die Augen gegen die brutale Morgensonne zusammen und fiel zurück auf ihr Bett. Ein unsichtbarer Vorschlaghammer schien gegen ihre Stirn zu krachen und sie stöhnte auf.

Das war ein Traum. Bloß ein weiterer verdammter Traum.

Vorsichtig öffnete Alethea ein Auge und bemerkte den Sessel, der noch neben ihrem Bett stand.

Und ein Albtraum.

Ich trinke nicht.

Was hab ich mir nur dabei gedacht?

Ich habe überhaupt nicht gedacht.

Als langsam eine Collage aus Erinnerungen an die vergangene Nacht aufzusteigen begann, machte Alethea das Auge wieder zu. *Ich habe mich ihm an den Hals geworfen und er ging in Deckung.*

Vage erinnerte sie sich daran, wie er ihr Haar zurückgehalten hatte, während sie über der Kloschüssel hing. *Ganz entzückend.* Wie genau sie in ihr Nachthemd gekommen war, wusste sie nicht mehr, dagegen konnte sie sich lebhaft daran erinnern, dass Marc über sie gewacht hatte, während sie schlief.

Hoffentlich rede ich nicht im Schlaf. Sie lächelte halb. *Vielleicht tu ich's ja und er ist deswegen abgehauen.* Als sie feststellte, dass man beim Schlafen ihren Mund mit Teppichen ausgelegt hatte, stöhnte sie erneut.

Alethea drückte sich aus dem Bett und trottete ins Bad. Die heiße Dusche konnte den Schmerz nicht fortwaschen, den sie empfunden hatte, als Lil ihre Motivation infrage gestellt hatte. Genauso wenig änderte sie etwas daran, wie beschämt sie darüber war, dass sie den heißesten Typen, dem sie je begegnet war, zur Nachtschwester gemacht hatte.

Es gibt Tage, die sind einfach scheiße. Ihr Blick fiel auf den Kalender an der Wand. *Ich kann's nicht mal auf den Montag schieben. Heute ist Dienstag.*

Unter dem Regen der Dusche wog Alethea ihre Optionen für den Tag gegeneinander ab. *Ich kann weiterhin auf Lil sauer sein, weil sie mir nicht vertraut, und auf Marc, weil er mich von der schlechtesten Seite erlebt hat, und auch auf mich selbst, weil ich mit keiner der Situationen gut umgegangen bin. Oder ich kann zumindest gegen einen der Gründe, weshalb ich mich heute selbst hasse, etwas unternehmen.*

Man hilft den anderen nicht, weil man weiß, dass sie dafür dankbar sein werden. Man hilft, weil sie einen brauchen. Weil man sich nicht mehr in die Augen sehen könnte, wenn man ihnen nicht hilft.

Irgendwas passt hier nicht zusammen.

Weshalb sollte sich jemand die Mühe machen, Aussetzer hochzuladen, die leicht zu beheben sind? Weshalb soll es so aussehen, als hätte Stephan damit zu tun? Oder hat er damit zu tun? Nein, für ihn wäre das unlogisch. Er würde Dominic mit einem weitaus tödlicheren unternehmerischen Schlag angreifen. Ist das eventuell alles ein Ablenkungsmanöver, das einen viel perfideren Plan verdeckt? Wenn ja, was ist der Plan?

Sie nahm ihr Handy und scrollte zu einer Nummer runter, von der sie wusste, dass sie sie nicht wählen sollte. *Jeremy.* Sie waren kein Team mehr. Möglicherweise waren sie nie wirklich eins gewesen. *Er war mir ein guter Freund, aber das wusste ich erst zu schätzen, als ich es in den Sand gesetzt habe. Ich hätte seine Beziehung mit Jeisa respektieren sollen. Ich hätte mich für ihn freuen sollen, anstatt mich zu sorgen, was das für mich und meine Karriere bedeutet. Vielleicht sogar für mein Ego.*

Ich habe dieser Freundschaft den Todesstoß versetzt, weil ich in meiner Eile, das zu bekommen, was ich will, nicht gesehen habe, dass ich die Menschen um mich herum verletze. Das war keine Absicht, aber zählt das überhaupt etwas, wenn das Ergebnis dasselbe ist?

Wenn ich nichts unternehme, verliere ich Lil – die einzige Familie, die ich mir selbst zugestanden habe. Sie dachte an ihre Mutter, die ein paar Jahre nach dem »Unfall« erneut geheiratet hatte. Alethea hatte ihr nie verzeihen können, dass sie die Lügen akzeptiert und alles hinter sich gelassen hatte. Genau wie Lil weigerte sich ihre Mutter, irgendetwas zu sehen, das ihr Glück bedrohen könnte.

Und ich konnte ihr diese Fantasiewelt nicht geben. Auch wenn die Wahrheit unseren Verlust nicht wiedergutgemacht hätte, mir war es wichtig gewesen, dass sie mir glaubte.

Ich gab nicht nach.

Nicht einmal, als das die Beziehung zu meiner Mutter zerstörte. Warum konnte ich sie nicht glücklich sein lassen? Bin ich rachsüchtig, so wie Marie glaubt? Ist es falsch von mir, weiterzugraben, obwohl ich weiß, dass das niemand will? Ist es mein Schicksal, dieses Muster so lange zu wiederholen, bis ich alle Menschen vertrieben habe, die mir wichtig sind?

Nein, diesmal ist es anders.

Bevor ich nicht weiß, wie ernst die Lage ist, kann ich dem nicht den Rücken zukehren.

Um Programmierfehler geht es jedenfalls nicht. So viel ist klar. Was entgeht mir hier?

Hat Stephan seine Hände im Spiel oder nicht?

Es gibt nur einen Menschen, der das mit Sicherheit beantworten kann.

Sie tapste aus der Dusche hinaus, trug eine Schicht Make-up auf und schüttelte ihre Haare zu rebellischen offenen Locken aus. Normalerweise kleidete sie sich unauffällig, wenn sie arbeitete. Sie zog es vor, unter dem Radar zu bleiben. Das rote Kleid, das sie diesmal wählte, diente ihr als Kriegsbemalung.

Ein Bild von Marc erschien vor ihrem inneren Auge, doch sie schüttelte es ab. *Das hat nichts damit zu tun, dass mein Stolz gestern Prügel eingesteckt hat. Ich weiß nicht, was mich heute erwartet, und werde deshalb keinen Vorteil ungenutzt lassen.*

Es hat erst recht nichts mit der beinahe unmöglichen Chance zu tun, dass wir uns heute eventuell über den Weg laufen könnten.

Sie glitt in ihre Louboutin-Stilettos und marschierte zur Tür hinaus in die Tiefgarage. Mit quietschenden Reifen fuhr sie auf die Straße hinaus und kümmerte sich nicht um die anderen verärgerten Autofahrer, deren Spuren sie schnitt.

Sie hatte vor, Stephan zu befragen, und niemand – niemand! – konnte sie davon abhalten.

* * *

»Ich hab ihn gefunden!« Craig schlenderte in Marcs Büro und unterbrach dessen ansonsten öde Durchsicht von Notizen, mit der er ein paar Stunden zubrachte.

»Wen?«

»Unseren Maulwurf. Zumindest glaube ich das. Er passt ins Profil. Er ist Programmierer. Bis vor ein paar Monaten lebte er bei seinen Eltern. Ganz plötzlich kleidet er sich elegant, fährt einen Bentley Continental und wirft mit Geld um sich, als hätte er im Lotto gewonnen. Die Sekretärinnen nennen ihn den Coding-Casanova. Sie interessieren sich nicht für ihn, lieben es jedoch, über ihn zu tratschen.«

Marc stand auf und streckte sich. »Das klingt haargenau nach dem, was wir suchen. Wie heißt er?«

»Jim Whitman.«

Eine kurze Recherche an seinem Computer verriet Marc alles, was er wissen musste. »Er ist relativ neu hier, eingestellt im letzten Juni. Juni ... Das war zu der Zeit, als Dominic nach China geflogen ist, um seinen großen Vertrag zu unterschreiben.«

Und auch, als der erste ernst zu nehmende Hackerangriff stattfand.

Marc ließ Craig abtreten und wählte Jeremys Handynummer. »Jeremy, hier ist Marc. Du musst was für mich hacken.«

»Hey, hey, hey!«, meinte Jeremy lachend. »Erstens sagen wir niemals ›hacken‹ dazu. Zweitens sprechen wir niemals am Telefon darüber, weil es jeder anzapfen kann. Und drittens führe ich jetzt ein legales Unternehmen. Diesen Lifestyle habe ich abgelegt.«

»Jemand tummelt sich auf der falschen Seite deiner Firewall und ich glaube, ich habe ihn gefunden. Ich brauche Beweise, die ich Jake vorlegen kann. Sag mir, was dieser Typ vorhat.«

»Bist du sicher? Sie hätte wasserdicht sein müssen. Sekunde, ich kann Remotezugriff bekommen.« Ein raschelndes Geräusch setzte ein, dann das Klappern von Jeremys hinunterfallendem Handy und wie er es aufhob. »Wer ist es?«, knurrte er.

»Jim Whitman.«

»Kenne ich nicht. In zwei Minuten sieht das ganz anders aus. Starte meinen Passwortgenerator.« Einige Sekunden später sagte er: »Und bin drin.«

»Was hast du gefunden?«

»Gib mir 'ne Sekunde. Reinzukommen ist easy. Sich durch den Mist in den E-Mails der meisten Leute zu graben, das macht die Kopfschmerzen. Moment. Er hat einen verschlüsselten Ordner auf *seinem Desktop*. Hach, wie süß! Genauso gut könnte er einen kleinen Safe in den Hausgarten stellen und glauben, sein Schmuck sei sicher. Das schreit ja förmlich: ›Mach mich auf!‹.«

»Na, dann mach es auf.«

»Erledigt.«

Marc lief auf und ab, während Jeremy tippte.

»Die gute Nachricht ist, dass der Mann kein Einstein ist. Wir sprechen hier von grundlegendem Coding und einfacher Verschlüsselung. Pah, nicht mal die Pornoauswahl ist anspruchsvoll. Du solltest mal sehen, was sich der Typ in der Mittagspause reinzieht.«

»Befindet sich irgendetwas in dem Ordner, das vermuten lässt, dass ihn jemand bezahlt?«

»Nein.«

»Such weiter. Kannst du erkennen, ob er sich unbefugt Zugriff auf jemandes E-Mail oder eine andere Abteilung verschafft hat?«

»Ich kann's probieren. Die meisten Hacker denken daran, ihre Spuren zu verwischen. Oh, sieh mal einer an, der hier nicht. Diese kleine Ratte hat sich auf dem ganzen Server herumgetrieben.«

»Wir hatten Probleme mit fehlerhaften Codes. Kann es sein, dass er sie hochlädt? Oder was auch immer man tun muss, um sie in die Software zu bekommen.«

»Mit Computern kennst du dich nicht so aus, oder?«

»Nein, aber als Scharfschütze treffe ich mein Ziel sicher auch aus tausend Metern Entfernung.«

»Ah, verstehe. Okay, also dieser Typ sammelt auf jeden Fall Informationen für jemanden. Ich glaube nicht, dass er der Grund für die Computerprobleme ist, aber ich würde sagen, er weiß, wer es ist. Gib mir 'ne Minute. Ich vermisse es, das zu tun.«

Nach einer Reihe gutturaler Laute, von denen einige seinen Unmut über das Gefundene offenbarten, fragte Jeremy: »Willst du zuerst die gute Nachricht, die schlechte Nachricht oder das ›Wen überrascht das noch?‹«

»Jetzt spuck's schon aus!«

»Ich weiß, was Jim getrieben hat, und er stellt keine Gefahr für eure Software dar. Genau genommen verfolgt er denjenigen, der es war.«

»Und die schlechte Nachricht?«

»Er hat ein paar der Fehlercodes zu Stephans IP-Adresse zurückverfolgt.«

»Scheiße.«

»Also echt, das ist heftig. Ich dachte, der Mann hätte mit der Geschichte abgeschlossen, die zwischen ihm und Dominic gelaufen ist.«

»Das dachte ich auch.« *Das wird immer nur noch schlimmer.* »Ist da noch was?«

»Ja. Nachdem er die Verbindung zu Stephan gefunden hatte, schickte er gleich eine E-Mail raus.«

»An wen? Wen hat er kontaktiert?« Marc kannte die Antwort, hoffte jedoch, dass er sich irrte.

»Alethea!« Jeremy klang mehr als nur ein wenig entrüstet. »Ich kann nicht glauben, dass sie mich mit einem Idioten ersetzt hat, der nicht mal daran denkt, seine E-Mails zu verschlüsseln oder zu entfernen. Er dachte, sie zu löschen sei genug.«

Alethea, was soll ich nur mit dir machen? »Danke, Jeremy. Kannst du noch eine Sache für mich erledigen, bevor wir auflegen?«

»Sicher.«

»Ich brauche eine Kleinigkeit, die uns hilft sicherzustellen, dass Jim nicht wieder auftaucht, wenn wir ihn rauswerfen. Hör nicht auf zu graben, bis du etwas findest, womit wir ihn überzeugen können.«

»Mit Vergnügen«, antwortete Jeremy und tippte erneut wie wild los. Während er suchte, erklärte er: »Ich werde außerdem noch die Spuren zurückverfolgen, die er gefunden hat. Vielleicht hat er etwas übersehen. Und nur ein kleiner Hinweis am Rande: Wenn Alethea glaubt, dass Lil und Abby aufgrund dieser Sache in Gefahr sind, wird sie nicht aufgeben, bis sie Stephan ausgeschaltet hat. Ihn und jeden anderen, der sich zwischen sie und dieses Ziel stellt – selbst, wenn es sie umbringt.«

»So weit wird es nicht kommen«, erwiderte Marc voller Überzeugung.

»Viel Glück, Mann«, wünschte Jeremy. »Mein Gefühl sagt, du wirst es brauchen.«

Marc beendete das Telefonat und wählte Jake Waltons Nummer. »Jake, wir müssen uns noch heute Vormittag treffen, aber zuerst muss ich ein Paket abholen.«

»Du hast etwas gefunden?«

»Oh ja.«

»Gut, wo treffen wir uns?«

»Ich komme zu dir.«

Nachdem Marc aufgelegt hatte, stürmte er aus seinem Büro zu seinem Auto hinunter. Unterwegs rief er Alethea an, konnte allerdings nur die Mailbox erreichen. Er vertraute seiner Intuition und fuhr direkt zu Stephan Andrades Hauptquartier.

Seinem Team befahl er, Beobachtungsposten rund ums Gebäude zu verteilen. Wenn sie vor ihm dort eintraf, wollte er das wissen. Er parkte vor dem Andrade-Stammhaus. Im Hauptfoyer überflog er kurz die Menge, auch wenn er nicht erwartete, sie dort zu sehen. Das war nicht ihr Stil.

Bereits auf dem Weg zu den Aufzügen hinauf zu Stephan blieb er plötzlich wie angewurzelt stehen, als er eine umwerfend schöne Frau erblickte, die in unglaublich hohen High Heels, einem roten Kleid und mit den markanten roten Locken am Hauptempfang stand.

Obwohl er nicht an Schicksal glaubte, kam es ihm so vor, als sei er dazu bestimmt, sie hier anzutreffen.

Sie aufzuhalten.

Sie zu retten.

KAPITEL 9

Das Problem beim Anklopfen liegt darin, dass man den Leuten eine Chance gibt, einem die Tür vor der Nase zuzuschlagen.

»Haben Sie einen Termin?«, fragte die ältere Rezeptionistin am Hauptempfang.

Alethea straffte die Schultern. »Nein, aber ich muss mit Stephan Andrade sprechen.«

Die Frau musterte sie von Kopf bis Fuß. »Sie wissen aber schon, dass er verlobt ist, oder? Dieses Outfit wäre vollkommen für ihn verschwendet.«

Alethea atmete tief durch. *Die Frau ist unwichtig. Dieses Gespräch ist unwichtig. Gib ihr keinen Grund, dich abzuweisen.* »Können Sie einfach anrufen und nachfragen, ob er zu sprechen ist?«

»Süße, er ist nicht zu sprechen. Männer wie er sind das nie. Wenn Sie möchten, können Sie Ihren Namen bei mir hinterlassen und ich leite ihn an seine Sekretärin weiter. Mehr kann ich nicht für Sie tun.«

Unprofessionell. Unverschämt. Und sie ist nie im Leben eine echte Blondine. Auch wieder alles unwichtig. »Er muss eine Liste der Personen haben, die direkt zu ihm hinauf-gehen dürfen. Ich kenne ihn persönlich.«

Die Frau schaute auf ihren Tisch hinab und dann ohne ein Wort wieder zu ihr.

»Mein Name ist Alethea Narcharios. Sehen Sie auf der Liste nach.«

Die Frau überflog ein Blatt Papier auf einem Klemmbrett und dann die Randbemerkungen. Sie blickte auf und errötete ein wenig. »Einen Moment, bitte«, sagte sie, bevor sie sich vorbeugte und leise in ein Mikro sprach.

Auf der anderen Seite des Foyers setzten sich zwei Sicherheitsmänner in Bewegung und kamen auf sie zu. Alethea verdrehte die Augen. »Im Ernst jetzt? Auf *dieser* Liste stehe ich? Das ist ja wohl ein Witz! Na schön, dann rufe ich ihn einfach selbst an und sage ihm, dass ich hier bin.«

Sie kramte das Handy aus ihrer Handtasche, doch bevor sie das Display berühren konnte, wurde es ihr von hinten aus den Händen gerissen. Alethea wirbelte herum, bereit, ihrem Angreifer zu zeigen, wieso sie spitzenmäßig Kickboxen konnte. Als sie allerdings erkannte, wer es genommen hatte, erstarrte sie.

»Das übernehme ich«, erklärte Marc den herankommenden Sicherheitsleuten und der verblüfften Rezeptionistin gelassen und gab ihnen seine Karte. Mittlerweile war sein Name eine große Nummer in seiner Branche.

Die Frau stieß gut hörbar einen genussvollen Seufzer aus, als sie ihn von oben bis unten taxierte.

Er ließ Aletheas Handy in die Hosentasche gleiten und nahm Alethea beim Arm, um sie recht gewaltsam in Richtung Ausgang zu lenken.

»Was glaubst du eigentlich, was du hier tust?!«, wütete Alethea.

»Dich vor dir selbst retten«, antwortete Marc gelassen und mit festem Griff um ihren Arm dirigierte er sie in Richtung Ausgang.

Sie stemmte die Füße gegen seinen Zug in den Boden – keine leichte Übung in ihren High Heels – und weigerte sich, auch nur einen Schritt zu gehen. »Nimm deine Pfoten weg oder ich erledige das für dich.«

Er blieb stehen und lächelte zu ihr hinab. »Du kannst es ja versuchen.«

In Vorbereitung dafür hob sie das Knie an, hielt dann jedoch inne. Mit wild klopfendem Herzen gestand sie sich ein, dass es guttat, ihn wiederzusehen. Richtig oder falsch. Das war unwichtig. Er war ihretwegen gekommen und das fühlte sich verdammt gut an. Ihr Blick blieb an seinen Lippen hängen, diesen herrlich strengen und zum Küssen einladenden Lippen.

Er riss sie eng an sich und knurrte ihr ins Ohr: »Das Einzige, was du dir aussuchen kannst, ist, wie du in mein Auto steigst. Kommst du freiwillig und friedlich mit oder möchtest du gern erfahren, welcher Druckpunkt vorübergehende Lähmungen auslöst?«

Diese Drohung machte ihn sogar noch attraktiver, wenn das überhaupt möglich war. Sie wand sich in seinen Armen, allerdings mehr aus dem Bedürfnis heraus, sich an ihm zu reiben, als ihm zu entkommen, wovon er aber nichts wusste. Er hielt sie fester und als sie spürte, wie er hart wurde, durchfuhr sie ein heißer Blitz. Sie sollte wütend auf ihn sein. Er stand zwischen ihr und dem, was sie tun musste. Weshalb kämpfte sie nicht gegen ihn an? Das verwirrte sie.

Sie bewegte sich so, dass ihr Hintern gegen seine Erektion presste, und weidete sich daran, wie er zischend Luft holte. *Ach ja – deswegen.*

Sein Atem traf heiß auf ihren Nacken, als er sagte: »Dieses Angebot nehme ich gern an, allerdings nicht jetzt.«

Seine Großspurigkeit brachte sie zur Besinnung. Sie hob einen Fuß, um ihm den Absatz in die Zehen zu rammen. Doch er drehte sie gerade weit genug zur Seite, dass sie die Balance verlor und damit auch den Hebel, den sie brauchte. Also änderte sie ihre Taktik und nahm eine entspanntere Haltung in seiner Umklammerung ein. Mit großen Augen drehte sie den Kopf zu ihm und sah ihn direkt an. »Ich habe Informationen darüber, was bei Corisi Enterprises vorgeht.«

»Großartig. Erzähl mir alles, wenn du deinen süßen Hintern auf den Beifahrersitz meines Wagens geschwungen hast – und er wird in spätestens zwei Minuten dort landen, auf die eine oder andere Weise.«

Beinahe hätte sie beim Kommentar zu ihrem Gesäß geschmunzelt, statt herausfordernd das Kinn zu heben. »Mit deinen Neandertalermethoden beeindruckst du niemanden!«

»Du lügst«, knurrte er an ihrem Ohr. »Stellst du dir etwa nicht gerade vor, was wir jetzt tun würden, wenn wir nicht in der Öffentlichkeit wären? Oder wie ich dir dieses Kleid vom Leib reiße und die Scharade beende, dass wir nicht heiß aufeinander wären?« Er legte ihr die Hand in den Nacken. »Ich werde dich zum Auto tragen, wenn ich muss. Es gefällt mir sogar, wenn du dich wehrst. Du reibst dich an genau den richtigen Stellen. Aber das weißt du, nicht wahr?«

»Okay, okay«, gab sie mit rauer Stimme nach und mühte sich mit aller Macht, ihr Verlangen zu leugnen. »Ich steige in dein Auto. Und jetzt lass mich gefälligst los.«

Er entließ sie aus der Umklammerung, behielt ihren Arm jedoch fest im Griff. Beim Wagen angelangt, öffnete er mit der freien Hand die Beifahrertür und bugsierte sie auf den Sitz. »Wenn du versuchst abzuhauen, stecke ich dich in den Kofferraum.«

»Als ob du das je tun würdest!«, höhnte sie und funkelte ihn düster an. Dennoch rührte sie sich nicht vom Fleck. Er war der einzige Mann, den sie kannte, der das vielleicht sogar schaffen konnte.

Als Marc dann hinterm Steuer saß, prüfte er noch, ob sie ordentlich angeschnallt war, legte sich selbst den Gurt an und fädelte sich in den Verkehr ein.

»Ich könnte dich wegen Entführung verhaften lassen.«

»Du bist zu klug, um Gesetzeshüter mit hineinzuziehen, wenn du weißt, dass du verlieren würdest. Stell dir vor, was ich deinen Behauptungen alles entgegenstellen kann.«

Alethea verschränkte wütend die Arme vor der Brust. »Ich bin keine Kriminelle! Genau genommen hast du mich davon abgehalten, etwas zu tun, das den Leuten, für die du arbeitest, wahrscheinlich helfen könnte. Ich kann dir keine Details verraten, aber es ist ein Riesending.«

Er nahm eine enge Kurve und sagte mit dem Blick auf der Straße: »Ich weiß, weshalb du hergekommen bist. Vorhin habe ich Whitman aus dem Corisi-Gebäude eskortieren lassen und er wird nicht zurückkehren.«

»Wieso sollte das irgendwas mit mir zu tun haben?«, fragte sie unschuldig und hoffte, dass ihre Stimme nicht verriet, wie enttäuscht sie darüber war, ihren Informanten verloren zu haben. Falls Stephan nicht hinter den Aussetzern steckte, hatte sie nun keine Chance, auf diesem Weg herauszufinden, wer es war.

Marc hob spöttisch eine Augenbraue und Alethea blaffte: »Wenn du alles weißt, dann ist dir auch klar, weshalb ich mit Stephan sprechen muss. Er ist der Einzige, der weiß, ob er schuldig ist oder nicht.«

»Und du hast dir vorgestellt, dass er dir das einfach so verraten würde?«, fragte Marc kopfschüttelnd.

Alethea schaute zum Fenster hinaus. »Ich hätte die Wahrheit gewusst, sobald ich ihn beschuldigt hätte. Seine Augen hätten es verraten.« Marc erwiderte nichts. »Keine hämischen Kommentare? Ich bin überrascht, dass du mir nicht vorhältst, wie lächerlich dieser Plan ist.«

»Gefährlich und möglicherweise explosiv. Nicht lächerlich. Zwar hättest du deine Antwort bekommen, aber zu welchem Preis?«

»Die Wahrheit ist jeden Preis wert.«

»Ach, wirklich? Ist sie dein Leben wert?«

»Wenn es darum geht, die zu beschützen, die ich liebe, dann ja.«

Sie erwartete, dass er mit ihr diskutieren würde, doch das tat er nicht.

»Ich verstehe, weshalb du Whitman eingeschleust hast. Die Schwester deiner besten Freundin war mit einem rebellischen Milliardär durchgebrannt und du dachtest, die Geschichte hört sich zu gut an, um wahr zu sein. Du wolltest Abby beschützen.«

»Ja«, gestand Alethea mit einem langsamen, zittrigen Atemzug.

»Aber jetzt stehen die Dinge anders. Dominic und Jake sind keine Gefahr für die Frauen, die dir am Herzen liegen. Du könntest mit ihnen zusammenarbeiten, statt gegen sie.« Er streckte die Hand aus und legte sie auf ihr angespanntes Bein. »Aber du gestattest es dir nicht, den beiden zu vertrauen.«

Sie sah hinab auf seine Hand. »Ich vertraue niemandem.«

»Ausgenommen Lil.«

Alethea wandte sich ab.

»Wenn man unter Beschuss steht – und ich meine ganz real, wenn Männer um dich herum sterben und jeder Überlebensinstinkt in dir schreit, sofort wegzulaufen«, begann Marc ganz leise, »dann musst du auf deine Einheit vertrauen. Du musst daran glauben, dass man gemeinsam stärker ist als jeder allein für sich. Diese Art Vertrauen braucht Zeit. Es beginnt damit, erst einem von ihnen zu vertrauen, und baut sich dann auf.«

»Das hier ist kein Krieg, Marc«, erwiderte Alethea abweisend.

»Doch, Alethea, ist es. Es ist dein Krieg. Und du hast ihn viel zu lange allein geführt.«

Was zum Teufel habe ich ihm erzählt, als ich betrunken war?
»Du kennst mich nicht. Du hast keine Ahnung, was ich durchgemacht habe.«

Er warf ihr einen kurzen Seitenblick zu. »Ich weiß, dass dich etwas verletzt hat – und verängstigt. Dieser Angst versuchst du Herr zu werden, indem du in jeder Situation die Kontrolle anstrebst. Aber das Gefühl von Kontrolle ist eine Illusion. Dieses Maß an übersteigerter Wachsamkeit ist ungesund. Wenn du weitermachst wie bisher, wirst du alles verlieren – ist dir das klar? Oder du bringst dich selbst ins Grab.«

Tränen traten ihr in die Augen und die vorbeiziehenden Gebäude verschwammen. »Ich bin hier nicht von Bedeutung.«

Er nahm ihre Hand in seine und legte sie auf sein Bein. »Doch, das bist du. Ich will dir nicht vorschreiben, damit aufzuhören, für das zu kämpfen, was dir wichtig ist – ich will sagen, dass du nicht allein bist. Mir liegen dieselben Menschen am Herzen wie dir. Sie zu beschützen ist mir genauso wichtig.«

Ihre Blicke trafen sich kurz und ihr stockte der Atem. Ihre Augen studierten sein Profil, während er das Auto parkte. »Vertrau mir«, sagte er, schnallte sich ab und stieg aus.

Er öffnete ihr die Tür und hielt ihr die Hand entgegen. Sie stieg aus und erstarrte, als sie erkannte, wo sie sich befanden. Das Corisi-Enterprises-Gebäude ragte über ihnen auf.

»Was machen wir hier?«, fragte sie.

»Uns mit Jake treffen.«

Alethea wich einen Schritt zurück und schüttelte den Kopf. Die Erinnerung an das letzte Treffen mit Marie und Nicole tat noch zu sehr weh. »Vielleicht hast du recht – ich hätte nicht zu Stephan gehen sollen. Aber hier sollte ich auch nicht sein. Jake wird mir kein Wort glauben. Lil wird erfahren, dass ich hier war, und das wird sie mir nicht verzeihen.«

Er legte ihr die Hand auf den unteren Rücken und sah ihr in die Augen. »Ich werde die ganze Zeit bei dir bleiben.« Er senkte den Kopf und flüsterte an ihren Lippen: »Du schaffst das. Aber geh lieber, wenn du zu große Angst hast. Du entscheidest.«

Er rührte sich keinen Millimeter, sah ihr einfach in die Augen und wartete.

Alethea war nicht leicht einzuschüchtern, doch nun stand sie zitternd in ihren Fünfhundert-Dollar-Schuhen da. Sie hatte sich daran gewöhnt, ihr Leben zu riskieren. Allerdings war es schon sehr lange her, dass sie sich in eine Situation begeben hatte, in der sie vollkommen anders verletzt werden konnte, nämlich wenn sie Marc jetzt vertraute und das alles nur ein Trick war, um sie in Jakes Büro zu locken und kaltzustellen.

Marc stand ruhig da und sah mit diesen durchdringend blauen Augen auf sie hinab.

In Gedanken ging sie eine Liste mit all den Möglichkeiten durch, wie dieser Plan schiefgehen konnte. Trotzdem fiel es ihr unheimlich schwer, sich umzudrehen und zu gehen. Wenn da auch nur die kleinste Chance bestand, dass er recht hatte, konnte das ebenso gut ein Scheideweg sein, an dem sich jeder zumindest einmal im Leben wiederfand. Schlägt man den einen Weg ein, findet man sein Glück. Nimmt man den anderen, verbringt man den Rest seines Lebens damit, sich zu wünschen, man wäre mutiger gewesen.

»Okay«, sagte sie schließlich, und sie setzten sich gemeinsam in Richtung der Aufzüge in Bewegung.

Als die Tür sich schloss, zog Marc sie in seine Arme und drückte sie. Sie atmete seinen Duft ein und schloss die Augen. Der Moment war viel zu schnell vorbei, denn er ließ sie kurz bevor sie ihre Etage erreichten los. Seine Hand ruhte erneut fest auf ihrem unteren Rücken und gab ihr keine Gelegenheit, es sich anders zu überlegen.

Im Empfangsbereich von Jakes Büro bat Marc die Assistentin, ihre Ankunft durchzugeben. Die Frau führte sie zu Jakes Büro und Alethea versteifte sich instinktiv.

Marc beugte sich hinab. »Das wird schon.«

Sie nickte und hob den Kopf. Vor Jake hatte sie keine Angst, doch sie befürchtete, im Verlauf der Besprechung etwas zu sagen oder zu tun, das ihre Freundschaft mit Lil für immer beenden könnte. Lil liebte ihn und seine Meinung hatte Gewicht, auch wenn Alethea versucht hatte, so zu tun, als wäre dem nicht so.

Jake erhob sich, als sie eintraten, und schien enttäuscht bei Aletheas Anblick. »Ich hatte gehofft, du würdest nicht dahinterstecken.«

Marc führte Alethea zu den Sesseln vor Jakes Schreibtisch. »Sie ist nicht die Quelle des Problems, aber was sie zu berichten hat, wird dir genauso wenig gefallen. Hör es dir an.« Er setzte sich neben Alethea.

Jake nahm wieder Platz und beugte sich vor.

Alethea dachte an den Moment, als sie Lil und den anderen Frauen die Neuigkeiten mitgeteilt hatte. Sie hatten ihr nicht geglaubt.

Wieso sollte Jake anders reagieren? *Vertrauen.* »Ich konnte die Probleme in deinem Unternehmen zu einer spezifischen IP-Adresse zurückverfolgen. Das bedeutet nicht, dass ich weiß, wer für die fehlerhaften Codes verantwortlich ist, sondern nur, dass jetzt klar ist, auf welchem Weg man auf euren Server zugreift.«

»Es ist klug von dir, nicht davon auszugehen, dass die Dinge stets so sind, wie sie scheinen. IP-Adressen können missbraucht werden. Ich frage jetzt lieber nicht nach, woher du weißt, was auf unserem Server vorgeht. Ich schätze, das würde mich nur aufregen und ablenken. Hast du dich um die undichte Stelle im System gekümmert, Marc?«

»Ja, Sir, hab ich.«

»Gut«, antwortete Jake. »Darüber unterhalten wir uns später. Im Moment zählt: Zu wessen IP hast du es zurückverfolgt?«

»Stephan Andrade.«

Jake lehnte sich zurück und rieb sich mit der Hand über die Augen. »Scheiße.«

»Allerdings wäre es völlig unlogisch für ihn, das zu tun«, wandte Marc ein. »Er hätte Dominic mit weit weniger Aufwand fertigmachen können. Was hätte er davon, es jetzt zu tun? Könnte er damit etwas erreichen, was er letztes Jahr nicht schon hätte erreichen können?«

Jake lehnte sich erneut vor und trommelte mit den Fingerknöcheln auf dem Schreibtisch, während er sprach. »Womöglich war es einfach zu schwer, den Rachedurst von einem Tag auf den anderen abzulegen. Er hatte seine Position recht schnell geändert. Vielleicht zu schnell.«

»Ich könnte tiefer graben«, bot Alethea an, »aber ich wünschte, ich hätte bei dieser Sache jemanden, wie Jeremy dabei.«

Jakes Augenbrauen schossen hoch.

Mit einem leichten Anflug von Ärger schob Alethea nach: »Nicht, weil ich ihn wiedersehen will!« Mit einem Blick zu Marc fuhr sie fort: »Wir waren nie ein Paar. Wir waren Freunde. Nicht einmal gute Freunde. Ich habe ihn benutzt. Ja, ich weiß, ich bin ein schrecklicher Mensch. Trotzdem heißt das nicht, dass er nicht unsere beste Option ist, wenn es um solche Angelegenheiten wie diese geht. Wenn Stephan etwas angehängt werden soll, kann Jeremy den Beweis finden, den meine Informanten nicht auftreiben konnten.«

»Schon geschehen. Er kümmert sich darum.« Marc schien ihre Anfrage nicht zu beunruhigen. »Und eure Vergangenheit macht mir keine Sorgen.«

Jake hüstelte. »Okay, konzentrieren wir uns auf das Problem und nicht darauf, was ihr beide am Laufen habt – und von dem ich nichts wissen will. Es wird nicht lange dauern, bis Jeremy etwas herausgefunden hat. Aber ich rufe ihn an und frage ihn, was er braucht. Ich hatte gehofft, dass wir Dominic nicht damit belästigen müssen. Er wird nicht gerade glücklich darüber sein.«

Ach Scheiße, was soll's! »Könntest du auch Marie gegenüber etwas erwähnen?«, bat Alethea.

Jake und Marc schauten sie verwundert an.

Alethea zuckte abwehrend mit den Schultern. »Sie glaubt, dass ich lüge.«

Jake stand abrupt auf. »Marie weiß davon? Woher?« Alethea erwiderte nichts. Jake trat vor den Schreibtisch. »Du hast es Lil erzählt.«

Alethea erhob sich und nickte. »Nicole auch.«

Marc stellte sich beschützend neben sie, was ihr einen genussvollen Schauer den Rücken hinab sandte. Sie konnte nicht zu ihm aufschauen, weil sie nicht wollte, dass er sah, wie viel sein Beistand ihr bedeutete.

Dagegen war Jake nicht gleichermaßen überzeugt von ihrem Vorgehen. »Gibt's jemanden, dem du es nicht erzählt hast? Es hätte mich nicht überrascht, wenn du gleich zu Stephan persönlich gegangen wärst.«

Es war leichter, sich Jakes Anfeindung zu stellen, als dem, was auch immer sich zwischen Marc und ihr entwickelte. Leichter und unendlich weniger furchterregend. Sie brauchte nicht verteidigt zu werden. Ihre Probleme hatte sie schon immer selbst in die Hand genommen – und würde es auch in Zukunft immer tun. Mit hoch erhobenem Kopf sagte Alethea: »Beinahe wäre ich das auch. Stattdessen bin ich hierhergekommen. War das ein Fehler?«

Jake fuhr sich mit der Hand durchs Haar und seufzte. »Nein. Alethea, ich bin nicht dein Feind. Du bist quasi die zweite Schwester meiner Verlobten. Ich weiß, wie viel du über die Jahre hinweg für sie getan hast. Allerdings hast du sie auch verletzt. Ab sofort hast du mit dieser Angelegenheit nichts mehr zu tun. Haben wir uns verstanden?«

Alethea log nur ungern, also erwiderte sie nichts.

Jake war zu klug, um die Bedeutung ihres Schweigens falsch zu deuten. Andererseits wusste er auch, dass es Zeitverschwendung war, mit ihr zu diskutieren. Stattdessen richtete er seine nächste Anweisung an Marc. »Mir ist egal, wie, aber halt sie aus dieser Sache raus. Ich werde zu Hause und hier mit Schadensbegrenzung ausgelastet sein. Ich will keine weiteren Überraschungen, verstanden?«

»Ja, Sir«, antwortete Marc und sah dann Alethea an. »Wie wär's, wenn ich sie nach unten bringe?«

Plötzlich huschte ein Ausdruck von Amüsement über Jakes Gesicht. »Normalerweise würde ich das als ein wenig extrem empfinden, aber ich glaube, in der aktuellen Lage ist das eine brauchbare Option.«

Den Witz check ich nicht. Was ist da unten und weshalb veranlasst es sie, derart selbstzufrieden auszusehen?

Marc geleitete sie mit festem Griff aus dem Büro. »Komm mit.« Sie ließen den Empfangsbereich hinter sich und gingen auf einen abgelegeneren Aufzug zu, der anscheinend ausschließlich fürs Gebäudemanagement reserviert war.

Sie folgte ihm hinein und drehte sich der sich schließenden Tür zu. »Was ist dort unten?«

Er drückte einen blauen Knopf ganz am unteren Ende der Schaltfläche. »Etwas, wovon nicht einmal du etwas weißt.«

Obwohl ihre Neugier angestachelt war, machte sich ein mulmiges Gefühl in ihrem Bauch breit – ein seit Jahren zuverlässiger Indikator für drohende Schwierigkeiten. »Ich bin mir sicher, dass es da unten ganz faszinierend ist.« *In der Gefängniszelle oder dem Verlies, in das du mich einsperren willst.* »Aber das schau ich mir lieber ein anderes Mal an.«

»Du hast Jake gehört – meine Aufgabe ist, dich so lange zu beschäftigen, bis Jeremy die Sache aufgeklärt hat. Zufällig weiß ich genau, wie wir uns bis dahin die Zeit vertreiben können.«

Er drückte auf »Stopp« und zog sie in die Arme. Sein Mund legte sich heiß und fordernd auf ihren. Jeglicher Widerstand in ihr schmolz dahin und sie schlang ihm die Arme um den Hals.

Mit einem schnellen Zungenschlag neckte er sie, stieß dann die Zunge in ihren Mund und beanspruchte ihn für sich.

Begierde kümmert es nicht, ob sie willkommen ist.

Sie wartet nicht auf eine Situation, in der sie passend ist.

Sie schlägt zu, zermalmt jedes rationale Argument, weshalb sie eventuell fehl am Platz ist, und reißt einen mit.

Alethea öffnete sich ihm und stöhnte genussvoll, als er sie gegen die Wand drückte und mit den Händen über ihren Körper strich, als hätte er jedes Recht dazu. Sie umklammerte ihn nicht weniger begehrlich, glitt mit ihren Händen unters Jackett, wo sie die Finger in den arbeitenden Rückenmuskeln vergrub, und rieb sich lüstern an ihm, um ihre Berührungen zu intensivieren.

Während sich ihre Zungen in einem intimen Tanz gegenseitig anheizten und erkundeten, malte sich Alethea weitere Stellen aus, an denen ihr seine nasse Invasion willkommen wäre. Würde er diese Zunge mit derselben unermüdlichen Geschicklichkeit zwischen ihre unteren Falten stoßen? Ohne zu zögern, einfach nur plündernd und eine Reaktion einfordernd, der sie machtlos ausgeliefert war. Diese aufreizenden Zungenschläge an ihrer Klitoris zu spüren, diesen heißen Atem an ihren Innenschenkeln, diese starken Hände, die sie zu seinem Genuss weiter spreizten.

O Gott, nimm mich! Hier. Jetzt.

Sie war mehr als feucht und für ihn bereit. Er löste sich aus dem Kuss und liebkoste hungrig ihren Hals. Sie warf den Kopf in den Nacken und keuchte auf, als seine Hand dreist an der Innenseite ihres Oberschenkels hinauffuhr und den durchnässten Satin ihres Tangas beiseiteschob. Sein Mittelfinger stieß tief in ihre Nässe hinein und fing an, in ihr zu rotieren, während sein Daumen ihre begierige Klitoris fand und sie sacht hin und her schob. Sein kräftiger Finger rotierte heiß in ihr, füllte sie aus und fand, was andere oft verfehlt hatten: den einen Punkt, der sie in Ekstase versetzte. Seinen Triumph erahnend, umkreiste er mit dem Daumen ihre Klitoris und massierte gleichzeitig gnadenlos ihre sensibelste innere Stelle.

Die andere Hand hob er an ihre Schulter und streifte die Träger ihres Kleides und des BHs hinunter, um ihre linke Brust für seinen hungrigen Mund zu enthüllen. Er saugte und knabberte an ihr, und versenkte gleichzeitig einen zweiten Finger in ihr. Sie konnte nichts weiter tun, als die Augen zu schließen und sich auf die Lippen zu beißen, damit sie nicht laut aufschrie.

»Komm für mich!«, verlangte er hitzig an ihrem Hals. »Jetzt.«

Sie warf den Kopf von einer Seite zur anderen und stemmte ihre Hände gegen seine Brust. Diese Art Macht wollte sie ihm nicht über sich geben. Sie wollte dem Sog des Höhepunkts widerstehen, der sie zu überrollen drohte. »Nein«, wisperte sie erregt.

»Ja«, widersprach er, nahm ihr Kinn in die Hand und zwang sie, ihm in die Augen zu sehen. Sein Daumen bewegte sich schneller auf ihrer Klitoris. Er zog die Finger kurz heraus und stieß sie tiefer und härter als zuvor in sie hinein, eine Mischung aus Genuss und Schmerz, der man unmöglich widerstehen konnte. Als sich die Hitze in ihr auszubreiten begann und ihr vor Intensität den Atem raubte, schlossen sich ihre Augen. Doch er schüttelte sie leicht tadelnd am Kinn. »Lass mich teilhaben.«

Ihr gesamter Körper erbebte und sie umschloss fest die Finger tief in sich, als sie mit einem Schrei kam. Einen Moment lang, nur einen Moment lang, war sie sein. Das fühlte sich furchterregend gut an.

Allerdings nicht sehr lange.

Beinahe augenblicklich fühlte sie sich verletzlich und entblößt. Mit den Händen, die sich eben noch an sein Hemd an der Brust geklammert hatten, stieß sie ihn von sich weg. Seine selbstzufriedene Miene ärgerte sie und verlieh ihrer Stimme eine abwehrende Kälte, obwohl ihr Körper vor Lust auf mehr von ihm förmlich vibrierte. »Wenn wir im untersten Geschoss sind, warum geht dann die Tür nicht auf?«

»Geduld, Alethea. Wir sind noch nicht da«, antwortete er leise und beobachtete aufmerksam ihren Gesichtsausdruck. »Mach dich auf etwas Atemberaubendes gefasst.«

Im Ernst? Sie hob skeptisch eine Augenbraue. »Bist ja ziemlich überzeugt von deinen Fähigkeiten, was?«

Erneut drückte er sie gegen die Wand des Aufzugs. Eine Hand stützte er in Höhe ihres Kopfes ab, die andere schloss sich um ihre Brust. Sie hatte vergessen, dass sie noch nackt war. »Eigentlich hatte ich vor, mit dem ersten Mal zu warten, bis wir es irgendwo gemütlicher haben können, aber wenn du darauf drängst, dass ich mich beweise – ich bin bereit«, raunte er ihr knurrend ins Ohr, nahm ihre Hand und legte sie auf seine große Wölbung. »Mehr als bereit.«

Alethea blickte auf in diese durchdringend blauen Augen und ein Gefühl der Panik überfiel sie. Sie riss ihre Hand los. Jake hatte Marc aufgetragen, sie zu beschäftigen. *Mehr ist da nicht.* Sich zu erlauben, etwas zu empfinden, würde nur zu Kummer führen. *Ein Mann wie er schaut wahrscheinlich alles, was weiblich ist, auf diese Art an. Seit Anbeginn der Zeit verwechseln Frauen Verlangen mit echten Gefühlen. Ich bin ihm egal. Er sieht mich als potenzielle Sexnummer, die ihm ganz gelegen kommt. Vergiss das nicht.* »Na echt schade, dass ich fertig bin. Tut mir leid, dass ich meins bekommen habe und mich verdrücke, aber ich bin wirklich nicht daran interessiert, mit dir noch weiter zu gehen.«

Auf seiner Stirn erschien eine Falte, die jedoch schnell verschwand. Er lächelte. »Mal sehen, ob ich dich umstimmen kann.« Er steckte einen bleistiftartigen Stab in ein kleines Loch unter den Aufzugknöpfen. Ein Teil der Metallverkleidung glitt zur Seite und legte einen Nummernblock frei. Er gab einen Code ein. Oberhalb der Aufzugknöpfe poppte eine kleine Kamera heraus. Marc positionierte sein Auge davor, bis ein grünes Licht blinkte. Der Aufzug setzte sich in Bewegung und fuhr tiefer hinab. »Ich habe ein Blickpasswort-Identifikationssystem eingesetzt, statt eines gewöhnlichen Retinascanners. Dafür war eine individuelle Kalibrierung und ein Schätzalgorithmus von den Computernerds oben nötig, aber das Ergebnis ist ein Passwort, das dank der gespeicherten Veränderungen der Blickparameter von Betrügern nicht verwendet werden kann.«

Alethea sank an die Aufzugwand, da sein Vorspiel eine vollkommen neue Dimension erreichte – und sie war unfähig, es abzuwehren. »Schließt der Algorithmus auch biometrische Elemente ein?«

»Na sicher!«, erwiderte er großspurig. »Die Waltons arbeiten an einem genetischen Passwort, aber vorerst mussten wir uns mit der verfügbaren Technologie begnügen.«

»Was hältst du hier unter Verschluss?«, fragte sie kaum lauter als ein Flüstern. Es war ihr unmöglich, ihre Neugier zu verbergen.

Eine Tatsache, über die er sich unverhohlen freute. »Etwas, das Dominic für uninteressant gehalten hatte. Aber nachdem er diesen Ort gesehen hatte, änderte er ziemlich schnell seine Meinung. Neugierig geworden?«

Voll und ganz, und in mehr als nur einer Hinsicht. Als der Aufzug endlich anhielt, tauchte hinter der Tür ein gewöhnlich aussehender Korridor auf, nur, dass er keinerlei Fenster aufwies. Sie verließen die Kabine und die Tür schloss sich hinter ihnen.

»Ist das eine Art Schutzraum?« Das schien logisch. Viele wohlhabende Menschen besaßen einen in ihren Häusern und an ihren Arbeitsplätzen. *Die Welt ist voller Gefahren.*

»So etwas in der Art«, antwortete er und lenkte sie bestimmt den Korridor entlang auf eine Tür zu. »Der Entwurf solcher Räume ist inzwischen eine meiner Leidenschaften. Eine geheime und zudem überraschend einträgliche.« Marc streckte die Hand zur Tür aus, hielt jedoch inne, als Alethea sich versteifte und zurückwich. Besorgt sah er zu ihr hinab. »Stimmt was nicht?«

Der Kopf drehte sich ihr von all den Spekulationen, was hinter der Tür liegen könnte. Sie hatte genügend Frauenromane gelesen, um bei den Stichworten »geheim« und »Leidenschaft« im Zusammenhang mit einem Ort auf ein paar ernsthaft abgedrehte Optionen zu kommen. »Ich stehe nicht auf … Ich mag kein …«

»Hast du Platzangst?«, fragte er und schätze die Größe des Korridors ab, bevor er sie erneut ansah. »Nein, das kann es nicht sein. Andererseits habe ich dich noch nie so besorgt erlebt. Was glaubst du denn, was dich hinter der Tür erwartet?«

Ihre Wangen wurden feuerrot.

Er neigte den Kopf leicht zur Seite und brach in ein tiefes Lachen aus. »Mir gefällt, in welche Richtung deine Gedanken gehen.« Breit grinsend schüttelte er den Kopf. »Leider ist die Realität um einiges zahmer als das, was dir durch deinen hübschen kleinen Kopf geht.« Er zog sie an sich, drückte ihre Hüften an seine Erregung. »Ich bin mir sicher, dass wir uns etwas gleichermaßen Aufregendes einfallen lassen können – es sei denn, du stehst so richtig auf derartige Sachen.«

»Tu ich nicht! Das habe ich doch eben gesagt«, erwiderte sie beleidigt und legte die Hände an seine Schultern, um ihn wegzuschieben. Als er ihr jedoch mit den Lippen übers Ohr strich, betrog sie ihr eigener Körper. Ihre Hände schlossen sich mit dem Stoff seines Jacketts im Griff zu Fäusten und sie erbebte an ihm. Alethea war es gewohnt, das Sagen zu haben, wenn sie mit einem Mann zusammen war, und nicht daran, bei jeder Berührung mit ihm nach mehr zu winseln. Obwohl er sie wollte, überschlug er sich nicht, um ihr alles recht zu machen, und das törnte sie sogar noch mehr an.

»Es wäre eine Schande, wenn wir es nie über diesen Korridor hinaus schaffen, drinnen gibt es nämlich unheimlich viel zu sehen.«

Er beugte sich vor und küsste sie auf die Lippen, auch wenn sie sie verärgert geschürzt hatte. »Komm, lass mich dir zeigen, was ich in meiner Freizeit mache.«

Er öffnete die Tür, tippte einen weiteren Sicherheitscode ein und schwang dann eine dicke Metalltür auf, die aussah, als hätte man sie zum Schutz vor einem Atomkrieg gefertigt. Sie gingen hindurch. Hinter ihnen schwang er die Tür wieder zu und gab erneut einen Code ein. Sie standen in einem achteckigen, mit getöntem Glas ausgekleideten Raum mit mehreren Türen. Aletheas Neugier schoss in ungeahnte Höhen und sie vergaß ihre Bedenken.

Mehr als nur ein heißer Body.

Mehr als ein Held.

Insgeheim glaubte er an heimliche Vorbereitung.

Ihr entwich ein träumerisches Seufzen. Er warf ihr einen kurzen Seitenblick zu und sie verpasste sich innerlich einen Tritt. Als sie ihm durch eine der gläsernen Türen folgte, stieß sie aus: »Ach du heilige Scheiße!«

Marcs Brust schwoll vor Stolz. Der gewölbte Bereich, den sie betraten, war von Gebäudefassaden begrenzt, was die Illusion erschuf, sich im Freien zu befinden, obwohl sie sich tief unter der Erde aufhielten. Die Zementwege waren von Rasen eingefasst und die Decke bestand aus einem LCD-Bildschirm mit Wolken und Sonne. Ein Wasserfall nahm zusammen mit etwas, das wie ein ruhig dahinfließender Fluss aussah, eine gesamte Wand ein.

»Der Indoorgarten basiert auf japanischer Technologie, die ich ein wenig angepasst habe. Die Beleuchtung verändert sich über den Tag hinweg und simuliert die Vorzüge von Sonnenlicht. Außerdem lasse ich nachts UV-Licht leuchten, um in einigen Pflanzen das Vitamin D zu erhöhen. Hier gibt's keine Bienen, also habe ich vorerst einen Pollenwedel eingebaut. Aber ich arbeite noch an einer Verbesserung dieses Systems. Diese Kabine ist autark und ähnelt ein wenig einem Untergrundterrarium. Man kann sie mit den anderen fünf Kabinen verbinden, die vom zentralen Raum abgehen, durch den wir hereingekommen sind, muss es aber nicht. Theoretisch könnte man Jahrzehnte hier unten leben.«

Mit großen Augen ging Alethea voraus und studierte den Mix aus Technologie und Natur. »Du hast das alles gebaut?«

Er lächelte, nahm sie beim Arm und führte sie über die Mitte hinweg zur Fassade eines Hauses, das mit seiner Veranda und dem Gartenzaun in eine Vorstadt passte. »Ich habe die Pläne entworfen, aber umgesetzt hat es Dominics Geekbataillon. Willkommen in meinem Zuhause für die Zombieapokalypse.«

Alethea sah ihn zweifelnd an. »Im Ernst?«

»Oder für den Asteroideneinschlag, den nuklearen oder chemischen Krieg, die Außerirdischeninvasion … was auch immer.«

Sie musterte sein Gesicht. »Ich kann nicht sagen, ob du Witze machst oder nicht.«

Er öffnete die Haustür. »Gut.« Durchs Wohnzimmer hindurch führte er sie zu einer weiteren Tür, die in einem gewöhnlichen Haus in den Keller führen würde. Dahinter befand sich ein breites Schott, das Wasser fernhalten sollte. »Auf den nächsten Raum bin ich ganz besonders stolz.«

Alethea deutete mit einer ausholenden Armbewegung auf ihre Umgebung. »Er ist besser als das hier?«

»Oh ja.«

Marc schwang die Luke auf und hielt ihr die Hand entgegen. Sie nahm sie und folgte ihm einen weiteren Korridor entlang. »Wir befinden uns nicht mehr unter dem Corisi-Gebäude. Dominic besitzt mehrere der dahinter liegenden Lagerhallen, die ans Hafenbecken grenzen. Ich war mir nicht sicher, ob das, was du gleich sehen wirst, überhaupt machbar war, aber ich konnte nicht widerstehen, es auszuprobieren.«

Sie blieben an einer weiteren dicken Metalltür stehen, an der sich diesmal nichts weiter als ein großer Handhebel befand, mit dem man sie öffnete. »Mach die Augen zu«, verlangte er leise.

Sie schüttelte widerspenstig den Kopf. »Das ist nicht mein Ding.«

Er zog sie in die Arme. »Dann wirst du nie erfahren, was sich dahinter befindet. Mir ist es egal. Ich habe hier schon mehr als genug, um mich zu amüsieren.« Er schob ihr Haar zur Seite und küsste ihren Hals, genoss, wie sich ihr Atem beschleunigte und sie ein wenig an ihn sank. Er verlor sich in der Süße ihres Dufts, ihres Geschmacks, der Wölbung ihrer Brust unter seiner Hand.

Sie löste sich schwer atmend von ihm. »Du nimmst mich den ganzen Weg hier runter mit und willst mir dann nicht zeigen, was hinter der Tür ist?«

»Ich nehme dich?«, murmelte er an ihren Lippen. »Das hört sich gut an. Wie wär's gleich hier und jetzt?« Er glitt mit der Hand unter den Saum ihres Kleides und umfasste ihre Mitte. Sie war nach wie vor nass und bereit für ihn. Diesmal rieb er sie über dem Seidenslip. Die Versuchung war groß, sie gleich auf dem Boden oder an der Wand – oder beides – zu nehmen, allerdings wollte er mehr von ihr, als sie ihm zuvor gegeben hatte.

Sie wand sich an ihm, schlang die Arme um seinen Hals, um ihn vollständig auf ihre Lippen hinabzuziehen. »Mach die Tür auf!«, befahl sie leise.

Ihm stockte der Atem und Blut flutete seinen Unterleib. »Nein.« Sie hatte hier nicht das Sagen und es war wichtig, dass sie das begriff. Er zog ihr Kleid wieder zurecht und trat einen Schritt zurück. »Ich will dich so sehr wie noch keine Frau zuvor, aber ich werde mich nicht mit dem begnügen, was du anderen gegeben hast. Gib mir, was du zurückhältst. Schließ deine Augen für mich. Vertrau mir.«

Zwischen ihnen wütete ein stiller Krieg. Keiner gab nach, keiner lenkte ein.

Letztlich siegte Neugier über Vorsicht. Mit einem theatralischen Seufzer verschränkte sie die Arme vor der Brust und schloss die Augen. »Na schön!«

Er nahm sie beim Arm und öffnete die Metalltür. Als er bemerkte, dass sie mit einem Auge blinzelte, bedeckte er beide mit der Hand. Er drängte sie tiefer in den Raum hinein und blieb erst stehen, als sie sich neben seinem Bett in einem transparenten Tunnel unter dem Hudson River befanden.

»Mach die Augen auf«, sagte er und nahm die Hand weg.

Völlig erstaunt formte sie ihre wunderschönen roten Lippen zu einem O. »Was ist das für ein Ort?«

»Mein Schlafzimmer.«

Sie drehte sich um die eigene Achse und prüfte sowohl den Wahrheitsgehalt seiner Behauptung als auch die kreative Architektur der Konstruktion. Sie lief die gesamte Länge des Raumes ab, berührte die durchsichtigen Wände, schaute ins Wasser über sich und vergaß ihn einen Moment lang. »Du schläfst hier?«

»Gewöhnlich nicht. Das Konzept ist nichts Neues. Es gibt Hotels mit ähnlichen Räumen, aber das hier haben sie nicht.« Er hob eine Fernbedienung, drückte einen Knopf und die Glaswand zeigte nun lebhaft blaues Wasser gefüllt mit tropischen Fischen. Noch mal gedrückt und das Schlafzimmer bot den Ausblick auf einen majestätischen Berggipfel. »Außerdem ist das kein Glas. Es ist der Prototyp eines Polymers, für den einer meiner Freunde das Patent hält. Es ist schusssicher und kann Schockwellen widerstehen, mit und ohne die Dämpfung durch das Wasser über uns. Sogar freiliegend sollte es ebenso viel Schutz bieten wie der Rest der Anlage.«

»Vor den Zombies«, merkte Alethea trocken an.

»Vor allem«, korrigierte er, legte die Arme um ihre Taille und zog sie erneut an sich. »Einen direkten Torpedotreffer würde es nicht überstehen, andererseits weiß niemand, dass es hier ist, also ist es unwahrscheinlich, dass es angepeilt wird. Geheimhaltung ist ein Kernbestandteil.«

»Weshalb zeigst du es mir dann?«

Alethea hielt die Luft an und wappnete sich für die Antwort. *Weil ich hier nicht mehr lebend herauskomme? Weil mir mit meiner Vorgeschichte sowieso niemand glauben würde?*

Er drehte sie in den Armen zu sich. »Weil ich niemanden kenne, der härter als du für die Menschen kämpft, die ihm wichtig sind. Seit Dominic Abby begegnet ist, machst du mir das Leben verflucht schwer, aber das heißt nicht, dass ich nicht verstehe, was dich antreibt.«

Völlig überrascht erwiderte Alethea abwehrend: »Du glaubst, du kennst mich, aber das stimmt nicht.«

Er hob ihr Kinn und fuhr sanft mit dem Daumen an der Kante des Unterkiefers entlang. »Du versuchst, so tough aufzutreten. So abgeklärt. Nur schade, dass ich weiß, dass du Angst hast.«

Sie versteifte sich in seinen Armen. »Angst? Ich riskiere Woche für Woche mein Leben. Ich fürchte mich nicht vor dir.«

Er hielt ihr Kinn fest, damit sie den Blick nicht abwenden konnte. »Wer schwindelt denn da?«

Sie riss ihr Kinn weg. »Lass mich los!«

Er hielt sie fest, obwohl sie ihn von sich wegdrückte. »Glaubst du, du wärst die Einzige, die je verletzt wurde, Alethea?

Die Einzige, die etwas verloren hat? Bist du es nicht leid, dich zu verstecken? Jeden auf Armlänge entfernt zu halten?«

So bin ich nun mal, dachte sie und kämpfte gegen eine anschwellende Panik an. Langsam vermutete sie, dass nur er das in ihr bewirken konnte. »Was willst du von mir?«, blaffte sie.

Er legte sein Kinn an ihre Stirn und seufzte. »Ich will dich. Das, worauf du stolz bist und das, was du als zu hässlich empfindest, um es anderen zu zeigen. Ich will das alles.«

Bei seinen Worten erbebte sie an ihm und ihre Knie wurden weich, wenngleich sie sich auch selbst ermahnte, weshalb sie in Wirklichkeit hier waren. Sie war ein Auftrag. Zugegebenermaßen einer mit Vorzügen, aber das war kein Date. Ein Teil von ihr bewunderte seine Entschlossenheit. Und sie konnte ihm nicht einmal vorwerfen, dass er die sinnliche Anziehungskraft zwischen ihnen gegen sie einsetzte. Manipulationstechniken wie sie im Buche standen. Elementar, aber erwiesenermaßen oft effektiv. Während sie selbst kurz vor dem Verkehr aufhörte, befolgte Marc diese Regel anscheinend nicht. »Tja, man kann nicht alles haben. Vielen Dank für die Tour und den … ähm … die Fahrt im Aufzug.« Sie sammelte sich, während sie wahrscheinlich errötete. »Allerdings ist es jetzt Zeit für mich zu gehen.«

»Du kannst hier nicht weg«, antwortete Marc gelassen, ließ sie jedoch los und erlaubte ihr, sich von ihm zu entfernen.

»Mach das nicht unangenehm, Marc. Du bist ein ganz netter Kerl, nur eben nicht mein Typ …«

Zu ihrer Überraschung schien ihn ihre Ansage kein bisschen zu stören. »Ganz im Ernst, keiner von uns kann hier weg. Ich habe den Sperrmodus auf vierundzwanzig Stunden eingestellt. Es ist schon hart, hier reinzukommen, aber rauszukommen ist noch unmöglicher. Diese Funktion soll die Leute davon abhalten, die Tür zu früh zu öffnen, falls sie panisch werden.«

Alethea schoss zur Lukentür seines Schlafzimmers hinaus, durchs Haus und zu der Tür, durch die sie anfangs den Bunker betreten hatten. Sie zog am Hebel, drückte ein paar Knöpfe und wirbelte dann wütend zu ihm herum. »Was zum Teufel sollen wir vierundzwanzig Stunden lang hier unten machen?!«

Nur wenige Schritte von ihr entfernt, antwortete er trocken: »Wir könnten den ursprünglichen Plan weiterverfolgen.«

Sie machte einen Schritt auf ihn zu. »Mach die Tür auf, sofort!«

»Geht nicht«, erwiderte er selbstgefällig.

Sie baute sich wütend schnaubend direkt vor ihm auf. »Du bist viel zu clever, um keinen Notfallplan zu haben. Was, wenn ich einen Herzinfarkt bekomme? Du bräuchtest einen Weg hinaus. Wenn du wolltest, könntest du hier rauskommen.«

Ein breites Lächeln erschien auf seinem Gesicht. »Dir entgeht aber auch gar nichts. Du hast recht. Ich kann die Tür öffnen, werde ich aber nicht. Ich habe Jake versprochen, dich ein Weilchen unter Verschluss zu halten. Sex wäre schön gewesen, also falls du es dir anders überlegst, bin ich dafür immer noch zu haben. Aber du bleibst hier, bis ich dich rauslasse – so oder so.«

»Bisher bin ich noch keinem Sicherheitssystem begegnet, das ich nicht schlagen konnte«, drohte Alethea trotzig.

»Teste es. Du wirst zwar nicht ausbrechen, aber dir beim Versuch zuzuschauen, wird amüsant werden.«

Sie fluchte leise vor sich hin.

Er streckte den Arm aus, versenkte die Hand an ihrem Hinterkopf im Haar, zog sie an sich und vereinnahmte ihre Lippen für einen langen, innigen Kuss, der beide schwer atmend zurückließ. »Ist das ein schlechter Zeitpunkt, um dir zu sagen, dass es heiß ist, wenn du wütend bist?« Sie holte zur Ohrfeige aus, doch er fing mühelos ihre Hand und führte sie an seine Lippen. »Außerdem liebe ich es, wenn du so tust, als würdest du es nicht wollen. Dann will ich dir beweisen, wie leicht ich dich

117

dazu bringen kann, zu stöhnen und mich um mehr zu bitten. Magst du es so? Ein bisschen grob?«

»Ich mag es, wenn ein Mann zuhört, wenn ich Nein sage.«

Herrisch nahm er ihr Kinn in die Hand und hielt sie fest, sodass sie nicht wegschauen konnte. »Ich habe noch nie eine Frau zu etwas gezwungen und werde es auch nie tun. Wenn du willst, dass ich aufhöre, brauchst du nichts weiter zu tun, als mir zu sagen, dass du das nicht willst.«

Sie stand stocksteif in seinen Armen. »Ich will das nicht«, log sie. »Kann ich jetzt gehen?«

Er ließ sie los. »Nein, aber du kannst es gern versuchen.«

Als er davonging und sie neben dem Wasserfall zurückließ, verfluchte sie ihn, ließ sich aber auch seine Worte durch den Kopf gehen.

Ohne Umwege ging sie zum Ausgang und studierte Marcs Sicherheitssystem. Egal, wie wirksam etwas ist – es gibt immer eine Schwachstelle.

KAPITEL 10

Ich hoffe, es ist wichtig«, moserte Dominic, als er Jakes Büro betrat. Er hatte Abby versprochen, mehr Zeit zu Hause zu verbringen, zumindest während des ersten Monats nach der Geburt. Er enttäuschte sie nicht gern, doch Jake hatte darauf beharrt, dass seine Anwesenheit notwendig sei.

Jake stand auf und pfiff, als er Dominic sah. »Du siehst ja scheiße aus!«

Dominic verzog das Gesicht. »Bis Abby wieder völlig auf dem Damm ist, gebe ich nachts die Fläschchen. Das hörte sich eigentlich ganz einfach an, aber Judy könnte die ganze Nacht lang nur trinken. Sie schläft in meinem Arm ein, aber kaum lege ich sie hin, weint sie, also schlafe ich im Sessel im Kinderzimmer – die absolute Hölle für meinen Rücken.«

»Abby stillt wohl nicht? Dabei wird das sogar vom Gesundheitsamt empfohlen.«

»Das werde ich nicht mit dir besprechen.«

»Hast du den Beitrag gelesen, den ich dir geschickt habe? Es gibt genügend statistische Daten, um sicher sagen zu können, dass Stillen und hohe Intelligenz zusammenhängen. Einige deuten auf eine Verbindung zu einem gesunden Stoffwechsel hin. Bisher sind noch nicht alle Vorteile bekannt, aber es gibt keine menschgemachte Mixtur, die Muttermilch Konkurrenz machen kann.«

»Weißt du, was man außerdem noch mit einem längeren und gesünderen Leben in Verbindung bringt?«

Jake lehnte sich an die Ecke seines Schreibtischs und schüttelte den Kopf. »Nein, was?«

»Mir verdammt noch mal endlich zu sagen, was du mir nicht gleich am Telefon hast sagen wollen! Ich bin mir nämlich ziemlich sicher, dass es nicht darum geht, ob wir Judy stillen oder nicht.«

Jake hob beschwichtigend die Hände. »Wenn es dich stört, dass ich eine Meinung dazu habe, hättest du mich nicht bitten sollen, mich in das Thema einzulesen.«

Dominic stieß einen gurgelnden Laut aus und ließ sich dann schwer in einen der Sessel plumpsen. »Ich bin zu geschafft, um dir eine reinzuhauen. Aber ich merke es mir für später.«

»Will Marie nicht aushelfen? Auch deine Mutter würde wahrscheinlich liebend gern ein paar Schichten übernehmen.«

Dominic stöhnte. »Abby und ich haben darüber gesprochen. Die ersten paar Monate sind wichtig für die Bindung. Judy muss verinnerlichen, dass wir für sie da sind, wenn sie etwas braucht.«

Jake schüttelte den Kopf. »Du hast die Kontrolle über die Situation bereits verloren, oder?«

Dominic schloss einen Moment lang die Augen und lachte erschöpft. »Gott, ja«, gestand er und hob die Lider wieder. »Bei all den Schwierigkeiten, in die wir über die Jahre hinweg geraten sind, hättest du da je gedacht, dass es Windeln und mitternächtliche Fläschchen sein würden, die mich kleinkriegen?«

Jake setzte sich ihm gegenüber. »Du liebst es, nicht wahr?«

Dominic nickte breit lächelnd. »Ich bin glücklicher, als ich es je für möglich gehalten habe – auf jeden Fall mehr, als ich es verdiene.« Er musterte Jakes Ausdruck und etwas von seiner guten Laune verlosch. »Aber das ist ebenfalls nicht der Grund, weshalb du mich gebeten hast, herzukommen.«

»Du hast recht. Wir haben ein Problem, und je tiefer ich grabe, desto drastischer sieht es aus.«

Dominic richtete sich kerzengerade auf und alle Müdigkeit fiel von ihm ab. »Bei Corisi Enterprises?«

Jake stand auf, holte eine Akte vom Schreibtisch und warf sie vor Dominic auf den Tisch. »Es hat vor Judys Geburt angefangen. Anfangs war es eine Reihe einfacher Fehler im Code. Ich habe mir jeden einzelnen angesehen und sie schienen nichts miteinander zu tun zu haben, trotzdem fand ich sie beunruhigend. Die Aussetzer waren zu systematisch. Also fokussierte ich mich auf Sabotage. Unser Server sollte wasserdicht sein. Ich hatte nichts Konkretes, nur ein Gefühl, deshalb habe ich Marc darauf angesetzt.«

»Gut, was hat er gefunden?«

Jake goss Dominic ein Glas Scotch ein. »Du musst wissen, dass wir noch nicht alle Puzzleteile beisammen haben. Jeremy arbeitet von Kalifornien aus daran. Ich habe ihm vollen Remotezugriff gewährt. Er sollte bald ein paar Antworten haben.«

Dominic stand auf und dehnte die Schultern. »Was verheimlichst du mir?«

»Alethea hat letztes Jahr jemanden in unserer IT-Abteilung eingeschleust. Wir haben ihn enttarnt und entfernt, aber das eigentliche Problem ist, was er herausgefunden hat.«

»Schlimmer als eine interne undichte Stelle, die weiß Gott welche Informationen weitergegeben hat?«

Jake nickte. »Es gab keine undichte Stelle. Anscheinend hatte Alethea ihn bei deiner ersten Begegnung mit Abby eingesetzt. Sie war der Ansicht, jemanden im Inneren zu brauchen, falls du nicht mit Abby aus China zurückkehrst. Aletheas Maulwurf hat ihr von den Programmierfehlern berichtet, also ließ sie ihn nachforschen, woher sie kommen.«

Dominic sprach kein Wort. Er starrte einfach seinen Freund mit einem versteinerten Ausdruck des Missfallens an.

»Ihr Informant hat mehrere der Vorfälle zu einer externen IP-Adresse zurückverfolgt.«

»Ich dachte, Jeremy hat den Server gesichert.«

»Das hat er, aber diese Person hat sich einen Zugriffspunkt gebaut, den zu suchen uns nicht einmal in den Sinn gekommen ist. Das heißt, diesen Anschein hat es momentan. Wir wissen noch nicht genau, wie das passiert ist.«

»Was weißt du?«

»Genug, um zu hoffen, dass wir uns irren, was die daran beteiligte Person betrifft.«

Dominic überwand den Abstand zwischen ihnen und knurrte: »Wer ist es? Von wem sprichst du, verdammt noch mal?!«

»Stephan. Die Spur führt zum Verlobten deiner Schwester.«

Heiße Wut stieg an Dominics Hals und Gesicht auf. Er drehte sich um und wollte gehen, doch Jake stellte sich ihm in den Weg. »Den Ausdruck kenne ich, Dom. Unternimm nichts, das du bereuen wirst. Wir wissen noch nicht mit Sicherheit, ob er dahinter steckt.«

»Oh, er steckt garantiert dahinter! Gib mir nur einen Grund, weshalb ich den kleinen Bastard am Leben lassen sollte!«

Jake rührte sich nicht von der Stelle. Sein Ton blieb ruhig und vernünftig. »Weil deine Schwester ihn liebt und du sie deshalb verlieren könntest. Wir werden die Wahrheit aufdecken, möglicherweise noch heute. Der Informant, den Alethea eingesetzt hatte, spielt nicht in Jeremys Liga. Seine Rückschlüsse könnten fehlerhaft sein oder absichtlich von dem herbeigeführt worden sein, der auch immer das tut. Zu handeln, ohne alle Fakten zu kennen, könnte die Probleme vergrößern.«

Dominic trat aggressiv einen Schritt vor und Jake wich zurück, hoffte jedoch, dass sein Freund die Warnung beherzigte. Kurz bevor er das Büro verließ, knurrte Dominic: »Du hast die Alethea-Situation geklärt?«

»Der Maulwurf wurde erfolgreich beseitigt. Er ist kein Thema mehr.«

»Und Alethea?«

»Marc hält sie unten unter Verschluss.«

»Unten?« Dominic zeigte mit Nachdruck auf den Boden und lächelte beinahe. »Ich frage mich, ob sie es schafft, von dort ausbrechen.«

Jake zuckte mit den Schultern. »Schwer zu sagen. Marc ist gut.« Als Dominic sich zur Tür drehte, fragte Jake: »Wohin gehst du?«

»Nach Hause. Du hast vierundzwanzig Stunden, um die Sache aufzuklären, danach kümmere ich mich auf meine Weise darum.«

* * *

Auf der anderen Seite der Stadt hielt Lil ihre Nichte im Arm und saß mit Abby im Wohnzimmer der frisch renovierten Villa in Midtown Manhattan. Einstmals ein exklusiver Privatclub, war sie nun mit Babyschaukeln und Kinderwagen gefüllt. Colby spielte zu ihren Füßen mit hölzernen Lebensmitteln, die sie mithilfe von daran angebrachtem Klett zu Sandwiches stapeln konnte.

Abby, der die angespannten Gesichtszüge ihrer Schwester auffielen, machte sich Sorgen um sie. Eigentlich sollte sie gerade die glücklichste Zeit ihres Lebens verbringen. Sie lebte mit Jake zusammen und er hatte ihre Tochter adoptiert. Das einzig noch verbliebene Puzzleteil war die Formalität ihrer Hochzeit.

Es war erstaunlich, wie viel sich innerhalb eines Jahres verändert hatte. Sie stand ihrer Schwester näher denn je. »Was ist los, Lil? Hält Colby dich nachts wieder wach? Ich dachte, sie hätte alle ihre Zähne bekommen.«

»Nein. Ja«, antwortete Lil mit einem traurigen Lächeln. »Ich meine ja, sie hält mich wach, aber nein, das ist nicht das Problem.«

»Du weißt, dass du mir alles erzählen kannst.«

»Kann ich das, Abby? Ich bin mir nicht sicher. Ich brauche Rat, aber ich weiß nicht, ob du mir helfen kannst.«

Furcht ergriff Abbys Herz. Sie waren so weit gekommen. Worin konnte Lil verwickelt sein, dass sie sich fürchtete, darüber zu reden? Endlich lief alles richtig gut und Abby hatte Angst, dass es durch irgendetwas zu einem plötzlichen, vernichtenden Ende kommen könnte. »Lil, ich liebe dich. Da ich nicht weiß, worum es geht, kann ich dir nicht versprechen, dass ich etwas dazu sagen kann, aber wenn du mich brauchst, bin ich für dich da. Ich werde immer für dich da sein. Egal, was passiert.«

»Es geht um Alethea.« Lil hob die Hand, um Abby davon abzuhalten, ihr ins Wort zu fallen. »Ich weiß, was du von ihr hältst, aber hier geht's eher um mich als um sie.«

Abby nickte mit zusammengepressten Lippen und biss dann gespielt vom hölzernen Hamburger ab, den Colby ihr reichte.

Lil konnte ihrer Schwester nicht in die Augen sehen, während sie sprach. »Ich weiß, dass sie es ständig zu weit treibt, aber das tut sie, weil wir ihr wichtig sind. Sie ist ins Krankenhaus eingebrochen, weil du ihr wichtig bist.«

»Andere Leute schicken Blumen«, meinte Abby sarkastisch, bremste sich dann jedoch. »Entschuldige. Sprich weiter.«

»Sie hat ein Problem bei Corisi Enterprises gefunden und wollte, dass ich ihr helfe, dem auf den Grund zu gehen.«

»Sag bloß, du hast dich in eine ihrer wilden Intrigen reinziehen lassen. Du hast versprochen, damit aufzuhören.«

»Hab ich nicht.«

»Warum steckt sie ihre Nase eigentlich immer noch in unsere Angelegenheiten? Gibt's in der Welt keine anderen

Probleme, mit denen sie sich beschäftigen kann?« Doch als Lil Atem holte und sich für ihre Freundin einsetzen wollte, lenkte Abby gleich ein: »Ich weiß, ich weiß, das tut sie, weil wir ihr wichtig sind. Zumindest behauptest du das immer. Was hat sie denn gefunden?«

Lil erzählte es ihr. Sie ließ nichts aus, angefangen bei den Programmierfehlern bis hin zu Stephan als möglichem Drahtzieher. Abby unterbrach sie nicht. Nur die verärgerte Röte auf ihren Wangen war ein Hinweis darauf, was sie empfand. »Sie wollte, dass ich ihr dabei helfe, herauszufinden, ob es wahr ist. Allerdings wollte ich es diesmal nicht auf ihre Weise tun.« Sie rückte Judys Lätzchen zurecht. »Also habe ich Marie und Nicole dazugebeten und wir haben ihnen alles erzählt.«

»Wie ging das aus?«, fragte Abby auf eine für sie uncharakteristisch unfreundliche Art.

»Schlimmer, als ich mir gedacht hatte. Nicole war außer sich.«

»Kannst du es ihr verübeln?«

»Nein. Aber Al hatte schließlich nicht behauptet, Stephan sei schuldig. Sie sagte nur, alle Spuren führten zu ihm.«

»Das ist nur eine Frage der Formulierung, meinst du nicht auch?«

»Nicht für Al. Sie will genauso wenig wie wir, dass er schuldig ist.« Lil sah ihrer Schwester in die Augen und beichtete den Teil, der sie am meisten belastete. »Marie hat Alethea unterstellt, sich die ganze Sache ausgedacht zu haben, weil sie neidisch darauf sei, wie nah ich dir und allen anderen gekommen bin.«

»Wahrscheinlich hätte ich das auch vermutet.«

Lil wischte eine Träne weg. »Siehst du? Das ist das Problem. Du willst das Schlimmste von ihr annehmen und siehst lediglich das, was sie falsch macht. Nie rechnest du ihr an, dass sie immer für mich da ist. Wenn ich sie gebraucht habe, hat sie mich nie im Stich gelassen.«

Abby hob Colby hoch und drückte sie an sich. Eine Träne lief ihr über die Wange. Ihre kleine Nichte lachte zu ihr hinauf und klatschte. Abby hatte in ihren ersten Lebensmonaten zu viel verpasst. »Ich wäre für dich da gewesen. Ich wollte unbedingt Teil deines Lebens sein. Doch je mehr ich versuchte, dich festzuhalten, desto mehr verlor ich dich.«

»Das war aber nicht Als Schuld«, erwiderte Lil und Tränen traten ihr in die Augen. »Und jetzt haben wir uns doch. Ist es nicht an der Zeit, ihr für unsere Probleme zu vergeben? Ich verschiebe immerzu meine Hochzeit, weil ich darauf warte, dass ihr beide euch zusammenrauft. Aber ich muss es wissen: Warte ich auf etwas, das unmöglich ist?«

Colby wimmerte, weil sie vom Schoß runter und umherlaufen wollte. Abby setzte sie auf den Boden. Je fester man an jemandem festhält, desto schneller verliert man ihn manchmal. Diese Lektion war schmerzhaft für sie gewesen. Andererseits war Alethea alles andere als eine Hilfe dabei gewesen, Lil großzuziehen. Genaugenommen fühlte es sich zwischen ihnen immer wie ein Tauziehen an: Abby bemühte sich, dass Lil sicher war und gute Entscheidungen traf, und Alethea zog sie in haarsträubende Richtungen voller moralisch schwammiger und hochriskanter Situationen. *Nichts Neues, schätze ich.* »Ich weiß nicht. Eben hast du gesagt, dass sie Nicole aufgebracht hat. Wie kann ich darüber hinwegsehen?«

»Das hat sie nicht. Das war ich. Ich hab's versaut. Ich dachte, Nicole würde uns helfen wollen, Stephans Namen reinzuwaschen.«

»Ach, Lil.«

»Ich weiß. Ich hab's schlimmer gemacht. Ich habe Nicole etwa hundertmal angerufen, aber sie geht nicht ran. Al auch nicht. Sie hat mich gefragt, ob ich ihr glaube, und ich habe geantwortet, dass ich mir nicht sicher bin.«

»Was soll ich dazu sagen, Lil?«

»Ich bitte dich, mir zu helfen, Abby. Hilf mir zu überlegen, was ich tun soll. Ich wollte niemanden verletzen.«

Das Teufelchen auf Abbys Schulter flüsterte, dass diese Gelegenheit kein zweites Mal kommen würde. Sie könnte Lil sagen, dass man manche Freundschaften nicht wieder einrenken konnte. Sie brauchte nichts weiter zu tun, als Lil zu sagen, dass es Zeit war, Alethea um der Familie willen loszulassen, und die Chancen standen gut, dass sie es diesmal tun würde.

Ein Leben ohne Alethea – die Vorstellung hatte ihren Reiz.

Dann sah Abby hinab auf ihre Nichte und dachte an Lils Worte. *Alethea hat die Probleme zwischen Lil und mir nicht verursacht. Sie war nicht der Grund für unser Zerwürfnis. Und egal, was ich von ihr halte, sie war Lil immer eine gute Freundin.*

Mag sein, dass ich sie nicht mag, aber Lil liebt sie.

»Zusammen ist es immer besser, Lil. Daran glaube ich fest. Bringen wir sie alle an den Tisch und dann sprechen wir es durch.«

»Das hat beim ersten Mal nicht eben gut funktioniert.«

»Ich spreche mit Marie und Nicole. Familien streiten sich, Lil, aber dann versöhnen sie sich wieder. Wenn Alethea tatsächlich Teil dieser Familie sein will, wird sie auftauchen.«

»Ich weiß nicht, ob sie kommen wird. Letztes Mal endete es hässlich. Wie soll ich sie davon überzeugen, dass es diesmal anders sein wird?«

»Sag ihr, dass ich auf ihrer Seite bin.«

Lils Augenbrauen schossen hoch. »Meinst du das ernst?«

Abby kam zu ihr und legte den Arm um ihre Schwester. »Du hast recht. Es ist wichtig für mich, die Vergangenheit hinter mir zu lassen. Du liebst sie, also werde ich versuchen, sie auch zu mögen. Diesmal versuche ich es ernsthaft.«

Trotz der kleinen Judy im Arm drückte sie die große Schwester. »Mehr kann ich nicht verlangen, denke ich.«

Aber ich kann um etwas mehr als das beten. »Stephan muss unschuldig sein.«

»Keine Sorge, Alethea hört nicht auf, bis sie die Wahrheit findet.«

Irgendwie fühle ich mich damit nicht besser.

KAPITEL 11

Nachdem sie jeden Aspekt des Sicherheitssystems getestet und jede Form von Kommunikation mit der Außenwelt ausprobiert hatte, setzte sich Alethea auf eine Bank in dem mit Rasen bedeckten Bereich neben dem Wasserfall.

»Gibst du auf?«

»Scher dich zum Teufel!«

»Komm schon, lass mich diesen Moment genießen. Du dachtest, es würde leicht sein, hier auszubrechen. Deine umfassende Überprüfung war beeindruckend, aber weshalb gibst du nicht einfach zu, dass du mit deiner Weisheit am Ende bist? Hast du ans Lüftungssystem gedacht?«

»Ja.«

»Genial, wie ich alles durch den Luftreiniger rückgekoppelt habe, nicht wahr? Es führt exakt nirgendwohin.« Er setzte sich neben sie auf die Bank.

»Ist mir aufgefallen.«

»Jede Einheit hat ihr eigenes Luftsystem für den Fall, dass eins versagt. Mit einem unbeschränkten Budget zu arbeiten hat seine Vorteile.«

»Feiere deinen Triumph. Du hast mich geschlagen. Diesmal.«

Er legte den Arm über die Rückenlehne der Bank und spielte mit einer ihrer Locken, obwohl sie von ihm abrückte, als er das tat. »Müssen wir denn im Wettstreit liegen? Ich kann mich verdientermaßen brüsten, aber ich würde viel lieber entspannen und diese gemeinsame Zeit genießen.« Er strich ihr das Haar aus dem Nacken und blies sanft auf die freigelegte Haut. Dann holte er eine Fernbedienung aus der Tasche und mit einem Klick verwandelte sich die Decke des Bunkers in einen sternenglitzernden Nachthimmel.

Alethea bezwang ein Lächeln, richtete den Blick auf ihn und schüttelte leicht spöttisch den Kopf. »Im Ernst?«

Er bedachte sie mit einem schamlosen Grinsen und zuckte mit den Augenbrauen.

»Ein künstlicher Nachthimmel lässt mich nicht vergessen, dass du mich gegen meinen Willen hier einsperrst.«

Marc zuckte mit den Schultern und stand auf. »Du kannst dich gern an Details festbeißen, aber ich habe vor, diesen unerwarteten freien Tag zu genießen.« Er zog sein Hemd aus und legte es neben sie auf die Bank, bevor er aus den Schuhen schlüpfte.

Alethea ärgerte sich, dass sie es zugeben musste, aber anders als die meisten Menschen sah Marc ohne Bekleidung sogar noch besser aus als mit. Seine Brust war perfekt geschnitten und leicht behaart. Sie wollte die Hand ausstrecken und seinen Waschbrettbauch berühren. »Ich hab dir gesagt, dass ich nicht interessiert bin.«

Er wandte sich von ihr ab, ließ die Hosen fallen und sprang kopfüber ins tiefe Wasser vor dem Wasserfall. Der Anblick seines perfekt bemuskelten Hinterns raubte ihr vorübergehend den Atem. Als er auftauchte, wischte er sich das Wasser aus dem Gesicht und lächelte sie an. »Na bitte, schon wieder dreht sich bei dir alles um Sex. Warst du noch nie einfach nur aus Spaß an der Freude nacktbaden?«

Alethea verschränkte die Arme vor der Brust. »Nein.«

Es gab kaum etwas, das sie einfach aus Vergnügen tat. Dafür konnte sie ihren inneren Wachhund nicht lange genug entspannen.

Er schwamm zum Beckenrand vor ihr und legte die Arme darauf ab. »Du bist wirklich ziemlich mysteriös, weißt du? Ich dachte immer, du würdest dich vor nichts fürchten. Wenn du mir jetzt noch sagst, dass du Jungfrau bist, gehe ich vor Schock unter.«

»Selbstverständlich bin ich keine Jungfrau. Ich hatte jede Menge Sex – allein und mit anderen. Ich will einfach nur keinen mit dir haben.«

Ein lustvolles Lächeln breitete sich auf seinem Gesicht aus. »Den Eindruck hast du im Aufzug nicht gemacht.«

Seine Bemerkung verdarb ihr die Laune. »Das war ein Fehler.« Und leiser ergänzte sie: »Einer, über den ich nicht reden will.«

»Dann komm ins Wasser«, schlug er vor. »Ich verspreche, meine Hände bei mir zu behalten.«

»Erwartest du etwa, dass ich das glaube?«

»Ja«, antwortete er ernst.

Da sie sich nicht rührte, fuhr er fort: »Die Menschen können einen nicht enttäuschen, wenn man ihnen nicht vertraut, nicht wahr? Unter dem ganzen Draufgängertum bist du überhaupt nicht mutig, stimmt's, meine kleine Kriegerin?«

Nicht mutig? Ha! Sie stand auf, zog sich ganz langsam splitternackt aus und genoss die Tatsache, dass ihm die Kinnlade hinunterfiel und seine Augen sich lustvoll weiteten. Sie stellte sich stolz vor ihm auf und lächelte. Dann sprang sie ins Wasser und tauchte neben ihm auf – nah genug, um zu hören, wie sich sein Atem beschleunigte und um zu sehen, wie sich seine Pupillen vor Erregung weiteten. »Wie gesagt, ich habe keine Angst vor dir.« Sie schüttelte ihr Haar und fand es wunderbar, wie es seine Aufmerksamkeit auf ihre nackten Schultern und tiefer zog.

Er holte tief Luft und erwiderte: »Doch, hast du.« Er beugte sich vor, als wollte er sie küssen, tat es jedoch nicht. »Solltest du aber nicht, weil ich auf deiner Seite bin.«

Gott sei Dank schwamm er davon, um ein paar Bahnen zu ziehen, und ließ Alethea erregt und zugleich verärgert zurück – ein Zustand, den sie immer stärker mit Marcs Anwesenheit in ihrer Nähe in Verbindung brachte. Sie begann, ebenfalls Bahnen zu schwimmen, wenn auch nur, um sich mit etwas anderem zu beschäftigen, als einen Mann anzugaffen, bei dem sie sich nicht sicher war, ob sie ihn küssen oder erwürgen wollte.

* * *

Sie derart nah bei sich zu haben und nicht anfassen zu dürfen, war Folter – süße Folter. *Gott sei Dank habe ich nicht versprochen, nicht hinzuschauen.* Ihre wundervoll definierten Arme durchs Wasser gleiten zu sehen und das flüchtige Aufblitzen ihrer Brüste gleich unter der Wasseroberfläche erregten ihn qualvoll. Er gab es auf, so tun zu wollen, als schaue er nicht hin, schwamm an den Beckenrand, legte die Arme ausgestreckt hinter sich auf die Kante und kostete den Anblick aus.

Wenn Meerjungfrauen ihr auch nur annähernd ähnlich sehen, ist es kein Wunder, dass Seemänner zu ihnen in ihr Verderben tauchen.

Ihr herrlicher nackter Hintern hob sich jedes Mal aus dem Wasser, wenn sie das Ende des künstlichen Flusses erreichte und in eine Wende tauchte. Als sie an ihm vorbeischwamm, vermeinte er, ein halbes Lächeln in ihrem Gesicht zu entdecken, und lachte leise. *Sie weiß ganz genau, was sie mit mir anstellt, und wartet darauf, dass ich aufgebe und ihr nachjage. Daran ist sie gewöhnt.*

Sie ködert.

Der Mann läuft ihr nach.

Sie gibt nur das, was sie geben will.

Geschützt.

Ich könnte sie gewinnen lassen, mich auf ihre Bedingungen einlassen und der Lohn wäre eine Nacht zwischen diesen süßen Schenkeln. Eine Nacht mit Sex würde sich von keinem One-Night-Stand unterscheiden, den ich je hatte.

Und das ist das Problem.

Ich will nicht nur eine Nacht. Ich will herausfinden, wovor eine Frau Angst hat, die vom FBI eher als Risiko und weniger als Pluspunkt eingeschätzt wird. Jemand, den sie bei Bedarf engagieren, allerdings nicht ständig auf der Gehaltsliste haben möchten.

Jemand, der dermaßen gut bei dem ist, was er tut, dass die Leute ihr wie bei NASCAR-Rennen fasziniert zusehen und sie anfeuern, aber nur darauf warten, sie in einem Unfall zu sehen. Nicht viel anders als Dominic hat sie sich mehr Feinde als Freunde gemacht.

Er musste zugeben, dass er nicht wenige Abende damit verbracht hatte, sich auszumalen, wie gut es sich anfühlen würde, sie ein wenig zurechtzustutzen. Viele reagierten deutlich auf ihre dreiste Haltung. Sie hatte den Anspruch, um jeden Preis zu gewinnen, und machte keine Gefangenen.

Und ich bin auch nur ein Mensch.

Doch je mehr Zeit er mit ihr verbrachte, desto deutlicher wurde ihm, dass es nicht nur darum ging, dass sie gewinnen wollte – nein, sie *musste* gewinnen. Berühmt zu sein war nicht ihr Antrieb. Genau genommen schaffte sie es sogar, sich aus den Schlagzeilen herauszuhalten, obwohl alle, die ihr nahestanden, unter der Lupe der Öffentlichkeit lebten. Mit messerscharfer Intelligenz und der Fähigkeit, die meisten Menschen lesen zu können, war sie eine Meisterin der Manipulation.

Aber mit welchem Ziel?

Geld beeindruckte sie nicht.

Aus ihren hochkarätigen Kontakten hätte sie Kapital schlagen und sich in eine Machtposition lavieren können, das tat sie jedoch nicht.

Hin und wieder, wenn er aufmerksam genug hinsah, blitzte etwas auf, und er würde sein Leben darauf verwetten, dass es Furcht war. Nicht der oberflächliche »Mir wurde das Herz gebrochen«-Mist, sondern die Art seelische Narbe, bei der man nachts entsetzt und verschwitzt aufwacht und die entsteht, wenn man brutal in die Hölle geworfen und danach auf die Erde zurückgesetzt wurde. Eine Narbe, die man verbirgt, sogar vor denen, die man liebt, denn einige Dinge sind zu hässlich, um sie zu teilen.

Mit Narben kannte er sich aus, sowohl mit inneren als auch äußeren.

Alethea dabei zuzusehen, wie sie vor ihm auf und ab schwamm, gab ihm Zeit, zu einem Entschluss zu kommen. Manchmal muss man etwas abreißen, damit man es stabiler wieder aufbauen kann.

Sie schwamm vorbei und sah zu ihm hinüber. Ihre Blicke trafen sich und die Funken flogen nur so.

Du wirst mein sein, Alethea.

Aber nicht zu deinen Bedingungen.

Marc lächelte, drehte sich um und stemmte sich aus dem Pool, ohne zu verbergen, wie sehr er es genossen hatte, sie zu beobachten. Als er sie dabei erwischte, wie sie seine Erektion beäugte, winkte er ihr zu. Sie wandte das Gesicht ab und hustete, als sie unerwartet Wasser schluckte. Er lachte und hob seine Kleidung auf.

Lektion eins: Lachen heilt.

Dann sammelte er auch ihre Kleidung auf und rollte sie in seine ein. Er hatte sich nur wenige Schritte vom Pool entfernt und lachte noch immer leise vor sich hin, während er sich vorstellte, wie sie reagierte, wenn sie mit dem Husten fertig war und bemerkte, was er getan hatte.

Plötzlich stand sie vor ihm, herrlich wütend und tropfnass, und blockierte seinen Weg. Ihm war, als habe er noch nie etwas erlebt, was dermaßen sexy aussah wie die Jiu-Jitsu-Verteidigungspose, die sie einnahm. »Lass meine Klamotten fallen oder ich bringe dich zu Fall!«

Er blieb stehen, und obwohl er tun wollte, was sie verlangte – wenn auch nur, um die Hände frei zu bekommen und sie an sich zu ziehen –, tat er es nicht. Stattdessen musterte er sie langsam von Kopf bis Fuß. »Ich frage mich, ob es wohl Kampfsportpornos gibt. Ich hätte nie gedacht, dass das sexy sein könnte – bis jetzt.«

Zwischen ihren Brüsten erschien eine Röte, die sich aufwärts über ihren Hals und ihr Gesicht ausbreitete. »Das meine ich todernst!«

Trotz des verärgerten Tons zogen sich ihre Nippel zu harten kleinen Noppen zusammen, von denen man so gut wie unmöglich den Blick abwenden konnte. Weiter runter zu schauen half auch nicht weiter. Schlanke, muskulöse Beine führten hinauf zu einer vorzüglich getrimmten Linie aus Schamhaar. Er schluckte schwer und schüttelte den Kopf. Als sich ihre Blicke trafen, rang er darum, normal weiterzuatmen. »Ich würde mich liebend gern mit dir raufen, aber ich habe versprochen, dich nicht anzufassen. Allerdings machst du es mir nicht eben leicht; mein Versprechen zu halten ist wirklich hart.«

Beim Wort »hart« fiel ihr Blick hinab. Sein Schwanz zuckte und pulsierte und schwoll unter ihrem Starren weiter an. »Könntest du das verdecken?«, fragte sie bezogen auf seine eifrige Erektion.

Er sah hinab und hob grinsend den Kopf. »Du findest das ablenkend? Rate mal, wie es sich auf dieser Seite davon anfühlt.«

Die Röte auf ihren Wangen vertiefte sich. Er warf ihr ihre Kleidung zu. Sie schlüpfte kopfüber in ihr Kleid und zog ihren Slip an. »Wir wissen beide, dass ich dich will – es zu verstecken ändert nichts daran. Und du kannst dir so viel anziehen, wie du willst, aber bei mir ist jetzt jeder einzelne Zentimeter von dir ins Gedächtnis eingebrannt und das wird mich viele Nächte lang wachhalten.« Als ihre Augen erneut hinab zu seinem Penis glitten, lachte er aufs Neue laut auf. »Ich liebe deine anrüchigen Gedanken, Alethea, ganz ehrlich.«

Sie trat wütend zurück.

Er wollte gehen und drehte sich um, blieb dann jedoch stehen. Über die Schulter hinweg fing er ihren Blick ein. »Versuch, nicht auf meinen unglaublichen Hintern zu starren«, neckte er und ging weiter, bevor er sich erneut ruckartig zu ihr umdrehte und sie genau dabei erwischte. »Ich wusste, dass du nicht anders kannst. Na schön, schau so viel du willst. Und nur, damit du's weißt, anders als bei dir gibt's bei mir keine Nicht-anfassen-Politik. Fass an, so viel du willst.«

Sie murmelte etwas Derbes vor sich hin.

Er lachte und kehrte in sein Kulissenhaus zurück.

Im beheizten Pool zu schwimmen war unerträglich wundervoll gewesen, aber um seines Verstandes willen brauchte er jetzt eine kalte Dusche.

Eine eiskalte.

Wenn nötig zwei.

* * *

Wieder voll bekleidet, lief Alethea in Marcs Bunkerhaus auf und ab. Es war kurz vor Mitternacht. *Ich werde keinesfalls hier übernachten. Mir reicht's! Ich war mehr als verständnisvoll. Aber ich weigere mich, noch einen Moment länger hierzubleiben mit diesem … diesem … Flitzer!*

Egal, wie umwerfend er aussieht.

Das ist Kidnapping. Illegaler Freiheitsentzug.

Es muss einfach einen Weg geben, von hier aus die Außenwelt zu kontaktieren.

Keins der Telefone funktionierte und der Computer war mit nichts verbunden. Marc hatte beide Handys, seines und ihres, mitgenommen, als er duschen ging. Sie dachte an die Szene am Pool zurück und stöhnte auf. *Ich hätte süß lächeln und mir sein Handy schnappen sollen, wenn er mal wegsah. Wieso zum Teufel musste ich mich ausziehen und zu ihm ins Wasser springen?*

Es tat weh, sich die Wahrheit einzugestehen.

Weil ein Teil von mir zu Ende führen will, was wir auf dem Weg hierher im Aufzug angefangen haben. Ich will dieses Bett unterm Fluss austesten. Sie dachte daran, wie er nackt und verletzlich – ganz zu schweigen von der vollen Erektion – dagestanden und sich mit ihr unterhalten hatte. *Er meint wohl, wenn man so gut bestückt ist, wieso nicht damit herumwedeln? Wer macht so was? Er ist unmöglich, und nervig und ... sexier als jeder Mann, dem ich begegnet bin.* Sein ungezwungenes Selbstbewusstsein war eine Befreiung von den Männern mit zerbrechlichem Selbstwertgefühl, die schnell eingeschüchtert waren, sobald ihnen klar wurde, womit sie ihr Geld verdiente.

Meine Mutter sagt immer, Männer mögen keine klugen Frauen. Wie scheiße, dass so viele ihre Behauptung bestätigt haben. Würde ich mir die Haare blond färben und meinen Wortschatz auf zweisilbige Wörter beschränken, wäre ich inzwischen wahrscheinlich verheiratet.

Nicht, dass ich verheiratet sein will.

Ich brauche keinen Mann.

Ich gebe zu, dass es nett wäre, zu Hause von jemandem erwartet zu werden, allerdings nicht, wenn ich dafür jemanden spielen muss, der ich nicht bin.

Was ist falsch daran, eine starke Frau zu sein? Daran, dass ich weiß, was ich will, und keine Angst habe, es mir zu nehmen?

Wie Marc.

Was würde er sagen, wenn er hört, dass ich es mir anders überlegt habe?

Sie ließ sich rücklings in einen der großzügig gepolsterten Sessel fallen. *Ein paar Stunden in Gefangenschaft und schon habe ich den Verstand verloren.*

Sie erzitterte bei dem Gedanken und rieb sich die Arme.

»Hast du mich vermisst?«, fragte er direkt hinter ihr. Vor Schreck blieb ihr fast das Herz stehen.

Ihre Augen streiften seine nackte Brust und fielen dann ganz von allein tiefer. Er trug eine tiefsitzende Freizeithose. »Du trägst Pyjamahosen?«, fragte sie und ihr Hals war dermaßen trocken, dass die Worte lediglich gekrächzt herauskamen.

»Ja, enttäuscht?« Er zuckte vielsagend mit den Augenbrauen und lachte, als sie es sofort abstritt. Er warf ihr eine Freizeithose aus Flanell und ein T-Shirt zu. »Das ist alles, was ich hier habe, aber du kannst es gern nehmen, wenn du möchtest. Die Hose hat ein Zugband.«

Alethea knüllte die Sachen in einer Hand zusammen und setzte sich aufrecht hin. »Was kommt als Nächstes? Willst du mir anbieten, mich zu bekochen, als wären wir Freunde?«

Er stellte sich neben ihren Sessel. »Wenn du Hunger hast, gibt es etwa fünf Gerichte, die ich zubereiten kann, allerdings ist hier alles Essbare in Dosen oder getrocknet. Trotzdem besser als nichts.«

Wutentbrannt stand sie auf und funkelte ihn finster an. »Willst du absichtlich nicht verstehen, was ich meine, oder bist du unterbelichtet? Ich will nicht mit dir hier unten sein und werde nicht so tun, als sei das anders. Ich will nicht mit dir schwimmen, ich will nicht mit dir essen, ich will nur …«

Er beugte sich hinab und bedeckte ihren Mund mit seinem. Stöhnend zog er sie näher. Sie vergaß, was sie sagen wollte, und öffnete ihren Mund für ihn, begrüßte seine Zunge begierig mit ihrer. Sie schlangen die Arme umeinander, während ihre Zungen tanzten und einander neckten.

Ihre Hände glitten über seinen flachen Bauch hinweg nach oben und sie schwelgte darin, wie sich seine muskulöse Brust anfühlte. Sein Herz schlug wie wild unter ihrer Hand. Er rieb sich an ihrem Unterleib und sein Schwanz wurde größer und härter. Sie schloss die Augen, was ihr erlaubte, sich lebhaft an seine intimen Details zu erinnern.

Selbstbewusst schob er mit beiden Händen ihr Kleid über die Hüften hinauf und hielt sie an sich, während er ihr den Slip auszog, ohne sich auch nur einen Augenblick lang von ihren Lippen zu trennen. Mit den Händen an ihrem Becken hob er sie hoch, bis ihre Beine um seine Taille lagen und sie ihn von oben herab mit seinem Kopf in ihren Händen küsste.

Das Gefühl, wie er über ihre nasse Mitte rieb, während er sie ins Schlafzimmer trug, erregte sie noch weiter. Er blieb neben seinem Bett stehen und sie klammerte sich mit Armen und Beinen an ihn, während er sich ein Kondom überzog.

Er riss sich von ihrem Mund frei, lehnte sie mit den Schultern an die Wand und raunte ihr schwer atmend ins Ohr: »Ich muss in dir sein, jetzt sofort.« Und mit einem kräftigen Stoß aufwärts war er es, woraufhin sie vor Lust aufschrie. Er hielt inne, bis sie sich seiner Größe angepasst hatte.

Sein Mund lag heiß auf ihrem Hals, während er sie mit einem Arm an der Taille umschlungen hielt und mit der anderen Hand die Pobacken teilte und sie intim streichelte. Sie stöhnte und stieß instinktiv ihr Becken gegen seins, wollte, musste seine Bewegung in ihr spüren.

Sie drückte den Rücken durch. Er zog ihr ungeduldig die Träger des Kleides über die Schultern hinab und legte ihre

Brüste frei. Er nippte an ihr, streifte mit den Zähnen über sie hinweg und nahm sie nacheinander in den Mund, wo seine Zunge ihre empfindlichen Spitzen umkreiste. Währenddessen hielt er sie ganz genau so, wie er sie wollte und stieß in sie hinein, mit jedem Mal tiefer, bis sie ihre Beine weiter öffnete und vor Genuss seinen Namen ausstieß.

Er hielt inne und raunte: »Du bist so eng. So verdammt eng.«

Sie wand sich an ihm, bebte vor Verlangen. »Nicht aufhören«, bat sie. »Nicht aufhören.«

»Das wollte ich tun, seit ich dich zum ersten Mal gesehen habe«, flüsterte er ihr ins Ohr, kippte ihr Becken vor und zurück und fuhr dabei in sie hinein und aus ihr heraus. »Es ist sogar noch besser, als ich's mir vorgestellt habe. Du bist unglaublich.«

Er versenkte sich in ihr. Zog sich zurück und versenkte sich erneut. Jedes Mal brachte er sie dem Höhepunkt näher, ohne ihn je vollständig zu erreichen. Sie klammerte sich um ihn, tropfend vor Erregung und beinahe von Sinnen vor Verlangen.

»Du …«, begann er.

Sie legte ihm die Hand auf den Mund und rief: »Halt einfach die Klappe und vögle mich!«

Sie spürte an der Hand, wie er lächelte. Jeder Vorsatz, es langsam anzugehen, fiel von ihm ab. Er drückte sie fester gegen die Wand und rammte ungehemmt in sie hinein, was sie willkommen hieß und erwiderte, Stoß für Stoß.

Sie kam zuerst, schrie mit einem Kontrollverlust auf, den sie sich nie zuvor gestattet hatte. Beinahe überwältigt von Empfindungen schluchzte sie und ihr Schreien erregte ihn noch mehr. Er rammte in sie hinein, immer schneller, immer härter, unnachgiebig in seiner Forderung nach ihrer Unterwerfung. Das war ein urzeitliches Nehmen, eine Inanspruchnahme. Jenseits menschlicher Kontrolle.

Dann geschah das Unfassbare: Sie spürte, wie sie erneut abhob. Hitze überflutete ihren Unterleib und sie grub die Nägel in seinen Rücken, als sich alles in ihr zu einem zweiten Orgasmus zusammenzog. Sie nahm noch wahr, wie er sein Gesicht an ihrem Hals vergrub und erbebte, als er mit ihr kam.

Während sie beide wieder zu Atem und zu Sinnen kamen, standen sie einfach nur da, er noch in ihr und ihre Beine um seine Taille. Er stöhnte und lachte leise, bevor er ihr einen Kuss aufs Schlüsselbein setzte. »Ich hasse es, ein Versprechen nicht einzuhalten. Ich hatte einfach keine Ahnung, wie ich das ohne meine Hände tun kann.«

Sie sah ihm in die Augen. »Für dich ist wohl alles ein Scherz, was? Lass mich runter.«

»Komm aus der Deckung raus, Alethea. Es ist okay zu lachen. Du musst dich nicht vor mir in Acht nehmen.«

Mehr ertrug sie nicht. Sie bewegte sich hin und her, bis ihre Verbindung gelöst war, und fuhr dann sich windend fort, bis er sie so weit freigab, dass ihre Füße wieder fest auf dem Boden standen. »Hör auf! Tu nicht so, als wäre das irgendetwas anderes als das, was es ist. Das ist kein Date. Du wirst dafür bezahlt, mich aus der Sache rauszuhalten, und das …«, sie machte eine große Armbewegung, »das kommt dabei heraus, wenn man zwei Personen zusammen in eine belastende Situation wirft.«

Er musterte ihr Gesicht und setzte dann sein dreistes Lächeln auf. »Dein Job muss aufregender sein als meiner, weil das hier nicht die Norm für mich ist.«

Sie schubste ihn einen Schritt rückwärts. »Du bist nicht eben witzig!«

Er trat wieder zu ihr und war plötzlich ganz ernst. »Also jetzt verletzt du meine Gefühle. Wie's aussieht, muss ich mein Bestes geben, um dich mit meinen anderen Vorzügen zu beeindrucken.«

Der Beweis für den Vorzug, von dem er redete, stupste ihre Mitte an, steif und bereit, als er sich blitzschnell zu ihr hinabbeugte und ihren Mund mit einem weiteren tiefen Kuss vereinnahmte. Ein Teil von ihr klammerte sich an das Wissen darum, dass nichts von all dem echt war. Doch der Rest von ihr meinte, das sei zu gut, um es sich entgehen zu lassen. Von diesen Erinnerungen würde sie zehren müssen, weil sie sich nie wieder in diese Situation begeben würde.

Er löste sich von ihr und hob den Kopf mit einem seltsamen Ausdruck im Gesicht. »Worüber denkst du nach?«

Sie versuchte, seinen Mund zurück auf ihren zu ziehen. »Ist unwichtig.«

»Sag's mir!«, verlangte er.

»Nein.«

Alethea war nicht ganz klar, welche Reaktion sie auf ihre Weigerung hin erwartet hatte, jedenfalls hatte sie nicht erwartet, dass er sie hochhob, sich über die Schulter warf, zu seinem Bett trug und sie dort abwarf.

O nein! Das hat er nicht eben getan!

Oh doch, hat er.

Das ist keine meiner Fantasien. Das ist real.

Splitternackt kam sie sofort auf die Knie und krabbelte an ihm vorbei. Doch er fing sie, drehte sie auf den Rücken, und bevor sie wusste, wie ihr geschah, hatte er beide Hände über ihrem Kopf in Handschellen gesichert.

Er legte sich neben sie. »Ich weiß, was du denkst ... was für ein Mann hat Handschellen unter seinem Bett liegen, richtig? Die waren ein Geschenk meines Kumpels. Ich dachte mir, ich sollte sie hier unten aufbewahren, falls ich die Apokalypse abwarten muss. Falls es langweilig wird.« Er lächelte sie an, als könnte er die Rage in ihren Augen nicht sehen. »Nicht, dass du langweilig bist. Du bist alles andere als langweilig, glaub mir, aber du musst lernen, anderen zu vertrauen.«

Alethea rüttelte an den Handschellen und fauchte: »Und du glaubst, die hier halten dafür her? Das Einzige, wozu sie herhalten, ist für meine Verteidigung vor Gericht, weil ich dir sofort, wenn ich freigekommen bin, den Hals umdrehen werde! ›Herr Richter, sehen Sie hier, die Verletzungen an meinen Handgelenken. Er hat es nicht anders verdient.‹«

Marc strich mit der Hand über ihren Arm hinauf bis kurz unter das Metall an ihrem Handgelenk. »Wenn du dich nicht wehrst, wirst du keinen einzigen Kratzer haben.«

Sie versuchte, sich seiner Berührung zu entreißen, wurde jedoch durch die Fessel daran gehindert. »Genauso gut kannst du verlangen, dass ich nicht mehr atmen soll. Ich werde mich befreien und dann wirst du das hier bereuen!«

»Hm, ich verstehe das Problem.«

»Gott sei Dank! Du kommst zu Verstand. Hol jetzt den Schlüssel und vielleicht, nur vielleicht, vergesse ich, dass das hier je passiert ist.«

Marc stützte sich auf dem Ellbogen ab und schaute sie von oben her an, als wäre sie ein Rätsel, auf dessen Lösung er soeben kam. »Du kannst es nicht abstellen, oder? Für dich ist alles ein Kampf.«

»Gibt's zu diesen Handschellen auch Ohrstöpsel? Es gelten nämlich Gesetze gegen Foltern mit Psychoschwafel.«

Anstatt auf ihren Hohn hin zurückzuschlagen, lachte er. »Langsam begreife ich, wie du tickst. So richtig. Du fürchtest dich jetzt, nicht wahr? Deshalb greifst du an.«

Ich fürchte mich vor nichts und niemandem! Aber ich spiele trotzdem mal mit, vielleicht springt eine gute Gelegenheit dabei heraus. »Findest du etwa, dass es keinen Anlass zur Sorge gibt, wenn man in einen Bunker gesperrt und dann an ein Bett gefesselt wird?«

»Ich würde dir niemals wehtun, Alethea. Glaubst du mir das?«

Sie wandte den Blick ab. »Dann lass mich gehen.«

Sie drehte sich zurück zu ihm und diesen wundervollen blauen Augen, die anscheinend ihre Seele sehen konnten. »Lass dich auf eine Situation ein, in der du nichts bestimmen kannst. Nur dieses eine Mal.«

Sie schüttelte den Kopf.

Er beugte sich hinab und flüsterte ihr ins Ohr: »Was ist das Schlimmste, das geschehen kann? Du stellst fest, dass es dir gefällt?«

Sie funkelte ihn finster an.

Als sie nichts darauf erwiderte, sagte er: »Wenn du wirklich willst, dass ich dir die Handschellen abnehme, dann werde ich das. Du brauchst es nur zu sagen.« Er strich genüsslich mit einem Finger über ihr Schlüsselbein und seitlich an ihrer Brust hinab. »Oder du vertraust mir, dass ich mich um dich kümmere. Darum geht es bei den Handschellen. Vertrauen. Ja, sie machen dich angreifbar, aber alles, was im Leben von Bedeutung ist, macht dich angreifbar. Und manchmal gewinnt man, indem man nicht dagegen ankämpft.«

Seine Worte durchströmten sie und füllten sie mit einer Wärme, die sie nicht leugnen konnte.

Ich brauche ihm nur zu sagen, dass er mir die Handschellen abnehmen soll und es ist vorbei.

Kein Mann wird über mich bestimmen, nicht einmal zum Zweck von sinnlichen Experimenten.

Fesseln sind nichts für mich.

Wieso verlange ich also nicht meine Befreiung?

Er freute sich nicht hämisch darüber, sie in der Hand zu haben, wie sie es von einem Mann erwartet hatte. Stattdessen wartete er geduldig auf ihre Entscheidung.

Unerwartet trat ihr eine Träne ins Auge. »Wenn du mir wehtust, bringe ich dich um! Wortwörtlich. Langsam. Auf die qualvollste Art, die mir einfällt«, drohte sie mit belegter Stimme.

Ehrlich betroffen, berührte er sanft ihre Wange. »Hey, es ist okay, Angst zu haben. Jemandem zu vertrauen macht immer Angst.«

Er beugte sich hinab, nahm ihre Brust in den Mund, zupfte hauchzart mit den Zähnen an der Brustwarze, und eine heiße Welle durchströmte sie. Es war nicht abzustreiten, welche Wirkung seine Berührungen auf sie hatten. Als seine Hand über den Bauch hinweg strich und ihre Mitte besitzergreifend umfasste, stöhnte sie vor Lust auf.

Verführerisch.

Erregend.

Er wartete auf die Worte, die sie nicht sagen wollte. »Ich hasse dich gerade.«

Er hob den Kopf. »Jetzt bin ich verwirrt. Heißt das nun ›Ja, mach weiter‹ oder ›Nein, lass verdammt noch mal die Finger von mir, du Perversling.‹«

Sie rieb sich mit dem Unterleib an ihm und stöhnte. Zum Teufel mit der Kontrolle. Nur dieses eine Mal wollte sie genommen werden.

Alethea riss die Augen auf und blickte in seine.

Ich vertraue ihm tatsächlich!

Er setzte eine Spur aus Küssen über ihren bebenden Bauch hinweg und fuhr fort, bis sich sein Gesicht über ihren unteren pulsierenden Lippen befand. Dort angekommen legte er sich ihre Beine über die Schultern und hob ihr Becken, sodass ihre Mitte geöffnet und bereit für seinen Mund war. Sein heißer Atem traf auf sie, dennoch wartete er. »Sag mir, was du willst, Alethea.«

Sie hob ihr Becken etwas höher und berührte seinen Mund ganz leicht mit ihrem Venushügel. »Du weißt, was ich will.«

Er rieb sein Kinn sanft an ihrer Mitte. »Das ist das Tolle daran, auf dieser Seite der Handschellen zu sein – ich brauche dir so lange nichts zu geben, bis du mir das gibst, was ich will. Sag mir, wie du's magst, Alethea.«

Sie zog die Beine um seinen Hals zusammen. Zwar hasste sie die Wahrheit, gestand sie ihm aber dennoch. »Das ist egal. Mir bringt das nicht so viel. Nicht wie anderen Frauen.«

Ihre Blicke trafen sich und eine Falte bildete sich auf seiner Stirn. »Diesmal nicht. Sag, magst du das?« Er tauchte mit der Zunge tief in sie ein und Hitze durchzuckte sie. Mit seiner Hand teilte er die unteren Lippen, damit er ungehindert an ihre empfindsamste Stelle gelangen konnte. Er blies sacht darauf und ließ dann seine Zunge über ihre erregte Noppe hin und her fliegen.

Alethea versuchte sich zu entspannen, konnte es jedoch nicht. Mit rasenden Gedanken suchte sie nach einem Grund. *Ich habe keine Probleme mit Vertrauen.*

Wer würde einen Fünfdollarschein irgendwo öffentlich hinlegen und dann erwarten, dass er noch daliegt, wenn man später zurückkehrt? Das ist keine Paranoia, das nennt man realistisch sein.

»Oder gefällt dir das hier besser?« Er nahm die Klitoris zwischen die Zähne und zupfte sanft daran, was sie mit wildesten Empfindungen durchflutete. Sie klammerte sich an die Kette ihrer Handschellen und wand sich vor Lust, konnte allerdings ihre innere Stimme nicht lange genug abschalten, um es voll auszukosten. *Vielleicht sollte ich einen Orgasmus vortäuschen, damit er zu etwas anderem übergeht?*

»Oder womöglich ziehst du das hier vor?« Er versenkte zwei Finger in ihr und bewegte sie rhythmisch, während er an ihr sog und den umgebenden Bereich rau mit den Stoppeln an seinem Kinn streichelte.

Oh, das ist gut.
Das ist richtig gut.

Sie schloss die Augen und drängte sich seinem Mund entgegen. Er belohnte die Bewegung, indem er sie abwechselnd mit der Zunge, den Fingern und dem Kinn verwöhnte. Jedes Mal, wenn er für einen Wechsel von ihr abließ, spürte sie die Trennung zutiefst. Jedes Mal, wenn sein Mund zurückkehrte, brannte das Feuer unter seiner Berührung intensiver, bis es beinahe wehtat, und sie schrie auf.

»Das ist es«, raunte er an ihrem Innenschenkel, während seine Finger pumpend in ihre tropfnasse Mitte hinein- und herausfuhren. Die Hitze seines Atems streichelte ihre barliegende Klitoris. »Komm für mich, Alethea.«

Sie war machtlos und konnte seinem Befehl nicht widerstehen. Ihr Körper begann bereits, sich um seine Finger zusammenzuziehen. An die Handschellen geklammert warf sie sich hin und her, während der intensivste Höhepunkt, den sie je erlebt hatte, ihren Körper erschütterte.

Er küsste ihr Bein. »Ich würde sagen, das gefällt dir ganz gut.«

Er senkte ihr Becken zurück aufs Bett und rollte kurz zur Seite, als er sich wieder zu ihr drehte, trug er ein Kondom. Er positionierte sich über ihr, ohne sie mit seinem Gewicht zu belasten, und glitt zwischen ihre Beine. Sie öffnete sie breit und schrie vor Verlangen auf, als er lediglich mit der Spitze in sie eindrang. Sie wollte ihn tief in sich spüren. Wollte von ihm erfüllt sein.

Hungrig leckte er ihre Halsbeuge, stieß grob in sie hinein und zog sich zurück, um sie mit der Spitze anzuheizen und dann erneut grob in sie hineinzustoßen. Als er sich diesmal zurückzog, wollte sie ihn mit den Beinen an sich klammern, doch seine kräftigen Finger gruben sich in das weiche Fleisch ihres Hinterns und er hob sie vom Bett, als er die Position wechselte. Dann rammte er wieder und wieder in sie hinein. Lust und Schmerz vermischten sich und verstärkten einander.

Das Tempo erhöhte sich und als sie spürte, wie sich erneut ein Höhepunkt anbahnte, gab sie sich widerstandslos hin. Sie vertraute darauf, dass Marc sie dorthin mitnahm, wo sie hinwollte, und dann sicher zur Erde zurückbrachte.

Sie kamen gleichzeitig und kollabierten auf dem weichen Bett. Als sie merkte, dass er ihre Hände aus den Handschellen befreite, war sie erstaunt, dass sie sich angesichts der Freiheit nicht erleichtert fühlte. Hungrig nahm er ihren Mund ein und sie öffnete sich ihm. In diesem Augenblick gab es keine Angst. Keine Wände. Sie waren eins.

Der Kuss endete und sie öffnete den Mund, um etwas zu sagen, doch er legte ihr sanft einen Finger über die Lippen, um sie zum Schweigen zu bringen. »Genieß das einfach noch einen Moment länger.«

»Woher willst du wissen, dass ich nicht was Nettes sagen wollte?«, fragte sie trotz seines Fingers.

Er senkte die Hand, lächelte sie gemächlich an und griff nach der Decke, um sie beide zuzudecken. Als er sich hinlegte, zog er sie an seine Seite. »Okay, ich bin bereit. Sag es.«

Alethea legte den Kopf auf seine Brust. »Ich hasse dich nicht.«

Er lachte leise in ihr Haar. »Das weiß ich.«

In der stillen Abgeschiedenheit des Bunkers, an diesem Ort außerhalb der Zeit, fühlte sich Alethea ihm näher als sonst jemandem und spürte den Drang, sich zu erklären. »Du hattest recht. Ich hatte Angst.« Sie wartete darauf, dass er ihr Eingeständnis auf die Schippe nahm, was er jedoch nicht tat. Er rieb ihr mit starker Hand über den Rücken und diese beruhigende Bewegung ermutigte sie, sich weiter zu öffnen. »Ich schlafe kaum. Ich wache auf mit Angst. Ich lege mich mit Angst ins Bett. Ich fühle mich nie sicher. Weder in Freundschaften noch in Beziehungen. Ich erwarte ständig, dass eine hässliche Wahrheit enthüllt wird.«

»Das sind wirklich tiefe Narben, Alethea. Woher stammen sie?«

Sie schüttelte den Kopf und schloss die Augen. Es hatte einmal eine Zeit gegeben, schon lange her, als sie versucht hatte, andere zu überzeugen, bis sie auf die harte Tour gelernt hatte, einige Dinge für sich zu behalten. »Da war nichts.«

Er umfasste ihr Kinn und hob ihr Gesicht. Widerstrebend sah sie ihm in seine eindringlich blauen Augen. »Du kannst mir mit mehr als nur deinem Körper vertrauen, Alethea. Mir ist egal, wer dich in der Vergangenheit enttäuscht hat. Ich bin nicht wie sie.«

Was, wenn er mir nicht glaubt? Was, wenn er es wie alle anderen als meine Erfindung abtut, weil ich Beachtung suche? Zittrig einatmend erwiderte sie: »Mein Vater wurde ermordet.«

Marc rieb ihr nachdenklich mit dem Daumen übers Kinn. »In der Polizeiakte steht, dass er bei der Arbeit einen Herzinfarkt erlitt.«

»Die wurde frisiert. Und woher weißt du das?« *O Mann, weil es sein Job ist, jeden zu durchleuchten, der mit den Corisis zu tun hat. Und ich bin ein Teil dieses Jobs.* »Hat es Spaß gemacht, in meinem Privatleben herumzustöbern?«

»Selbstverständlich«, antwortete er locker, wurde dann aber wieder ernst. »Dann glaubst du also, die Polizei hat gelogen?«

»Ja. Am Tag, an dem er starb, kam ein Mann zu uns nach Hause und sagte, mein Vater habe für ihn wichtige Unterlagen auf seinem Schreibtisch hinterlegt. Ich ließ ihn ins Arbeitszimmer gehen. Ich wusste nicht, dass mein Vater in etwas Gefährliches verwickelt war. Noch vor Ende dieses Tages war mein Vater tot.«

»Und es ist unwahrscheinlich, dass das ein Zufall war?«

»Das ist, was meine Psychotherapeutin gesagt hat. Meine Mutter hatte sie engagiert, um mich davon zu überzeugen, dass die beiden Ereignisse vollkommen unabhängig voneinander eintraten. Aber ich bekomme schon seit jeher dieses eklige und beklommene Gefühl, wenn etwas nicht ganz richtig ist. So auch, weil wir seinen Leichnam nie zu sehen bekamen. Man sagte uns, die Pathologie sei mit der Autopsie beauftragt gewesen und dann habe man ihn aus Versehen bereits vor seiner Beerdigung eingeäschert. Ein Ausrutscher, gegen den meine Mutter nicht protestierte. Wieso nicht? Sie musste gewusst haben, dass wir die Wahrheit erfahren würden, wenn wir ihn sahen.«

»Welche Wahrheit?«

»Ich weiß es nicht. Sie hat es nie zugegeben und ich habe nur Bruchteile von Hinweisen sammeln können. Nicht genug, um irgendwas zu beweisen. Jemand hat meinen Vater umbringen lassen. Jemand, der mächtig genug ist, um das unter den Teppich kehren und gefälschte Polizeiberichte erstellen zu können.«

»Denkst du, dass er in etwas Illegales verwickelt war?«

Er glaubt mir.

»Ich habe fast mein ganzes Leben lang versucht, das herauszufinden.«

»Hast du jemandem davon erzählt?«

»Nicht seit der Mittelstufe. Nicht einmal Lil weiß es. Ich habe sie bei einigen meiner Versuche eingespannt, Beweise auszugraben, ihr allerdings nicht gesagt, wofür. Ich ließ sie in dem Glauben, es wären nur verrückte Aktionen, um Beachtung zu finden. Ich liebe Lil, aber sie ist nicht gerade ein Tresor, wenn es ums Bewahren von Geheimnissen geht.«

Marc atmete tief ein und hielt sie fester. »Du kannst mir dein Geheimnis anvertrauen, Alethea.«

Sie sah auf in seine Augen. »Ich glaube dir, Marc. Ich weiß nicht, wieso, aber ich tu's.«

»Jeder hat Geheimnisse«, sagte er leise. Er fuhr ihr sacht mit der Hand durchs Haar. »Ich kenne Angst, Alethea. Ich weiß, wie es ist, wenn man nachts nicht schlafen kann, weil der Kopf nicht abschalten will und weil man ständige Erschöpfung den Bildern vorzieht, die man in den Träumen sehen wird. Ich bin kein Held. Ich bin einfach nur ein Mann, der dachte, Soldat zu werden würde die Ausbildung bezahlen, die sich meine Eltern nicht für mich leisten konnten. Ein Mann, der zu einer schlimmen Zeit am falschen Ort landete.«

»Du bist für fünf verwundete Männer zurückgegangen. In meinen Augen ist das heldenhaft.«

»An diesen Teil des Tages kann ich mich kaum erinnern.« Sein Blick blieb an der Decke hängen, als die Erinnerungen ihn weit weg von ihr führten. »Wir waren auf einer routinemäßigen Patrouille in einem als freundlich eingestuften Dorf, als ein Sprengsatz am Straßenrand hochging und den führenden Humvee außer Gefecht setzte. Scharfschützenfeuer trennte unsere Einheit in zwei Gruppen. Ich wusste, dass ich ein toter Mann war. Niemand würde lebend herauskommen. Neben mir fielen die Männer. Ich erinnere mich an nichts von dem, was ich laut deren Schilderung getan habe. Ich erinnere mich, dass ich Angst hatte. Ich wollte losrennen und Deckung suchen, aber ich konnte nicht alle zurücklassen. Ich kannte diese Männer. Ich kannte deren Familien. Ich wusste, dass keiner von ihnen weglaufen würde. Ganz vage erinnere ich mich an die Apache-Helikopter, die kamen, und danach an nichts mehr. Ich wachte in einem Krankenhaus auf und wurde als Held bezeichnet, aber das stimmt nicht. Diese Männer starben trotzdem. In Wahrheit habe ich niemanden gerettet. Ich hätte mit ihnen sterben sollen.« Er nahm ihre Hand und legte sie auf die Narbe, die eine Seite seines Bauchs überzog. »Man schickte mich nach Hause, um gesund zu werden, aber man heilt nicht. Man wird nie mehr heil. Und man vergisst nie.« Er legte sein Kinn auf ihrem Haar ab. »Ich kann nichts weiter tun, als jeden Tag aufzustehen, weiterzumachen und zu versuchen, mich nicht selbst zu hassen.«

»Du hast in einer furchtbaren Situation das Beste getan, was möglich war. Du bist nicht daran schuld, dass sie gestorben sind.«

»Und wenn dein Vater ermordet werden sollte wegen dem, was er wusste, hättest du nichts dagegen tun können, nicht einmal, wenn du davon erfahren hättest.« Er zog sie enger an sich. »Aber das zu wissen erleichtert das Schlafen nicht, oder?«

»Nein, tut es nicht«, antwortete sie traurig an seiner Brust.

Er griff sich eine Fernbedienung und dimmte das Licht im Raum. »Du bist die erste Frau, der ich von diesem Tag erzählt habe. Die Frauen, mit denen ich ausgegangen bin, konnten nicht damit umgehen. Sie wollten einen Helden. Von der Wahrheit wollten sie nichts wissen.«

Obwohl sie ihr Herz davor warnte, vollführte es tief in ihrer Brust Freudensprünge. Gleich darauf setzte echte Panik ein. Hätte es einen Weg aus dem Bunker hinaus gegeben, wäre sie abgehauen. Da das allerdings unmöglich war, zog sie sich in ihren Kopf zurück und gab vor, einzuschlafen.

Marc beobachtete sie und fragte sich, ob es richtig von ihm war, sie zu drängen. Er wusste, dass sie nicht schlief. »Was geht in deinem wunderschönen Kopf vor?«, fragte er an ihrem Ohr und spürte, wie sie sich anspannte.

Verärgert sah sie ihm in die Augen. »Müssen wir das machen?«

Er spielte mit einer ihrer langen Locken. »Du hast doch nicht vor, mir wieder damit zu drohen, mich umzubringen, oder?«

Sie drückte ohne Erfolg gegen den Arm, der ihre Taille umschlang. »Hör auf!«

»Womit?«

Sie machte eine Handbewegung in den Raum. »Damit. Dem Kissengeflüsterflirt nach dem Sex. Wozu das alles? Wäre ich nicht hier mit dir eingesperrt, wäre ich schon lange weg.«

Er setzte sich auf und zog sie an sich, bis sie an seine Brust gepresst war und ihn anschaute. »Worum geht's hier in Wirklichkeit?«

Sie öffnete den Mund, um alles abzustreiten, schloss ihn jedoch wieder und starrte ihn einfach wütend an. In ihren wundervollen grünen Augen spiegelte sich der Kampf zwischen Wut und einem anderen Gefühl wider. »Sobald sich diese Tür dort öffnet, ist es mit uns vorbei. Warum sollen wir so tun, als würde das hier nicht so ausgehen?« Als sie sich von ihm wegbewegte, zog er sie wieder an sich.

»Willst du die Wahrheit hören? Ich mag dich. Du bist zwar grenzwertig paranoid und wahnsinnig grob, aber das ist mir egal. Ich kann nicht genug von dir bekommen. Ich liebe es, dir dabei zuzusehen, wie du eine Veranstaltung für dich ausnutzt. Du kannst dich mit einer Leichtigkeit an den meisten Menschen vorbeireden, dass man das im *Guinness Buch der Rekorde* festhalten sollte. Und die Art, wie du die Schwachstellen in Sicherheitsplänen ausfindig machst – reine Magie. Ein echtes Talent. Ich war noch nie mit einer Frau zusammen, die ich auf derart vielen Ebenen aufregend finde. Hier geht's nicht bloß um Sex. Ich verschwinde nirgendwohin. Nicht heute Nacht. Und auch nicht, wenn wir hier raus sind.« Er machte es sich im Bett wieder bequem und schlang beide Arme um sie. »Was würde passieren, wenn du dir gestattest, an uns zu glauben?«

Sie versteifte sich an ihm. »Uns?«

»Ja, uns. Schlaf jetzt, Alethea.«

Er erwartete Widerspruch, bekam jedoch keinen. Es dauerte fast eine Stunde, aber schließlich ging ihr Atem tiefer. Sie drehte sich und vergrub ihr Gesicht an seiner Brust. Sein Herz schlug wie wild und er drückte sie fester an sich.

Nicht wie zuvor aus Verlangen, sondern wegen etwas, das er nie zuvor empfunden hatte.

Er wollte ihr sicherer Hafen sein – ihr Held.

KAPITEL 12

Alethea wachte allein im Bett auf und tappte in den Hauptteil des Hauses. Durch die Fenster strömte Sonnenlicht herein, da es jedoch simuliert war, sagte es nicht viel über die tatsächliche Uhrzeit aus. Ihr Kleid fand sie neben einem frischen Outfit im Badezimmer hängend. Leinenhosen und eine einfache Seidenbluse. Gestern hatte sie sich für einen Kampf gekleidet. Heute wählte sie die zahmere Option. Sie duschte und machte sich so gut es ging fertig.

Als sie ins Wohnzimmer zurückkehrte, legte sie die Arme um sich und nahm sich einen Moment Zeit, um in den Erinnerungen an die vergangene Nacht zu schwelgen. Ihre Wangen wurden warm, als sie daran dachte, wie sie irgendwann in seinen Armen aufgewacht war, sie sich zärtlich und wortlos geliebt hatten, und wie sie ineinander verschlungen wieder einschliefen. Ein tiefer, erfrischender Schlaf, den sie im Erwachsenenalter für unerreichbar gehalten hatte.

Lächelnd stand sie da und erkannte, dass sie im Reinen mit dem war, was sie getan hatten. Eine Gelassenheit erfüllte sie, die wenig mit den erlebten Orgasmen zu tun hatte und alles damit, wie es sich angefühlt hatte, in Marcs Armen zu schlafen. Sich mit seinem gleichmäßigen Herzschlag im Ohr zum ersten Mal in beinahe einem Jahrzehnt sicher zu fühlen.

Sicherheit ist eine Illusion!, ermahnte sie sich grob.

Genauso wie daran zu glauben, dass Marc aus freien Stücken hier ist. Das ist sein Job und die letzte Nacht war für ihn zweifellos

eine unterhaltsame Art, um sich die Zeit zu vertreiben, die einge-
schlossen und abgeschnitten von der Welt sonst enorm öde gewesen
wäre.

Er hatte all die richtigen Dinge gesagt.

Aber so sind die Männer. Sie sagen alles, was eine Frau ihrer Meinung nach hören will.

Sie entdeckte ihn, wie er mit dem Handy am Ohr den Pfad neben dem gemächlichen Fluss auf und ab lief. Mit wem sprach er? Dominic? Hatte Jeremy Stephan entlastet oder überführt?

So oder so, ihre gemeinsame Zeit im Bunker war wahrscheinlich vorüber.

Ich sollte mich freuen.

Jetzt bekomme ich mein Leben zurück.

Sie dachte an ihre leere Wohnung und ihren Terminplan, der vor geschäftlichen Terminen überquoll, dem jedoch die gesellige Komponente fehlte. *Kein Grund zur Eile, zu Hause wartet ja niemand auf mich. Nicht einmal eine Katze.*

O Gott, ich verliere den Verstand! Ist das normal, wenn sich um einen herum alle verloben oder heiraten? Fängt man an zu glauben, man bräuchte das auch? Ich nicht. Ich bin sehr gut allein klargekommen.

Marc erspähte sie am Fenster und kam auf sie zu. Eigentlich schlenderte er. Fehlte gerade noch, dass er vor sich hinpfiff. In einem seiner anthrazitfarbenen Anzüge sah er wie aus dem Ei gepellt aus. Sein kurzes braunes Haar war perfekt gestylt und er wirkte wie ein Mann, der die Nacht damit verbracht hatte, exakt das zu tun, was sie getan hatten.

Als er lächelnd zur Tür hereingesprintet kam, fragte sie barsch: »Hast du endlich grünes Licht bekommen, mich hier rauszulassen?«

Ohne sein Lächeln abzuschwächen, erwiderte er: »Guten Morgen, Sonnenschein. Ich wollte da sein, wenn du aufwachst, aber du hast so friedlich geschlafen, dass ich beschloss, etwas

Arbeit zu erledigen. Wie ich sehe, hast du die Klamotten gefunden, die ich dir rausgelegt habe.«

»Hast du sie liefern lassen oder waren sie bereits hier?«

»Ich bezeichne es gern als optimistisch vorbereitet.« Er zwinkerte ihr zu. »Und gestern Nacht hat sich das gut bewährt.«

Ihre Wangen erröteten ein wenig bei dem Bezug auf die Handschellen. *Abstand. Ich muss auf Abstand gehen, wenn ich mein Gleichgewicht wiederfinden will.* »Also, was ist der Plan für heute?«

Einen Moment lang musterte er ihr Gesicht. »Jake will uns beide sprechen.«

»Hat Jeremy etwas herausgefunden?«

»Das hat er nicht gesagt, aber ich soll dich zu ihm raufbringen, sobald du fertig bist.«

Sie hatte sich noch nie vor Konfrontationen gescheut. Es war besser, hinaufzufahren und es hinter sich zu bringen. »Ich bin fertig«, antwortete Alethea, ohne zu zögern.

Marc warf ihr ihr Handy zu.

Alethea fing es mühelos auf und hielt es zwischen ihnen hoch. »Jetzt vertraust du mir mit dem hier?«

Mit zwei großen Schritten überwand er den Abstand zwischen ihnen und nahm ihr Gesicht in die Hände. »Ja«, sagte er und vereinnahmte hungrig ihren Mund.

Sie hatte die größte Mühe, sich davon abzuhalten, ihm die Arme um den Hals zu werfen und sich den Wellen der Lust zu ergeben, die sie überrollten. Sie presste die Arme an sich, stöhnte jedoch genussvoll, als seine Zunge in einer intimen Begrüßung über ihre glitt.

Als er sich von ihr löste, stand Alethea einen Augenblick lang unbeweglich da und war unfähig, ihre Sehnsucht nach dem zu verbergen, was sie entschlossen war, abzulehnen. Sie schüttelte den Kopf, um wieder klar zu werden. »Dann lass uns jetzt da rausgehen.«

Sofort, bevor ich vergesse, dass das nicht echt ist.

Bevor ich mich dir an den Hals werfe und dich bitte, mich in dein Unterwasserbett zurückzubringen.

Sie checkte die Anrufliste im Handy, einfach, damit sie irgendwo hinschauen konnte. Lil hatte angerufen. Wiederholt in der Nacht. Alethea hatte sie nie zuvor ignoriert, doch der Stich von ihrer letzten Begegnung war noch frisch. Wenn ihre Zeit in der Versenkung Lil dazu gebracht hatte, es zu bereuen, dass sie ihr nicht vertraut hat, war das womöglich gar nicht so schlecht.

Sie blickte auf, Marc beobachtete sie genau. »Unsere Zeit hier ist zu Ende, aber wir sind das nicht. Nicht einmal annähernd«, verkündete er, drehte sich um und verließ sein unterirdisches Haus durch die Tür. Ihr blieb nichts anderes übrig, als ihm zu folgen. Jede Tür, die sie passierten, erforderte die eine oder andere Form von Passiercode. Der Grad an Sicherheitsmaßnahmen auf dem Weg hinaus war ebenso beeindruckend, wie er es auf dem Weg hinein gewesen war.

Im Aufzug stellte sich Alethea neben Marc und sah ihn verstohlen an. Er befand sich wieder strikt im Arbeitsmodus. Verschwunden war der Mann, der im unbekleideten Zustand ausgelassen und höchst amüsant war und sie neckte. Genau wie sie hatte er ein Gesicht, das er der Welt präsentierte, und es saß sicher auf seinem Platz.

Was hatte er damit gemeint, dass sie alles andere als ›zu Ende‹ waren? Glaubte er, weil sie einmal – okay, dreimal – mit ihm geschlafen hatte, besäße er eine Art Wochenendpass für sie? Wenn dem so war, stand ihm eine herbe Enttäuschung bevor.

Sie fuhren bis ganz hinauf in die oberste Etage, die nur sehr wenige betreten durften. Jakes Sekretärin meldete sie über die Gegensprechanlage an und sagte, sie sollten direkt zu Jakes Büro gehen.

Als sie eintraten, stand Jake auf und kam ihnen entgegen, um sie zu begrüßen. Er verschwendete keine Zeit mit Höflichkeiten und bot mit einer Handbewegung an, sich zu setzen, was keiner von ihnen tat. In der Luft lag eine Spannung, die nicht einmal den Anschein von Gelassenheit erlaubte. »Jeremy sollte in zwei Stunden hier sein. Ich lasse ihn einfliegen. Er hat die Nacht damit verbracht, Whitmans Funde nachzuvollziehen, und ist zum gleichen Schluss gekommen. Alle Spuren führen zu Stephan.«

Marc fluchte. »Weiß Dominic davon?«

Jake fuhr sich frustriert mit der Hand durchs Haar. »Die aktuellen schlechten Neuigkeiten habe ich ihm nicht gesagt, aber wir haben uns gestern unterhalten. Ich hatte gehofft, wir würden etwas finden, das Stephan entlastet. Nichts. Ich kapiere das nicht. Dominic wird sich nicht zurücklehnen und darauf warten, dass wir das aufklären. Ich habe meine Eltern gebeten, Jeremy bei dieser Sache zu unterstützen.«

Mit den Waltons im Spiel hatte Alethea keine Zweifel, dass man den Schuldigen ausmachen würde. Nichtsdestotrotz hatte Jake recht: Die tickende Zeitbombe in diesem Szenario war Dominic. Konnten sie die Wahrheit aufdecken, bevor Dominic auf Stephan losging und ihnen die gesamte Angelegenheit um die Ohren flog?

»Bist du sicher, dass er unschuldig ist?«, fragte Marc.

»Ich bin mir sicher, dass er um unser aller Willen unschuldig sein muss«, antwortete Jake und begann, auf und ab zu gehen. »Ihr wollt nicht erleben, wozu Dominic in der Lage ist, falls Stephan seine Schwester als Tarnung benutzt hat. Es wird ihm egal sein, ob er deswegen ins Gefängnis muss.«

Zumindest verschloss Jake nicht die Augen vor dem Naturell seines besten Freundes. Marc ebenso wenig, gemessen daran, dass er schweigend zuzustimmen schien.

»Wie lautet dein Auftrag für mich?«, fragte Marc.

Unfähig, sich zurückzuhalten, mischte sich Alethea ins Gespräch ein. »Wenn wir von der Annahme ausgehen, dass Stephan unschuldig ist, müssen wir daraus schließen, dass die Person, die ihn als Sündenbock hinstellt, besser ist als Jeremy.«

Jake blieb stehen und starrte Alethea an. »Ich bin noch nie einem begegnet, der besser ist als er.«

»Doch, bist du. Sliver.«

Als der Name des Mannes fiel, den sie vor kaum einem Jahr abgewehrt hatten, zog Marc die Augenbrauen zusammen. »Ich dachte, der wurde ausgeschaltet. Ist er nicht irgendwo in der Versenkung, wo er seine Wunden leckt und nur noch Festplattenrecorder oder so was repariert?«

Jetzt begann Alethea auf und ab zu laufen. Die Möglichkeiten rasten ihr durch den Kopf. »Was, wenn wir damit nicht so erfolgreich waren, wie wir dachten, und es hier eine Verbindung gibt? Was, wenn Sliver zu einem neuen Schlag gegen Dominic ausholt und diesmal Stephan dafür benutzt? Wir wissen nicht, wer der Mann ist, dem Stephan die Zugangsdaten für Dominics Server in China gegeben hat. Was, wenn das Sliver war? Jemand wie er hätte sich nicht mit Stephan zusammengetan, ohne irgendeine Art von Hintertür in dessen System zu platzieren. Und er wäre clever genug, um Stephans Vergangenheit gegen ihn einzusetzen.«

Jake rieb sich das Kinn. »Das hört sich etwas weit hergeholt an. Nicht unmöglich, allerdings unwahrscheinlich. Stephan kannte seinen Hacker. Er arbeitete für ihn.«

Aletheas Augenbrauen schossen hoch. »Ganz genau! Die, die man am nächsten an sich ranlässt, können einen am schwersten verletzen.«

Obwohl Marc über ihren Kommentar nicht glücklich wirkte, nickte er zustimmend. »Stephan ist entweder ein Gegner oder ein ahnungsloser Bauer im Spiel eines anderen. Sliver hieß mit echtem Namen Stanley, oder? Jake, hattest du jemals mit einem zu tun, der so hieß?«

»Nein, nicht dass ich wüsste.«

Alethea warf frustriert eine Hand hoch. »Wenn Sliver systematisch gegen Dominic vorgegangen ist und schlau genug ist, einen Sündenbock als Tarnung einzusetzen, dann bin ich mir ziemlich sicher, dass Stanley ohne Weiteres ein Deckname sein kann.«

Jake und Marc wechselten einen Blick. »Alethea, deine Theorie basiert zu sehr auf Spekulationen und nicht genug auf Fakten«, kritisierte Jake. »Das scheint ein riesiger Aufwand für etwas zu sein, das momentan kaum mehr als Softwareprobleme darstellt. Leicht zu finden und zu beheben. Kaum der Mühe wert, die deine Verschwörungstheorie erfordert. Hast du einen Beweis, der Stephan mit Sliver in Verbindung bringt?«

Alethea schüttelte den Kopf. »Nein«, räumte sie ein.

Marc machte einen Schritt auf Alethea zu. »Weshalb glaubst du dann, dass du richtig liegst?«, fragte er.

Das meinte er nicht sarkastisch. Es interessierte ihn, also antwortete Alethea ehrlich: »Es ist eine Ahnung. Nur ein Instinkt.«

Marc schaute sie an und nickte bedächtig. »Wenn du recht hast, reicht dieser Bruch in der Sicherheit über das hinaus, was Jeremy flicken kann. Ich stelle zusätzliche Männer für Dominic und seine Familie ab, allerdings könnten die Figuren in diesem Spiel bereits tief eingeschleust sein.«

Er glaubt mir.

Was, wenn er …

Nein, gib dem nicht mehr Bedeutung, als da ist.

Jake ging zum großen Fenster seines Büros und blieb daneben stehen. »Dominic hat mir vierundzwanzig Stunden gegeben, um die Sache zu klären. Ihr habt weit weniger als das.

Ich erwarte ihn hier in …«, er sah auf die Uhr, »sieben Stunden. Bringt mir bis dahin was.«

Ohne weiteres Wort verließen Alethea und Marc das Büro. »Komm, ich weiß, wo wir anfangen müssen.«

Alethea verfiel neben ihm in sein Schritttempo. »Wo?«

»Wir müssen mit Stephan reden.«

Ach, nee … Im Aufzug hinab zur Tiefgarage fragte Alethea: »Was ist aus der angeblich explosiven Idee und den anderen, weil besseren Methoden, damit umzugehen, geworden?«

»Die Dinge liegen jetzt anders.«

»Aha. Wie denn?« *Weil du es diesmal vorschlägst?*

»Weil wir gemeinsam mit ihm reden werden.«

Gemeinsam.

Ein Wort, das mindestens genauso furchterregend war, wie es Sicherheit geben sollte.

Als der Aufzug stoppte und die Tür zum Parkdeck sich öffnete, hielt Marc den Arm vor die Tür und winkte ihr zu, sie solle hinausgehen. »Frag ihn das, was du gestern wissen wolltest. Mal sehen, was uns seine Antworten verraten.«

Leicht amüsiert verließ sie den Aufzug. Marc kam an ihre Seite. »Und was wirst du tun?«, fragte sie, als sie seinen Wagen erreichten.

Er öffnete ihr die Beifahrertür. »Dafür sorgen, dass er dich nicht umbringt.«

Siehst du, welche Vorteile einem Sex verschafft? Heute droht mir keiner mit einer Fahrt im Kofferraum.

Alethea schüttelte den Kopf. *Jetzt ist nicht die Zeit für verdrehte innere Selbstgespräche. Konzentrier dich.* Sie glitt auf den Sitz und beobachtete Marc dabei, wie er zügig vorn ums Auto ging, die Tür öffnete und sich zu ihr setzte. Sie waren nicht mehr im Bunker und dennoch zusammen.

Na ja, mehr oder weniger zusammen.

Sie wusste, dass eine äußere Kraft erneut das verschob, was unweigerlich kommen musste: Das betretene Versprechen, sich zu melden, an das sich keiner von beiden halten würde. Die letzte Nacht hatte nichts an der Tatsache geändert, dass sie nicht das Recht hatten, zusammen zu sein.

Ihr Handy klingelte. Es war Abby.

Abby?!

Hatte Lil die ganze Nacht lang versucht, sie zu erreichen, weil ihr etwas zugestoßen war? *O Gott, meine beste Freundin ist tot und ich war zu sehr damit beschäftigt, Mr ›Im Anzug bin ich ganz Business‹ zu poppen, um ans Telefon zu gehen.*

Nein, Moment. Wenn Lil tot wäre, hätte Jake das gewusst.

Durchatmen.

Sie wischte übers Display und hob ab. Marc sah sie fragend an, ob sie losfahren können. Alethea winkte ihr Okay und flüsterte lautlos: »Ist wahrscheinlich nichts.«

»Abby«, sagte sie und hoffte, dass ihr angeschlagener Ton freundlich klang.

»Alethea, ich war mir nicht sicher, ob du bei meinem Anruf rangehst.«

Ich lebe mein Leben auf Messers Schneide. »Wieso sollte ich nicht?«

»Lil hat gesagt, du würdest bei ihr nicht rangehen.«

Alethea warf einen Blick zu Marc hinüber. »Mein Handy war gestern zeitweise verschwunden, aber jetzt habe ich es wieder.«

»Das kenne ich. Es gibt nichts Schlimmeres, als das Handy zu verlieren.«

Sie fuhren aus der Tiefgarage hinaus und helles Tageslicht blendete Alethea für einen Moment. *Wenn du nur wüsstest, wo ich gerade hinfahre.* »Ja, der absolute Albtraum.«

162

Einen langen Moment lang herrschte eine peinliche, unangenehme Stille, bis Abby sagte: »Ich rufe an, um dich für morgen Nachmittag zum Tee bei mir einzuladen.«

»Tee?« Vor Überraschung verschluckte sich Alethea an dem Wort.

»Ja. Hör zu, ich komme einfach direkt zum Punkt. Lil hat mir von eurem Streit erzählt und sogar von deinen neuesten – nennen wir sie – *Bedenken* wegen jemandem, von dem wir beide wissen, dass er das, was du ihm zuschreibst, niemals tun würde.«

Ungeduldig seufzend stieg Alethea sofort auf die Barrikaden. »Ich habe nie behauptet, dass er es getan hat. Genau genommen ...«

Marc legte seine Hand auf ihre. Sie sah ihn an. Kopfschüttelnd und mit einer schneidenden Handbewegung entlang des Halses gab er ihr zu verstehen, dass sie die nächsten Worte für sich behalten sollte.

Vielleicht hat er recht. Abby einzuweihen könnte ihre Chance zunichtemachen, Stephan allein zu konfrontieren. Mit zusammengebissenen Zähnen sagte Alethea: »Ich verstehe nicht ganz, wie ein Tee mit dir in dieser speziellen Lage helfen soll, Abby.«

»Wir sind nicht allein, Alethea. Ich habe Marie, Nicole und Lil eingeladen. Sprechen wir uns aus, damit wir alles ad acta legen können.«

Oh, aber nur über meine Leiche.

»Wow, klingt verlockend«, erwiderte Alethea langsam. »Trotzdem muss ich absagen. Mein Terminplan ist momentan ... chaotisch.«

»Das ist wichtig, Alethea. Du sagst doch immer, deine Freundschaft mit Lil hätte Priorität. Zeig ihr, dass du es auch so meinst. Komm morgen zum Tee. Ich habe ihr versprochen, dir den Rücken zu stärken, und das werde ich auch. Aber du musst auch wollen, dass das funktioniert. Ich kann das nicht für dich in Ordnung bringen. Und wenn wir keinen Weg finden, wie wir uns vertragen können, weiß ich nicht, wie die Dinge besser werden sollen. Ich für meinen Teil bin bereit zu vergeben und neu anzufangen.«

Alethea hielt das Handy hoch und schien es mit ihren Händen erwürgen zu wollen. *Die heilige Abby ist bereit, neu anzufangen?! Und was? Mir zu vergeben – für welche Verbrechen eigentlich?!*

»Und, wirst du morgen kommen? Gegen zwei?«

»Klingt wunderbar«, antwortete Alethea. Und es war höchst unwahrscheinlich, dass es je dazu kommen würde, denn da bestand noch die Möglichkeit, dass Dominic und Abby zu dieser Zeit fieberhaft versuchten, eine Leiche zu vergraben. »Bis morgen.«

Sie legte auf und schoss ein paar saftige Ausdrücke auf das dunkle Display ab. »Für wen hält sie sich, verdammt noch mal?! ›Komm zum Tee.‹ ›Bringen wir es in Ordnung.‹ Ich brauche weder ihre Zustimmung noch ihre Hilfe. Ich weiß nicht mal, ob ich Lil überhaupt noch brauche.«

Marc lenkte den Wagen zum Straßenrand. »Dann geh einfach. Steig aus, ruf ein Taxi und flieg zu irgendeinem internationalen Auftrag. Wieso willst du dich mit Stephan treffen und bei der Sache bleiben, wenn dich der Ausgang der Situation gar nicht betrifft?«

Alethea wirbelte zu ihm herum. »Das sollte ich auch!«, zischte sie. »Niemand bedankt sich bei mir. Sie behandeln mich, als hätte ich ihnen irgendein Leid angetan, obwohl ich nie etwas anderes sein wollte als eine gute Freundin für Lil.«

»Und sie zu beschützen«, ergänzte Marc leise.

»Ganz genau«, bekräftigte Alethea.

»Und um in Sicherheit zu sein, soll sie nur denen vertrauen, denen du auch vertraust. Sie sollte andere nicht zu nah an sich heranlassen, um nicht verletzt zu werden.«

»Du verdrehst meine Worte.« Ihre Hand senkte sich, um den Sicherheitsgurt zu lösen, doch er hielt sie mitten in der Bewegung auf und griff nach ihrer Hand. »Das Letzte, was ich gebrauchen kann, ist von dir verurteilt zu werden.«

»Hey, ich bin auf deiner Seite.«

»Tatsächlich?«, knurrte sie. »So hört sich das aber nicht an.«

»Du liebst Lil. Aus welchem Grund auch immer ist sie zu deiner Familie geworden. Du stehst kurz davor, sie aufgrund dieser Sache zu verlieren, und das macht dir Angst. Wenn du allein sein möchtest, wirklich allein, dann geh. Ich werde dich nicht aufhalten. Aber das ist deine eigene Entscheidung und nichts, was Abby dir antut. Wenn du gehen und aus der Ferne dabei zusehen kannst, wie diese Familie implodiert, dann hat Abby recht – du verdienst es nicht, ein Teil davon zu sein.«

Alethea starrte ihn wütend an. »Wahrscheinlich bist du der einzige Mensch auf Erden, der es schafft, es so klingen zu lassen, als sei es das einzig Richtige, sich weiter zu engagieren und sein Leben zu riskieren.«

»Weil es das auch ist. Sie brauchen dich.«

»Und was ist, wenn ich mich irre? Wenn mir das alles um die Ohren fliegt und wir herausfinden, dass Stephan ein Soziopath ist, der nicht clever genug war, Dominic zu erledigen, als sich ihm die beste Chance dafür geboten hatte?«

»Dann rappelst du dich wieder auf, klopfst den Staub ab und erscheinst zu der verfluchten Teestunde, denn wenn ihre Schwester die Kontrolle über ihren Ehemann verliert, wird deine Freundin Lil dich sogar noch dringender brauchen. Abby glaubt nämlich, ihn gezähmt zu haben.«

»Ich hasse dich wirklich«, brummte Alethea, doch ein Mundwinkel hob sich zu einer Idee von einem Lächeln.

Marc fädelte sich zurück in den Verkehr ein. »Dagegen hab ich nichts«, erwiderte er. »Dann fange ich an, mir all die Möglichkeiten auszumalen, wie ich dich wieder für mich gewinnen kann, ganz langsam – wenn nötig die ganze Nacht lang.« Er drehte sich zu ihr und lächelte. »Lenk mich nicht ab. Wir müssen konzentriert bleiben.« Dann legte er ihr die Hand aufs Bein und streichelte sinnlich darüber hinweg. »Zumindest bis heute Nacht.«

Heute Nacht? Eine letzte Bettgeschichte zum Abschied? Sie legte ihre Hand auf seine, und stoppte seinen Weg aufwärts. »Ich komme mit, um mit Stephan zu reden. Danach fahre ich nach Hause – allein. Das heißt, nicht mit dir. Die letzte Nacht war großartig, aber sie ist vorbei. Also nimm deine Hand weg, bevor ich sie dir breche.«

Zu ihrer Überraschung drehte er mit einer schnellen Bewegung seine Hand um und verschränkte seine Finger mit ihren. »Ich liebe es, wenn du so tough redest, aber heb dir das für heute Nacht auf. Wir müssen uns wirklich konzentrieren.«

Verdutzt schaute sie hinab auf ihre verbundenen Hände. Aber es war doch vorbei, oder? All das Geschwätz, dass er nirgendwo hingehe, hatte er doch nicht so gemeint, oder? »Was machen wir hier?«

Er hob ihre Hand an seine Lippen und küsste sie. »Wer weiß das schon? Aber es fühlt sich verdammt gut an, oder nicht?«

Sie musste zustimmen, er hatte recht.

Das heißt, sie stimmte still zu, in Gedanken.

Sie war nicht so weit, ihm das zu geben.

Noch nicht.

KAPITEL 13

Mit Marc an ihrer Seite war das Betreten von Stephans Bürogebäude eine völlig andere Erfahrung. Er rief bei Stephan oben an und wurde am Eingang von der Security durchgewinkt. Alethea scherte sich nicht darum, ihren Ärger zu verbergen, als sie im Aufzug hinauffuhren. »Für dich hat er natürlich Zeit!«

Ein Lächeln zuckte Marc übers Gesicht. »Immer mit der Ruhe. Wenn alles vorbei ist, kümmern wir uns darum, dass du von der Unruhestifterliste gestrichen wirst.« Ein neckender Funke glitzerte in seinen Augen.

Gerade wollte sie ihm mitteilen, wo er sich sein Angebot hinstecken konnte, doch die Aufzugtür öffnete sich und dann war nur noch die Konfrontation mit Stephan relevant. »Lass mich die Fragen stellen«, verlangte Alethea, ohne Marc anzusehen.

Marc legte ihr die Hand auf den unteren Rücken. »Davon bin ich von Anfang an ausgegangen.«

Ihr Blick schoss zu ihm hinauf. »Wirklich?«

Der Hauch eines Lächelns zupfte an einer Seite seines ansonsten professionell ausdruckslosen Munds. »Hundertprozentig. Niemand kann einen besser in Rage bringen als du. Je wütender er wird, desto wahrscheinlicher ist es, dass wir eine ehrliche Reaktion bekommen.«

Über deine zweischneidigen Komplimente müssen wir später noch mal reden. Alethea runzelte die Stirn. »Sehr witzig.«

»Ja, weil es stimmt«, erwiderte Marc mit absichtlich unbewegter Miene. Trotzdem erkannte sie den Hauch von Humor an der Falte, die neben einem seiner Augen auftauchte. Sie hätte ihr Leben darauf verwettet, dass er sich ein Lächeln verkniff.

Sie brauchten sich nicht bei der Sekretärin anzumelden, da Stephan an der Tür seines Büros stand. »Kommt herein.« Seine Augenbrauen schossen hoch, als er Alethea erkannte. »Ich habe etwa fünfzehn Minuten bis zu meinem nächsten Termin. Was bringt euch beide her?«

Marc trat vor und schüttelte Stephans Hand. »Danke, dass du uns so kurzfristig empfängst.«

»Jederzeit, Marc. Das weißt du.« Alethea sah er mit einem weniger freundlichen Ausdruck an. »Allerdings befindest du dich neuerdings in interessanter Gesellschaft.«

Alethea streckte Stephan die Hand entgegen und senkte sie auch dann nicht, als er sich nicht sofort anschickte, sie zu nehmen. »Beinahe hätte ich dich gestern schon besucht, aber das hat nicht so ganz geklappt.«

Stephan sah sie direkt an, gab somit zu verstehen, dass er von der Sache wusste, und schüttelte ihre Hand bloß aus dem Grund, weil sie sich weigerte, sie zu senken. Ihre Berührung war kurz. Er drehte sich um, sagte der Sekretärin, sie solle keine Anrufe durchstellen, und ging in sein Büro voran.

Er setzte sich an seinen großen Glasschreibtisch, beugte sich auf den Ellbogen vor und lud sie mit einer Handbewegung ein, sich ihm gegenüber auf die blütenweißen Sessel zu setzen. »Tja, jetzt bist du ja hier. Welchem Umstand verdanke ich das Vergnügen?«

Alethea setzte sich zuerst und wartete, bis Marc neben ihr Platz genommen hatte, bevor sie anfing: »Ich habe mich gefragt, ob du und Nicole bereits ein Datum für eure Hochzeit festgelegt habt.«

Stephan legte die Finger zu einem Dach zusammen. »Woher kommt das Interesse? Möchtest du die Sicherheit dafür übernehmen?« Er schaute Marc an. »Nimm's mir nicht übel, aber ich habe meine eigenen Leute.«

»Kein Problem«, erwiderte Marc und lehnte sich zurück. Beobachtete einfach nur.

»Als ich dich und Nicole das letzte Mal zusammen gesehen habe, schient ihr unglaublich verliebt zu sein. Ich hätte gedacht, ihr wärt inzwischen bereits verheiratet.«

»Nicht, dass es dich etwas angeht, aber wir haben entschieden zu warten, bis sich die Aufregung ein wenig gelegt hat. Wir sind glücklich, es gibt keinen Grund zur Eile. Nicole möchte Abby Zeit mit ihrem Baby verbringen lassen und bei der Planung von Lils Hochzeit helfen.« Er schaute auf die Uhr. »Hört mal, ich werde in zehn Minuten woanders erwartet. Kommt auf den Punkt eures Besuchs, denn ich bezweifle, dass es um die Frage geht, wo wir unsere Geschenkliste registriert haben.«

»Fällt es dir schwer zu sehen, dass Dominic glücklicher ist denn je? Du hast ihn sehr lange gehasst. Ich weiß, du hast gesagt, das gehöre der Vergangenheit an. Aber du kannst dich doch nicht ehrlich für diesen Bastard freuen. Er hat dich geschlagen.«

Stephan stand auf. »Mir gefällt nicht, in welche Richtung das geht.«

Alethea glättete ihre Leinenhose und warf Marc ein absichtlich verschlagenes Lächeln zu. »Vor uns brauchst du dich nicht zu verstellen. Wir hassen ihn auch. Die Art, wie er mit seinem Reichtum protzt. Wie er seine Macht benutzt, um alle um ihn herum zu manipulieren. Ich weiß ja nicht, wie's dir geht, aber ich hab's satt, dazu gezwungen zu werden, vor dem Altar des ›Allmächtigen Dominic Corisi‹ zu knien. Ich würde es großartig finden, wenn er lernt, ein wenig bescheidener zu sein.«

Stephan starrte sie finster an. »Marc, ist das irgendein kranker Witz?«

Marc schüttelte den Kopf. »Ich fürchte nein.«

Alethea bewarb ihren Plan. »Überleg mal, Stephan. In diesem Zimmer sitzen drei Leute, die über unterschiedliche Methoden verfügen, um auf seine Verteidigung zuzugreifen. Er wäre völlig ahnungslos. Du könntest beenden, was du angefangen hast, und wir könnten sicherstellen, dass er nicht zurückschlagen kann.«

Stephan musterte ihre Gesichter. »Ihr meint das ernst.«

Alethea erhob sich und strich stolz ihr Outfit glatt. »Ernster geht's nicht.« Sie trat auf Stephan zu und lehnte sich vielsagend vor, in seinen persönlichen Bereich hinein. »Nicole ist wundervoll, aber ich bin mir sicher, dass der Reiz, mit ihr zusammen zu sein, abgestumpft ist. Du hattest Zeit, darüber nachzudenken, wie greifbar nahe du dem Sieg über Dominic gekommen warst, nicht wahr? Und du bereust, dass du es nicht durchgezogen hast. Ich mache dir keinen Vorwurf. Mag sein, dass er deine Familie okay findet, aber dich wird er niemals akzeptieren. Nicht wirklich. Und ihn zusammen mit deinem Vater zu sehen, ist sicher nicht leicht. Er ist genau der Sohn, den dein Vater gern in dir gehabt hätte, oder nicht? Stark. Perfekt. Ein Gewinner. Wie fühlt es sich an, stets an zweiter Stelle hinter ihm zu stehen – sogar bei deiner eigenen Familie?«

Zornesröte stieg Stephan am Hals auf. Er wandte sich von Alethea ab und baute sich Stirn an Stirn vor Marc auf. »Von ihr hätte ich so was erwartet, aber von dir?! Nach allem, was Dominic für dich getan hat? Um deinetwillen hoffe ich, dass du bewaffnet hergekommen und bereit bist, mich gleich zu erschießen, denn nach dem heutigen Tag ist für mich weder dein Leben noch ihres von Bedeutung! Lasst gefälligst die Finger von meiner Familie! Am liebsten möchte ich euch beiden den Hals umdrehen, aber ihr seid die Haftzeit nicht wert.« Er drückte einen Knopf auf seinem Tisch. »Anita, schicken Sie bitte Security in mein Büro. Sie sollen Abfall für mich rausbringen.«

Vier Männer traten ein. Zwei nahmen Alethea, die anderen beiden Marc zwischen sich.

Alethea seufzte erleichtert und schaute zu Marc hinüber. »Er hat es nicht getan.«

Marc nickte zustimmend. »Gott sei Dank.«

Stephan durchquerte das Büro und konfrontierte Alethea: »Was zum Teufel noch mal soll das heißen?«

Marc positionierte sich unweit Aletheas Seite – nah genug, um physisch einzugreifen, falls nötig. »Jemand verschafft sich mithilfe deiner IP-Adresse Zugang zu Dominics Server und platziert Fehler im Code.«

Alethea drehte sich mit hoch erhobenem Kopf und ohne Reue in den Augen zu Stephan. »Wir mussten herausfinden, ob du damit etwas zu tun hast.«

Stephan blickte seine Sicherheitsleute und dann das Duo vor sich an, bevor er die Männer mit einer Handbewegung Richtung Tür sandte. »Wir brauchen noch ein paar Minuten.« Sobald sie wieder unter sich waren, fragte Stephan: »Woher weiß ich, dass ihr mich nicht gerade anlügt? Ich habe nichts über etwaige Probleme bei Corisi Enterprises gehört.«

Marc sah ihn direkt an. »Was hätte ich davon, Dominic zu schaden? Er hat mich zu einem sehr reichen Mann gemacht.« Stephan nickte zu Alethea hin. Marc schüttelte den Kopf. »Nicht mal für sie.«

Alethea warf frustriert die Hände in die Luft. »Im Ernst? Du kannst dir vorstellen, dass ich Dominic schaden will, aber Marc nicht?«

Ein Funke des Mannes, den sie im Bunker erlebt hatte, blitzte auf, als Marc den Grund dafür angab: »Menschen fassen instinktiv Vertrauen zu mir. Das liegt an meinem kantigen Kinn.«

Alethea verdrehte die Augen. Dennoch musste sie sich eingestehen, dass es sie anmachte, wie er sich von Stephan nicht die

Butter vom Brot nehmen ließ. Genau wie sie schüchterten ihn weder Reichtum noch Macht ein, was in ihr die Ungeduld auf eine Wiederholung der vergangenen Nacht steigerte.

Stephan durchkreuzte ihre aufblühende erotische Fantasie. »Wenn es mit Dominics Server Probleme gibt, weshalb seid ihr dann hier und nicht bei ihm?«

Alethea rügte ihre überbrodelnde Libido. *Jetzt ist nicht die Zeit, um den Fokus zu verlieren. Hör auf, dir Marc nackt vorzustellen! Das hier ist wichtig!* Die nächste Aussage richtete sie an den Mann im Raum, den sie nicht bespringen wollte. »Wir glauben, dass du unschuldig bist.«

»Ihr?«, wiederholte Stephan mit wachsendem Ärger. »Aber Jake und Dominic nicht! Oder haben sie euch hergeschickt?«

Marc hob hastig die Hand. »Lass mich weitermachen, Alethea. Niemand weiß, dass wir hier sind. Jake versucht, dich zu entlasten. Und Dominic ...«

»Plant wahrscheinlich bereits meinen Tod.«

Ein weiterer Realist. Ihre Meinung von ihm besserte sich leicht. »Das kannst du ihm nicht wirklich vorwerfen, nach dem, was du letztes Jahr getan hast ... oder versucht hast, ihm anzutun. Außerdem führt die Cyberspur direkt zu deiner Tür.«

Stephan drehte sich um und schlug frustriert mit der flachen Hand auf den Tisch. »Letztes Jahr habe ich einen Fehler gemacht. Einen furchtbaren Fehler, der mich beinahe Nicole und meine Familie gekostet hätte. Aber damals standen die Dinge anders. Ich war anders. Ich weiß nicht, wie das passieren konnte, aber ich habe nichts damit zu tun.« Als er sich ihnen wieder zuwandte, blickte er sie mit gequältem Ausdruck an. »Weiß Nicole davon?«

»Ja«, antwortete Alethea leise. Die Traurigkeit in Stephans Augen zerrte an ihrem Gewissen.

»Seit wann? Wie lange weiß sie es?«

Alethea sah hilfesuchend zu Marc, doch als nichts kam, gestand sie: »Zwei Tage. Ich habe es ihr vor zwei Tagen gesagt.«

Stephan ging zu seinem Sessel hinterm Schreibtisch und sank darin zusammen. »Deshalb war sie so seltsam.« Mit einem Ausdruck nahe der Verzweiflung musterte er Aletheas Gesicht. »Was hat sie gesagt, als du es ihr erzählt hast?«

Sie war stets der Meinung gewesen, dass was auch immer durch die Wahrheit gewonnen wurde, jeglichen verursachten Schmerz aufwog. Allerdings fiel es ihr jetzt schwer, Stephan in die Augen zu sehen. Was, wenn Nicole ihn deswegen verließ? *Ich hätte Lil nicht mit reinziehen sollen. Ich hätte das allein regeln sollen.* Alethea überlegte, was sie sagen konnte, das Stephan etwas vom Schmerz nehmen würde. »Sie sagte, sie glaube mir nicht. Beschuldigte mich, mir alles ausgedacht zu haben, um Probleme zu machen.«

»Es muss sie ganz krank machen, dass sie mich nicht fragt.« Er schüttelte traurig den Kopf. »Sie wurde so oft von denen verletzt, die ihr nahestehen. Sogar von mir. Ich habe geschworen, sie nie wieder zu verletzen. Wer tut so was? Wie kann das gehen? Meine Firewalls entsprechen den höchsten Standards. Ich hatte nie Probleme.«

Alethea trat vor seinen Schreibtisch. »Was weißt du über den Mann, dem du letztes Jahr die Zugangsdaten für Dominics Server gegeben hast?«

Augenblicklich alarmiert, stand Stephan auf. »Glaubst du, er hat damit zu tun?«

Alethea nickte. »Er hat für dich gearbeitet, oder?«

»Ja, eine kurze Zeit lang. Er war einer der besten Programmierer, denen ich je begegnet bin. Als er vor zwei Jahren ging, schickte er mir ein Prepaidhandy und gab mir eine Nummer, die ich anrufen sollte. Er sagte, er könne einen Virus einschleusen, der Dominics gesamten Server lahmlegen würde. Dann gab er mir die Nummer von jemandem, der mir die

Informationen besorgen könne, die er brauchte, um es zu tun. Damals klang das verlockend, aber so was würde ich niemals tatsächlich tun. Ich hätte das Handy wegwerfen sollen. Es war ein Fehler, das nicht zu tun. Ich war davon besessen, Dominic zu schlagen. In dem Punkt hattest du recht, Alethea: Ich hasste es, immer die Nummer zwei zu sein. Ich war der Meinung, er hätte verdient, was ich tat. Das war falsch. Als ich versuchte, den Deal rückgängig zu machen, sagte der Typ, dass ich dafür bezahlen würde, wenn ich das täte. Er könnte hinter der Sache stecken.«

»Wie heißt der Mann?«, fragte Marc.

»Arsheyl. Arsheyl Eckdiz.«

Alethea warf die Hände hoch. »Eindeutig ein Deckname!«

Stephan schüttelte verwundert den Kopf. »Wir durchleuchten gründlich den Hintergrund von jedem, der hier arbeitet. Das war sein echter Name.«

Eine Hand auf die Hüfte gelegt, wiederholte Alethea den Namen ganz langsam: »Arsh-ey-l-Eck-diz? Wirklich? Arsch, ey leck dich? Kein Mensch würde das seinem Kind antun. Dieser Typ hat dich von dem Moment an verarscht, als du ihn engagiert hast. Das muss Sliver sein. Damit hätte er auch die Fähigkeiten, die er brauchte, um einen fiktiven Hintergrund zu erschaffen.«

»Aber was verbindet ihn mit Dominic?«, warf Marc ein. »Wieso nimmt er ihn immer wieder aufs Korn? Wie hängt das zusammen?«

Alethea drehte sich zu Stephan. »Hat er Dominic mal erwähnt?«

Stephan schüttelte den Kopf. »Nur in Bezug darauf, diesen Virus auf dessen Server hochzuladen. Er sagte, das würde ihn berühmt machen.« Dann hob er die Hand. »Gebt mir fünf Minuten«, sagte er und verließ das Büro.

Marc kam zu Alethea, legte ihr die Hand auf den unteren Rücken und streichelte über die Anspannung, die er dort spürte.

»Arsheyl Eckdiz. Gut erkannt. Und Stephan glaubt uns. Wir kriegen diesen Typen, egal, wie viele Decknamen er kreiert.«

Alethea nickte betrübt.

»Was ist los?«, fragte er, da er merkte, wie ihre Stimmung sank.

Sie zitterte ganz leicht unter seiner Berührung. »Die anderen werden immer das Schlimmste von mir annehmen, nicht wahr? Egal, was ich tue.«

Er drehte sie zu sich. »Ich nicht. Ich weiß, wie viel du riskiert hast, um hierherzukommen.« Er hob ihr Kinn mit einem Finger an. »So stark nach außen hin. So leicht verletzbar im Inneren. Würdest du den Menschen zeigen, wie du in Wahrheit bist, würden sie dich lieben.«

So wie ich.

Er sprach die Worte nicht aus, doch sie erschütterten ihn bis ins Mark. Diese Frau kämpfte unbeirrt für die Menschen, die sie liebte, und sehnte sich insgeheim danach, genau von diesen Menschen akzeptiert zu werden. Deshalb wollte er sie vor ihnen beschützen oder von ihnen verlangen, dass sie sie so sahen wie er.

* * *

Auf der anderen Seite der Stadt faltete Abby zum dritten Mal die Servietten am Esstisch. Sie hatte ihrem Personal die freudige Nachricht überbracht, dass es nicht nur diesen Nachmittag, sondern auch den folgenden frei hatte. Sie war sich nicht sicher, wie das eine oder das andere Treffen verlaufen würde, aber dass keins davon von Publikum profitieren würde, dessen war sie sich sicher.

Marie war früher gekommen, um mit Judy zu helfen, damit Abby sich umziehen konnte. Niemand außer Marie würde früher kommen, um als Gast dabei zu helfen, alles für ihren eigenen

Besuch vorzubereiten. Abby konnte sich nicht vorstellen, was sie ohne die Frau, die sie als ihre Schwiegermutter ansah, getan hätte. Ihre Unterstützung machte die Abwesenheit der eigenen Mutter leichter erträglich.

»Judy schläft, obwohl sie nicht wollte. Es ist, als wüsste sie, dass du Besuch bekommst, und wollte nichts verpassen. Sie ähnelt so sehr ihrem Vater.«

»Dominic verhätschelt sie. Sie braucht nur kurz zu wimmern und er hebt sie hoch. Ich habe ihm gesagt, dass sie sich auch einmal ausweinen muss, woraufhin er meinte, dafür sei er noch nicht bereit. Vielleicht, wenn sie ein Teenager ist?«

»Er wird sie in einen kleinen Tyrannen verwandeln.«

Abby lächelte und seufzte. »Nicht, solange ich das verhindern kann. Ist das zu glauben, dass ich von uns beiden für Disziplin sorgen werde? Er wird ganz nach ihrer Pfeife tanzen.«

Marie lächelte. »Wie das kleine Mädchen eben mit ihren Daddys so tun.«

Abby nickte und hielt einen Moment lang inne, um darin zu schwelgen, auf welch wundersame Weise sich ihr Leben verändert hatte. »Mein Vater konnte weder mir noch Lil etwas abschlagen.«

»Meinem Mann wäre es mit unserem Sohn wahrscheinlich ebenso ergangen«, sagte Marie wehmütig, was Abby an das Ausmaß ihres Verlustes erinnerte: über die Jahre hinweg sowohl Ehemann als auch Kind.

»Marie, es tut mir leid. Ich wollte nicht …«

»Ach, hör auf. Mir sollte es leidtun. Ich weiß nicht, weshalb ich es angesprochen habe.«

Abby legte der älteren Frau den Arm um die Schultern. »Weil du sie geliebt hast und noch immer vermisst.«

Maries Augen glänzten gerührt. »Ja, das tue ich.«

»Ist das der Grund, weshalb es mit Romario nicht funktioniert hat?«, fragte Abby.

Entschlossen schniefend antwortete Marie: »Es war lächerlich, mit diesem Gedanken auch nur einen Moment lang zu spielen. Mit einem Mann verabreden? In meinem Alter? Ich brauche keinen Mann, wenn ich von Familie umgeben bin.«

»So alt bist du gar nicht.«

»Zu alt für das, was er wollte«, erklärte Marie und errötete dann.

Abby lachte. »Na so was, Marie, mir scheint, du hast da etwas vor mir zurückgehalten. Was ist geschehen?«

»Nichts«, antwortete Marie resolut. »Und so war es am besten. Meine Jungs sind hier. Ich gehöre hierher.«

Abby zog Marie enger an sich. »So war ich auch mal. Voll darauf eingestellt, dieses eine Leben zu führen, und dann kam Dominic mit einem Knall dazwischen. Bist du noch in Kontakt mit Romario?«

»Ich habe ihm gesagt, dass er mich nicht mehr anrufen soll.«

»Und?«

Marie errötete. »Er tut es trotzdem. Er sagt, dass er nirgendwo hingeht. Er weiß, was er will ...«

»Und das bist du ...«

Marie schnalzte mit der Zunge. »All das Brusttrommeln sollte man jüngeren Männern überlassen und Frauen, die jugendlich genug sind, um das schätzen zu können.«

Abby rückte ab, um nochmals die Gedecke auf dem Tisch zu prüfen. »Du kannst sagen, dass es mich nichts angeht, aber ich glaube, dass du Romario aufrichtig am Herzen liegst. Wieso gibst du der Liebe keine zweite Chance?«

»Ich kann nicht ...« Sie stoppte, bevor sie log. »Abby, deine Generation versteht es wahrscheinlich nicht, aber ich habe den Mann geheiratet, mit dem ich zum ersten Mal geschlafen habe. Ich war nie mit einem anderen zusammen. Ich weiß nicht, wie ich die leidenschaftliche Frau sein soll, die Romario will.

177

Um Himmels willen! Ich hatte fast zehn Jahre lang keinen Sex mehr!«

Eine verhaltene Pause entstand.

Marie schloss kurz die Augen. »Habe ich das eben laut ausgesprochen?«

Abby kehrte an ihre Seite zurück und drückte sie erneut. »Ja, hast du, aber das ist okay. Lass nur nicht zu, dass du aufgrund deiner Ängste das möglicherweise beste Kapitel deines Lebens verpasst. Du hast allen anderen geholfen, Liebe zu finden. Gib Romario eine Chance.«

Nicole kam herein. »Wofür braucht Romario eine Chance?« Als Maries Wangen rot wurden, errötete auch Nicole. »Oh, tut mir leid. Ich wusste nicht, dass ihr ein persönliches Gespräch führt.«

Marie richtete sich auf. »Abby und ich haben nur über Unsinn gequatscht und uns die Zeit vertrieben, bis du kommst.«

Abby warf ihr einen finsteren Blick zu, ging jedoch zu Nicole, um sie zu begrüßen. »Ich freue mich so sehr, dass du gekommen bist. Ich hoffe, du hast Hunger. Ich habe uns etwas zum Mittag gekocht. Es ist schon fertig, also setz dich bitte, ich bin gleich wieder da.«

»Kann ich dir helfen?«, bot Nicole an.

Abby schüttelte den Kopf. »Oh, nein. Das ist ganz leicht.«

Keine Sekunde später tauchte Abby mit Quiche auf und servierte sie den beiden Frauen.

»Wo ist Judy?«, fragte Nicole.

»Sie schläft«, antwortete Abby. »Das heißt, uns bleibt wahrscheinlich noch eine halbe Stunde Frieden. Dann wacht sie auf, ist hungrig, nass … Ich verstehe nicht, wieso man sagt, wenn die Kleinen schlafen, solle man auch schlafen. Wenn ich mit Saubermachen fertig bin, auf Toilette war und mir selbst etwas Essen in den Mund geschoben habe, wacht sie bereits wieder auf und verlangt nach der nächsten Flasche.«

Marie schnitt ein Stück Quiche ab. »Diese Phase dauert nur ganz kurz an. Sie kostet einen zehn Jahre, geht aber im Handumdrehen vorbei.«

»Ich dachte, ich würde mehrere Kinder haben wollen«, sagte Abby, »aber jetzt warte ich lieber erst mal ab, ob wir dieses eine überleben, bevor wir es erneut versuchen.«

Nicole lachte. »Ich habe meinen Bruder noch nie so müde gesehen und frage mich, wie Stephan wohl mit der Vaterrolle klarkommen wird.«

»Apropos Stephan: Wie geht's ihm?«, fragte Abby.

Nicoles Miene verschloss sich ein wenig. »Ihm geht's gut. Wieso auch nicht?«

Abby legte ihre Serviette neben dem Teller ab. »Lil hat mir erzählt, was passiert ist. Die ganze Geschichte. Sie hat Angst, euch verletzt zu haben.«

»Hat sie nicht«, versicherte Marie. »Alethea hat nur ihre alten Spielchen angezettelt.«

»Ich freue mich, dass du sie erwähnst«, erwiderte Abby gewandt. »Heute möchte ich nämlich über Alethea mit euch sprechen.«

Nicole legte mit absichtlich unbewegter Miene die Hände in den Schoß. »Zu dieser Frau habe ich nichts zu sagen.«

»Mir ist klar, dass es schwer ist, sie zu verstehen ...«, fing Abby an.

»Willst du sie allen Ernstes in Schutz nehmen?«, warf Marie ein.

Abby atmete tief durch und behielt ihren Kurs bei. »Ich gebe gern zu, dass ich meine eigenen Probleme mit Alethea habe, aber Lil ist aufgebracht. Ich habe zu viele Jahre ohne meine Schwester verbracht und will nicht riskieren, sie erneut zu verlieren, weil ich mit der Vergangenheit nicht abschließen kann. Lil hat mir gesagt, sie habe das Gefühl, nicht heiraten zu können, solange wir mit Alethea zerstritten sind.«

Marie schüttelte betrübt den Kopf.

»Lil ist wie eine Schwester für mich, das weißt du, aber ich werde nicht so tun, als ob …«, fing Nicole an, doch Abby fiel ihr ins Wort.

»Ich schlage nicht vor, dass wir ihr etwas vorgaukeln. Ich schlage vor, dass wir uns heute einen Weg überlegen, wie wir Alethea vergeben können. Für Lil.«

»Es tut mir leid«, erwiderte Marie. »Ich bin davon überzeugt, dass das Leben zu kurz ist, um nachtragend zu sein, aber ich kann nicht vergessen, wie sie mit Jeremy umgesprungen ist. Er hat sie angebetet und sie hat ihn ausgenutzt.«

»Das stimmt«, gestand Abby zu. »Aber hier geht's nicht um Jeremy. Er ist jetzt glücklich. Er braucht sie nicht mehr.« Sie sah Nicole an. »Und jede von uns hat bereits das eine oder andere Mal schlechte Entscheidungen getroffen. Ich habe Fehler gemacht. Ihr beide habt Fehler gemacht. Familien arbeiten Probleme durch. Wir können uns hier durcharbeiten.«

Stille.

»Als ich noch unterrichtet habe und meine Schüler nicht gut miteinander auskamen, mussten sie auflisten, was sie am anderen mochten. Dadurch wurde ihnen klar, dass sie sich nur auf ein oder zwei Dinge eingeschossen hatten, anstatt auf den anderen als ganzen Mensch.«

Stille.

»Okay, ich fange an. Alethea ist …« Abbys Stimme verebbte, als die ersten Worte, die ihr in den Sinn kamen, nicht schmeichelhaft waren. Sie fing von vorn an. »Was ich an Alethea mag, ist …«

Die drei Frauen wechselten quälend lange Blicke.

Höchstwahrscheinlich um einfach das Schweigen zu brechen, sagte Nicole: »Sie hat guten Geschmack bei Schuhen.«

Peinliche Stille entstand, da keine der Anwesenden sofort mit einem weiteren Kompliment dienen konnte. Schließlich stöhnte Abby auf, lachte und bedeckte das Gesicht mit der Hand. »Kommt schon. Das können wir wirklich besser. Alethea ist loyal zu Lil. Egal, wie viele Sorgen ich mir jedes Mal mache, wenn sie Lil in ein neues Desaster lockt, ich weiß, dass sie ihr Leben für meine Schwester geben würde.«

»Sie ist sehr intelligent«, gab Marie widerwillig zu.

»Und sie hält nicht hinterm Berg mit dem, was sie denkt«, fügte Nicole hinzu.

Abby nickte mit sarkastisch gehobener Augenbraue. »Nein, das tut sie ganz sicher nicht.« Nachdem sie einen stärkenden Schluck Wasser getrunken hatte, ergänzte sie: »Ohne sie hätten wir Dominics Unternehmen verloren.«

Nicole verzog das Gesicht. »Wäre das passiert, hätte das Dominic Stephan niemals verziehen. Also schätze ich, ich bin ihr dankbar dafür, dass sie die Hintertür entlarvt hat«, gestand sie zu.

»Sie überprüft all unsere Sicherheitssysteme. Zugegebenermaßen ohne dass wir sie darum bitten, aber Lil meint, sie tut es, weil es ihr wichtig ist. Womöglich ist es das, was wir ausprobieren sollten: Alethea mit Lils Augen zu sehen. Wieso liegt sie Lil so sehr am Herzen?«, fragte Abby.

»Lil hat mir erzählt, dass Alethea bei ihr im Kreißsaal war, als Colby zur Welt kam«, sagte Marie. »Wenn Lil jemanden brauchte, war Alethea durchweg für sie da, zumindest laut Lil.«

»Mir hat sie erzählt, dass Alethea sie in der Highschool verteidigt hat. Sie fühlte sich nie allein«, berichtete Nicole.

Abby wischte eine Träne weg, die ihr in den Wimpern hing. »Sie war für Lil da, als ich sie nicht erreichen konnte. Lil sagt, sie unterstützte sie vorbehaltlos, als ich das nicht tat.«

Nicole stand auf und nahm Abby in den Arm. »Ach, Abby, du hast es so gut gemacht, wie du konntest.«

»Hab ich das? Wie kann es sein, dass ich so viele Jahre damit verbracht habe, auf jemanden böse zu sein, der so viel für meine

Schwester getan hat? Wieso hege ich nach wie vor einen Groll auf sie? Lil will nichts weiter, als dass ich bei ihrer Hochzeit neben Alethea stehe und vorgebe, sie zu mögen. Weshalb schaffe ich es nicht, das für meine Schwester tun?«

»Angst ist ein hässliches Ding, nicht wahr?«, sagte Marie. »Du hast Angst davor, deine Schwester erneut zu verlieren.«

Abby nickte. »Ich habe Alethea für so viele Probleme, die ich mit Lil hatte, die Schuld zugeschoben. Ihretwegen kam sie spät nach Hause. Einmal wurde sie sogar festgenommen. Aber sie waren Kinder. Jetzt sind sie erwachsene Frauen. Lil will nicht, dass ich sie weiter bemuttere, und ich muss damit aufhören – irgendwie.«

»Alethea hört nie auf«, flüsterte Nicole. »Sie muss graben und graben, bis sie die Wahrheit findet. Ich bin so glücklich wie nie zuvor. Wenn das nicht real ist, will ich es nicht wissen.«

»Das meinst du nicht so, Nicole. Und es ist real. Stephan liebt dich. Das kann jeder sehen. Jeremy sagt, dass Alethea immer das schlimmstmögliche Szenario sieht und sich von der Frage leiten lässt: Was, wenn es wahr wäre? Sie hat Stephan nicht beschuldigt, weil er etwas getan hat. Sie hat ihn beschuldigt, weil sie sich keine Welt vorstellen kann, in der er so etwas nicht tun würde.«

»Ich weiß, dass du recht hast«, sagte Nicole. »Deshalb habe ich ihm gegenüber nichts erwähnt. Ich weiß, dass es nicht wahr ist.«

»Ich habe Alethea nie eine echte Chance gegeben«, räumte Abby ein. »Lil sagt, dass sie ihrer eigenen Familie nicht nahesteht. Sie sieht uns als ihre Familie an. Was, wenn sie nicht weiß, wie man anderen vertraut? Wir könnten es ihr zeigen. Wir könnten den ersten Schritt machen und uns ihr ehrlich öffnen. Seht, was wir alles haben. Wir haben ungeheuerliches Glück. Vielleicht würde sie sich entspannen, wenn wir uns ihr gegenüber zuerst öffnen«, schlug Abby vor.

Als keine der Frauen etwas sagte, fügte Abby hinzu: »Für Lil.«

Marie nickte. »Du hast recht, Abby. Ich habe meine Abneigung gegen sie nie für mich behalten. Das ist weder deiner Schwester noch Jake gegenüber fair. Wenn Lil die Hochzeit aufschiebt, bis wir das geklärt haben, dann ist es an der Zeit, dass wir alle damit abschließen.«

Nicole atmete zittrig auf. »Ich liebe Stephan. Dass Alethea Fragen stellt, wird nichts daran ändern. Ich kann vergeben und vergessen, wenn ich weiß, dass das Lil derart viel bedeutet.«

Abby nahm ihre Gabel zur Hand. »Okay, dann ist das geklärt. Ich hätte euch beide gern morgen Nachmittag wieder zum Tee hier. Lil und Alethea habe ich ebenfalls eingeladen. Zeigen wir ihnen, dass wir das hinbekommen können.«

Marie bekreuzigte sich und schickte ein Stoßgebet gen Himmel. Als Abby und Nicole sie verwundert ansahen, erklärte sie: »Wir werden all die Hilfe brauchen, die wir kriegen können.«

KAPITEL 14

Vor Jakes Büro bot Marc Stephan eine kurze Atempause an. »Ich kann zuerst reingehen, ihn auf den neuesten Stand bringen und ihm danach sagen, dass du hier bist.«

Stephan schüttelte den Kopf. »Wenn dieses Problem eine Nachwirkung dessen ist, was ich letztes Jahr getan habe, werde ich nicht um den heißen Brei herumreden, wessen Schuld das ist. Das geht ohne Frage auf meine Kappe. Ich weiß deine Unterstützung zu schätzen, aber ich brauche sie nicht. Jake hört auf Vernunft. Und Dominic …«, Stephan seufzte, »ich überlege mir etwas.« Für diese Haltung gewann Stephan Marcs Respekt.

Marc wechselte ein paar Worte mit der Sekretärin, woraufhin Jake persönlich die Tür öffnete. »Stephan, komm rein.«

Als Alethea einen Schritt machte, um ebenfalls hineinzugehen, hielt Marc sie am Arm fest und führte sie zur Couch im Wartebereich. Die meisten Männer hätten sie bei dem finsteren »Wie kannst du es wagen?!«-Blick, den sie ihm zuwarf, sofort losgelassen. Doch Marc fasste absichtlich fester zu. Sie gehörte nicht hierher, noch nicht. *Wenn sie recht hat, werden sie sie rufen.*

Keiner von beiden setzte sich, während sie warteten.

»Lass mich los!«, knurrte Alethea mit zusammengebissenen Zähnen.

»Das kann ich nicht. Sie brauchen Zeit, um die Sache zu besprechen, bevor sie uns dazuholen.«

»Und was soll ich deiner Meinung nach tun? Hier warten, bis sie uns die Gunst einer Einladung erweisen?«

»Ja.«

Sie brummte etwas Unhöfliches vor sich hin.

Marc verkniff sich ein Lächeln. Geduld war eine Eigenschaft, an der es seiner kleinen Kriegerin mangelte. Allerdings konnte man mit schlimmeren Fehlern behaftet sein. Geduld war erlernbar, Loyalität nicht. Je mehr Zeit er mit Alethea verbrachte, desto mehr respektierte er, was sie zu ihren Entscheidungen veranlasste. Auch wenn sie Probleme mit einer Streitaxt anging, wo andere ein feineres Mittel gewählt hätten, wurde sie davon angetrieben, die ihr wichtigen Menschen zu beschützen – beinahe schon zwanghaft.

Eine starke, liebevolle Frau, deren ärgster Feind sie selbst war. Er wusste nicht, wie er es anstellen würde, aber er wollte ihr helfen, die Art Familie zu finden, nach der sie suchte. Hier bei den Corisis, wenn möglich; anderswo, wenn nötig.

Die Sekretärin sagte an sie gewandt: »Mr Walton empfängt Sie jetzt.«

Ihren Arm nach wie vor im Griff, sah Marc zu Alethea hinab. »Diesmal übernehme ich das Reden.«

Sie presste die Lippen zu einer schmalen Linie aus Missfallen aufeinander.

»Vertraust du mir?«, fragte er leise.

Sie funkelte ihn finster an, senkte dann jedoch den Blick. »Ja.«

»Dann folge meiner Taktik. Das ist eine heikle Situation. Jake weiß, was deiner Meinung nach vorgeht. Stephan vielleicht auch. Ramm ihnen deine Theorie nicht in den Hals. Lass sie von allein darauf kommen. Ich habe die Sicherheitsmaßnahmen bereits verstärkt. Wir kümmern uns um die Sache.«

»Ich kann doch nicht einfach …«

Marc drehte sich zu ihr. »Doch, kannst du. Das Ziel eines guten Sicherheitsteams ist zu beschützen, ohne dabei die Leute, für die man arbeitet, zu Tode zu erschrecken. Wir werden die

Augen offen halten, Alethea. Wenn du recht hast und das ein kleiner Teil von etwas Größerem ist, finden wir den Beweis und halten den Bastard auf, der verantwortlich ist. Aber Jake handelt anhand von Fakten und momentan haben wir nichts weiter, als einen unerlaubten Zugriff auf den Server.«

In einem dunklen Anzug und mit einer Ausstrahlung, als würde er schon immer dazugehören, betrat Jeremy Kater das Vorzimmer von Jakes Büro. Als er Alethea erblickte, hielt er kurz inne und kam dann zu ihnen.

Er schüttelte Marcs Hand und dann Aletheas. »Jake hat angerufen, dass Stephan hier ist. Ich hätte mir denken können, dass du auch auftauchst.« Er nickte Alethea zu.

Marc ließ Aletheas Arm los und legte die Hand auf ihren unteren Rücken. Empfand sie etwas für ihn? Sie waren sehr lange befreundet gewesen.

O mein Gott! Ich bin eifersüchtig! Ich werde nie eifersüchtig!

Das liegt daran, dass Alethea die erste Frau ist, die mir tatsächlich etwas bedeutet.

»Ist Jeisa auch mitgekommen?«, fragte sie.

Jeremys Ausdruck wurde leicht misstrauisch. »Nein, sie ist in Kalifornien geblieben, weil sie mitten in einer großen Spendenaktion steckt.«

Alethea nickte und schenkte ihm ein kleines Lächeln. »Du wirkst glücklich, Jeremy. Ich weiß, es hatte nicht immer den Anschein, dass ich mich für dich freue, aber das tue ich.«

Jeremy entspannte sich ein wenig. »Danke. Zum ersten Mal fühlt es sich so an, als wäre ich dort, wo ich hingehöre, und als täte ich das, was ich schon immer tun sollte.« Sein Blick ging zu Marc und dann zu ihr zurück. »Ich hoffe, du findest das auch, Al.«

Marc war versucht zu verkünden, dass sie das tat, brach sein Schweigen allerdings nicht. Das war weder die Zeit noch der Ort dafür.

Marc spürte, wie Alethea sich anspannte, doch sie warf ihm keinen Blick zu. »Hast du etwas gefunden, das Stephan hilft?«, fragte sie.

Jeremy schüttelte frustriert den Kopf. »Noch nicht. Glaubst du, dass er's war?«

Alethea stellte sich aufrechter hin. »Nein, er ist unschuldig. Dessen bin ich mir sicher. Der Beweis wird sich finden, wenn du tief genug gräbst. An deiner Stelle würde ich mich fragen, wie Sliver ihm etwas anhängen würde.«

»Sliver?« Jeremy runzelte die Stirn. »Weshalb sollte er es auf Stephan abgesehen haben? Wenn Sliver Dominic schaden wollte, würde er nicht jemanden wählen, der ihm nähersteht?«

»Es tut mir leid, Sie zu unterbrechen, aber Mr Walton verliert die Geduld«, mahnte die Sekretärin hinter ihnen.

Als die drei auf die Tür zugingen, verriet Jeremys Ton, dass er langsam von Aletheas Vermutung angetan war. »Sliver wüsste, wie er seine Spuren verwischen kann, aber weshalb verschwendet er seine Zeit auf leicht zu behebende Codierfehler?« Er blieb stehen, bevor er die Tür öffnete. »Du glaubst, die Fehler sind eine Ablenkung, nicht wahr? Etwas, das uns beschäftigt halten soll.«

Es war offensichtlich, dass Jeremy aufgrund der vielen Jahre der Zusammenarbeit Alethea gut kannte, was Marc einen eifersüchtigen Stich versetzte. Andererseits wusste er, dass Jeremys Chance – falls er je eine hatte – in der Vergangenheit lag. Dennoch schwang in Marcs Ton Bissigkeit mit, als er sagte: »Es reicht. Gehen wir rein.«

Jake drehte sich zu ihnen, als sie eintraten. »Jeremy. Gut. Wir sind alle hier. Stephan hat angeboten, dir vollen Zugriff auf seinen Server zu gewähren. Ich will, dass du meine Eltern zu ihm mit rübernimmst und ihr herausfindet, wer die Fäden zieht.« Jake drehte sich zu Stephan zurück. »Jeder in diesem Raum will dich entlasten. Und das werden wir. Hoffentlich bevor das in die Luft geht. Ich hatte gehofft, inzwischen etwas Konkretes zu haben.« Er bezog sich auf Dominic, eine weitere Person, die nicht mit dem Gen für Geduld gesegnet worden war.

Die Tür zu Jakes Büro flog auf und Dominics Stimme dröhnte durch den Raum. »Wer von euch kam auf den Gedanken, dass es eine gute Idee sei, diese Besprechung ohne mich abzuhalten?!«

Jake ging zu ihm und antwortete gewandt: »Du hast mir vierundzwanzig Stunden gegeben, Dom. Genau genommen warst du es also.«

Dominic marschierte ins Büro und baute sich vor Stephan auf. Die Gefahr eines drohenden Gewaltausbruchs lag in der Luft. »Wenn ich herausfinde, dass du damit zu tun hast, dass du meine Schwester benutzt, um an mich ranzukommen, dann wird's für dich auf der ganzen Welt keinen Ort geben, an dem du dich vor meiner Rache verstecken kannst!«

Gewöhnlich gern sarkastisch, entschied sich Stephan klugerweise, es zur Abwechslung mal nicht zu sein. Er stellte sich Dominics wütendem Starren mit der Beständigkeit eines unschuldigen Mannes. »Ich liebe Nicole. Ich weiß nicht, wie das alles zusammenhängt, aber du hast meine volle Unterstützung und kompletten Zugang zu allem, was du brauchst, um dem auf den Grund zu gehen.«

Dominic stieß einen Atemzug aus, was ein wenig wie ein Zischen klang. Ohne den Blick von Stephan abzuwenden, fragte er: »Marc, du kannst Menschen gut einschätzen. Glaubst du ihm?«

»Ja, tue ich«, antwortete dieser, ohne zu zögern.

Dominic wirbelte zu Jeremy herum. »Jake muss dich mit der Suche nach Beweisen beauftragt haben. Hast du etwas gefunden?«

»Noch nicht.«

Langsam die Runde musternd, blieb Dominics Blick an Alethea hängen. »Was denkst du?«

Alle hielten die Luft an.

»Er hat nichts damit zu tun. Jemand muss Zugang zu seiner IP-Adresse haben.« Marc erwartete, dass sie mehr sagte, was sie jedoch nicht tat.

Dominic schlug sich aufs Bein. »Scheiße! Ich wollte, dass du es bist.«

Stephans Augenbrauen schossen hoch. »Wie bitte?!«

Nach wie vor wütend nahm Dominic sein Handy aus der Tasche und öffnete den Messenger. Er hielt das Handy hoch, sodass alle ein Bild sehen konnten. »Das habe ich heute Morgen von Stephan erhalten.«

Es war ein leicht verschwommenes Farbfoto von der schlafenden Judy in ihrem Bettchen.

»Das habe ich nicht geschickt«, widersprach Stephan. »Ich war noch nie im Zimmer deines Kindes.«

Marc kam näher. »Kann ich mal sehen?« Dominic reichte ihm das Handy. »Das stammt von der Babyüberwachungskamera. Ich kenne diese Einstellung.«

Kaltes Grauen legte sich über den Raum. »Bist du sicher, dass Abby es nicht geschickt hat?«

Marc reichte das Handy an Jake weiter. »Es stammt von Stephans E-Mail-Konto.«

Dominic richtete sich zur vollen Größe auf und toste: »Wie konnte jemand Judys Überwachung anzapfen?! Ich dachte, wir nutzen verschlüsseltes Video!«

»Meine Vermutung ist, dass Abby das Memo nicht bekommen hat«, warf Alethea ein.

Dominic drehte sich zu Marc. »Marc, ich will, dass die Security in meinem Haus verdoppelt wird.«

»Schon geschehen, Dom.«

Dominic bebte vor Wut, die er nirgendwo abreagieren konnte, und knurrte: »Was hast du gewusst und unterlassen, mir zu sagen?«

Jake nahm die Schuld ohne Weiteres auf sich. »Ich habe ihm gesagt, dass es unter uns bleibt, bis wir bestätigen können, dass wir es mit mehr als einem einfachen Hackerangriff zu tun haben.«

Dominic riss Jake das Handy aus der Hand und blaffte: »Ich würde sagen, dass wir es mit verdammt mehr zu tun haben! Ich will diesen Bastard haben, der es witzig findet, mich mit meiner Tochter herauszufordern. Und ich will ihn sofort! Was wissen wir bis jetzt?«

»Alles, was wir haben, ist eine Theorie«, antwortete Jake.

Dominic starrte auf das Foto auf seinem Handy und es schien ihm körperlichen Schmerz zu bereiten. »Eine Theorie?!«, blaffte er.

»Aletheas«, stellte Jake klar.

Dominic wirbelte erneut zu ihr herum. Marc behielt die Hand auf ihrem Rücken und spürte, wie sie sich angesichts Dominics aggressiver Geste anspannte. Doch ihre Miene blieb gelassen. Sie atmete durch und sagte: »Ich glaube, es ist Sliver.«

»Den haben wir fertiggemacht. Jeremy, du hast gesagt, dass wir ihn so tief in den Untergrund gestampft haben, dass er keine Gefahr darstellt, um die man sich noch kümmern müsste.«

Jeremy wirkte betreten. »Eventuell habe ich unterschätzt, wie besessen er von dir ist«, gestand er ein. »Das ist keiner, der sich einen Namen machen will. Das ist persönlich. Auf Vendetta-Niveau.«

»Alethea glaubt, Sliver könnte der Mann gewesen sein, dem Stephan letztes Jahr die Codes für deinen Server zugespielt hat. Außerdem hat er früher mal für Stephan gearbeitet. Damit hätte er die Gelegenheit gehabt, auch auf dessen Server zuzugreifen«, erklärte Marc.

»Wie kommst du zu diesem Schluss?«, fragte Dominic Alethea nachdrücklich.

Sie hob das Kinn und antwortete: »Instinkt.«

»Weshalb dann das Bild meiner Tochter?«

»Um dich zu verhöhnen. Und als Warnung. Er will, dass du weißt, wie nah er ist.«

»Ich will diesen Kerl! Mir ist egal, was dafür nötig ist. Niemand bedroht meine Familie und kommt mit dem Leben davon. Haben wir uns verstanden?!«

Stephan trat vor. »Dom, jede meiner Ressourcen gehört dir, wie auch immer du sie einsetzen kannst.«

Die Rage köchelte noch direkt unter der Oberfläche. »Ich hoffe, du wartest nicht auf ein Dankeschön«, knurrte Dominic. »Deinetwegen hat dieser Bastard Zugang zu meiner Familie.«

»Unserer Familie«, korrigierte Stephan ihn.

Dominic rieb sich frustriert die Augen, atmete tief durch und schaute zu Marc hinüber. »Ich will Abby nicht ängstigen, aber mein Zuhause muss ein feuchter Traum für die Sicherheitsbranche sein.«

Marc nickte. »Ist so gut wie erledigt.« Er entfernte sich, um ein paar Anrufe bei seinen Männern zu erledigen. Als er zurückkehrte, hatte Jake ein großes Whiteboard aufgestellt und erschuf ein Netzdiagramm mit Dominic in der Mitte.

»Es muss etwas geben, das wir übersehen«, meinte Jake. Er zog eine Verbindungslinie zwischen Dominic und Stephan. Eine weitere Linie verband Dominic mit Jeremy und dann mit Sliver. Zusätzlich verband er Sliver mit Stephan. »Was ist das zugrundeliegende Muster?«

»Jeremy, wann ist dir Sliver online zum ersten Mal aufgefallen?«, fragte Alethea.

»Vor etwa zwei Jahren, würde ich sagen.«

»Wann hat ›Arsheyl‹ dein Unternehmen verlassen, Stephan?«, fragte sie weiter.

»Etwa zur gleichen Zeit.«

»Das muss er sein«, schlussfolgerte Marc. »Aber wieso nahm er Kontakt mit Jeremy auf?«

Alethea studierte die Tafel. »Ich denke nicht, dass das Absicht war. Ich glaube, das ist der einzige Fehler, den er gemacht hat. Jeremy hat sein Ego online herausgefordert. Wenn es derselbe Typ ist, hält er sich für gerissener als alle anderen. Letztes Jahr haben wir das erfolgreich gegen ihn eingesetzt. Das können wir jetzt auch.«

Jeremy sah zu Marc hinüber und erklärte: »Alethea ist unschlagbar bei diesem Scheiß.«

Marc beobachtete Alethea, wie sie die Zusammenhänge auf dem Whiteboard studierte, und hätte es nicht besser formulieren können. »Ihr kennt diesen Typen. Er heißt weder Stanley noch Arsheyl, aber ihr kennt ihn. Und er ist der Meinung, ihr hättet ihm Unrecht zugefügt. Dominic, wer hätte Grund, dich zu hassen?«

Jake hob den Marker an die Tafel. »Dafür brauchen wir ein größeres Whiteboard«, kommentierte er.

»Es wird niemand aus der jüngeren Vergangenheit sein. Dieser Typ hegt einen schwelenden Hass«, ergänzte Marc.

Während Jake und Dominic überlegten, bei welchen Geschäften sich die andere Seite möglicherweise betrogen gefühlt haben könnte, füllte die Liste mit Namen tatsächlich mehrere Seiten Papier.

»Wie wär's, wenn wir nach Jahren sortieren? Dann gehen wir sie vom Zeitpunkt, als er bei Stephan anfing, rückwärts durch«, schlug Alethea vor.

Jeremy pfiff erstaunt über die wachsende Liste. »Dom, du hast Glück, dass du noch am Leben bist.« Dann sah er Jake an. »Ist deine Liste auch so lang?«

Jake hielt zwei Finger hoch. »Zwei, vielleicht drei zwielichtige Geschäfte.«

Dominic hob die Augenbrauen. »Tatsächlich? Und die ganze Zeit dachte ich, bei dir müsste alles immer astrein ablaufen!«

Jake zuckte mit den Schultern. »Ich bin auch nur ein Mensch.«

Alethea deutete auf die Liste. »Fügt Jakes Geschäfte auch hinzu.«

Als die umfangreiche Liste fertig war, lief Alethea nachdenklich auf und ab und fragte: »Gibt es jemanden auf der Liste, der die Fähigkeiten haben könnte, so was auf die Beine zu stellen? Vielleicht jemand, der aufgrund des ungewöhnlichen Niveaus seiner Intelligenz eher isoliert ist?«

»Hey, hey!«, protestierte Jeremy. »Nicht alle Genies sind sozial inkompetent!«

Jake öffnete den Mund, um zuzustimmen, schloss ihn dann jedoch ruckartig. »Sie hat recht. Dieses Persönlichkeitsprofil passt ins Bild.«

Alle Köpfe drehten sich unisono zu Jeremy, der sich unter den plötzlich prüfenden Blicken leicht sträubte. »Mich braucht ihr gar nicht anzusehen. Ich kannte keinen von euch, bevor Alethea mich bat, euer System zu hacken.«

Alethea versteifte sich sofort und machte sich anscheinend dafür bereit, dass man ihre Theorie abwandelte, um sie mit einzuschließen.

Bevor die Lage noch brenzliger wurde, sagte Marc: »Die Wahrscheinlichkeit, dass es jemand in diesem Raum ist, ist minimal, und dass wir uns gegenseitig verdächtigen, ist genau das, was dieser Typ will. Deswegen hat er Stephan benutzt. Wir werden nicht weiterkommen, wenn wir einander nicht vertrauen.« Er nahm den Stapel Papier in die Hand. »Ich schlage vor, wir starten hiermit. Ich recherchiere, was jeder auf dieser Liste momentan macht. Aufenthaltsort. Finanzielle Situation. Alles.«

Dominic rieb sich grob die Stirn. »Dafür wirst du eine Weile brauchen.«

»Ja, Sir.«

Dominic nickte zustimmend.

Jeremy machte sich in Richtung Tür auf. »Ich fahre mit Stephan zurück und sehe nach, was ich auf seiner Seite finden kann.«

Jake ging zu einem Aktenkoffer und holte ein Notebook heraus. »Ich gehe unsere Akten durch, damit wir niemanden vergessen haben.«

Dominic sah auf die Uhr. »Ich fahre nach Hause.« Und dann marschierte er aus dem Büro.

Alethea begann: »Ich …«

»Du solltest nah bei Abby und dem Baby bleiben«, schnitt Marc ihr das Wort ab. »Überlass Dominic den heutigen Abend mit ihnen, aber morgen hast du die perfekte Ausrede, um den Tag mit ihnen zu verbringen.«

»Die Teestunde? Machst du Witze? Du willst, dass ich dort herumsitze und Scones esse, während der Rest von euch daran arbeitet?« Sie wirkte, als wollte sie gleich wie ein bockiges Kind mit dem Fuß aufstampfen.

Klugerweise zeigte er nicht, wie sehr ihn das amüsierte. Später würde noch Zeit sein, ihr dieses Schmollen von den Lippen zu küssen. »Das ist, wo wir dich brauchen. Nah dran. Auf sie aufpassen, ohne sie zu beunruhigen.«

»Das sehe ich auch so«, schob Jake ein. »Vorerst brauchen sie nichts von dem hier zu erfahren. Bisher haben wir lediglich eine Theorie, die auf Softwarefehlern und einem Foto beruht. Es ist unnötig, sie zu ängstigen. Wir kümmern uns um jeden Aspekt.« Er erkannte Aletheas offensichtliche Abneigung gegen den Vorschlag und ergänzte: »Wie wär's, wenn du Marc heute Abend bei den Recherchen hilfst? Ich bin mir sicher, dass er deine Hilfe gebrauchen kann.«

Alethea schüttelte angewidert den Kopf, drehte sich um und ging.

Jake hielt Marc auf, nachdem Alethea zur Tür hinaus war. »Marc, du musst das unter Verschluss halten, bis wir wissen, was genau los ist. Alethea ist potenziell ebenso unberechenbar wie sie nützlich ist. Wenn hinausdringt, dass wir diesem Typ auf der Spur sind, könnte er verschwinden, bevor wir ihn schnappen können. Und ich will ihn haben.«

»Dann hole ich sie lieber schnell ein«, erwiderte Marc und marschierte zur Tür. »Ich werde tun, was ich kann, aber auf den Bunker fällt sie kein zweites Mal herein.«

* * *

Alethea saß neben Marc in dessen Lexus und schloss einen Moment lang die Augen, um den Kopf von den wirren Gefühlen zu klären, die in ihr aufwallten. Stephan war dort, wo er sein musste. Dominic und Jake war die Tragweite der Situation bewusst und sie würden weiterhin hoch alarmiert bleiben, bis derjenige gefasst war, der all dies tat. Da Jeremy und Jakes Eltern, die berühmten Computergeeks, an der IP-Adresse arbeiteten, die zu Stephan führte, würde es nicht lange dauern, bis sie es zur ursprünglichen Quelle zurückverfolgt hatten. Zusätzlich arbeitete sich Marc vom anderen Ende heran, also sollten sie in der Lage sein, auch den besten Decknamen aufzustöbern. Wer auch immer dahintersteckte, war nah und wurde langsam überheblich.

Das heißt, er wird wahrscheinlich bald einen Fehler machen.

Und wir werden ihn fangen.

Tee mit Abby und Lil? Blödsinn!

Ich wünschte, sie würden aussprechen, was sie denken.

Sie wollen mich nicht dabei haben.

Glaubt Marc allen Ernstes, dass ich den Wortwechsel zwischen Jake und ihm nicht gehört habe?

Marcs Hauptaufgabe ist, mich auf Abstand zu halten – mit allem, was nötig ist.

Sie dachte an die vergangene Nacht zurück und Übelkeit stieg in ihr auf. *Nach wie vor geht es ihm ausschließlich darum, mich beschäftigt und aus dem Weg zu halten. Ich wusste, dass es nicht real ist, aber es gibt einen Unterschied zwischen dem bloßen Wissen und es laut ausgesprochen zu hören.*

Mit einem tiefen, beruhigenden Atemzug öffnete Alethea die Augen. »Mein Auto steht noch bei Stephans Büro. Ich wäre dir dankbar, wenn du mich dort absetzen könntest«, bat sie kalt.

Marc startete den Motor und fuhr zur Ausfahrt des Parkhauses. »Ich brauche heute deine Hilfe bei den Recherchen.«

Alethea legte die Hand fest um den Verschluss des Sicherheitsgurtes und behielt den eisigen Ton bei. »Wir wissen beide, dass das nicht stimmt. Ich habe gehört, was Jake auf dem Weg hinaus zu dir gesagt hat.«

Marc biss die Zähne zusammen, fuhr aber trotzdem, ohne zu zögern, in den Straßenverkehr hinaus. »Das ist schade, aber es ändert nichts. Du kommst heute mit zu mir nach Hause.«

»Ach ja? Dann sind wir also wieder bei Handgreiflichkeiten angelangt, um mich dort hinzubringen, wo du mich haben willst?«

Der heiße Blick, den er ihr zuwarf, sandte einen Blitz aus erwidertem Verlangen durch sie hindurch. Der über alles professionelle Marc war verschwunden, ersetzt von dem Mann, neben dem sie im Bunker aufgewacht war, der sie ansah, als wollte er das Auto anhalten und sie gleich hier nehmen. *Job oder nicht, er will mich.*

Ein sexy Lächeln lag ihm auf den Lippen und in seinen Augen glommen Funken, die verrieten, dass er ihren Wortwechsel genoss. »Jetzt ist es zu spät, noch so zu tun, als würdest du das nicht genauso sehr wollen wie ich. Du wirst die Nacht bei mir verbringen. Wie du dort hinkommst, überlasse ich dir gern.«

Alethea starrte zum Seitenfenster hinaus, um sich etwas Abstand zu verschaffen. »Die letzte Nacht war toll, aber das zu wiederholen ist unnötig. Heute war ein langer Tag. Setz mich bei mir zu Hause ab und morgen hole ich mein Auto selbst.«

Er antwortete nicht, fuhr einfach nur weiter. Da er weder auf dem Weg zu Stephans Büro noch zu ihrer Wohnung war, konnte sie nur schlussfolgern, dass er stur zu sich fuhr. Sie drehte sich ruckartig zu ihm. »Ich will die Nacht nicht mit dir verbringen!«, blaffte sie. »Nicht mal den Abend. Keine Ahnung, ob ich es auch nur fünf Minuten länger in diesem Auto aushalte, bevor ich ausraste und mir das Lenkrad schnappe!« Als er ihr einen schnellen Blick zuwarf, warnte sie ihn: »Glaub ja nicht, dass ich das nicht tun werde. Wenn ich dich dabei verdammt noch mal loswerde, ist es das Verletzungsrisiko allemal wert!«

Welche Reaktion Alethea auch erwartet hatte, sie hätte nicht gedacht, dass er ihre Hand nehmen und leise lachen würde, als hätte sie einen süßen Scherz gemacht. Er hob ihre Hand an den Mund und küsste sie. »Jetzt sehe ich nichts anderes mehr vor Augen, als dich in der Jiu-Jitsu-Haltung, nachdem ich deine Sachen geklaut hatte. Du warst unglaublich wütend. Mir ist noch nie eine Frau begegnet, die sogar nackt derart kämpferisch auftreten kann.«

Alethea wollte ihm die Hand entreißen. »Das meine ich vollkommen ernst!«

Er legte ihre Hand auf seinen Oberschenkel und seine darüber. »Ich weiß. Deshalb ist es ja so heiß.«

Alethea hätte die Hand am liebsten weggezogen, doch die Hitze seines Oberschenkels brannte sich durch ihre Hand hindurch und in sie hinauf. Erinnerungen an letzte Nacht, wie sich dieser Oberschenkel nackt und an ihrem reibend angefühlt hatte, sandte Röte über ihre Brust und Wärme in ihre Wangen. Sie wollte wütend auf ihn sein, aber alles, was ihr in den Sinn kam, war, wie er nackt aussah: selbstbewusst und anheizend. Und wie es sich anfühlte, in seinen Armen aufzuwachen, zu wissen, dass er über sie wachte.

Sie wollte ihn wie noch keinen Mann zuvor.

Und das wusste er.

Ebenso wusste er, dass sie ihn niemals verletzen würde.

Kein Wunder, dass er über sie lachte. Sie hatte ihm die ganze Macht gegeben.

Sie beschloss, eine andere Methode zu probieren. Ihm zugewandt, senkte sie absichtlich den Blick und sah ihn dann unter den Wimpern hindurch an, wobei sie ganz leicht über sein Bein hin und her strich. »Bring mich zu meiner Wohnung, Marc. Bitte.«

Er musterte kurz ihr Gesicht, während er weiterfuhr. »Du bist gut. Ich wünschte, ich könnte Ja sagen, aber du weißt, dass ich das nicht kann.«

»Weil Jake dir aufgetragen hat, mich im Auge zu behalten.«

Es schien ihm unangenehm zu antworten, dennoch tat er es. »Ja.«

Sie entriss ihm ihre Hand und ballte sie auf ihrem Schoß zur Faust. »Und keiner von euch glaubt, dass ich mich einbringen sollte, nicht wahr? Andere zahlen mir einen Haufen Geld, damit ich ihre Sicherheitssysteme teste. Meine Fähigkeiten sind international hoch begehrt.«

Mit leicht gerunzelter Stirn erwiderte Marc: »Und als Nächstes wirst du gleich behaupten, dass wir deine Gefühle heute verletzt haben, oder?«

Sie verschränkte die Arme vor der Brust und schaute weg.

»Im Ernst?« Erneut lachte er leise und tätschelte ihr Bein. »Och, ich wusste nicht, dass du so empfindlich bist«, sagte er mit dem süßen Ton, den man bei Kindern anschlägt, wenn sie etwas ganz Niedliches getan haben.

Sie starrte zum Fenster hinaus. »Du bist so ein Arschloch.«

Er hielt beim Parkservice vor einem noblen Appartementhaus an. »Ich kann dich hinauftragen. Ich bezweifle, dass der Servicefahrer etwas einwenden wird – ich stecke ihm bereits sündhaft viel Trinkgeld zu. Ich werde sagen, dass wir gern Rollenspiele machen. Wenn er schon lange in New York lebt, wird das nicht das Merkwürdigste sein, was er gesehen hat. Oder du kannst mit intakter Würde zu Fuß gehen. Wie du willst. Mir ist es gleich.«

Ein junger Servicefahrer öffnete ihr die Beifahrertür. Sie stieg aus. Marc stand blitzartig neben ihr. »Wenn ich wollte, könnte ich mich aus dem Staub machen.«

Er lächelte. »Vielleicht.«

Seite an Seite gingen sie ins Appartementhaus. »Ich werde dir heute Abend bei den Recherchen helfen, aber das war's. Du schläfst auf der Couch. Die letzte Nacht wird sich nicht wiederholen«, stellte sie klar.

Als sie den Aufzug betraten, legte er ihr die Hand auf den unteren Rücken. Und kaum war die Tür geschlossen, zog er sie an sich, sein Mund war heiß und fordernd. Ihre Hände strichen gespreizt über seine feste Brust. Alles, was sie gesagt hatte – ihm und sich selbst –, verblasste im Angesicht ihrer intensiven Lust aufeinander.

Ohne den Kuss zu unterbrechen, trug er sie zu seiner Wohnungstür, tippte mit einer Hand einen Code ein, öffnete die Tür, glitt hinein und knallte sie hinter sich zu. Er stellte sie wieder auf die Beine und zerrte an ihrer Kleidung. Sie zerrte gleichermaßen enthusiastisch an seiner. Knöpfe flogen. Es war ein animalischer Trieb, sich zu paaren. Ohne sanftes Vorspiel. Nichts außer brennendem Verlangen, das Erfüllung einforderte.

Gewöhnlich war sich Alethea ihrer Umgebung äußerst bewusst, sie scannte und prüfte instinktiv. Im Augenblick spürte sie jedoch einzig und allein Marc. Seine Lippen auf ihrem Mund, ihrem Hals, ihren Brüsten. Das Gefühl seines pulsierenden Schafts in ihren Händen. Seine Hände überall, grob und fordernd.

Er hob sie hoch und sie legte ihm die Beine um die Taille. Plötzlich kippte der Raum. Sie streckte die Hand aus, um sich festzuhalten, und erwischte das Geländer. Er setzte sie auf einer mit Teppich ausgelegten Stufe ab, sank auf die Knie und drückte ihre Beine grob auseinander.

Alethea vergrub die Hände im plüschigen Teppich und keuchte auf, als seine Zunge tief in sie eindrang. Mit den Händen an ihrem Po schob er sie in die Position, die er haben wollte, und leckte sie, saugte, nahm sie mit dem Mund ein.

Sie keuchte und war einem Orgasmus nahe, als er aufhörte und sich über ihr positionierte. Begierig nahm sie ihn tief in den Mund und stöhnte. Mit einer Hand umfasste sie die Rückseite eines seiner stahlharten Oberschenkel, während sie mit der anderen seine Eier hielt und streichelte. Augenblicklich schwoll er weiter an und wuchs in ihrem Mund. Sie spürte, wie er vor Lust erbebte, und nahm ihn tiefer in sich auf, was sie mit ebensolcher Lust erfüllte.

Als sie dachte, dass er in ihrem Mund kommen würde, zog er sich zurück. Sie schloss die Augen, wohl wissend, dass der Genuss nur vorübergehend unterbrochen war. Sie hörte, wie er eine Verpackung aufriss, und kurz darauf küsste er erneut ihren Hals.

»Alethea!«, knurrte er grob, und sie öffnete die Augen.

Er stieß tief in sie hinein und sie rief seinen Namen aus. Dann hob er ihr Becken, so dass ihre Schultern einen Teil ihres Gewichts trugen, und hielt sie vor sich, damit er kraftvoller zustoßen konnte, was sie schluchzen und um mehr betteln ließ. Es war mit nichts zu vergleichen, was sie je erlebt hatte. Machtvoll. Voll und ganz einnehmend. Am Ende erzitterten beide von der Intensität ihrer Orgasmen, als sie gleichzeitig kamen.

Er zog sich zurück, hob sie sanft in seine Arme und trug sie die Stufen hinauf in sein loftartiges Schlafzimmer. Dort entledigte er sich des Kondoms, rollte sich neben sie aufs Bett, nahm sie in die Arme und küsste sie auf die Stirn.

Dieser bedächtige Kuss erschütterte sie bis ins Mark. Er war zart und süß und versprach etwas, für das sie nicht bereit war. Dennoch konnte sie es ebenso unmöglich ablehnen, wie sie mit dem Atmen aufhören konnte.

Zwischen weiteren Küssen murmelte er: »Wir dürfen nicht einschlafen. Ich muss heute noch eine Menge recherchieren. Ich könnte deine Hilfe wirklich gebrauchen.«

Sie vergrub ihr Gesicht an seiner Brust. »Ich habe mir geschworen, dass das nicht wieder passieren wird.«

Er setzte sich leicht auf und strich ihr zärtlich die Haare aus dem Gesicht. »Ich habe mir das nicht versprochen. Den ganzen Tag lang konnte ich nur an dich denken. Dabei sollte ich mich im Augenblick von nichts ablenken lassen. Wir haben keine Ahnung, wie gefährlich die Situation ist. Aber ich kann an nichts anderes denken als an dich. Was glaubst du, wie ich mich damit fühle?«

Sie legte ihm die Hand an die Wange. »Dann hat das hier nichts mit deinem Job zu tun?«

Er lächelte zu ihr hinab. »Hey, ich bin zwar engagiert, aber so sehr nun auch wieder nicht. Ich weiß, dass wir nicht zusammenpassen. Beruflich gesehen habe ich alles, was ich mir je erträumt habe. Ich bin in einem Alter, in dem ich mit einer netten Frau sesshaft werden, ein paar Kinder haben und mir vielleicht einen Hund anschaffen könnte.«

Sie starrte finster zu ihm auf. »Eine nette Frau, was?« Sie schickte sich an, wegzurollen, doch er hielt sie unter sich fest. »Im Gegensatz zu mir?«

Er küsste sie tief, küsste sie, bis sie beinahe vergaß, weshalb sie sich ärgerte. Beinahe. Als er den Kopf hob und sah, dass sie nach wie vor verstimmt war, sagte er: »Früher dachte ich, dass es einen besseren Mann aus mir machen würde, wenn ich mit dieser Art Frau zusammen bin. Stattdessen musste ich feststellen, dass ich mit einer nach der anderen Zeit verbrachte, ohne dass mir auch nur eine von ihnen etwas bedeutete. Oberflächlich gesehen war alles gut, aber wenn ich zurückblicke, sind sie alle zu einer süßen Frau mit einem Namen verschmolzen, an den ich mich nicht erinnern kann, weil sie unwichtig waren.«

Hör nicht auf ihn!
Glaub ihm nicht!

»Aber mit mir ist das anders?«, spottete sie. Ihm zu glauben würde dazu führen, dass sie mehr von ihm wollte, und er hatte bereits gesagt, dass sie beide nicht zusammenpassten.

Marc küsste ihr Schlüsselbein, schob sein Knie zwischen ihre Beine und strich mit der Hand über ihre nasse Mitte. »Jedes Mal, wenn ich dich hatte, will ich noch mehr.« Er versenkte einen Finger zwischen ihren unteren Lippen. »Ich will dich schon wieder. Gott, wir haben so viel zu tun und ich kann nur daran denken, mich wieder und wieder in dir zu versenken, während du meinen Namen rufst. Das ist der Unterschied bei dir.«

Fast hätte sie ihm an den Kopf geworfen, dass er von Lust sprach – schlicht und einfach. Und das war nur natürlich. Doch sein Finger fand ihren G-Punkt und das innere Streicheln löschte jeden zusammenhängenden Gedanken aus ihrem Kopf. Sie vergrub ihre Hände in seinen Haaren, zog sein Gesicht zu sich herab und drang mit der gleichen Forschheit in seinen Mund ein, mit der er sie zuvor eingenommen hatte. Seine

Finger fanden zu einem Rhythmus aus versenken und herausziehen, der erneut dieses wilde Verlangen in ihr entfachte.

Ihre Erwiderung würde warten müssen.

* * *

Es war drei Uhr morgens. Marc und Alethea jagten immer noch allem nach, was sie zu den Namen auf Dominics Liste finden konnten. Er saß am PC am Schreibtisch und sie saß mit seinem Notebook am anderen Ende des Wohnzimmers auf der Couch. Marc hatte kein Problem damit, die Nacht durchzuarbeiten. Genau genommen hatte er auf diese Weise den Großteil seines Bunkers entworfen.

Normalerweise überschnitt sich jedoch eine Nacht voller Arbeit nicht mit Marathonsex. Es fiel ihm schwer, sich auf die letzte Seite der Namensliste zu konzentrieren. Zum Teil, weil sie bereits unheimlich viele notierten Personen durchgegangen waren, ohne etwas Auffälliges zu finden, aber hauptsächlich, weil er genau wusste, was Alethea unter dem langen T-Shirt trug, das er ihr angeboten hatte – oder besser gesagt: nicht trug.

Er war nahe dran, die Liste beiseite zu legen und sie in sein Bett zu tragen, was ihn stark beunruhigte. Privatleben und Arbeit hatten bei ihm noch nie im Widerspruch zueinander gestanden. Seine Treue zu Dominic sowie die Sicherheit seiner Familie und des Unternehmens waren viele Jahre lang seine oberste Priorität gewesen.

Um Himmels willen, man hat ihm ein Foto seines Babys geschickt! Das ist ernst.

Er tippte den nächsten Namen ein und zwang sich, den Blick von Alethea zu lösen. Howard Voss. Nettovermögen: 20 Millionen Dollar. Abschluss in Psychologie, bevor er ein Netzwerk von Onlineblogs gründete. Er hatte Dominic beschuldigt, ihn in aller Öffentlichkeit massiv zu kritisieren. Allerdings hatte ihm das nicht allzu sehr geschadet, denn er kehrte dem Netzwerk den Rücken zu und verkaufte es für Millionen. Später hatte er ein Programm entwickelt, das unmerklich Traffic von Webseiten zurückwarf und ihm ein beträchtliches Einkommen beschert hatte. Außerdem hatte er noch zwei Onlinemagazine gestartet. Seither nichts über Dominic. Kein Hinweis, dass er langfristig Schaden erlitten hatte. Im Gegenteil, bei ihm lief es jetzt besser als damals, als er die Anschuldigung erhoben hatte. Nein, Voss hatte weder die Zeit noch den Anlass, Dominic auszubooten. Davon abgesehen war zu bezweifeln, ob er über die nötigen Hackerfähigkeiten verfügte. Marc notierte sich ein paar kurze Stichworte neben dem Namen auf der Liste und nahm sich den Nächsten vor.

Er warf einen Blick hinüber zu Alethea und rang den Impuls nieder, ihr näher zu sein. Stattdessen fragte er: »Hast du was herausgefunden?«

Alethea blickte mit einem ironischen Lächeln auf. »Dass man Dominic nicht in die Quere kommen sollte. Er war brutal, wenn's ums Geschäft ging. Ich verstehe, wie er sein Geld gemacht hat. Echt erbarmungslos.«

»Vaterkomplex«, kommentierte Marc. »Er musste beweisen, dass er besser war. Diese Art Besessenheit weicht moralische Grenzen auf.«

»Das ist das erste Mal, dass ich dich etwas Negatives über Dominic sagen höre. Ich dachte, er sei dein Idol?«

Marc drehte sich im Stuhl zu ihr. »Ich stehe in seiner Schuld. Er gab mir eine Chance, obwohl ich keine verdient hatte. Ich weiß nicht, wo ich heute wäre, wenn ich ihm nie begegnet wäre. Aber das heißt nicht, dass ich seinen Fehlern gegenüber blind bin. Und es heißt auch nicht, dass ich einiges von dem nicht bedaure, was ich über die Jahre für ihn erledigt habe.«

Aletheas Augen wurden groß. »Wie zum Beispiel?«

Marc lächelte sie an. »Wenn ich dir das verrate, muss ich dich umbringen.« Er stand auf und streckte sich. »Dabei fange ich eben erst an, dich zu mögen.«

Er liebte es, wie ihre Augenbrauen sich hoben und eine leichte Linie aus Verärgerung ihre wundervolle Stirn zeichnete. »Du fängst an?«

Aufgeregte Fröhlichkeit erfüllte ihn. Er ließ sich neben ihr auf die Couch fallen und legte den Arm auf der Rückenlehne hinter ihr ab. »Es ist ein Prozess.« Er zupfte spielerisch an einer ihrer Locken.

Sie verpasste ihm einen Klaps. »Wie jetzt, sind wir zurück in der Schule?«

Er wickelte eine lange rote Locke um seinen Finger. »Haben dir die Jungen an den Haaren gezogen?«

»Andauernd, als ich klein war. Das hat mich wahnsinnig gemacht.«

»Ich wette, dafür hast du sie vermöbelt.«

»Hab ich nicht, um ehrlich zu sein. Ich habe immer geweint. Aber das hilft auch nicht weiter, stimmt's?« Sie griff hinter sich nach seiner Hand und hielt sie ruhig. »Man muss sie stoppen.«

Er drehte seine Hand in ihrer und verschränkte ihre Finger. »Es geht das Gerücht um, dass es da etwas geben soll, das Erwachsene nutzen, um Konflikte zu bereinigen. Ich glaube, es heißt Kommunikation.«

Alethea schüttelte den Kopf. »Haha, du bist zum Totlachen.«

»Und recht habe ich außerdem auch noch. Ich weiß, dass du heute Nachmittag nicht zum Tee bei Abby gehen willst, aber betrachte es als eine Chance.«

»Um ihnen allen die Möglichkeit zu geben, mir vorzuhalten, was ihrer Meinung nach mit mir nicht stimmt?«

»Nein, die Chance, es zuzulassen, dass sie dich sehen. An dir stimmt alles. Du bist ungeheuer loyal. Brillant. Unerschrocken.« Er strich mit dem Finger über ihren freiliegenden Hals hinab.

»Und witzig. Lil hat Glück, eine Freundin wie dich zu haben. Möglicherweise ist Abby einfach nur eifersüchtig auf dich. Vielleicht fühlt sie sich bedroht davon, wie nah du ihrer Schwester stehst. Wenn Menschen Angst haben, gehen sie auf andere los.« Tadelnd tippte er ihr leicht auf die Nase. »Du noch mehr als andere.«

»Weshalb interessiert es dich, ob ich mich mit ihnen verstehe oder nicht?«

Er legte ihr einen Finger unters Kinn und drehte ihr Gesicht zu sich. »Weil du mir wichtig bist. Wenn du möchtest, dass diese Frauen dich akzeptieren, wirst du nach ihren Regeln spielen müssen.« Er nahm ihre Hand und küsste sie. »Fahr deine Krallen nicht aus. Und verrat ihnen nichts.«

»Ich bin überrascht, dass du nicht mitkommst und dafür sorgst, dass ich's nicht tue.«

»Du weißt, wie wichtig es ist, unser Wissen für uns zu behalten. Wenn es rauskommt, könnten wir unsere Chance verlieren, diesen Typen zu erwischen.«

Alethea schloss die Finger um seine Hand und legte sie sich an den Bauch. »Ich verrate nichts.«

Er beugte sich hinab und küsste sie auf den Hals. »Ich weiß. Ich vertraue dir. Befreie deinen Kopf von all dem hier, während du dort bist, und versuche, einen gemeinsamen Nenner mit diesen Frauen zu finden.«

»Das ist leicht gesagt.« Alethea hob den Blick zur Decke und blinzelte die Tränen weg, die zu fallen drohten. »Seit über zehn Jahren bin ich mit Lil befreundet und war weder an Feiertagen noch bei Familienfesten willkommen. Das hat mich nie groß gestört, weil Lil sowieso kaum Familie hatte, aber in letzter Zeit verletzt mich das.«

»Dennoch seid ihr Freundinnen geblieben.«

Alethea schloss einen Augenblick lang die Augen und als sie sie wieder öffnete, wusste Marc, dass sie gerade weit weg gewesen war. »Ich kann mir mein Leben ohne sie nicht vorstellen.

Wir haben zusammen so viel durchgestanden und waren immer füreinander da. Sie lag immerfort mit Abby im Streit. Meine Mutter und ich standen uns nicht eben nahe. Ich schätze, wir wurden gegenseitig zu unserer Familie. Ich liebe sie.«

Marc zog sie in die Arme und drückte sie an sich. Die Gefühle, die sie für ihre Freundin hegte, berührten ihn tief. Es weckte in ihm den Wunsch, mehr von ihr zu bekommen, als sie erneut in seinem Bett zu haben. Er wollte, dass sie mit ebenso viel Gefühl über ihn sprach – und mehr.

Er wollte ihre Familie sein.

Er stand auf und nahm sie an der Hand. »Komm, lass uns ins Bett gehen.«

Sie schaute hinab auf die Blätter auf ihrem Schoß. »Ich bin noch nicht fertig mit meinem Teil.«

Er warf das Papier auf den Couchtisch. »Ich auch nicht. Das erledige ich morgen früh. Im Augenblick will ich dich einfach festhalten.«

Sie stand auf und hob den Blick zu ihm. Noch nie hatte er etwas Schöneres gesehen, als das beinahe schüchterne Lächeln, mit dem sie ihn bedachte. »Okay.«

Er nahm sie schwungvoll in die Arme und trug sie zu seinem Bett, wo er sie absetzte, ihr das T-Shirt über den Kopf auszog und sich dann selbst entkleidete. Diesmal ging es nicht um das dringende Stillen einer Begierde. Diesmal ging es darum, sie an sich zu halten, nackte Haut an nackter Haut. Sex konnte warten. Die Liste konnte warten. Nichts war mehr von Bedeutung, außer sie bei sich zu haben.

Mit Alethea in den Armen sank er in den Schlaf.

Wachte allerdings allein auf.

* * *

Alethea zögerte, bevor sie an Abbys Haustür klingelte. Sie richtete die Vorderseite ihrer sorgfältig ausgewählten Seidenbluse. Ihr Haar hatte sie konservativ zusammengebunden. Der Stil ihrer Hose war klassisch und unauffällig. Sogar ihr Make-up war dezenter als sonst. *Ja, ich trage die teuersten Schuhe von Manolo Blahnik, aber manchmal braucht man als Frau eine kleine Stärkung des Selbstbewusstseins.*

Unerschrocken?

Ha!

Einen Schusswechsel würde ich einem Zimmer voller redewilliger Frauen jederzeit vorziehen.

Während einer Stunde Schlaf in der Sicherheit von Marcs Armen hatte sie Erholung gefunden, doch ein unbestimmtes Gefühl der Unruhe hatte sie geweckt. Nachdem sie eine Zeit lang an die dunkle Decke gestarrt hatte, war ihr klar, dass sie nicht wieder einschlafen würde. Sie hatte sich behutsam aus seiner Umarmung gewunden und mit einem Kissen ersetzt. Einen Moment lang hatte sie sich im Halbdunkel des Raumes noch den schemenhaften Anblick von Marcs muskulösen Schultern und Rücken gegönnt.

Wäre sie auf der Suche nach einer Beziehung, was sie nicht war, würde ein Mann wie Marc fast jedes Kriterium auf ihrer Liste des perfekten Partners erfüllen. Er war intelligent, ohne sozial unsicher zu sein. Stark, ohne sich von ihrer eigenen Stärke bedroht zu fühlen. Und er hatte Fehler. Gott sei Dank für seine Fehler. Von denen hatte sie fraglos selbst mehr als genug.

Ein Mann wie Marc konnte sie annehmen, so wie sie war, und dennoch anspornen, besser zu sein – auf die gleiche Weise, wie er sich selbst anspornte. Anders als bei jedem anderen Mann in der Vergangenheit, wuchs ihr Respekt für Marc, je mehr Zeit sie mit ihm verbrachte. Er war ehrlich, direkt und schien aufrichtig zu wollen, dass sie glücklich war.

Alethea schluckte schwer. Sie wollte hier und heute nicht versagen. Für Lil. Für sich selbst. Und bemerkenswerterweise: für Marc. Mehr als alles wollte sie ihm berichten, dass sie das Minenfeld aus Versuchungen , das ihr ganz sicher bevorstand, erfolgreich überquert hatte, was bedeutete, dass sie den Mund gehalten und das Treffen mit einem tragfähigen Waffenstillstand verlassen hatte. Freundinnen würden sie vielleicht nie werden, aber einen zivilisierten Mittelweg konnten sie sicherlich finden. Einen, der es ihr erlaubte, Lil nahe zu sein, ohne die Spannungen zu verursachen, die momentan existierten.

Alethea atmete tief durch, klingelte und wappnete sich.

Die Tür schwang auf und Lil zog sie in eine feste Umarmung ins Haus. »Da bist du ja, Al, ich wusste, dass du kommen würdest!«

Es gelang ihr, die aufsteigenden Tränen im Zaum zu halten, während sie die Umarmung ihrer Freundin erwiderte. »Ich werde immer kommen, wenn du mich rufst, Lil. Immer.«

Lil sah ihr in die Augen. »Als du nicht ans Telefon gegangen bist, dachte ich, dass du sauer auf mich bist, weil ich dir Marie und Nicole aufgehalst habe«, sprudelte es aus ihr heraus. »Ich dachte ganz ehrlich, dass es weiterhelfen würde, und nicht, dass alles schlimmer wird. Ich fühle mich schrecklich, dass es so abgelaufen ist.«

Gelassenheit. Frieden. Beherrschung. Waffenruhe. »Ich habe kaum weniger Schuld als die anderen. Du weißt, wie ich bin, wenn ich die Geduld verliere. Aber deine Anrufe habe ich nicht ignoriert. Ich hatte für eine Zeit lang mein Handy verloren und alles ging ein wenig drunter und drüber. Unabhängig davon, wie schrecklich du dich fühlst, tut es mir ebenso sehr leid.«

Lil hielt die Hand ihrer Freundin. »Und hier bin ich und bitte dich aufs Neue, ihnen eine Chance zu geben. Es wäre verständlich, wenn du auf der Stelle umkehrst und wegläufst, aber

Abby hat versprochen, dass sie dir den Rücken stärken wird. Sie möchte die Dinge zwischen euch klären.«

Alethea nickte. »Das möchte ich auch. Ich will bei deiner Hochzeit neben Abby stehen. Ich weiß, wie viel dir das bedeutet, und ich werde alles tun, damit du diesen Moment bekommst.«

Lil biss sich besorgt auf die Lippe. »Da ist nur eine Sache. Sprich weder Stephan noch deine Theorien an. Halte dich an unproblematische Themen. Wenn du gefragt wirst, sag ihnen, dass du dich geirrt hast. Du dachtest, du hättest was gefunden, was dann aber nichts war.«

Oh, Lil. »Ich kann nicht gut lügen.«

»Für mich. Nur dieses eine Mal. Dominic und Jake sollen ihre Geschäftsprobleme selbst lösen – Probleme, von denen du nicht einmal wüsstest, wenn du nicht derart paranoid wärst. Ich weiß, was du über deinen Fund gesagt hast, aber du könntest auch falsch liegen, oder nicht? Menschen machen Fehler. Auf den ersten Blick entsteht der eine Eindruck, aber wenn man genauer hinsieht, kann sich alles als vollkommen anders herausstellen. Lass diese Sache auf sich beruhen. Trübe den Tag nicht mit möglichen apokalyptischen Szenarien ein. Zeig ihnen die Seite, die ich an dir liebe. Sei heute einfach du selbst.«

Lil klang so sehr wie Marc, dass Alethea erneut gegen die Tränen ankämpfte und sich sogleich für diese Schwäche verachtete. *Einfach ich selbst sein. Ich weiß nicht, wer ich bin, wenn man meine Arbeit abtrennt.* Genau wie Marc bat Lil um etwas, das ihr unmöglich vorkam.

Wenn du alles wie gewohnt tust, brauchst du keine Besserung der Lage zu erwarten.

Ich schaffe das.

Ich kann Lil die Freundin sein, die sie braucht.

Ich kann lächeln und den Mund halten.

»Ich werde dich nicht enttäuschen, Lil. Keine Sorge. Ich benehme mich.«

Lil hakte sich bei Alethea unter und durchquerte das Foyer mit ihr.

Abby kam ihnen auf halbem Wege entgegen. Ihr Lächeln wirkte leicht gezwungen, doch sie gab Alethea ein Küsschen auf die Wange. »Willkommen. Die anderen sind bereits im Wintergarten.«

»Die anderen?«, fragte Alethea mit plötzlich trockenem Mund.

Abby blieb stehen und drehte sich um. Ihr Ausdruck veränderte sich, wurde mitfühlender und offener. »Bloß Marie und Nicole. Das Haus ist leer. Dominics Mutter passt auf Judy und Colby auf.« Sie hielt inne und fuhr dann fort: »Ich freue mich, dass du gekommen bist, Alethea. Ernsthaft. Ich weiß, dass wir unsere Probleme hatten, aber ich hoffe, wir können heute einen Weg finden, um neu anzufangen.« Sie senkte den Blick und hob ihn dann wieder zu ihr. »Du warst meiner Schwester eine gute Freundin und darauf will ich mich ab jetzt konzentrieren. Du liebst Lil und ich auch. Es ist Zeit, dass wir einen Weg finden, miteinander auszukommen.«

Sag so wenig wie möglich.

Alethea schnürte es den Hals zu und sie nickte. »Das fände ich gut.«

Sie folgte Abby in den Wintergarten. Marie und Nicole erhoben sich, als sie eintrat. Einen Augenblick lang herrschte eine angespannte Stille im Raum.

Marie kam ihr entgegen und gab Alethea ein Küsschen auf die Wange. »Alethea.«

Fast hätte sie aufgelacht, weil ein Ausschnitt eines alten Mafiafilms vor ihrem inneren Auge aufblitzte. Begrüßungskuss oder Todeskuss?

Keine Witze.

Kein Sarkasmus.

Lieb sein.

Ich sollte die kleine Alte umarmen, wenn auch nur, um zu sehen, wie sie reagiert.

Nein, benimm dich!

Alethea behielt das Lächeln bei und hoffte, dass es freundlich wirkte. »Schön, dich wiederzusehen, Marie.«

Nicole kam mit heran, die Hände fest vor sich umklammernd. »Was du über Stephan gesagt hast, hat mich wirklich verletzt.«

Alethea atmete tief durch. Hier ging es um einen Waffenstillstand, nicht um die Wahrheit. »Das tut mir leid. Es war nicht meine Absicht, dich zu verletzen.« Das entsprach jedenfalls schon mal der Wahrheit.

»Glaubst du nach wie vor, dass Stephan versucht, die Firma meines Bruders zu sabotieren?«, fragte Nicole kreidebleich.

Ich habe nie behauptet …

Egal.

»Nein, tu ich nicht.«

»Dann hast du dich also geirrt?«, ließ Nicole nicht locker.

Alethea warf Lil einen Blick zu, die praktisch ihre Hände auswrang und wartete. *Lüg. Es ist egal, was sie über mich denkt. Wenn ich nicht mit ihr auskomme, verletzt das Lil. Herrgott noch mal! Leg deinen verdammten Stolz ab und lüg einfach!* »Ja, hab ich«, antwortete Alethea mit unbeweglichem Gesicht.

Nicole atmete hörbar auf, entspannte sich ein wenig und bedeckte den Mund mit der Hand. »O Gott, ich wusste, dass du dich irrst, aber ich musste es laut hören.«

»Setzen wir uns doch alle«, sagte Abby neben Alethea.

Sie nahmen an einem runden antiken Tisch Platz, woraufhin Abby Tee servierte und eine Platte mit Scones herumreichte.

Alethea nahm gehorsam ihre Tasse entgegen und stellte sie vor sich ab. Anders als die anderen Frauen, griff sie weder nach Zucker noch nach Zitrone.

»Keine Teetrinkerin?«, erkundigte sich Marie.

Augenblicklich im Abwehrmodus, streckte Alethea den Rücken durch, verkniff sich jedoch die ersten fünf Antworten, die ihr einfielen. Schließlich antwortete sie: »Nicht wirklich, aber das ist eine nette Abwechslung.«

Marie hob die Teekanne vom Tablett und erklärte: »Diese spezielle Mischung ist aus Ceylon. Sie soll den Gaumen mit einem Hauch Ingwer kitzeln und schmeckt am besten mit einer Scheibe Orange. Milch passt nicht gut dazu.«

»Danke«, sagte Alethea und griff nach einem Stück Orange. »Das ist ein guter Tipp.«

»Ich hoffe, du bleibst lange genug, damit du Judy noch sehen kannst, wenn Rosella mit ihr zurückkehrt. Sie wächst so schnell. Colby wird sich auch freuen, dich zu sehen«, sagte Abby.

Frag nicht.

Misch dich nicht ein.

»Rosella ist also mit beiden rausgegangen?«

Abby nickte. »Ja, sie brauchen frische Luft. Sie hat den Geschwisterbuggy genommen und spaziert mit ihnen im Central Park.«

»Mit Security?«, hakte Alethea nach, bevor sie sich stoppen konnte.

Abbys Ausdruck verfinsterte sich ein wenig verärgert. »Natürlich mit Security. Sieh dir dieses Haus doch nur an. Mit all den Männern, die Dominic zur Patrouille angefordert hat, ist es quasi wie im Gefängnis. Vor Judys Geburt war es schon schlimm, aber dank deines kleinen Stunts im Krankenhaus kann ich kaum einen Schritt machen, ohne über einen Bodyguard zu stolpern.«

»Abby, das ist nicht ganz fair«, widersprach Lil. »Alethea erkannte ein potenzielles Problem und hat es aufgedeckt. Wir können uns glücklich schätzen, dass sie es war und nicht ein fanatischer Fan oder ein Reporter.«

Abby seufzte. »Alethea, ich weiß, dass du das getan hast, um zu helfen, aber die Art und Weise, wie du es getan hast, hat alle in Aufruhr versetzt. Bitte nimm von jetzt an den Hörer in die Hand und sag es mir oder Dominic. Ich kann dir Marcs Nummer geben. Er ist Dominics Sicherheitschef. Ruf ihn das nächste Mal mit deinen Bedenken an und ich verspreche dir, mich für deine Hilfe zu bedanken.«

Auf die Zunge beißen!

Offensichtlich hat sie keine Ahnung, was los ist.

Aber das ist okay, denn die anderen haben das im Griff.

»Ich weiß nicht, wie du diese Seite von Dominic aushältst, Abby«, sagte Nicole. »Das ist viel zu viel. Er hat versucht, mir einen Bodyguard zu verpassen, aber ich habe dankend abgelehnt.«

Lil lachte. »Bei mir hat er das auch probiert, als wir uns kennengelernt haben. Ich musste mit der Polizei drohen, weißt du noch, Abby?«

Abby lächelte bei der Erinnerung. »Ja. Du hast ihm vorgeworfen, noch schlimmer zu sein als ich.«

»War er auch!«, bekräftigte Lil. »Gott sei Dank ist Jake nicht so. Wir haben ein gewöhnliches Sicherheitssystem zu Hause und das war's. Ich könnte nicht damit umgehen, so zu leben wie du, Abby.«

Marie warf ein: »Dominic tut das, weil er sie liebt. Er steht im Fokus der Öffentlichkeit. Mehr noch als Jake. Dieses Niveau an Berühmtheit hat seinen Preis. Er versucht lediglich, seine Familie zu beschützen.«

»Lil, ein Bodyguard ist vielleicht auch für dich und Colby eine gute Idee«, schlug Alethea vor.

Lil schüttelte den Kopf. »Auf keinen Fall. Ich passe auf, wohin ich gehe, und das ist mir gut genug. Bei speziellen Veranstaltungen – ja, da verstehe ich, dass wir das wegen der

Presse brauchen. Aber ich will nicht ständig mit einem Schatten leben.«

Alethea stellten sich die Härchen im Nacken auf, dass ihre Freundin derart ungeschützt war. Sie wollte verlangen, dass sie mehr für sich und ihr Kind unternahm. Sie wollte alle Details von dem, was sie wusste, auspacken. Aber sie ließ es sein.

Bisher beschränkten sich die harten Fakten darauf, dass Stephans IP-Adresse mit Softwarefehlern im Zusammenhang stand und dass man ein Foto von Judy über seine E-Mail verschickt hatte.

Keins von beiden reichte aus, um auch nur eine der Anwesenden davon zu überzeugen, dass sie einer potenziell tödlichen Gefahr gegenüberstanden. Sie würden ihr nicht glauben. Damit wäre nichts gewonnen und Marc würde ihr nie wieder vertrauen.

Abby stellte ihren Tee hin. »Ich habe euch heute alle hierher eingeladen, weil in letzter Zeit die Dinge zwischen uns etwas schwierig geworden sind. Ich glaube, wir haben das, was wichtig ist, aus den Augen verloren. Wir müssen eine Hochzeit organisieren. Lil, hör auf, dich um ein Datum zu drücken, und leg eins fest. Wir werden alle da sein.«

Ein großes, hoffnungsvolles Lächeln breitete sich auf Lils Gesicht aus. »Ich wünsche mir nichts lieber, als an diesem Tag alle an meiner Seite zu haben, die ich am meisten liebe.« Sie schaute zwischen Abby und Alethea hin und her. »Ich liebe euch beide so sehr. Ich könnte keine Hochzeit planen, solange ihr euch nicht vertragt. Aber wenn ich euch hier zusammen sehe, weiß ich, dass wir das hinbekommen können. Ich will euch alle zum Kauf meines Hochzeitskleids mitzerren, und zur Tortenverkostung, und ihr müsst euch einen Haufen infrage kommender Bands anhören.«

Abby umarmte Lil. »Du verdienst es, dir an deinem großen Tag keine Sorgen zu machen, ob wir miteinander auskommen oder nicht. Die Vergangenheit ist Vergangenheit. Mir ist jetzt allein wichtig, was vom heutigen Tag an geschieht.«

Lil streckte den Arm aus und nahm Aletheas Hand. »Das hätte ich nicht besser sagen können als Abby. Ein Neuanfang hört sich gut für mich an.«

»Und je früher, desto besser. Stephan und ich würden liebend gern die Nächsten sein«, witzelte Nicole.

Marie wandte sich Alethea zu. »Alethea, ich habe dich früher sehr verurteilt. Ich passe auf meine Jungs auf und habe Jeremy in dem Moment adoptiert, als ich ihm begegnet bin. Jeisa auch. Ich kann nicht behaupten, dass ich damit einverstanden bin, wie du mit beiden umgesprungen bist, aber die Vergangenheit ruhen zu lassen, damit bin ich einverstanden. Du hast mich heute beeindruckt. Als Abby dieses Treffen vorschlug, wusste ich nicht, was ich davon halten sollte. Doch ich kann sehen, dass du den aufrichtigen Wunsch hast, dass dies funktioniert, genau wie wir auch. Du hast viel dafür getan, um denen zu helfen, die mir am wichtigsten sind, und ich hoffe, das ist der Beginn einer Freundschaft zwischen uns.«

Die nächsten beiden Stunden verflogen rasch, während sie die Tage für ihre Treffen vereinbarten, mögliche Orte für Lils Hochzeit auswählten und insgesamt über witzige Ideen lachten, die sie sich zuspielten. Alethea erwähnte nicht die Probleme, die ihnen bei jedem Ort in Sachen Sicherheit bevorstünden. Sie teilte ihnen nicht mit, was all diese gemeinsamen Tage für ihre berufliche Planung und ihre Projekte bedeuteten. Nein, sie lächelte und gab ihr Bestes, nichts zu sagen, was das Boot ins Schwanken bringen konnte.

Sie entschuldigte sich, um ins Bad zu gehen. Lil begleitete sie und umarmte sie den gesamten Weg dorthin. »Al, heute läuft das viel besser, als ich zu träumen gewagt hätte. Ich werde heiraten! Ich werde tatsächlich heiraten und du wirst dabei sein.«

Alethea erwiderte die Umarmung ihrer Freundin und rang mit ihrer inneren Stimme, die schrie, dass sie vorsichtig sein sollte. *Abby hat recht. Die Vergangenheit ist belanglos hier. Ich bringe sie zu jeder meiner Begegnungen mit. Ist das der Grund, weshalb ich nicht glücklich sein kann? Dass ich überall Hässliches finde, weil ich danach Ausschau halte?*

Ich möchte die Welt so sehen, wie Lil – nur den heutigen Tag lang.

Sie drückte Lil an sich und gab dem Impuls nach, enthusiastisch zu hüpfen. »Du wirst heiraten! Du wirst wirklich heiraten!«

Sie kicherten miteinander wie damals, als sie sehr viel jünger gewesen waren – und es fühlte sich gut an.

Beide kehrten lächelnd und lachend in den Wintergarten zurück.

Abbys Handy piepte. Sie sah nach und lächelte, runzelte dann aber die Stirn. Sie hielt ihr Handy so, dass alle das Foto auf dem Display sehen konnten. »Stephan hat mir eben ein Foto von Rosella und den Babys im Park geschickt. Das ist merkwürdig. Er hat mir noch nie eine Nachricht geschickt. Es sieht nicht so aus, als wüssten sie, dass er überhaupt dort ist.«

Abby schaute Nicole an, die mit den Schultern zuckte, und dann Alethea – die erstarrte.

KAPITEL 15

Auf der anderen Seite der Stadt legte Marc seine Liste mit Namen auf Dominic Corisis Schreibtisch. »Mit Aletheas Hilfe bin ich jeden Namen durchgegangen, den du genannt hast. Neben jedem steht eine kurze Zusammenfassung. Wir haben alle möglichen Quellen genutzt, um herauszufinden, was diese Leute gemacht haben und ob sie die nötigen Fertigkeiten haben, um das durchzuziehen. Ich wünschte, ich hätte positive Nachrichten für dich.«

Dominic sah die Liste zügig durch und reichte sie dann Jake. »Jeremy, sag mir, dass du etwas gefunden hast.«

»Ich habe ein Netzwerk aus Schein-IP-Adressen gefunden, die von Stephans Server zurückführen. Die gute Nachricht ist, dass Stephan nicht dahintersteckt. Die schlechte ist: Wer auch immer dahintersteckt, ist gut. Richtig gut. Ich sage es nur ungern, aber ich glaube, Alethea hat bei dieser Sache aufs richtige Pferd gesetzt. Jemand hat sich unglaublich große Mühe damit gegeben … über mehrere Jahre hinweg. Betrachten wir also die Softwarefehler nicht mehr als das eigentliche Hauptproblem, sondern als Verhöhnung, dann haben wir es mit einem echt kranken Bastard zu tun.«

»Allerdings mit einem, den Stephan vielleicht kennt. Wenn er für ihn gearbeitet hat, muss es ein Foto von ihm geben. Oder Überwachungsvideos. Irgendetwas«, sagte Jake.

»Bei Andrade Global gibt es weder eine Akte eines Stanleys noch eine der anderen Decknamen. Die Überwachungsvideos werden dort digital gelagert, und die entsprechenden Ordner wurden gelöscht. Ich schätze, wir könnten Stephan mit einem Phantombildzeichner hinsetzen, aber davon abgesehen stecken wir in einer Sackgasse«, berichtete Jeremy.

Marc sah Dominic an. »Darf ich kurz an deinen Computer?«

Jeremy hob die Augenbrauen. »Ist nicht böse gemeint, Marc, aber wenn es dort was zu finden gäbe, hätte ich es gefunden.«

Jake nickte. »Ich bin online alle Datenbänke durchgegangen, die wir haben. Nichts. Es ist, als hätte der Typ nie existiert. Wenn wir überhaupt den Richtigen jagen. Es gibt nichts, was darauf hinweist, dass der Mann, der für Stephan gearbeitet hat, und der Typ, der das hier tut, ein und dieselbe Person sind.«

Unbeirrt davon ging Marc zu Dominics Schreibtisch und nahm Platz. Er hielt inne und sah Dominic an. »Passwort?«

Dominic verriet es und zuckte dann mit den Schultern. »Keine Ahnung, warum ich überhaupt eins habe, da anscheinend trotzdem jeder auf alles zugreifen kann.«

Marc öffnete einen Browser und folgte seiner Eingebung.

»Was hoffst du zu finden?«, fragte Jeremy.

»Gib mir einfach 'ne Minute«, antwortete Marc.

Dominic blickte sich verärgert um. »Wo zum Teufel steckt Stephan?«

Jeremy deutete mit dem Daumen vage in Richtung Fenster. »Er arbeitet mit Jakes Eltern daran, seinen Server zu sichern. Es wird etwas dauern, bis jeder Zugriffspunkt gefunden und geschlossen ist.«

»Das gefällt mir nicht«, knurrte Dominic. »Das gefällt mir ganz und gar nicht. Wer würde so weit gehen, nur um mich zu verarschen? Was hätte man davon?«

Marc drehte den Monitor um. »Dominic, erkennst du den Typen auf diesem Foto?«

Dominic ging mit Jake an seiner Seite zu ihm und beugte sich vor, um das Foto eines Mannes genau zu mustern, der sich über die Geburtstagstorte auf dem Tisch seiner Bürozelle zu ärgern schien. »Wer ist das?«

Marc richtete sich auf. »Das ist Arsheyl im ersten Jahr bei Andrade Global.«

Jeremy nickte anerkennend. »Social Media. Du bist ein Genie, Marc.«

Kopfschüttelnd erwidert Marc: »Kein Genie, einfach nur der Tatsache bewusst, dass jeder alles online postet, und ich dachte mir, dass es in der Programmierabteilung von Andrade Global nicht anders sein würde. Datenbanken kann man löschen, aber versuch mal, jemanden dazu zu bewegen, ein peinliches Foto von dir runterzunehmen. Auf diesem hier war er sogar getaggt. Ich wette, dass ihm das zu dem Zeitpunkt egal war und er es vollkommen vergessen hat.«

»Dom, den kennen wir«, sagte Jake.

Dominic sah genauer hin. »Das kann unmöglich Kurtis von der Uni sein. Allerdings sieht er so aus.«

Jake richtete sich auf und erklärte: »Dom und ich haben uns in Harvard kennengelernt. Wir haben dort bei Pizza und ordentlich Bier Corisi Enterprises geplant. Aber wir waren nicht allein. Kurtis Vine war auch dabei. Zumindest ganz am Anfang, als wir noch alles auf Servietten kritzelten. Er war brillant und eine Zeit lang sah es so aus, als würden wir die Welt zu dritt erobern.«

»Was ist passiert?«, fragte Marc.

Dominic zog die Augenbrauen zusammen. »Er und ich hatten nicht die gleiche Vision.«

Jake lächelte. »Ihr wisst schon, die Vision, in der Dominic all den Ruhm einsackt und alle anderen dankbar sind, dass sie dabei sein dürfen.«

Dominic funkelte seinen Freund finster an. »Jake, wenn du das Gesicht von Corisi Enterprises sein willst, brauchst du es nur zu sagen. Zugabe ist dieser große Schreibtisch und die Schuld an allem, was auch immer schiefgeht.«

Jake hob beschwichtigend lächelnd die Hand. »Ich bin mit dem Platz des Co-Piloten rundum zufrieden.«

»Kurtis anscheinend nicht«, schlussfolgerte Marc. »Weshalb hast du ihn gestern Abend nicht erwähnt, als wir die Liste möglicher Verdächtiger zusammengestellt haben?«

Dominic zuckte mit den Schultern. »Das ist Ewigkeiten her. Als sich unsere Wege trennten, hatten wir kaum mehr als einen vagen Businessplan auf Servietten und Schmierpapier. Er hatte nichts von Wert beigetragen.«

»Unser erstes Software Interface entwarfen wir erst nach seinem Ausstieg. Wir haben ihn mit nichts übervorteilt«, fuhr Jake fort.

Marc drehte den Monitor zurück und startete eine Internetsuche. Gescheitertes Unternehmen. Gescheitertes Unternehmen. Dann nichts. Er verschwand von der Bildfläche gerade um die Zeit herum, als Stephan Arsheyl Eckdiz einstellte. »Wie's aussieht, hatte er ein paar gute Ideen, die er jedoch nicht umsetzen konnte. Er ist mit allem gescheitert, was er seit dem College versucht hat. Wahrscheinlich nimmt er dir das Vermögen übel, das du gemacht hast. Das muss er sein. Genau seit der Zeit, als Arsheyl in etwa von Stephan eingestellt wurde, gibt es keine Einträge mehr von ihm.«

»Er muss dich dafür hassen, dass du so erfolgreich bist und er nicht«, meinte Jeremy.

»Genug, um sich so etwas auszudenken? Wieso?«, fragte Jake.

Dominics Miene verfinsterte sich bei der Erinnerung an seinen eigenen Weg. »Rache.«

* * *

Alethea drehte sich auf dem Absatz um und sagte: »Bin gleich wieder da.« Sie sprintete quasi den Korridor entlang, um außer Hörweite der anderen Frauen zu gelangen. Ihr erster Impuls war, sofort zum Park zu eilen, aber das hätte zu lange gedauert – genauso wie Abby davon zu überzeugen, die Kinder zurück ins Haus bringen zu lassen.

Stattdessen rief sie Marc an. Als er abhob, gab sie ihm keine Chance zu sprechen. »Abby hat gerade ein Foto von Rosella und den Kindern im Park erhalten. Es kam von Stephans Handy.«

»Scheiße!«, fluchte Marc. »Ich rufe meine Männer an. Heute sollte eigentlich niemand nach draußen gehen. Sie haben gesagt, alle würden dort bei dir sein. Sekunde.« Er sprach rasch in ein kleines Funkgerät, das er immer bei sich trug, und wies seine Männer an, Rosella und die Babys nach Hause zu bringen. Auf der Stelle. Außerdem ordnete er an, dass zwei Männer die nähere Umgebung nach jemand Ungewöhnlichem absuchen sollten. Einen Moment lang hörte er sich die Rückmeldungen seiner Männer an und gab dann Entwarnung: »Alethea, allen geht es gut und sie sind auf dem Weg zu Dominics Haus. Es war richtig, dass du mich angerufen hast. Kam mit dem Foto auch eine Botschaft?«

»Nein«, antwortete sie. »Bloß ein Foto von ihnen beim Spazierengehen. Marc, das beunruhigt mich. Das ist eine Eskalation der Aufnahme über die Babyüberwachungskamera. Wir sollen wissen, dass er uns beobachtet – persönlich. Es ist eine Warnung. Hat Jeremy etwas gefunden?«

»Keine Sorge, wir sind an der Sache dran. Wir glauben zu wissen, wer der Typ ist. Ich erzähle dir alles, wenn wir uns heute Abend sehen. Das Wichtigste ist, dass wir das für uns behalten. Alethea, du darfst niemandem verraten, was du weißt. Das würde sie nur unnötig ängstigen.«

Als Alethea nichts darauf erwiderte, ergänzte Marc: »Aber vor allem könnte das unsere Chance, diesen Typen zu fassen, gefährden. Er muss glauben, dass wir keine Ahnung haben, wer er ist. Kann ich darauf vertrauen, dass du das Richtige tun wirst?«

»Ja«, antwortete Alethea und legte einfach auf. *Wahrscheinlich hätte ich ihn warnen sollen, dass wir eventuell verschiedene Vorstellungen davon haben, was das Richtige ist.*

Sie drehte sich um und sah sich Lil gegenüber. »Mit wem hast du gesprochen?«

Bitte nicht ... tu das nicht, Lil. »Marc«, antwortete Alethea abweisend.

»Dem Sicherheitschef-Marc?«, hakte Lil besorgt nach, wobei sich ihre Stimme um eine Oktave erhöhte.

Ich vermisse meine alte Komplizin. Wie sind wir an den Punkt gelangt, wo sich unsere Leben derart wenig überschneiden, dass du nichts von mir, Marc und allem, was vor sich geht, weißt? Ich wüsste nicht einmal, wo ich ansetzen soll, um dich auf den neuesten Stand zu bringen. »Genau der.«

Lil warf frustriert die Hand in die Luft. »Bloß weil Abby ein Foto von Stephan bekommen hat? Du glaubst immer noch, dass er vorhat, der Familie zu schaden, nicht wahr?« Sie schüttelte den Kopf und richtete den Blick himmelwärts, als suchte sie dort nach Unterstützung. »Alethea, wenn du nicht damit aufhörst, geht alles, was wir heute erreicht haben, vor die Hunde. Es braucht nicht mehr, als dass Bedenken wegen Stephan erwähnt werden, und Nicole wird ausrasten. Marie wird sofort ihre Verteidigung übernehmen. Abby wird es nicht wollen, aber am Ende wird sie dich bitten müssen, zu gehen. Dabei hast du mir doch versprochen, dass du das nicht tun würdest.«

Irgendeine Sicherung brannte in Alethea durch. Sie erbebte mit einer Wut, die sich über das vergangene Jahr hinweg angestaut hatte – immer höher gestiegen war, bis sie die Macht erlangt hatte, ihre Freundschaft zu zerstören. »Was habe ich dir versprochen, nicht zu tun? Ich selbst zu sein? Weil das etwas

Furchtbares ist? Früher war es das nicht. Erst, seitdem du dich mit Abby verträgst. Solange ich denken kann, waren es immer wir beide gegen den Rest der Welt. Ich hielt dir den Rücken frei und du mir. Jetzt willst du so sehr von denen akzeptiert werden, dass dir alles andere egal ist. Ich bin dir egal.«

»Das ist nicht wahr.« Lil wurde blass und streckte die Hand nach Alethea aus, die jedoch angewidert zurückwich.

Vielleicht kommt jede Freundschaft aus der Kindheit an diesen Punkt – der furchtbare Tag, an dem einem klar wird, dass man nichts mehr gemeinsam hat. »Doch, Lil. Ich wollte es nicht sehen, weil ich nicht wahrhaben wollte, dass unsere Freundschaft endet. Aber ich kann nicht so sein, wie du mich gern hättest. Und ich habe es satt, das zu versuchen.«

Alethea stürmte an Lil vorbei und marschierte in den Wintergarten zurück. Kaum durch die Tür, blieb sie stehen. »Abby, Marie, Nicole … ich muss euch etwas sagen.«

Die drei erhoben sich und kamen zu ihr. Lil legte ihr warnend die Hand auf den Arm, doch Alethea schüttelte sie ab, ohne sie auch nur eines Blickes zu würdigen. Sie war wütend. So wütend wie schon sehr lange nicht mehr. Und sie hatte Angst. Angst, dass dies das letzte Mal war, dass sie auch nur bei einer dieser Frauen willkommen sein würde.

Letzten Endes ist das alles unwichtig. Judy und Colby müssen in Sicherheit sein. Das ist die Hauptsache. Sie sah in die Gesichter der Frauen und wusste, dass sie ihren Bericht nicht mit Stephans Rolle in der Sache beginnen konnte. Das würde das Gespräch beenden, bevor es überhaupt angefangen hatte, und sie würden den wichtigen Teil ihrer Botschaft nicht hören.

Marcs Stimme erklang in ihrem Kopf. *Wenn sie dich kennen würden, wie du wirklich bist …*

Alethea hob den Kopf. »Ich sehe die Welt mit anderen Augen als ihr. Das ist mir klar. Ich wünschte, es wäre anders, ist es aber nicht. Es gab mal eine Zeit, als ich noch sehr jung war, da glaubte ich, dass mir oder meiner Familie nie etwas Schlimmes zustoßen könnte. Die Wahrheit belehrte mich durch eine sehr harte Lektion eines Besseren. Mein Vater hatte uns nie erzählt, dass er in etwas Gefährliches verwickelt war, und aus diesem Grund habe ich versagt, ihn an dem Tag zu beschützen, als er starb. Ich ließ einfach so einen Mann in unser Haus und erlaubte ihm, Unterlagen vom Schreibtisch meines Vaters mitzunehmen, weil ich ihm vertraute. Damals habe ich jedem vertraut. Der Mann nutzte die Informationen, um meinen Vater ermorden zu lassen. Ich habe beim Tod meines Vaters eine Rolle gespielt und damit muss ich leben.«

Lil keuchte auf.

Abby kam mit echtem Mitgefühl in den Augen näher. »Das tut mir leid, Alethea. Was für eine schreckliche Sache, die dir in einem so jungen Alter zugestoßen ist. Aber du musst wissen, dass es nicht deine Schuld war.«

Ich will ihr Mitgefühl nicht, und brauche auch keins. Die Chancen stehen sehr gut, dass ich all diese Leute heute sowieso zum letzten Mal sehe. »Was ich weiß, ist, dass Lügen verletzen. Die Wahrheit ist das Einzige von Bedeutung. Man kann sich nicht schützen, wenn man in der Illusion von Sicherheit lebt.«

Maries Miene nahm einen ebenso besorgten Ausdruck an wie Abbys. »Ich weiß nicht, weshalb du uns das jetzt erzählst, aber das erklärt eine Menge. Alethea, tagtäglich stoßen guten Menschen schlimme Dinge zu. Du darfst der Vergangenheit nicht so viel Macht über dich einräumen. Indem du an ihr festhältst, schadest du nicht nur dir selbst, du verletzt auch jeden, der dich liebt.«

Ich verletze euch alle? Ich? Natürlich, es geht immer noch um mich und wie ich mich ihrer Meinung nach ändern soll.

Nicole hielt sich außerhalb des Kreises um Alethea. »Marie hat recht. Loslassen ist der einzige Weg, um glücklich zu werden.«

Lil nahm Aletheas Hand und hielt sie zwischen ihren. »Ich wusste nichts von deinem Vater. Bist du dir sicher? Kann es sein, dass du einfach zu jung warst, um die Umstände zu verstehen?«

Alethea entriss Lil beleidigt die Hand. *Ich bin so was von fertig mit allen hier!* »Ein Missverständnis? Oh, in der Vergangenheit gibt es einiges, bei dem ich mich geirrt habe.« Sie sah demonstrativ ihre Freundin an. »Aber ich habe das Originaltranskript des Notrufs gelesen. Die Sicherheitskopie, die man bei der Vertuschung übersehen hat. Mein Vater wurde erschossen. Der Staat hatte sein Bestes gegeben, um das Wie und das Warum zu verbergen, aber ich weiß, was wirklich geschah. Wobei ich nicht voraussetze, dass auch nur eine von euch auf Wahrheit wert legt.«

Sie drehte sich um und wollte gehen, doch Abby beeilte sich, ihr den Weg zu verstellen. »Weshalb erzählst du uns das alles ausgerechnet jetzt? Hat das etwas mit dem Foto zu tun, das Stephan mir geschickt hat? Wenn du etwas weißt, dann sag es uns.«

Alethea drehte sich zurück und musterte die Runde. Lil bettelte sie quasi an, still zu bleiben. Nicole war blass und nervös. Marie schien zwischen Sorge und Ärger zu schwanken. *In dem Augenblick, in dem ich den Mund aufmache, verliere ich. Ich verliere Lil. Ich verliere jeden in diesem Raum.*

Dominic wird komplett ausrasten.

Und dann verliere ich Marc.

Aber wenn ich nichts sage und einem von ihnen passiert etwas, weil ich nichts gesagt habe, könnte ich mir das niemals verzeihen.

Es tut mir leid, Marc.

Du hast dich geirrt, niemand will mein wahres Ich.

Alethea straffte die Schultern und blickte Abby direkt in die Augen. »Dieses Foto kam nicht von Stephan. Jemand hat seinen Server gehackt und jetzt anscheinend auch sein Handy.

Jemand will, dass es so aussieht, als würde Stephan das tun, aber das stimmt nicht.«

Marie legte sich schockiert die Hand auf die Brust. »Was willst du damit sagen?«

»O Gott«, sagte Abby zunehmend entsetzt, »sind die Kinder in Gefahr?«

Lil trat hektisch näher und stellte sich neben Abby. »Warum hast du uns nichts gesagt, wenn du das glaubst?«

Alethea funkelte ihre Freundin an und antwortete eiskalt: »Du bist es doch, die ständig von mir verlangt, dass ich nichts sage.« Die echte Angst in Abbys Augen erweichte ihren Ton etwas. »Keine Sorge, ich habe Marc angerufen. Rosella und die Kinder sind in Sicherheit und auf dem Weg zurück.«

Schwere Stille legte sich über die Gruppe und Alethea begriff, dass sie ihr nach wie vor nicht ganz glaubten. »Wacht auf und seht, was hier vorgeht! Man hat euch alle im Dunkeln gelassen, was die echte Gefahr betrifft, in der ihr euch befindet. Abby, lass niemanden in Judys Nähe. Lil, besorg dir einen Bodyguard und lass Colby nicht aus den Augen. Nicht, bis derjenige gefasst ist, der das tut. Wenn eure Männer heute Abend nach Hause kommen, verlangt von ihnen, dass sie euch alles erzählen, was sie wissen. Das ist der einzige Weg, wie ihr euch vor diesem Typen schützen könnt.«

»Das meinst du tatsächlich ernst«, begriff Abby und wurde ganz bleich.

Gib mir Kraft ...

»Immer. Was vorgeht, ist echt. Und es eskaliert.«

Nicole verschränkte abwehrend die Arme vor dem Bauch und fragte leise: »Warum weißt du davon und wir nicht?«

Alethea stieß genervt einen Atemzug aus. »Weil ich das Problem gefunden habe«, knurrte sie. »Weil ich nach Problemen suche, auch wenn ich das nicht sollte. So bin ich. Liebt mich.

Hasst mich. Das ist mir scheißegal. Aber um Himmels willen, beschützt die Kinder!«

Unfähig, ihren wachsenden Zorn im Zaum zu halten, drehte Alethea sich um und marschierte aus dem Haus. Lil versuchte, sie auf dem Weg aufzuhalten, doch Alethea ließ sie abblitzen und wischte ihre Worte beiseite, bevor sie deren Sinn überhaupt wahrnahm. Als sie auf die Treppe hinauskam, fuhr gerade die Limousine mit Rosella und den Kindern vors Haus.

Eine weitere Limousine fuhr vor. Dominic sprang aus ihr heraus und hastete zur kleinen Judy. Abby traf flankiert von Lil gleich nach ihm beim Auto ein. Jake rannte zu Lil. Marie umarmte Rosella, die von dem Aufruhr bei ihrer Rückkehr etwas verwirrt war.

Die gewöhnlich gelassene Abby drückte ihr Baby an die Brust und schrie Dominic an. Jake wurde von einer sehr wütenden Lil gleichermaßen bedrängt. Nicole stand sichtlich zitternd etwas abseits. Ein weiteres Auto hielt und sie eilte in Stephans Arme. Er umarmte sie fest und ging dann gemeinsam mit ihr zu den anderen, die um die Kinder versammelt standen.

Sogar in turbulenten Zeiten waren sie eine Familie – *eine, der ich nicht angehöre.*

Alethea senkte den Blick auf den Gehweg und ging davon. Ein Paar schwarzer Rockport-Schnürschuhe versperrten ihr den Weg.

»Du hast es ihnen gesagt.«

Alethea erstarrte bei Marcs kaltem Ton. Sofort im Verteidigungsmodus erwiderte sie: »Es war richtig, das zu tun.«

»Das hattest nicht du zu entscheiden. Wir haben gemeinsam daran gearbeitet. Wir alle.«

Noch verletzt von der Teestunde blaffte sie: »Tja, vielleicht ist Teamarbeit nichts für mich. Oder Freundschaft.« Sie machte einen Schritt zur Seite, doch er tat es ihr gleich und versperrte ihr den Weg. »Oder Beziehungen. Einige Menschen sind dafür gemacht, allein zu sein, und anscheinend gehöre ich auch dazu.«

»Alethea …«

Obwohl sie sich schon ein Stück von den anderen entfernt hatte, drang das aufgeregte Durcheinander der Gruppe noch deutlich zu ihnen herüber und fachte Aletheas Wut an. »Komm mir nicht mit ›Alethea‹! Du forderst mich zwar auf, ich solle ich selbst sein, aber du stehst nicht dahinter. Du und Lil habt diese Vorstellung, wie ihr mich gern haben wollt, aber das bin ich nicht. Das hier – das ist wie ich bin.«

Dominic rief Marc zu sich. Der wirkte zwar, als wollte er noch mehr zu ihr sagen, doch als Dominic erneut seinen Namen rief, machte er einen Schritt in dessen Richtung. »Alethea, ich muss jetzt mit der Familie reden, aber dieses Gespräch ist noch nicht vorbei.«

Mit einem kühlen Lächeln entgegnete Alethea: »Doch, ist es. Damit ist es genauso vorbei wie mit uns. Leb wohl, Marc.«

Hoch erhobenen Kopfes ging sie davon und ärgerte sich über ihren Wunsch, er würde ihr folgen, weil sie wusste, er würde es nicht tun.

KAPITEL 16

Auf Marcs Drängen hin verlegte Dominic die Diskussion von der Straße ins Haus. Die Gruppe versammelte sich im Kaminzimmer. Abby und Lil standen nebeneinander und drückten ihre Kinder an sich, obwohl eins sich wand und auf den Boden wollte und das andere aufgrund der Aufregung im Raum laut weinte. Dominic und Jake hielten sich an der Seite ihrer aufgebrachten Frauen und versuchten, das Unerklärbare zu erklären. Stephan hielt Nicole schweigend in seinen Armen.

Marc nutzte die Zeit, um seine Männer zu koordinieren. Er erhöhte die Zahl der anzutragenden Wachposten im Haus. Außerdem verteilte er Männer und Frauen in Zivil in der Nachbarschaft. Von Autonomie war keine Rede mehr. Jeder musste sich alle fünfzehn Minuten melden. Sein engstes Team würde die Informationen filtern und ihm stündlich Bericht erstatten.

Marc hielt inne und begegnete Jakes Blick von der anderen Seite des Zimmers. Er brauchte die Frage nicht auszusprechen. Noch bedurfte er mehr als ein Nicken, um den gleichen Plan in Jakes Haus zu implementieren. Stephan schüttelte den Kopf, was logisch war. Er hatte sein eigenes Security-Team. Wäre Marc in der gleichen Situation, hätte er seine eigenen Leute jederzeit denen anderer vorgezogen.

Abbys angespannte Stimme drang durch den Raum. »Gibt es da noch irgendwas, was ihr zurückhaltet?« Sie starrte jeden der Männer mit der Rage einer beschützenden Löwin nieder.

»Gott helfe demjenigen, der meint, jetzt noch etwas vor mir zu verbergen, sei eine gute Idee!«

»Jeden Tag klingt sie etwas mehr wie Dom«, stellte Jake unwohl fest.

Lil drehte sich zu Jake und wenn Blicke töten könnten, wäre allermindestens eine Ambulanz vonnöten. Ihre Stimme war ebenso schrill wie emotional geladen. »Ich weiß, dass du auf Sarkasmus zurückgreifst, wenn dir etwas unangenehm ist, aber meine Zündschnur ist nur noch sehr kurz, Jake. Sehr, sehr kurz. Du hättest uns sagen sollen, was los ist. Jemand hätte es uns sagen sollen!«

»Jemand hat«, sagte Marie leise.

Alethea.

Obwohl niemandem ihr Name über die Lippen kam, verstanden alle Maries Andeutung.

Nicole löste sich ein wenig von Stephan und blickte zu ihm auf. »Sie hat versucht, mir mitzuteilen, dass du damit zu tun hast. Genau genommen sagte sie, deine IP-Adresse. Ich habe ihr nicht geglaubt.«

Marc verließ seine gewöhnlich stumme Rolle, um die Frau zu verteidigen, die er liebte. *Liebte.* Zwecklos, das Unabstreitbare abzustreiten. Er liebte sie. Und das würden diese Menschen auch tun, sobald sie sie so sahen wie er. »Alethea hat versucht, Stephans Namen reinzuwaschen.«

Nicole traten Tränen in die Augen und sie musterte Stephans Gesicht. »Ist das wahr?«

Stephan nickte und wandte sich mit gequältem Gesichtsausdruck an die anderen im Raum. »Es stimmt, jemand hat meinen Server gehackt und jetzt auch mein Handy. Ich hatte keine Ahnung. Inzwischen wissen wir, wer dahintersteckt. Ich hatte ihn eingestellt und ihm erst den Zugang zu meinem und später zu Dominics System gegeben. Nicole, das ist meine Schuld. Alles meine Schuld.«

»Du hattest keine Ahnung, dass er so etwas plante«, warf Jake wie gewohnt als Stimme der Vernunft ein.

Stephan lief rot an. »Dann wart ihr euch also sicher, dass ich unschuldig bin?«, fragte er verärgert und sah zu Dominic hinüber. »Oder habt ihr sofort das Schlimmste von mir angenommen? Was muss ich noch tun, um dir zu beweisen, dass das letzte Jahr ein Fehler war, den ich zutiefst bereue?«

Nicole versuchte, ihren Verlobten zu beruhigen. »Das wissen sie, Stephan.« Sie verließ seine Seite und ging mit schnellen Schritten zu ihrem Bruder. »Sag es ihm, Dom. Sag ihm, dass du wusstest, dass er unschuldig ist«, flehte sie.

Als jemand, der niemals log, schwieg Dominic.

Lil zeigte abwechselnd auf die beiden Männer. »Das ist irgendwie verständlich. Ich meine, Stephan hatte es jahrelang auf ihn abgesehen.«

»Lil …«, warnte Abby ihre Schwester leise.

»Damit werde ich mich jetzt nicht beschäftigen«, knurrte Dominic über den Kopf seiner Schwester hinweg Stephan zu. »Wenn ich solche Nachrichten erhalte, sind deine Gefühle Nebensache.« Er hielt sein Handy hoch.

Abby las die Nachricht laut vor. Sie begann mit fester Stimme, die zu einem entsetzten Flüstern abnahm. »Nächstes Mal hole ich mir mehr als ein Foto.«

Obwohl das Baby weinte, drückte sie Judy fester an sich. »Oh mein Gott.«

Dominic zog Frau und Kind in seine Arme. »Wir werden diesen Typ schnappen, Abby. Das ist eine leere Drohung.«

Marc durchquerte den Raum und sah sich die Nachricht an. »Das wurde wenige Minuten nach dem Foto geschickt. Nach wie vor über Stephans Handy.«

Lil setzte ihre Tochter ab und holte ihr Handy hervor. Sie öffnete die Rückklappe und entfernte den Akku.

»Das hat mir Alethea beigebracht. Sie bat mich, mir eine Verschlüsselungssoftware zu installieren, aber ich habe ihre Warnung in den Wind geschlagen.«

Stephan nahm sein Handy heraus, um es Lil gleichzutun, doch Jake winkte ihm zu und forderte mit einer Handbewegung, dass er es ihm geben solle. Er holte sein eigenes Handy heraus und streckte dann die Hand aus, um auch die Telefone der anderen einzusammeln. Sogar Marcs. Dann verließ er das Zimmer und kam ohne Handys zurück.

»Lass dein Handy eingeschaltet, Stephan. Jeremy und meine Eltern können unsere säubern und die Sicherheitsfunktionen überprüfen. Sie können auch versuchen, den Virus nachzuverfolgen, den man dir aufs Handy geladen hat. Aber Lil hat recht. Solange wir diesen Typen nicht haben, müssen wir davon ausgehen, dass unsere Handys als Abhörgeräte genutzt werden.«

Nicole hob die zitternde Hand vor den Mund. »Hat das etwas mit dem zu tun, was letztes Jahr geschehen ist?«

Marie legte der schluchzenden Rosella den Arm um die Schultern und sagte mit fester Stimme: »Vergesst das letzte Jahr. Wir müssen uns darauf konzentrieren, was jetzt im Augenblick passiert. Nicht alte Wunden wieder aufreißen. Wir haben soeben alle einen ordentlichen Schreck bekommen. Nehmt das als Erinnerung daran, bei der Wachsamkeit niemals Abstriche zu machen. Niemand beschreitet den Weg des Erfolgs, ohne dabei Menschen zu begegnen, die einem diesen Erfolg wegnehmen wollen. Das Leben war leichter, als ihr meintet, ihr hättet nichts zu verlieren. Doch mit dem Glück kommt die Verantwortung, es zu beschützen. Ich möchte also nichts vom letzten Jahr hören oder von vor fünf Jahren. Ich will wissen, wer dieses Arschloch ist und wie wir ihn verdammt noch mal festnageln.« Ihrer Ansage folgte schockierte Stille. »Meine Güte, ja, ich habe geflucht. Kriegt euch wieder ein. Jemand hat meine

Babys bedroht. Ich war noch nie derart wütend. Ich will, dass dieser Bastard gefunden wird!«

Dominic rieb sich grob die Stirn. »Marc, wie nah sind wir dran, diesen Typ aufzuspüren?«

»Jeremy hat seinen wahren Namen und durchsucht jede legale Datenbank nach ihm – und auch einige illegale. Wir werden bald einen Durchbruch haben. Dann geht es nur noch darum, die Ratte in die Ecke zu treiben. Diesmal werden wir Sliver nicht einfach nur von der Welt abschneiden. Wir werden ihn aus seinem Versteck treiben.«

Dominic ging zum Telefonapparat in der Ecke des Zimmers, hob den Hörer ab, wählte eine Nummer und wandte den anderen den Rücken zu. »Ich fordere deine Schulden ein.« Auf die Antwort seines Adressaten erwiderte er: »Ja, und das muss jemand mit diplomatischer Immunität erledigen.«

Während er das Gespräch mit gesenkter Stimme fortsetzte, nahm Marie die immer noch weinende Judy aus Abbys Armen. »Rosella und ich bringen die Babys ins andere Zimmer.« Als Abby Anstalten machte, ihr zu folgen, sagte Marie: »Judy weiß nicht, was los ist. Sie wird mit einer Flasche und einem Nickerchen rundum zufrieden sein. Bleib bei deinem Mann. Er braucht dich jetzt.«

Abby nickte. Sie ging zu Dominic und verschränkte ihre Hand mit seiner. Ihre unausgesprochene Unterstützung für was auch immer er vorhatte war eindeutig.

Und die Geste berührte Marc. Sie waren ein Team. *Stark. Verlässlich.*

Das war Liebe.

Alethea war die einzige Frau, mit der er es sich vorstellen konnte, so etwas zu haben. Mehr als nur die richtige Chemie – sie hatte das Potenzial, eine echte Partnerin zu sein. Er respektierte ihre Intelligenz, bewunderte ihren Geist. Höllisch sexy und von den gleichen Dingen begeistert wie er – sie war seine

Zukunft. Er war sich einer Sache noch nie derart sicher gewesen wie jetzt dieser.

Dominic legte den Hörer auf und gesellte sich wieder zur Gruppe, als Nicole sich plötzlich fieberhaft im Zimmer umsah. »Stephan ist verschwunden!«

Jake hastete zur Tür hinaus und kehrte gleich darauf zurück. »Sein Handy ist noch hier, aber sein Auto ist weg.«

Nicole lief zum Fenster. »Er will Sliver selbst ausschalten.«

Jake schüttelte den Kopf. »Das ist unklug. Wir wissen nicht, wozu Sliver fähig ist. Wir wissen nicht einmal, wo er ist.«

Marc trug seine Gedanken von der anderen Seite des Raumes bei. »Stephan hat eigene Hinweise gefunden. Kann sein, dass er einem davon nachgeht. Ich werde nachsehen, ob Jeremy etwas aufgetan hat. Ich stehe mit meinen Männern in Funkkontakt. Wenn ihr mir eine Nachricht schicken wollt, dann kontaktiert mich auf diesem Weg. Die Verschlüsselung der Frequenz wechselt täglich, also sollte das sicher sein.«

»Ich komme mit«, sagte Dominic.

»Nein«, widersprach Marc bestimmt. »Du bezahlst mich dafür, dass ich so etwas erledige.«

»Wenn du glaubst, dass ich hier herumsitze, während ...«
Seine Stimme brach bei den aufwallenden Gefühlen. Abby schob sich unter Dominics Arm und umarmte ihn.

Marc nickte Abby zu. »Dom, du musst hierbleiben, falls Sliver etwas anderes probiert. Ich suche Stephan und schnappe mir diesen Typen. Du beschützt deine Familie.«

Jake zog Lil enger an sich. Marc verstand das vollkommen. Im Zuge dubioser Geschäfte mit Regierungen in fremden Ländern den eigenen Hals zu riskieren, war immer ein Nervenkitzel gewesen. Dagegen auf den nächsten Zug eines Soziopathen zu warten, der die Menschen bedroht, die man liebt – daraus entstand nicht das geringste Hochgefühl. Diese Art Bedrohung veränderte alles.

Gemessen an der Sicherheit der Familie war nichts anderes mehr wichtig.

Weder das Finanzimperium, das sie aufgebaut hatten.

Noch ihre Macht oder ihr Einfluss.

Das war Krieg.

Marc war auf dem Weg zur Tür, als Lil seinen Namen rief. Er blieb stehen und drehte sich zu ihr um. »Wie ich Al kenne, und ich kenne sie gut, wird sie den Mann ebenfalls jagen. Sie mag sauer auf mich sein, aber sie würde nie fortgehen, solange einer von uns in Schwierigkeiten ist.« Ihre Augen füllten sich mit Tränen. »Ich habe ihr gleich, nachdem sie gegangen ist, geschrieben, aber sie antwortet nicht. Falls sich eure Wege bei dieser Sache kreuzen, sag ihr, dass ich sie lieb habe. Und sag ihr, sie soll vorsichtig sein.«

Mit einem Nicken drehte Marc sich um und verließ das Zimmer. Am Lenkrad seines Lexus stellte er sich seiner größten Angst. *Vielleicht komme ich nicht rechtzeitig.* Er musste versuchen, ihr einen Schritt voraus zu sein, bevor sie Sliver allein stellte. *Diesmal hole ich alle lebend heraus.*

Wie würde Alethea nach Sliver suchen?

Jeremy.

* * *

Unterdessen beriet sich Stephan bei Andrade Global mit dem Team, das er nach der Nachricht über seinen gehackten Server zusammengestellt hatte. Nur die Allerloyalsten waren über die Bedrohung informiert worden, und nicht einmal sie erfuhren die ganze Geschichte. Man hatte ihnen gesagt, dass ein Hacker Dominics Unternehmen sabotieren wolle und dafür seinen früheren Zugang zu Andrade Global benutze.

»Haben wir irgendwelche neue Spuren?«, verlangte Stephan lautstark zu wissen.

Einer der Männer trat mit einer Akte in der Hand vor. »Wir haben eine Loftwohnung im Meat Packing District gefunden, die Arsheyl Eckdiz unter seinem echten Namen gekauft hat. Er bezahlt dort nach wie vor Nebenkosten.«

Stephan nahm die Akte und überflog die Fotos und Beschreibungen darin. *Sliver ist gerissener als das. Es scheint fast so, als wollte er, dass wir ihn finden.* »Das gefällt mir nicht«, sagte er. »Das kommt mir zu einfach vor.«

Sein Sicherheitschef zuckte mit den Schultern. »Vielleicht hat er nicht damit gerechnet, dass du Dominic einmal nahe genug stehen würdest, um seinen echten Namen zu erfahren.«

»Kann sein«, sinnierte Stephan. »Trotzdem gefällt mir das nicht. Wir müssen herausfinden, ob er noch in dem Loft wohnt. Zwei von euch begleiten mich dorthin. Was den Rest von euch betrifft: Ich will, dass ihr hierbleibt und alles, was möglich ist, über diesen Typen ausgrabt. Selbst wenn er in den vergangenen paar Jahren beim Zahnarzt war, will ich das wissen. Alles!« Stephan ging zu seinem Schreibtisch. »Wir treffen uns in fünf Minuten im Vorzimmer. Bevor wir gehen, muss ich noch einen Anruf erledigen. Legt eure Schutzwesten an. Dieser Typ ist gefährlich.«

Die Männer nickten und schlossen die Tür hinter sich, als sie den Raum verließen. Stephan tippte eine internationale Telefonnummer in sein Schreibtischtelefon ein und wartete.

»Pronto!«

»Dad.«

Sofort wechselte sein Vater ins Englische. »Geht's dir gut? Du klingst aufgebracht. Ist etwas geschehen?«

»Noch nicht, aber da ist etwas, worum ich dich bitten will.«

Eine kurze Pause entstand und dann sagte Victor: »Alles, was du willst. Das weißt du.«

Er wusste, dass sein Vater das auch so meinte, und wenn mehr Zeit gewesen wäre, hätte er sein Angebot vielleicht angenommen. Doch das, was er tun musste, konnte nicht so lange warten, wie seine Familie brauchte, um sich zu versammeln. »Wenn mir je etwas zustoßen sollte, muss ich die Gewissheit haben, dass du und die Familie euch um Nicole kümmern werdet.«

Er versuchte nicht, den Ernst der Lage zu verbergen. Victor war der stärkste Mann, den Stephan kannte – ein guter Mann, der von seinem einzigen Sohn etwas Besseres als das verdiente.

»Stephan, was ist los?«

»Das kann ich dir nicht sagen, Dad. Versprich mir einfach, dass du für sie da sein wirst. Ich will nicht, dass sie sich je wieder allein oder verängstigt fühlt.«

»Steckst du in irgendwelchen Schwierigkeiten?«, fragte Victor nachdrücklich. »Sag mir, was du brauchst. Wir haben Freunde, die helfen können. Einflussreiche Freunde. Hast du mit Dominic gesprochen?«

»Diesmal ist er es, der die Hilfe braucht, Dad, und zwar wegen dem, was ich letztes Jahr getan habe. Ich habe dieses Problem verursacht und ich werde es beseitigen. Ich weiß deine Unterstützung zu schätzen, aber die Vergangenheit wird mich niemals loslassen, wenn ich mich ihr nicht selbst stelle. Keine Sorge, ich habe meine eigenen Ressourcen. Ich bin nicht allein.«

»Ich kann heute Abend in New York sein.«

»Bis dahin ist es gelaufen, Dad. Ich rufe dich später an und habe hoffentlich gute Nachrichten für dich.«

»Und wenn du nicht anrufst?«

Stephan war bewusst, dass bei einem Aufeinandertreffen mit Sliver nur einer von beiden lebendig zurückkehren würde und der Überlebende mit Konsequenzen rechnen musste. »Vergiss einfach nicht, dass ich dich liebe.«

Stephan legte den Hörer auf, öffnete die unterste Schublade seines Schreibtischs, nahm eine geladene Pistole heraus und steckte sie sich in den Gürtel seiner Anzughose. Daraufhin ging er in den Umkleideraum, wo er Ersatzanzüge aufbewahrte, und holte ein Weihnachtsgeschenk von Lils paranoider Freundin Alethea heraus. Ein schusssicheres Anzugjackett. Nach dem Fiasko bei der Thanksgivingparty der Familie Andrades hatte Alethea auf die eine oder andere Art versucht, es wiedergutzumachen. Er erinnerte sich daran, wie er beim Auspacken gelacht und sich gefragt hatte, wer so etwas tatsächlich anziehen würde.

Jetzt lachte er nicht mehr.

* * *

Alethea rief Jeremys Geschäftsnummer an. Es klingelte viermal und die Mailbox sprang an. Sie wählte nochmals. *Geh ran. Geh ran, Jeremy.*

»Hallo?«

»Jeremy, hier ist Alethea. Leg nicht auf. Dominic bat mich, dich anzurufen und nach dem neuesten Stand zu fragen.«

»Ach, tatsächlich? Glaubst du, ich merke es nicht, wenn du lügst?«

Alethea seufzte laut. »Na schön. Ich hatte eben einen Megastreit mit allen. Wahrscheinlich wird keiner von denen je wieder mit mir reden. Das ändert aber nichts an dem, was ich tun muss. Ich werde diesen Sliver-Typ ausschalten und du wirst mir dabei helfen.«

Jeremy war nicht so leicht zu überzeugen. »Jake hat gesagt, dass ich ihm alles, was ich finde, direkt melden soll – ausschließlich ihm.«

Komm schon, Jeremy. Ich kenne dich. Ich weiß, dass du mitmachen willst. »Letztes Mal hatte sich Jake auch darum gekümmert und schau dir an, was passiert ist. Er hat es nicht zu Ende gebracht. Er hat jetzt eine Familie, was ihn zu sehr an mögliche Konsequenzen für sich denken lässt. Und Sliver hat das ausgenutzt.«

»Ich möchte Ja sagen, aber ich habe Jeisa versprochen …«

»Noch einmal, Jeremy. Nur noch ein einziges Mal. Ich werde dich nie wieder um etwas bitten. Hier geht's nicht um mich, es geht darum, Menschen zu retten, die dir ebenfalls sehr wichtig sind. Manchmal ist es egal, wie wütend andere werden. Hauptsache ist, man tut das, was getan werden muss. Wir können diesen Typen schlagen, Jeremy. Das weißt du.«

Nach einer kurzen Pause sagte Jeremy: »Ich habe nichts weiter als Slivers wahren Namen.«

»Dann hack dich in Stephans Server. Er hat seine Männer darauf angesetzt. Vielleicht haben sie eine Spur.«

»Er hat seinen Server festgezurrt – er ist jetzt wasserdicht.«

Im Ernst jetzt, Jeremy? Du vergisst, wie gut ich dich kenne.
»Du hattest unbeschränkten Zugriff. Erzähl mir nicht, dass du keine Hintertür kreiert hast, nur für den Fall, dass er am Ende doch darin verwickelt ist. Das nehme ich dir nicht ab. Niemand ändert sich so sehr.«

Mit einem kehligen Laut gab Jeremy frustriert zu: »Verrate es keinem. Ich hatte es nicht beabsichtigt, aber ich konnte ihm nicht hundertprozentig vertrauen. Nicht bei allem, was auf dem Spiel steht.«

Das ist der Mann, den ich kenne. »Dein Geheimnis ist bei mir sicher. Okay, was haben sie herausgefunden?«

Jeremy tippte einen Moment lang wie wild. »Sie sind klassisch und offline vorgegangen. Wie's aussieht, hat einer seiner Männer im Stadtarchiv etwas über den Kauf eines Lofts im Meat Packing District gefunden, der vor einem Jahr unter seinem echten Namen getätigt wurde. Daran hätte ich auch denken sollen. Das ist so simpel. Ich kann nicht glauben, dass ich das übersehen habe.«

»Wieso sollte sich ein Mann, der nicht gefunden werden will, unter seinem echten Namen Eigentum kaufen?«

»Entweder ist er blöd oder …«

»Oder er will, dass wir es finden.«

»Quasi eine Falle?«

»Kann sein. Wann wurde die Datei zum letzten Mal geöffnet?«

»Etwa vor einer halben Stunde.«

»Das gibt Stephan genügend Zeit, um davon zu erfahren und dorthin zu fahren.«

»Al, Sliver wird auf ihn vorbereitet sein. Wenn das seine Höhle ist, wird sie gut gesichert sein.«

Alethea nahm mit ihrem Wagen entschlossen eine Kurve. »Schick mir jedes Stück an Information über das Gebäude, in dem sich das Loft befindet. Ich will den Grundriss, aktuell und alt. Einfach alles.«

»Bin schon dran.«

* * *

Marc stürmte kurze Zeit später in Jeremys Büro. »Hast du von Alethea gehört?«

Jeremy antwortete nicht, vermied es jedoch, Marc in die Augen zu sehen.

Also kam Marc heran, legte beide Hände flach auf Jeremys Schreibtisch und beugte sich vor, sodass er mit Jeremy auf Augenhöhe war. »Ich muss wissen, was du ihr gesagt hast.«

Jeremy stand auf und begegnete Marcs aggressiver Haltung mit seiner eigenen. »Um sie aufzuhalten? Das kannst du nicht, weißt du? Ich habe sie noch nie so extrem auf etwas eingeschossen erlebt wie jetzt. Du bist besser dran, wenn du dich aus dem Kreuzfeuer raushältst.«

Laut knurrend griff Marc Jeremy beim Hemdkragen und zerrte ihn halb über den Tisch. »Sie wird nicht allein dort reingehen!« Ebenso grob ließ er ihn wieder los.

Jeremy richtete sein Hemd und baute sich mit hoch erhobenem Kopf auf. Es würde einen sehr guten Grund brauchen, damit er seine Freundin verriet.

Marc spielte seine letzte Karte aus. »Ich liebe sie. Wir sind ein Team, auch wenn sie das noch nicht erkennen kann. Ich werde nicht zulassen, dass sie heute ihr Leben opfert.«

Jeremy atmete langsam aus. »Wir haben ein Appartement gefunden, das Sliver mit seinem echten Namen vor etwa einem Jahr gekauft hat. Stephan ist auf dem Weg dorthin. Alethea versucht, vor ihm dort zu sein, aber er hat einen Vorsprung.«

»Woher weißt du, wo Stephan hingefahren ist?«

»Ist das eine Fangfrage?«

»Sag es einfach. Es könnte wichtig sein.«

»Ich habe noch Fernzugriff auf Stephans Server.«

Marc runzelte die Stirn, entschied jedoch, diese Eröffnung zum jetzigen Zeitpunkt nicht weiterzuverfolgen. »Und?«

»Und die Adresse stand im letzten Bericht, den seine Männer geöffnet haben. Es ist also anzunehmen, dass er dorthin fährt.«

»Ich brauche diese Adresse und jede weitere Information, die du hast. Sofort.«

Jeremy drückte eine Taste, um einen Screenshot auszudrucken. »Ich habe ja nichts dagegen, euch allen zu helfen, aber würde euch ein Bitte oder Danke hin und wieder umbringen?«, meinte er sarkastisch.

Marc nahm die Druckseiten von Jeremy entgegen und schüttelte den Kopf, während er sich auf ernstere Angelegenheiten konzentrierte. »Was ich nicht begreife, ist, warum dieser Typ, Sliver, wenn er dermaßen clever ist, nicht einfach ein eigenes Unternehmen gründet, statt Dominics anzugreifen?«

Jeremy lehnte sich in seinen Sessel zurück. »Intelligenz ist keine Garantie für Erfolg und Rache kann zur Sucht werden. Sliver will von Bedeutung sein, aber er hat einen negativen

Weg gewählt, um das zu erreichen. Er zerstört Dinge, anstatt etwas Eigenes aufzubauen. Dieser Lebensstil ist zur Besessenheit geworden.«

»Und hat einen Mann erschaffen, der zu allem fähig ist«, sinnierte Marc, während er in Gedanken ein psychologisches Profil seiner Zielperson zeichnete.

»Genau!«

KAPITEL 17

Stephan und seine Männer durchsuchten die Loftwohnung ein zweites Mal. Sie war bar jeder Möbel. Ein riesiger leerer Raum gefüllt mit einer enttäuschend großen Menge an Nichts. *Wenn er nicht hier wohnt, wieso hat er sie dann gekauft?*

War sie so leicht zu finden gewesen, weil sie schlicht und einfach bedeutungslos ist?

Ist dieser Ort genau wie die Softwarefehler nur eine Ablenkung?

Er schickte seine beiden Männer hinaus. Einen zum Dach. Einen auf die Straße.

Ich bin hier, Sliver. Genau dort, wo du gehofft hast, dass jemand auftauchen würde. Aber wieso?

Einer der Männer kehrte zurück. »Auf dem Dach ist nichts. Sind wir hier fertig?«

Stephan nickte widerstrebend. »Ich schätze, das sind wir. Fahren wir zurück. Gib dem Wachmann unten auf dem Weg hinaus noch einmal Trinkgeld. Vielleicht müssen wir ein weiteres Mal hierherkommen. Es muss einen Grund dafür geben, dass Sliver diese Wohnung gekauft hat, und ich habe vor, herauszufinden, was das ist.«

Sein Bodyguard ging zuerst zur Tür hinaus. Bevor Stephan die Zeit hatte zu reagieren, schlug sie hinter dem Mann zu und Stephan saß in der Falle. Eine dicke Metallplatte schob sich vor die Tür, rastete ein und piepte.

Aus einer Gegensprechanlage über ihm erklang die Stimme eines Mannes. »Sag deinen Männern, dass sie das Gebäude verlassen sollen. Was du eben gehört hast, war nicht die Aktivierung eines Alarms, sondern einer ferngezündeten Bombe – sozusagen meine Versicherung, damit du tust, was ich sage.«

Als der Bodyguard an der Tür trommelte, warnte Stephan laut: »Die Tür ist verkabelt! Nicht anfassen!«

»Sag ihm, er soll gehen. Es sei denn, du willst, dass er mit dir stirbt. Ein unnötiger Verlust.«

»Steve, verschwinde von hier, und schaffe so viele Leute hier raus, wie du kannst.«

»O-o-oh. Das würde ich nicht tun. Das würde die Polizei herbringen. Sowie du jemanden warnst, drücke ich sofort auf den Auslöser. Wie nobel von dir, dass du deine Männer und auch Fremde retten willst. Und das kannst du auch. Du kannst sie alle retten. Du brauchst nichts weiter zu tun, als mir zu helfen.«

»Dir helfen?« Stephan sondierte das Loft mit neuem Antrieb. Es musste einen anderen Weg hinaus geben.

»Sag deinen Männern, sie sollen gehen. Ausschließlich deine Männer. Ich beobachte jede deiner Bewegungen, ich weiß also, wenn du versuchst, mich reinzulegen. Schick sie aus dem Bezirk hinaus und dann reden wir.«

»Sliver? Oder genauer, Kurtis.«

Keine Antwort.

Stephan sprach durch die Tür mit seinen Männern. »Ihr müsst euch aus dem Gebäude zurückziehen. Alle beide.«

»Aus dem Bezirk«, ermahnte Sliver. »Die Gleichung ist ganz einfach: Ich sehe einen von ihnen und du stirbst.«

Stephan schlug mit der Faust gegen die Wand und befahl dann laut: »Räumt einen Radius von achthundert Metern ein.«

»Was ist mit …«, begann Steve, doch Stephan schnitt ihm das Wort ab.

»Macht es einfach.«

»Ja, Sir«, sagte Steve und fragte dann: »Möchten Sie, dass ich jemanden anrufe?«

»Nein«, befahl Stephan. »Wartet, bis ich euch kontaktiere. Bis wir wissen, womit wir es zu tun haben, will ich nicht, dass irgendwer hierherkommt.«

»Ja, Sir«, sagte Steve und ging.

Stephan lief wütend im Loft auf und ab.

»Wie rührend. So besorgt um andere. Ein guter Mann mit einem schlechten Ruf. Ein weiteres Corisi-Opfer.« Slivers Ton triefte vor Sarkasmus.

Erneut begann Stephan, das Loft nach allem abzusuchen, was das Blatt zu seinen Gunsten wenden könnte. »Ich weiß jetzt, wer du bist. Ich weiß alles über dich. Du behauptest, Dominic habe deine Ideen gestohlen und sein Vermögen damit aufgebaut. Aber das stimmt nicht, weißt du? Deshalb bist du so wütend. Dein Beitrag war allenfalls ein mittelmäßiger Vorschlag.«

»Mittelmäßig? Ich war es, der eingebracht hatte, dass die Zukunft in Verbindungstechnologien liegt. Ich erkannte den Trend. Ich wusste, wo das Geld sein würde.«

Ja, werde wütend. Gib mir etwas, das ich nutzen kann. »Eine Erkenntnis, die sie genutzt haben, aber rausgeworfen haben sie dich nicht, stimmt's? Dein Fehler war zu denken, dass du ohne sie besser dastehen würdest.«

»Und dein Fehler war, dass du in letzter Minute die Seiten gewechselt hast. Letztes Jahr hätte ich ihn auf saubere Art und Weise vernichten können. Niemand hatte sterben müssen. Du hättest mich zu Ende bringen lassen sollen, was wir angefangen haben. Das Blutvergießen wirst du auf dem Gewissen haben. Du hast mich dazu gebracht.«

Der jahrelange Hass auf Dominic ermöglichte Stephan einen traurigen und einzigartigen Einblick in Slivers verdrehte Denkweise. Konnte er diese Verbindung nutzen, um Slivers Vertrauen zu gewinnen? »Du musst das nicht tun. Das weiß ich. Ich habe Dominic gehasst und dabei aus den Augen verloren, wer ich bin. Alles drehte sich nur noch darum, ihn zu schlagen. Es hätte mich beinahe alles gekostet. Meine Familie. Meine Zukunft. Alles. Du kannst aufhören, bevor das zu weit geht. Es ist nie zu spät, um zu erkennen, dass Rache ein finsteres Monster ist, das sogar seinen Meister zerstört.«

»Und was dann? Werden wir alle Freunde? Wie hat das für dich funktioniert?«

Stephan erwiderte nichts. Slivers Worte trafen in eine frische Wunde, die Stephan nicht wahrhaben wollte. Dominic dachte nach wie vor das Schlimmste von ihm. Die Möglichkeit bestand, dass das für immer so bleiben würde. Er hoffte inständig, dass die Liebe, die ihn mit Nicole verband, stark genug war, um diese Wahrheit auszuhalten.

Sliver ließ nicht ab. »Stell dir dein Leben ohne Dominic vor. Wäre das nicht wundervoll? Du brauchst nichts weiter zu tun, als ihn anzurufen und ihm zu sagen, dass du hier bist. Sag ihm, du hättest versucht, mich aufzuhalten, wärst aber gescheitert und bräuchtest jetzt seine Hilfe. Ich glaube, direkt unter dir wohnt eine süße Frau mit zwei kleinen Kindern. Eins ist krank und bleibt heute mit ihr zu Hause. Es wäre eine Schande, wenn du beschließt, mir nicht zu helfen, und sie den Preis dafür zahlen müssten.«

»Du krankes Arschloch!«

»Wir können das Szenario auch umkehren, sodass du gewinnst. Du bekommst seine Schwester, ohne dich mit ihm herumschlagen zu müssen. In den Nachrichten wird man dich loben, weil du dein Leben riskiert hast, um alle im Gebäude zu retten. Verdammt, du wirst ein Held sein. Also, wofür entscheidest du dich? Wie viel ist dir das Leben deines Rivalen wert?«

Stephan holte tief Luft und traf eine der schwersten Entscheidungen seines Lebens.

KAPITEL 18

Getarnt mit einer blonden Perücke, weiten Jeans und einem Sweatshirt verschaffte sich Alethea einen Eindruck von dem Gebäude, zu dem Jeremy sie geleitet hatte. Sie stand weit genug entfernt, sodass es unwahrscheinlich war, hier von Slivers möglicherweise eingesetzten Überwachungskameras erfasst zu werden. Jeremy hatte ihr die Grundrisse des Hauses verschafft. Sie studierte die Umgebung.

Warum? Warum dieses Gebäude? Dieses Gebiet?

Sie war derart in Gedanken versunken, dass sie aufschrie, als sich eine Hand um ihren Oberarm schloss. Der Schrei wurde schnell von der Hand eines Mannes auf ihrem Mund gedämpft und sie wurde von der Straße rückwärts in eine Gasse gezogen. Ihr Herz hämmerte wie verrückt.

Gott sei Dank erkannte sie die Berührung.

Und die feste Brust, die sich an ihren Rücken presste.

Marc.

Er nahm die Hand weg und drehte sie zu sich. Ohne einen Gedanken zu verlieren, warf sie ihm die Arme um den Hals und kam seinem Mund entgegen. Der Kuss, in dem sie versanken, war eine Erklärung. Eine Bestätigung dessen, was beide wussten, jedoch noch nicht ausgesprochen hatten.

Er beendete den Kuss und drückte sie an sich.

»Wie hast du mich gefunden?«, fragte sie.

Er küsste ihre Stirn. »Ich habe mit Jeremy gesprochen. Er sagte, du würdest hier sein, also ließ ich meine Männer das Gebiet mit abnehmendem Radius durchsuchen.«

Sie schüttelte empört über sich selbst den Kopf. »Ich hätte nicht nur auskundschaften, sondern auch meine Rückseite im Blick behalten sollen. Das weiß ich doch besser.«

Er strich ihr mit der Hand den Rücken hinab und umfasste besitzergreifend eine ihrer Pobacken. »Du brauchst deine Rückseite nicht im Blick zu behalten. Das übernehme ich liebend gern für dich.«

Mit nach wie vor klopfendem Herzen verdrehte sie die Augen und kommentierte: »Kommst du mir jetzt ernsthaft mit so was?«

Er tippte ihr tadelnd mit dem Finger auf die Nase. »Hey, keine Kritik an meinem sinnlichen Schäkern. Ich nutze hier den Moment.« Erneut küsste er sie innig. »Versprich mir etwas.«

Nach so einem Kuss – alles, was du willst.

»Was?«, raunte sie.

»Heb die Perücke für später auf. Sie ist super.« Das teuflische Grinsen, das er ihr zuwarf, sandte eine Welle des Verlangens durch sie hindurch.

»Das hilft nicht wirklich«, meinte sie trocken, aber in Wahrheit half es. *Ich bin nicht allein. Er ist gekommen.*

»Ja, richtig.« Marc schüttelte den Kopf, als wollte er ihn klären. »Hast du einen deiner Leute im Gebiet?«

Alethea zeigte westwärts. »Ich habe einen Mann mit Hund, falls ich ihn brauche, aber ich wollte ihn nicht reinschicken, bevor ich nicht weiß, womit ich es zu tun habe. Ich habe ein schlechtes Gefühl bei dieser Sache. Ihn zu finden war zu leicht. Er wollte gefunden werden.«

»Das denke ich auch. Jeremy hat die gleiche Befürchtung. Deshalb durchsuchen wir das Gebiet von außen nach innen. Ich behandle es wie ein Minenfeld, weil es tatsächlich eins sein könnte.« Marc wandte sich einen Moment lang ab und lauschte der Stimme in seinem Ohrstück. »Soeben haben wir einen von Stephans Männern gefunden. Als sie getrennt wurden, befanden sie sich im Loft, und irgendwie wurde Stephan darin eingeschlossen. Sie hörten die Stimme eines anderen Mannes und dann befahl Stephan ihnen, sich zurückzuziehen und dort zu warten, bis er sie kontaktiert.«

Alethea sprang aus Marcs Umarmung hinaus. »Sliver hat Stephan!«

Marc nickte schweigend. »Es sieht so aus. Ich habe genug Männer, um das Gebäude zu umstellen. Und Scharfschützen. Ich kann eine Sperre einrichten, die er nicht durchbrechen kann, und dann locken wir ihn heraus.«

Alethea griff nach seinem Arm. »Nein. Warte. Wieso hat Stephan seine Leute weggeschickt?«

»Weil ihm jemand eine Waffe an den Kopf hält?«

Nein, das ist es nicht. Mir ist viel zu flau im Magen für etwas derart Simples. »Eine Waffe wäre ein direkter Angriff. Das entspricht dem, wie du jemanden angehen würdest. Sliver dagegen ist ebenso feige wie genial. Er befindet sich nicht in diesem Haus. Er ist in der Nähe und beobachtet. Da bin ich mir sicher.«

Alethea war es gewohnt, dass andere ihre Theorien abtaten, doch Marc nickte in völliger Übereinstimmung. Er rieb sich nachdenklich übers Kinn und fragte dann: »Erfordert all das Beobachten etwas, das wir nachverfolgen können? Zum Beispiel einen ungewöhnlich hohen Stromverbrauch?«

Ein Lächeln breitete sich auf Aletheas Gesicht aus. »Du bist ein Genie!«

Er warf ihr ein bescheidenes Lächeln zu. »Nein, aber ich habe Spionagefilme geschaut.« Daraufhin zog er sie in seine Arme zurück. »Wir werden uns diesen Bastard schnappen.«

Alethea war nicht ganz so überzeugt wie er. Eine Geisel zu haben verschaffte Sliver definitiv einen Vorteil. »Weshalb bist du dir da so sicher?«

Das warme Lächeln, mit dem er sie ansah, ließ ihr Herz wie wild schlagen. »Weil Sliver Jeremy und Stephan in seinem Plan einkalkuliert hat. Sogar mich hat er einkalkuliert.« Er drückte sie enger an sich und vergrub die Nase an ihrem Hals. »Aber niemand – niemand kann sich auf dich vorbereiten.«

Sie hob eine Augenbraue und lehnte sich zurück. »Ich glaube, du hast mir eben ein Kompliment gemacht.« Als er sie unverfroren anlächelte, wuchs ihr Selbstvertrauen. *Verdammt, ich hoffe, ich bin auch nur halb so gut, wie er glaubt.* Sie nahm ihr Handy und wählte. »Jeremy, du musst dich bei Con Edison für mich einhacken.«

Jeremy fing sofort an zu tippen. »Wir müssen auf jeden Fall anfangen, in Code zu reden. Okay, ich bin drin. Wonach suchen wir?«

»Nach jemandem, der genug Strom verbraucht, um in einem der umliegenden Gebäude ein Kommandozentrum zu betreiben.«

»Verstanden. Brillant.«

Alethea blickte in ein Paar aufmerksamer blauer Augen auf. »Das ist Marcs Idee.«

»Ich mag ihn«, erwiderte Jeremy, ohne mit dem Tippen innezuhalten.

»Ich auch«, sagte Alethea. Marcs Augen blitzten amüsiert auf, und als ihr klar wurde, dass er Jeremys Aussage gehört hatte, wurde sie rot.

»Ich habe einen!«, rief Jeremy enthusiastisch. »Es ist auf der anderen Straßenseite links. Dort gab es mindestens zwei Beschwerden seitens Con Edison aufgrund exzessiver Nutzung.«

»Wir haben ihn!«, jubelte Alethea und warf triumphierend die Arme um Marc.

Marc musste alle Kraft aufbringen, um dem Impuls zu widerstehen, Alethea hochzuheben und möglichst weit von Sliver und der äußerst realen Gefahr, die er darstellte, wegzutragen. Über die Jahre hinweg hatte Marc stolz an der Frontlinie von Dominics Sicherheit gestanden. Er hatte Rebellen, ausländischen Polizeikräften und bezahlten Attentätern gegenübergestanden.

Durch die Geschäfte, die Dominic und Jake über die Jahre ausgehandelt hatten, waren sie alle in brenzlige Situationen geraten, und die Tatsache, dass sie überlebt hatten, war oft nur durch ein Wunder zu erklären gewesen. Auf diese Weise hatte Dominic sein Vermögen gemacht. Es gab kein Land, mit dem er keine Geschäfte machen würde. Keine kippende Regierung war ihm zu gefährlich für Abmachungen. Sie hatten die Moral an der Tür abgegeben und getan, was nötig war – abgesehen von Mord –, um ihre Ziele zu erreichen.

Marc bereute keinen Augenblick davon. Seine Loyalität für seinen Chef hatte stets an erster Stelle gestanden. Ohne zu hinterfragen. Ohne zu zögern.

Aber wenn es um Aletheas Leben ging, war er nicht so großzügig. Fragte man ihn, besaß sie das Herz eines US-Marines und die draufgängerische Einstellung, um ehrenhalber einer zu sein. Er dachte an die Männer, an deren Seite er gekämpft und die er verloren hatte, und schloss kurz die Augen. Alethea durfte er nicht auch noch verlieren.

Allerdings wusste er ebenso gut, dass sie nicht gehen würde, egal, was er sagte. Die Risiken waren ihr bewusst und dennoch würde sie dieses Schlachtfeld nicht freiwillig verlassen. Er drückte sie an sich und atmete ihr Parfüm ein.

Anspruchsvoll.
Beherzt.
Genau wie sie.

Blind für Marcs inneren Aufruhr, fuhr Alethea damit fort, Jeremy Anweisungen zu geben, und stellte ihn auf Lautsprecher. »Ist es möglich, die Stromversorgung in diesem Appartement abzustellen? In dem auf der anderen Straßenseite?«

»Ich kann sie im ganzen Haus abstellen. In der Straße, wenn du es brauchst«, antwortete Jeremy.

»Gut. Marc hat seine Leute in der Gegend. Wir können den Gegner einkreisen, und wenn wir ihm Augen und Ohren wegnehmen, kann Marc ihn herausholen. Allerdings müssen wir das perfekt abstimmen.« Sie begegnete Marcs Blick. »Wenn Sliver das Loft irgendwie verkabelt hat, müssen wir ihn davon überzeugen, dass nur ein lebendiger Stephan ein Druckmittel ist.«

In ihren Augen stand die Antwort, die Marc fürchtete. »Während du …?«

Alethea erwiderte kühn seinen Blick. »Ich werde Stephan befreien. Ich habe noch nie ein Sicherheitssystem gesehen, das ich nicht knacken konnte.«

Ausgenommen meins.

Sie warf ihm ein Lächeln zu, das zeigte, dass sie genau wusste, was er dachte. »Ehrlich gesagt, habe ich mir bei deinem nicht wirklich viel Mühe gegeben.«

Mit zusammengebissenen Zähnen verlangte Marc wohlwissend das, was sie ihm nicht versprechen konnte. »Geh rein. Hol Stephan und verschwinde von dort.« Dann überraschte er sogar sich selbst, indem er sagte: »Weil ich dich jetzt nicht verlieren kann. Ich habe voll und ganz die Absicht, dich zu heiraten.«

Alethea zog sich verärgert zurück, statt erfreut zu erröten, wie er es erwartet hatte. »Heiraten? Suchst du dir ernsthaft diesen Augenblick aus, um mir einen Antrag zu machen?«

»Wer hat was von Antrag gesagt? Wir gehören zusammen.« Sein Lächeln wurde immer überzeugter, während er das laut aussprach.

»Nein.«

Sein Lächeln wurde schmaler. »Nein?«

Sie stützte die Hände auf die Hüften. »So machst du mir keinen Antrag! Ich will Blumen. Ich will dich auf einem Knie sehen. Das ganze verlogene romantische Programm. Und einen Ring. Etwas Geschmackvolles.«

Da ist die Frau, die ich liebe. Außen knallhart, aber innen wollte sie ebenso sehr wie alle anderen geliebt und geschätzt werden. Das war eine berauschende Mischung für ihn. Sie würde in der Tat eine echte Lebenspartnerin für ihn sein, und sie brauchte ihn – genauso sehr wie er sie.

Marc küsste sie, bis der Ärger verging, und neckte dann: »Was hältst du davon, wenn ich dich einfach in meinen Kofferraum werfe, dich fix heirate und es während der Hochzeitsreise bei dir wiedergutmache?«

Bevor Alethea antworten konnte, erklang Jeremys Stimme aus dem Handy, das sie nach wie vor in der Hand hielt. »Ähm, Leute? Ich will euch nicht stören, aber langsam wird's peinlich. Wollt ihr mich zurückrufen, wenn ihr einen Zeitplan habt?«

Wieder ganz bei der Sache nahm Marc das Handy. »Jeremy, möglicherweise werde ich eine Verbindung zu Slivers Handy brauchen, falls wir mit ihm verhandeln müssen.« Er gab Alethea einen kleinen Kuss auf die Stupsnase.

Was er sagen wollte, war gesagt, und obwohl sie kein Ja verlauten ließ, hatte sie ihm eine Antwort gegeben, mit der er etwas anfangen konnte. »Sobald wir die Aktion starten, müssen wir schnell sein. Sliver ist zu clever, um lange perplex zu bleiben. Er darf keinesfalls die Zeit haben, sich einen Plan B auszudenken.«

»Ich kann mir nicht vorstellen, dass das scheitert«, sagte Jeremy. »Nicht, wenn ihr beide gemeinsam daran arbeitet. Braucht ihr sonst noch etwas?«

Marc streckte Alethea die Hand entgegen.

Sie legte ihre hinein und akzeptierte wortlos die Bedeutung seines Angebots.

»Ich habe alles hier, was ich brauche«, sagte Marc, hob ihre Hand an den Mund und küsste sie. »Und heute werden wir jemandem ordentlich in den Hintern treten.«

Nachdem sie Jeremy ihren Plan umrissen hatten, blieb keine Zeit mehr, um ihn anzuzweifeln. Marc funkte seinen Männern und brachte jeden auf Position, um loszuschlagen, sobald der Strom ausgestellt war. Alethea würde dieses kurze Chaos ausnutzen, um Stephan zu befreien. Jeremy schickte ihnen auch die Grundrisse für das zweite Gebäude.

Marc gab Alethea einen letzten, innigen Kuss. Als sie sich trennten, sagte sie leise: »Lass dich nicht umbringen, Marc. Wag es ja nicht, zu sterben. Als ich gesagt habe, dass ich niemanden brauche, war das nicht so gemeint.«

Er sah auf die Uhr, ließ Jeremy den Countdown für den Stromausfall starten und erwiderte: »Ich gehe nirgendwohin. Ich muss einen Heiratsantrag planen.«

Sie lächelte ihn frech an. »Geh aufs Ganze oder geh heim!«

Jeremy unterbrach das Geplänkel. »Stromausfall in zehn Minuten. Viel Glück, Leute.«

Marc legte auf und verließ die Gasse Seite an Seite mit Alethea. Nachdem sie die Straße überquert hatte, signalisierte er seinen Männern, heranzukommen, und sprintete dann in das andere Haus, die Treppen hinauf, bis in den vierten Stock, wo er – wenn sie richtig lagen – den einzigen Mann vorfinden würden, bei dem er sich darauf freute, ihn zu töten.

KAPITEL 19

Stephan öffnete seine Brieftasche und nahm ein kleines Foto von Nicole heraus. Er erinnerte sich genau, wann es entstanden war. Letztes Weihnachten, im Haus seines Onkels. In einer großen Gruppe hatten sie Weihnachtsgeschenke ausgepackt und einer seiner jüngeren Cousins war auf Nicole zugerannt, um sich zu bedanken. Beide waren lachend auf die Couch gerollt. Als sie sich wieder aufrichtete, hatten ihre Augen so viel Liebe und Lachen ausgestrahlt, dass er nicht hatte widerstehen können und ein Foto schoss. Für ihn war sie nie schöner und gehörte nie mehr zu seiner Familie als in dem Moment.

Er warf einen letzten Blick auf das Foto und steckte es dann in die Brusttasche nah bei seinem Herzen. *Es tut mir leid, Nicole. Du verdienst einen besseren Mann als mich. Ich habe das über uns gebracht und ich wünschte, es gäbe einen Weg, wie ich dir das ersparen kann, was ich jetzt tun muss.*

Verzeih mir.

Er räusperte sich. »Sliver, ich habe beschlossen, auf dein Angebot einzugehen.«

»Ausgezeichnet! Ich wusste es. Auf diese Weise gewinnst du«, antwortete Sliver erfreut.

»Ja, das stimmt. Aber ich habe eine Bedingung.«

»Du kannst hier keine Bedingungen stellen!«, protestierte Sliver wütend. »Ich habe hier das Sagen!«

»Kurtis, wir haben lange zusammengearbeitet. Du weißt, wie sehr ich Dominic hasse. Aber genauso gut weißt du, dass ich eine Garantie brauche, dass die Sache sauber abläuft. Ich werde erst anrufen, wenn keine Leute mehr im Haus sind. Behaupte einfach, es gäbe ein Gasleck.«

»Weshalb sollte ich das tun?«

»Weil du genau wie ich keine Zeugen haben willst. Je mehr Menschen mit reingezogen werden, desto größer ist das Risiko, dass die Wahrheit ans Licht kommt. Wenn du sie tötest, ziehst du unerwünschte Aufmerksamkeit auf uns beide. Werde sie los und ich sorge dafür, dass Dominic allein kommt. Dann brauchst du das Haus nicht in die Luft zu jagen. Du kannst den richtigen Moment abwarten und ihn mit einem Scharfschützen ausschalten, wenn du willst. Sauber. Oder betäube ihn und bringe ihn irgendwo anders hin, um ihn zu beseitigen. Ist mir egal. Aber wenn du glaubst, dass ich das zu einer FBI-Untersuchung werden lasse, die mich ins Gefängnis bringt, dann bist du wahnsinnig.«

Eine lange Pause entstand und dann fragte Sliver: »Woher soll ich wissen, dass du deinen Teil erfüllst, wenn ich das Haus evakuiere?«

Stephan wählte seine Worte sorgfältig. »Du liegst richtig. Ich habe nie aufgehört, Dominic zu hassen. Ohne ihn wird mein Leben besser sein. Ich bedaure nur, dass du es bist, der ihn umlegen darf.«

Nach einer weiteren langen Pause sagte Sliver: »Ich habe eben über den Computer des Gasversorgers eine Nachricht an die Frau unten gesandt. Gasleck, wie du gesagt hast. Sofortige Evakuierung nötig.«

Stephan hörte das Telefon in der darunterliegenden Wohnung klingeln. Gefolgt von Geraschel und dann dem Knallen einer Tür. Er sah aus dem Fenster, um sicherzustellen, dass sie das Haus tatsächlich mitsamt Kind verließ. Als er sie Augenblicke später in ein Taxi steigen sah, stieß er erleichtert einen Seufzer aus.

Die Erleichterung dauerte nur kurz an. »Und jetzt mach den Anruf!«, verlangte Sliver.

Stephan legte die Hand auf das Foto in seiner Brusttasche. »Fahr zur Hölle!«

»Aber du hast gesagt ...«

Stephan lachte triumphierend. »Wie kann man derart clever und zugleich so leichtgläubig sein? Dominic gehört zu meiner Familie. Für einen Andrade steht die Familie über allem. Ich würde ihn dir niemals ausliefern.«

»Glaubst du, ich werde nicht auf den Auslöser drücken?«, drohte Sliver mit einem Hauch von Verzweiflung in der Stimme. »Denkst du, ich werde dich nicht in die Luft jagen? Dann hast du dich geirrt! Wenn du dich weigerst, ihn anzurufen, bist du wertlos für mich. Zumindest kann ich es dann genießen, dich sterben zu sehen.«

»Na los, du Feigling, tu's doch! Wenn mein Tod Dominic einen Hinweis gibt, wo du bist, dann sterbe ich zufrieden. Deinem Racheplan geht langsam die Puste aus, mein Freund. Wie fühlt es sich an zu wissen, dass du nicht viel länger leben wirst als ich?«

KAPITEL 20

Bei Jeremys Anruf entwich Dominic jegliche Farbe aus dem Gesicht. Er schaute hinüber zu seiner Schwester, die steif auf der Kante eines Sessels saß und ihn beobachtete. Ihr Ausdruck wurde hoffnungsvoll, als sich ihre Blicke trafen.

Ich kann ihr nicht sagen, was tatsächlich vorgeht. Ich habe mir geschworen, dass ich nie wieder der Grund dafür sein werde, dass sie weint.

Abby stand blitzartig neben ihm. »Wer war das?«

Obwohl er es wollte, konnte er sie nicht anlügen. »Jeremy.«

»Was hat er gesagt?« Sie griff verzweifelt nach seinem Arm.

Dominic zog sie an sich und hielt sie einfach einen Moment lang fest. Zum ersten Mal seit Judys Geburt war er sich nicht sicher, was er tun sollte. Stephan lag falsch; Kurtis war nicht seine Schuld. *Ich habe das meiner Familie angetan. Ich habe zugelassen, dass meine Wut uns spaltet und damit Sliver einen Vorteil verschafft.* »Jeremy arbeitet im Augenblick mit Alethea und Marc zusammen. Sie haben Stephan gefunden. Sliver hat ihn.«

Nicole erhob sich schwankend. »Was soll das heißen, Sliver hat Stephan? Wie hat er ihn? Wo hat er ihn? Ist er verletzt?«

Sie hatten das Beschönigen von Ereignissen hinter sich gelassen. »Irgendwie hat Sliver Stephan in einer Loftwohnung eingesperrt. Stephan befahl seinen Leuten, sich zurückzuziehen. Alethea und Marc vermuten, dass er das Haus für eine Explosion verkabelt hat.«

Abby schlang Dominic die Arme um die Taille und drückte ihn fest. Er spürte, wie ein Zittern durch sie hindurchging, und das nagte an ihm.

Ich sollte dort in dem Loft sein.

»Was will dieser Typ?«, fragte Abby mit Tränen in den Augen.

Dominic sah zu ihr hinab und strich ihr zärtlich eine verirrte Strähne hinters Ohr. *Gott, ich liebe diese Frau. Ich weiß, sie wird nicht hören wollen, was ich zu sagen habe, und ich hoffe, sie vergibt mir.* »Mich. Er hatte erwartet, dass ich dort auftauche, nicht Stephan.«

Nicole eilte zu ihrem Bruder. »Wenn er ihn nicht haben will, wird er ihn gehen lassen, nicht wahr?«

Dominic schüttelte langsam den Kopf.

Abby spürte eine Veränderung in Dominic. Sie suchte nach einer Bestätigung in seinem Gesicht und wusste bereits, was kommen würde. »Geh nicht, Dominic. Marc ist bereits dort. Er wird nicht zulassen, dass Stephan etwas zustößt.«

Dominic ließ Abby langsam los. »Du weißt, dass ich das tun muss«, erklärte er leise. »Jake, ich brauche deinen Hubschrauber.«

Abby bedeckte das Gesicht mit beiden Händen und fing an zu weinen.

Jake schüttelte den Kopf. »Das ist genau das, was er will, Dom. Er will dich herauslocken. Das ist ein Spiel für ihn.«

Ganz sacht nahm Dominic Abbys Hände in seine und beugte sich vor, um sie auf die nasse Wange zu küssen. »Abby, du bist in mein Leben getreten und hast einen besseren Mann aus mir gemacht. Ich weiß jetzt, was wichtig ist. Ich kann nicht hier sitzen, während ein Mitglied meiner Familie in Gefahr ist.« Er drehte sich um und berührte sanft die Schulter seiner Schwester. »Du wirst deinen Hochzeitstag haben, Nicole. Dafür werde ich sorgen. Und dein Ehemann wird mein Bruder sein.«

Nicole warf sich schluchzend in die Arme ihres Bruders.

Abby liefen erneut die Tränen über die Wangen, doch sie sah Dominic in die Augen, umklammerte die Hände vor sich und nickte. »Geh und schnapp dir diesen Kerl, Dom, und stell sicher, dass er uns nie wieder schaden kann.«

Lil versuchte nicht, Jake aufzuhalten, als er sich neben seinen Geschäftspartner stellte. Stattdessen nahm sie die Hand ihrer Schwester in die eine und Nicoles in die andere Hand. »Sie gehen nicht allein. Alethea ist dort und ich habe sie noch niemals scheitern sehen.«

Abby umarmte Lil und hob den Blick zur Decke. »Ich schwöre, wenn heute niemand stirbt, werde ich diese Frau so lange umarmen, bis es peinlich unangenehm wird.«

Auf einmal war Dominic ganz bei der Sache. »Marc sagt, die Umgebung sei gesichert. Ich will in der Luft sein, falls Sliver eine Flucht aufwärts plant. Wir landen auf dem Dach.«

Jake beauftragte einen der Sicherheitsleute, seinem Piloten eine Nachricht zu funken. »Nehmen wir noch jemanden mit?«

Dominic nannte sein Eliteteam. Es war mit ihm um die ganze Welt gereist und verlässlich im Umgang mit jeder Situation, die sich entwickeln konnte.

»Sollten wir die Polizei um Unterstützung bitten?«, fragte Jake.

Adrenalin schoss in seine Adern und Dominic lächelte. »Nein. Wenn wir diesen Typen fassen – und das werden wir –, geht er nicht ins Gefängnis. Zumindest nicht in ein amerikanisches.«

* * *

Knapp außer Reichweite der Straßenkameras wartete Alethea einsatzbereit. Hoffentlich würde ihr Plan Sliver vollkommen blind machen, aber darauf zählen konnte sie nicht. In diesem

Fall würde ihr dennoch ein begrenztes Zeitfenster bleiben, in dem sie losrennen konnte, weil er durch die Überraschung abgelenkt war.

Mit Marc hatte sie gewitzelt, sie sei cleverer als Sliver, doch die letzten vier Minuten des Wartens waren lang genug gewesen, um in Gedanken hundert Szenarien für den schlimmsten Fall durchzugehen. Was, wenn er einen Stromgenerator besaß? Was, wenn er nicht in dem Gebäude war, zu dem sie Marc geschickt hatte? Was, wenn es töricht war, all diese Entscheidungen auf Basis ihrer Instinkte zu treffen? Sie hatten keine handfesten Beweise dafür, wo er sich konkret befand. Sie riskierte sowohl Marcs als auch ihr eigenes Leben aufgrund eines Bauchgefühls.

Alethea atmete tief und beruhigend ein.

Konzentrier dich.

Konzentrier dich auf das, was du beeinflussen kannst.

Sie sah auf die Uhr.

Zwei Minuten bis zum Stromausfall.

Eine Frau kam mit einem Kind aus dem Haus und hielt ein Taxi an. Die Frau blickte besorgt aufs Gebäude zurück.

Ist es Zufall, dass sie jetzt herauskommen?

Hat Sliver sie rausgeschickt? Oder Stephan? Warum räumen sie das Gebäude?

Das ist schlecht.

Kurz blitzte ihr Leben vor ihren Augen auf und brachte ihr etwas Freude und etwas Scham. Sie blickte hinauf in den klaren Himmel.

Ich führe kein perfektes Leben.

Ich bin nicht immer freundlich.

Ich neige zu der Überzeugung, dass mein Weg der einzige Weg ist.

Wenn mein Leben heute endet, dann lass es für etwas Sinnvolles sein. Hilf mir, diesen Bastard zu schlagen.

Sie zog eine Grimasse.

Entschuldige die Profanität.

Allerdings bin ich mir sicher, dass du schon mit Schockierenderem konfrontiert wurdest.

Wie auch immer, falls du mich hören kannst, pass auf Marc auf. Er ist ein guter Mann. Im Idealfall der, den ich heiraten und mit dem ich Kinder haben werde. Ich weiß, ich und Kinder. Krass, was? Tja, das ist deine Schuld, weil du Frauen diese verdammte biologische Uhr verpasst hast.

Beinahe fluchte sie aufs Neue, konnte sich jedoch noch fangen.

Die Sache mit der Uhr sollte kein Vorwurf sein.

Hör mal, ich kann das nicht sehr gut, aber ich möchte gern glauben, dass du mir all das, was ich haben kann, nicht zeigst, nur um es mir wegzunehmen.

Ich mache dir einen Vorschlag.

Wenn du uns das alle lebendig überstehen lässt, lese ich nie wieder Erotika im Internet.

Scheiße, wahrscheinlich hätte ich das nicht gestehen sollen.

Und was passiert, wenn ich mein Versprechen breche? Ich bin gerade mitten in einer Serie.

Hör auf. Das hilft nicht weiter.

Gedankennotiz: Niemals unter Druck beten.

Ein weiterer Blick auf die Uhr.

Noch dreißig Sekunden.

Ein letztes Mal schaute sie hinauf.

Machen wir es ganz einfach.

Ich versuche, ein besserer Mensch zu sein, und du tust heute alles, was du kannst.

Den Rest tüfteln wir später aus.

Ihr Handy piepte leise und sie ging los über die Straße. Sie schaute zum Fenster hinauf und erkannte Stephan. Oder noch wichtiger, er sah sie. Er versuchte, sie mit Handbewegungen zu verscheuchen. Sie riss sich die Perücke vom Kopf und war noch nie so froh darüber, ihre markante rote Mähne zu haben.

Die Enthüllung ihrer Identität ließ ihn nicht weniger fieberhaft fuchteln. Er hämmerte ans Fenster, legte dann die Hände zusammen und bewegte sie wiederholt in der Nachahmung einer Explosion rasch nach außen. Sie nickte, dass sie verstanden hatte, zeigte erst auf sich und dann auf ihn.

Er schüttelte den Kopf und hämmerte erneut ans Fenster. Der Lärm, den er machte, erstarb erst, als sie die Hauptlobby des Gebäudes betrat. Das Licht war aus. Ein Wachmann versuchte an der Rezeption, einen Anruf zu tätigen, legte den Hörer frustriert auf und holte stattdessen sein Handy heraus. Alethea beugte sich über den Tresen, lächelte ihn flirtend an und schnappte es sich.

»Was soll das, verdammt noch mal?«, blaffte er und nahm eine aggressive Haltung ein.

Ihr Ausdruck wurde augenblicklich ernst. »Hier geht gleich was total Krankes ab. Was auch immer man dir für deinen Job hier bezahlt, das ist es nicht wert. Dein Handy behalte ich als Gefallen für dich. Die können Scheiß wie das hier orten. Wenn sie wissen, wo du bist, kommst du hier nicht lebend raus.«

Verräterisch glänzender Schweiß auf der Stirn des Mannes reflektierte das trübe Licht, das durch den Hauseingang drang. »Sie? Geht's hier um die Typen, die vorhin da waren? Ich habe sie nach oben gelassen, aber sie ließen mir kaum eine Wahl.«

»Ich darf nicht mehr sagen. Das ist eine Geheimoperation, aber sie geht den Bach runter – und das schnell. Du kannst bleiben und sterben oder sofort verschwinden. Deine Entscheidung.« Sie hielt ihm das Handy hin. »Willst du es zurückhaben?«

Er schüttelte den Kopf.

»Sag zu niemandem ein Wort. Im Moment bist du nicht auf ihrem Radar. Ich werde ihnen sagen, dass du nichts gesehen hast. Aber wenn du die Polizei anrufst oder jemandem von heute erzählst, wirst du nicht lange genug leben, um die Geschichte ein zweites Mal zu erzählen. Sie haben Leute, die solche Probleme bereinigen. Du weißt nicht, mit wem du es zu tun hast.«

Die Realität war egal. Die Menschen sahen sich im Fernsehen genug durchgeknallten Mist an, um sogar das abstruseste Szenario zu glauben. Ihre Lüge würde ihm das Leben retten, nur nicht auf die Weise, wie er dachte. So oder so, denn wenn das Haus hochging, würde er nicht mehr drin sein.

»Können Sie sich ausweisen?«, fragte er und blieb ein wenig länger skeptisch als die meisten.

Sie hob eine Seite ihres Shirts und ihr Holster samt Waffe kam zum Vorschein.

Er drehte sich um und rannte los.

Okay, an diesen Mann sollte man sich erinnern, damit man ihn nicht aus Versehen einstellt.

Sie benutzte sein Handy, um Jeremy anzurufen. »Der Strom ist aus, aber möglicherweise reicht das nicht. Stephan glaubt definitiv, dass das Haus gleich in die Luft geht. Ich bin am Empfang im Erdgeschoss und hier ist ein Notebook.«

Er fragte nach ein paar Details. »Ich bin drin. Wonach soll ich suchen?«

»Arbeitsaufträge? Etwas elektrisch Geartetes? Wenn Sliver hier war, um etwas zu installieren, musste er eine Tarnung dafür haben.«

»Ich hab was. Probleme mit einem Kabelanschluss auf der gleichen Etage vor einem Monat. Dafür waren Arbeiten an Außenkabeln nötig.«

»Das ist alles, was du hast?«

»Bis jetzt. Ich suche weiter.«

»Ich hoffe, dass es das ist. Wo war das?«

»Zweite Etage. Das Loft ist die erste Tür rechts.«

Alethea sprintete die Treppe hinauf. Sie rief durch die Tür nach Stephan.

Seine Antwort kam prompt. »Alethea, verschwinde von hier!«, herrschte er sie an. »Die Tür ist mit einer Stahlplatte verstärkt und Sliver wird hier gleich alles ferngesteuert in die Luft jagen. Verschwinde sofort!«

»Jeremy, auf dieser Seite des Korridors ist nichts. Ich sehe nicht, wie er es verkabelt hat«, sagte sie ins Handy.

»Ist etwas auf der anderen Seite der Tür?«, fragte Jeremy.

Alethea antwortete schließlich dem Mann, zu dessen Rettung sie gekommen war. »Stephan, ich lasse dich nicht zurück, also vergiss es. Wie wurdest du eingesperrt?«

»Wir kamen rein, fanden überhaupt nichts und waren im Begriff zu gehen, als die Tür vor meiner Nase zuschlug und sich verriegelte. Sliver hielt über eine Gegensprechanlage Kontakt mit mir, aber seit ein paar Minuten ist er verstummt.«

Das bedeutet, wir haben eine Chance. »Gut. Such den Rand der Tür ab. Dort muss es etwas geben, das ein Kontrollgerät verdeckt.«

»Nicht gut!«, widersprach Stephan grob. »Slivers letzte Worte waren ›Leb wohl‹ und dass er das Feuerwerk genießen würde.«

Obwohl Aletheas Herz schmerzhaft hämmerte und Adrenalin durch ihre Adern rauschte, behielt sie die Ruhe. Das Einzige, was zwischen ihr und ihrem Ziel stand, war ein mickriges Sicherheitssystem. »Stephan, konzentrier dich! Vielleicht wurde er inzwischen neutralisiert, vielleicht auch nicht, aber du kannst unsere Überlebenschance verbessern, indem du mir jetzt hilfst. Siehst du einen Kasten bei der Tür? Eine Gegensprechanlage? Einen Nummernblock?«

»Hier ist eine Gegensprechanlage, aber nicht die, durch die er gesprochen hat«, antwortete Stephan etwas ruhiger.

»Gut. Öffne sie.«

Es raschelte und dann sagte Stephan: »Ich musste etwas holen, um sie aufzustemmen, aber ich habe sie aufbekommen. Dahinter ist ein Nummernblock.«

Ja! Ja! Ja! »Jeremy, wir haben einen Nummerneingabeblock bei der Tür gefunden. Damit muss sie aufgehen.«

»Oder er ist an die Bombe angeschlossen«, bemerkte Jeremy trocken.

Sie erwog seine Warnung, tat sie dann jedoch ab. »Nein. Sliver bräuchte das nicht. Er hat alles in der anderen Wohnung. Er ist nicht der Typ für Selbstzerstörung. Reiß das Bedienfeld heraus, Stephan.«

Stephan zögerte. »Bist du sicher? Jeremy könnte recht haben.«

Glaub mir doch ausnahmsweise mal! »Ich bin mir so sicher, dass ich auf der anderen Seite der Tür stehe, während du es tust. Wenn ich mich irre, zahlen wir beide für den Fehler. Reiß es raus.«

Das Geräusch von sich verbiegendem Metall erklang. »Erledigt. Was soll ich damit tun?«

Bitte mach, dass es unkompliziert ist. Komm schon. »Dreh es um. Steht dort eine Seriennummer? Ein Herstellername?«

»Ja«, antwortete Stephan überrascht.

Perfekt! »Lies alles vor, was dort steht. Jeremy, eventuell musst du dich einhacken, oder vielleicht findest du die Information auf der Hilfeseite. Wie setzt man dieses Ding zurück?«

Jeremy lachte leicht sarkastisch. »Er hat ein Ladenmodell verwendet?«

»Seine Faulheit ist unsere Rettung.«

Jeremy suchte und meldete sich erneut. »Es gibt einen winzigen Knopf. Press ihn mit einer Büroklammer oder einem Stift. Dann tippst du den Code fürs Zurücksetzen ein und das sollte funktionieren.«

Auf Stephans Seite herrschte kurzzeitig Stille und dann erwiderte er: »Sieht so aus, als könnte mein Stift passen. Funktioniert das auch, wenn kein Strom anliegt? Die Anzeige ist dunkel.«

Oh, ihr mit wenig Erfahrung im Einbrechen. »Die meisten Sicherheitssysteme haben eine kleine eingebaute Batterie für den Notfall. Das verschafft einem für den Fall eines Stromausfalls Zeit. Oft hat sie nicht genug Saft, um die Anzeige zu beleuchten, aber er reicht für einen Stromstoß, um die Tür zu öffnen.«

Jeremy räusperte sich. »Hey, Alethea. Bevor ihr das macht, muss ich noch was loswerden.«

Alethea holte tief Luft. *Bitte verlange nicht, dass ich die wenigen verbliebenen Momente auf Erden darauf verschwenden soll, mich erneut dafür zu entschuldigen, dass ich deine Freundin angezickt habe. Ich habe schon gesagt, dass es mir leidtut.* »Okay?«

»Wenn du das überlebst, wirst du immer in dem Zuhause willkommen sein, das Jeisa und ich uns aufbauen. Ich verstehe inzwischen, dass ich an dem Vorfall bei den Andrades ebenso viel Schuld trage wie du.«

Er glaubt nicht, dass das funktionieren wird. Er könnte recht haben. »Ich hätte dir eine bessere Freundin sein sollen, Jeremy. Ich hätte netter zu Jeisa sein sollen. Von jetzt an werde ich ein besserer Mensch sein. Marc ist meine Chance, es richtig zu machen.«

Stephan unterbrach sie grob. »Können wir über all das später reden? Nachdem du mir gesagt hast, wie man dieses Ding zurücksetzt? Dieser Leb-wohl-Scheiß macht mich ganz wahnsinnig!«

Jeremy leitete Stephan bei der Benutzung des Knopfes sowie der Eingabe des Codes an und wies ihn dann an, die Tür zu aktivieren.

Alethea hielt die Luft an.

Die Tür glitt auf.

Stephan schoss wie ein Blitz heraus, schnappte sich Aletheas Arm und sie rannten gemeinsam die Treppen hinunter bis hinaus auf die Straße. Kaum waren sie in Sicherheit, wirbelte er sie zu sich herum und umarmte sie dankbar – und so fest, dass keine Luft mehr in ihren Lungen blieb. Über seine Schulter hinweg sah sie Jake Waltons Hubschrauber auf dem Dach des Gebäudes landen, das Marc betreten hatte. Dominic.

Obwohl Marc ihr Handy hatte, rief sie ihn nicht an. Sie wusste nicht, in welcher Situation er sich befand, und könnte ihn ungewollt verraten. Sie schnappte sich Stephan und zog ihn außer Sichtweite, falls Sliver noch etwas sehen konnte.

Sie wählte Dominics Nummer und betete, dass er sein Handy bei sich hatte. Als er abhob, verschwendete sie keine Zeit mit Höflichkeiten. »Ich habe Stephan. Er ist frei. Marc ist im Gebäude mit dem wahrscheinlich verzweifelten Sliver.«

»Bring Stephan zu Nicole«, befahl Dominic nach einer kurzen Pause.

»Ich werde Marc nicht verlassen«, antwortete sie hastig.

»Du hast deinen Teil beigetragen. Jetzt lass mich meinen beitragen«, beharrte Dominic mit eisernem Ton. »Also, was kannst du mir über die Vorgänge im Haus sagen?«

Sie wusste genau, wie sie ihm ihre Position verständlich machen konnte. »Könntest du gehen, wenn das da drinnen Abby wäre?«

»Marc wird dich beschützen wollen, wenn er weiß, dass du hier bist, und das kann ihn das Leben kosten. Das scheinst du zu übersehen«, konterte Dominic mit einem guten Argument.

Nein, bei uns läuft das anders. Wir sind in dieser Sache gleich. »Ich schicke Stephan zurück, aber ich bleibe hier. Ich stehe mit Jeremy in Verbindung und vielleicht gibt es einen Weg, wie ich helfen kann.« Sie winkte einen von Marcs Männern heran, der ihr sein Ohrstück abtreten sollte.

Dieser schüttelte den Kopf. Sie fuchtelte mit dem Handy vor seiner Nase herum und zeigte auf den Hubschrauber auf dem Dach. »Ihr Chef will, dass ich es bekomme, glauben Sie mir.«

Dominics Stimme dröhnte aus dem Handy. »Gib es ihr, bevor sie es dir abnimmt. Im Augenblick brauchen wir alle, die wir haben.«

Alethea steckte sich das Stück ins Ohr und sagte: »Ich halte die Augen hier unten für dich offen.«

Der Mann sah sie an, als wollte er fragen: »Und was bitte hab ich hier gemacht?«

Sie zuckte mit den Schultern.

* * *

Das Gebäude war evakuiert worden. Marcs Männer hatten den Stromausfall genutzt und behauptet, er hänge mit einem größeren Problem im Stromnetz zusammen, das zu Spannungsstößen im Haus und potenziell zu Explosionen führen könne. Sie hatten alle gewarnt, den Bereich zu verlassen.

Als er den Hubschrauber auf dem Dach landen hörte, befand sich Marc zusammen mit mehreren seiner Männer auf der Etage, auf der sie Sliver vermuteten. Er wollte durch die Tür preschen, die ihn von seiner Zielperson trennte, aber vorher musste er in Erfahrung bringen, wem der Hubschrauber zur Hilfe kam. Er zog sich um die Ecke zurück und drückte einen Knopf an seinem Ohrstück. »Dominic?«

»Ja.«

Gott sei Dank.

»Stephan ist frei. Alethea hält für dich die Augen hier unten offen. Sie hat jetzt ein Ohrstück. Geschlossener Kanal neun drei sieben. Lass dich nicht von ihr ablenken.«

Erleichterung durchströmte Marc. *Sie hat es geschafft.* Er hatte keine Zweifel daran gehabt, doch jetzt konnte er wieder durchatmen. Marc dachte an die starke Frau, die er liebte. »Dieser Typ wird nicht davonkommen, Dom. Wir haben ihn festgenagelt.«

Dominic schwieg einen Moment lang und sagte dann: »Bring ihn lebendig zu mir.«

»Ja, Sir«, antwortete Marc und wechselte zum Kanal, auf dem Alethea sich befand. »Alethea?«

»Ja!«, meldete sie sich mit einem Gefühlsausbruch. »Ich bin hier, Marc!«

»Gute Arbeit nebenan.«

»Das war ich nicht allein.«

»Ich habe dir doch gesagt, dass es als Teil eines Teams besser ist.«

»Mit Befehlen kann ich nach wie vor nicht gut umgehen. Dominic hat versucht, mich mit Stephan zurückzuschicken.«

Marc lachte leise. »Ich kann mir vorstellen, wie das ablief.«

»Er hatte ein schlagendes Argument. Ich will nicht, dass deine Aufmerksamkeit meinetwegen gespalten ist. Ich stehe unten an der Straße. In Sicherheit. Aber nah genug, falls du mich brauchst.«

»Oh, ich werde dich brauchen … die ganze Nacht lang. So oft und so kreativ, wie es mein Stehvermögen erlaubt. Dafür bietet sich vielleicht ein neuer Besuch in unserem Bunker an«, schlug er vielsagend vor.

Er vernahm das Lächeln in ihrer Stimme. »Wirklich? Das ist, woran du gerade denkst?«

»Die Vorstellung von dir unter mir, über mir, wie du meinen Namen schreist, wenn ich in dir komme … Das ist mein innerer Wohlfühlort. Willst du damit sagen, dass du nicht an mich gedacht hast, bevor du in das Haus gerannt bist, um Stephan zu holen?«

»Doch, hab ich«, gab sie zu. »Außerdem habe ich einen kleinen Handel mit Gott ausgemacht. Vielleicht möchtest du das auch versuchen.«

»Was hast du angeboten aufzugeben?«

»Erotika.«

Marc zischte wertend. »Eine Schande! Aber ich werde mein Bestes geben, um deine schmutzige Literatur zu ersetzen.«

Er malte sich aus, wie sie mit der Hand auf der Hüfte dastand und die Augen verdrehte. »Beeil dich und hol dir den Typen. Danach werden wir sehen, ob du deinem Versprechen gerecht werden kannst.«

»Oh, das kann ich.«

»Hör mal, ich kann verstehen, wenn du zum anderen Kanal zurückschalten musst. Ich kann deinen Leuten Bescheid sagen, falls mir etwas auffällt«, bot Alethea etwas ernster an.

»Nein«, antwortete Marc. »Bleib bei mir, bis wir hier durch sind, Alethea. Für mich bist du keine Ablenkung. Du bist meine Stärke.«

»Wenn du heute stirbst, bringe ich dich um!«, drohte Alethea ernst.

Marc lachte und gab seinen Männern das Zeichen, die Tür zu umzingeln. »Ich gehe nirgendwohin. Endlich habe ich etwas, wofür ich leben kann.«

* * *

Alethea wusste, was oben vorging, wenngleich sie es nicht sehen konnte. Sie hörte das Krachen der Tür, als sie einbrachen. Sie hörte die leichten Schritte der Männer, als sie sich wahrscheinlich in der Wohnung verteilten, und hielt die Luft an.

»Sliver! Das Spiel ist aus!«, erklang Marcs Stimme. »Du kannst also auch gleich rauskommen. Es gibt keinen Fluchtweg, den wir nicht besetzt haben. Es sei denn, du beschließt, aus dem

Fenster zu springen. Und sogar dann habe ich jemanden, der dich unten auffängt, weil wir dich lebend haben wollen.«

Marc war brillant.

Solch eine Aussicht lockte jede Kakerlake heraus.

Eine Sekunde später sagte eine nervöse männliche Stimme: »Ich halte deinen Freund gefangen. Ich brauche nur diesen Knopf zu berühren und er fliegt zusammen mit dem halben Haus in die Luft. Sag deinen Männern, sie sollen die Waffen fallen lassen!«

Marc lachte harsch. »Der einzige Grund, weshalb du eben keine Kugel in den Kopf bekommen hast, ist, dass Stephan schon lange frei ist. Also, tob dich aus. Klick los.«

»Wie ...« Er verstummte und sagte dann: »Zum Glück habe ich auch dieses Haus verkabelt. War das Dominics Hubschrauber, der oben gelandet ist? Er ist hier, oder? Wahrscheinlich draußen vor der Tür. Zu feige, um sich mir persönlich zu stellen. Das ist okay. Ich brauche nur diesen Knopf zu drücken. Wenn du mich erschießt, habe ich trotzdem noch die Chance, euch alle mitzunehmen. Ihr verliert.«

»Das ist ein Bluff!«, kam es Alethea spontan über die Lippen. Dann drehte sich ihr qualvoll der Magen um. Das eigene Leben aufgrund einer Intuition zu riskieren war das eine, doch das war Marcs Leben. *Was, wenn ich mich irre?* Früher ging sie nie auf Nummer sicher. Niemals. Aber plötzlich verstand sie, weshalb sich andere ergaben. Wenn das Leben eines geliebten Menschen von der eigenen Entscheidung abhängt, ist das eine furchterregende Verantwortung. Sie wollte ihm sagen, er solle Sliver alles geben, was er verlangte. *Lass ihn gehen. Überlass ihm den Hubschrauber. Tu alles, was nötig ist, um dort lebendig herauszukommen.*

Allerdings war das eine Alternative, mit der sie ebenfalls nicht leben konnte.

Keiner von ihnen würde je in Sicherheit sein. Da er nun sah, wie sie zusammenarbeiteten, würde Sliver stärker, boshafter und besser vorbereitet wieder auftauchen.

Nein, das hört heute auf.

»Er ist ein Feigling, nicht der Typ, der sich umbringen würde«, erklärte Alethea. »Und hat nie damit gerechnet, dass wir so weit kommen würden. Das hat er nicht eingeplant.«

»Verstanden«, sagte Marc.

Und das war's.

Er vertraut mir.

O Gott, bitte mach, dass ich mich nicht irre.

Ich kann Marc nicht verlieren.

Ich liebe ihn.

Wenn du ihn verschonst, werde ich …

Ich werde …

Ihr Blick fiel hinab auf ihre Füße und sie dachte an ihre umfangreiche Sammlung an Stilettos. »Ich werde von jetzt an flache Schuhe tragen«, flüsterte sie. *Bitte schön. Das mag nicht nach viel klingen, aber wenn es Gott gibt, wird Er verstehen, wie viel mir das bedeutet.*

»Was hast du gesagt?«, fragte Marc.

»Ich sagte, deine Männer sollen die Waffen fallen lassen oder ich jage uns alle hoch«, wiederholte Sliver seine Drohung.

»Nicht du!«, erwiderte Marc ungeduldig. »Alethea?«

»Marc, ich liebe dich«, sagte sie. »Ich dachte, ich bräuchte niemanden, aber ich brauche dich. Ich will neben dir einschlafen. Ich will zu deiner übermäßig fröhlichen Morgenstimmung aufwachen. Komm zu mir zurück. Heirate mich. Heute. Morgen. Nur verlass mich nicht.«

Marc räusperte sich. »Es tut mir leid, aber nein.«

»Nein?«

»Nein, du kannst mir nicht einfach so einen Antrag machen. Ich habe die ganze Sache in Gedanken bereits durchgeplant.«

Marc drehte den Zeigefinger im Kreis und richtete ihn auf Sliver. Seine Männer rückten von allen Seiten vor. Sliver ließ die Fernsteuerung fallen und versuchte wegzulaufen, doch er konnte nirgendwohin. Sie zogen seine Arme hinterm Rücken hoch, sodass er sich auf die Zehenspitzen stellen musste. Marc verzog das Gesicht, als sich über die Cargohose des Mannes ein nasser Fleck abwärts ausbreitete.

»Es ist noch nicht vorbei«, zischte Sliver. »Es wird nie vorbei sein. Sogar im Gefängnis gibt es Internet – und etwas Wundervolles namens Strafaussetzung.«

Marc lehnte sich vor und fauchte: »Ach, wie niedlich! Du glaubst, wir haben die Polizei gerufen? Du tust mir beinahe leid. Bald wirst du dir wünschen, du hättest diese Wohnung verkabelt. Man vergreift sich nicht an der Familie eines Mannes. Man bedroht nicht seine Kinder.«

Sliver schien etwas erwidern zu wollen, doch Marc wies jemanden an, ihm etwas in den Mund zu stopfen. Was auch immer er zu sagen hatte, dort gab es keinen einzigen Mann, der es hören wollte.

Halb zerrte, halb schleifte man ihn aufs Dach des Hauses. Jake warf einen Blick auf Slivers eingesaute Hose. »Müssen wir ihn wirklich in meinen Hubschrauber nehmen?«

Dominic funkelte seinen Freund finster an. »Ich kaufe dir einen neuen!«

Jake schüttelte betrübt den Kopf. »An dem hier hängen gute Erinnerungen. Aber was soll's. Ich schätze, wir müssen tun, was getan werden muss.«

Sliver wurde in die Kabine gestoßen.

»Mir ist, als sollten wir etwas zu ihm sagen«, sinnierte Jake.

»Was zum Teufel sollten wir sagen?«, knurrte Dominic.

Jake zuckte mit den Schultern. »Ich weiß nicht. Im Film gibt es immer einen Spruch zum Abschied. Vielleicht solltest du ihm eine reinhauen oder so.«

Dominic hob eine Augenbraue und schüttelte den Kopf. »Ich könnte nicht wieder aufhören und ich habe Abby versprochen, dass ich keine Menschen töte.«

Jake nickte verständnisvoll. »Und, was hast du mit ihm vor? Wir können damit nicht zur Polizei.«

»Ich habe Raschid angerufen und ihm angekündigt, dass wir ihm über Nacht ein Expresspaket schicken. Er sagt, Najriad habe einen wundervollen Strafvollzug. Ein Flugzeug steht vollgetankt bereit, um Sliver sofort dorthin zu bringen. Er bekommt die gleiche Behandlung wie der Mann, der Raschids Bruder angeschossen hat.«

Jake runzelte nachdenklich die Stirn. »Ich kann mir nicht vorstellen, dass dieser Mann noch am Leben ist.«

Dominic zuckte mit den Schultern. »Eine plausible Leugnung. Was in Najriad geschieht, bleibt in Najriad.« Er nickte dem Piloten zu und sie traten vom Wind der Rotoren zurück.

Als es auf dem Dach wieder still war, kommentierte Jake: »Ich glaube, bei dem hier brauchst du dir wegen Abby keine Sorgen zu machen. Sie wird froh sein, dass es vorbei ist.«

Dominic schloss einen Moment lang die Augen. Als er sie aufmachte, glänzten sie vor Rührung. Er drehte sich zu Marc und streckte die Hand aus. »Ich danke dir, Marc. Ich stehe für all das in deiner Schuld. Sag mir, was du brauchst, und ich besorge es.«

Aus dem Augenwinkel sah Marc einen verschwommenen Blitz aus rotem Haar auf sich zuschießen. Er wappnete sich, musste jedoch trotzdem einen stabilisierenden Schritt rückwärts machen, als Alethea ihn ansprang, die Beine um seine Taille legte und ihn wie wild küsste. Einige Augenblicke lang vergaß Marc, wo er war, und kostete einfach die Leidenschaft aus, die sie miteinander teilten. Schließlich beendete er den Kuss, ohne Alethea abzusetzen, und sagte zu Dominic: »Ich mache einen

Kurzurlaub. Du wirst ein paar Tage lang nichts von mir hören. Den Bericht schreibe ich, wenn ich zurück bin. Was dagegen, wenn ich mir eins deiner Spielzeuge ausleihe?«

Dominic und Jake wechselten einen Blick und Jake zuckte mit den Schultern. »Zumindest fragt er dich.«

»Na schön«, antwortete Dominic schroff. »Ruf Marie an, aber ich will keine Details hören.«

Eine entfernte Sirene warnte sie, dass man den Trubel eventuell mitbekommen und die Polizei gerufen hatte. Dominic und Jake verließen zusammen mit dem Rest ihrer Security das Dach.

Marc und Alethea blieben für einen weiteren langen Kuss und verschwanden erst kurz bevor die Polizei eintraf. Hand in Hand rasten sie die Treppen hinab und aus dem Gebäude hinaus zu einer Limousine mitsamt Chauffeur, die er vor dem Hinterausgang hatte warten lassen.

Kaum eingestiegen, zückte Marc sein Handy, doch Alethea legte die Hand darauf. »Ruf Marie nicht an.«

»Sie ist die Hüterin seiner hundertzwanzig Meter langen Jacht. Hast du sie schon mal gesehen? Wir könnten damit auf seine Privatinsel rausfahren oder wohin auch immer du möchtest.«

»Das fühlt sich nicht richtig an.«

Sein Magen zog sich schmerzhaft zusammen. Hatte sie im Eifer des Gefechts übereilt von Gefühlen gesprochen, die sie nicht wirklich für ihn hegte? So etwas hatte er bei heftigen Schlachten kennen gelernt. Man klammerte sich aneinander, während man ums Überleben kämpfte. Doch diese Verbindung war situationsabhängig und erlosch oft in der darauffolgenden Ruhe. Er wusste nur eins mit Sicherheit: wie tief seine Liebe zu ihr war. Wenn sie mehr Zeit brauchte, konnte er ihr die geben. Es würde nicht leicht sein, aber ihr Glück war ihm wichtig. »Was fühlt sich nicht richtig an? Die Jacht oder mit mir durchzubrennen?«

»Marie einzubeziehen«, antwortete Alethea und schaute weg. »Die Ladys und ich haben uns nicht gerade im Guten voneinander getrennt. Es ist Zeit, mir einzugestehen, dass Lil und ich inzwischen sehr unterschiedliche Leben führen. Ich passe nicht mehr in ihres und genauso wenig will sie Teil von meinem sein. Ich wollte es nicht wahrhaben, aber vielleicht ist der Moment gekommen, diese Freundschaft zu begraben.«

Marc drückte sie an seine Seite. Er fühlte ihren Schmerz und suchte nach Worten, die ihr zeigen würden, wie sehr sie sich irrte. »Nach dem heutigen Tag bin ich mir sicher, dass diese Frauen dir so gut wie alles vergeben würden. Du hast Stephan gerettet und sehr wahrscheinlich auch die Leben derer, die als Nächste auf Slivers Liste standen. Sie werden dich lieben.«

Alethea schüttelte den Kopf. »Nein, sie werden dankbar sein. Vielleicht werden sie sogar kurze Zeit nett zu mir sein, aber danach werden wir genau an denselben Punkt kommen, an dem wir vorher waren. Denn letzten Endes können sie mich nicht so akzeptieren, wie ich bin. Ich kann also weiterhin mit ihnen aneinandergeraten oder ich kann die Realität dieser Situation annehmen und mich auf diejenigen konzentrieren, die es vermögen.« Sie legte die Hand an seine Wange und holte seinen Mund zu ihrem herab. »Auf dich.«

In ihrem Kuss schwang eine süße Verzweiflung mit, die ihm ans Herz ging. Wer würde nicht das Zentrum des Universums dieser Frau sein wollen? Sie nicht teilen zu müssen war verführerisch, doch wenn sie den Menschen den Rücken zukehrte, die zu ihrer Familie geworden waren, würde sie nicht glücklich sein. »Bist du sicher, was die Jacht betrifft?«

Sie lächelte mit einer Mischung aus Liebe und Traurigkeit in den Augen. »Hast du denn keine eigenen Spielzeuge?«

»Natürlich, aber nichts derart Beeindruckendes.«

»Ich bin nicht wegen der Größe deines ... ähm ... Bootes mit dir zusammen«, neckte sie ihn.

»Ich habe eine bessere Idee, wo ich dich hinbringen kann.«
Als sie sich leicht misstrauisch etwas zurückzog, lachte er auf.
»Wenn du mich weiterhin so anschaust, werden wir es nicht aus
diesem Auto herausschaffen und dabei möchte ich dir mein Haus
auf einer kleinen Insel vor der Küste von Massachusetts zeigen.
Es ist nichts Ausgefallenes – kein Unterwasserschlafzimmer –,
aber es gibt einen Privatstrand und wir könnten uns mit rau-
schenden Wellen im Hintergrund lieben.«

»Das klingt perfekt«, sagte Alethea und wisperte dann an
seinen Lippen: »Allerdings ist das Trennfenster getönt und die
Fahrt zu mir nach Hause dauert dreißig Minuten.«

Marc hievte sie auf seinen Schoß und knurrte: »Mir gefällt,
wie du denkst.«

In seinem Kopf formte sich ein Plan für eine Überraschung
für sie, wenn sie aus Massachusetts zurückkehrten, aber im
Augenblick konnte er nur daran denken, wie sie sich an ihm
anfühlte. Normalerweise gehörte er nicht zu denen, die einen
eigenen Chauffeur beschäftigten, aber jetzt erkannte er die
Vorteile, die das brachte.

* * *

Abby kam Dominic auf der heimischen Treppe auf halbem Weg
entgegen und fiel in seine Arme. »Du bist zurück!«

Er drückte sie an sich und vergrub das Gesicht in ihrem
Haar. »Es ist vorbei.« Der innige Kuss ließ ihre Angst dahin-
schmelzen. Einen Augenblick lang vergaß sie alles außer dem
Gefühl von seinen Lippen auf ihren und der Stärke der Arme,
die sie an ihn drückten. Die Erleichterung setzte mit einem
Gefühlsausbruch ein und sie fing an zu weinen, während sie
sich weiterküssten.

Mit ihrem Gesicht in seinen Händen beendete er den Kuss und wischte ihr sanft die Tränen mit den Daumen weg. »Nicht, Abby. Es ist vorbei. Er wird uns nie wieder belästigen.«

Sie musterte verzweifelt sein Gesicht. »Ganz sicher?«

Er nickte.

»Jake?«

Dominic sah über seine Schulter hinweg und Abby stellte sich auf die Zehenspitzen, um seinem Blick zu folgen. Sie lachte, als sie Jake und Lil in einer ähnlichen Umarmung wenige Stufen unter ihnen erblickte. Zwischen den Küssen beschwichtigte Jake ihre Schwester.

Abby schaute hinauf in Dominics liebevolle Augen. »Alethea? Marc? Geht es beiden gut? Stephan ist bei Nicole im Haus. Er hat gesagt, er sei losgefahren, sobald er wusste, dass du Sliver hast. Und dass niemand verletzt wurde. Stimmt das?«

Lil bekam ihre Fragen mit und ergänzte sie um eine eigene: »Weshalb ist Alethea nicht mit euch zurückgekommen?«

Von der offenen Haustür hinter ihnen rief Marie aus: »Kommt rein, Ladys – lasst eure Männer zu Atem kommen, damit sie uns allen berichten können.«

Lils Stimme stieg um ein paar Oktaven, als sie fragte: »Sie ist okay, oder? Wenn ihr etwas zugestoßen ist, dann sag es einfach.«

Jake küsste sie auf die Stirn. »Ihr geht's gut«, sagte er und lächelte seine besorgte Verlobte an. »Sie und Marc wollten eine Weile allein sein.«

Bei der Offenbarung neigte Abby den Kopf leicht zur Seite. »Alethea und Marc? Tatsächlich?«

Dominic runzelte die Stirn. »Ich dachte, ihr Ladys erzählt euch alles.«

»Früher haben wir das«, bestätigte Lil so traurig, dass Abby Dominic einen Stoß mit dem Ellbogen verpasste, damit er nicht weiterbohrte.

»Marie hat recht. Lasst uns drinnen darüber sprechen«, sagte Abby schnell und war nicht überrascht, dass Dominic keine Ahnung zu haben schien, was er Falsches gesagt hatte. Als sie hineingingen, flüsterte sie ihm zu: »In letzter Zeit lief es zwischen Lil und Alethea nicht sehr gut.« Als sie das Foyer durchquerten, blieb Abby auf einmal stehen. *Ich mache jemand anders für etwas verantwortlich, was zumindest teilweise meine Schuld ist.* Sie nahm Dominics Hand und blickte hinauf in die Augen des Mannes, der sie lieben würde, egal, was sie ihm beichtete. »Und ich war in der Situation nicht sehr hilfreich, weil ich mich nicht von alten Unsicherheiten lösen konnte. Ich wollte, dass Lil mich Alethea vorzieht. Heute hat sie ihr Leben für uns riskiert – für uns alle. Wie kleinlich bin ich bloß, dass all das nötig war, damit ich ihr vergebe, obwohl sie nichts weiter getan hat, als Lil zu lieben?«

Dominic hob ihre Hand an seine Lippen und küsste sie auf die Innenseite des Handgelenks. »Bevor du ihr einen Heiligenschein verleihst – war es nicht Alethea, die Lil gesagt hat, dass Ausgehzeiten dafür da sind, um infrage gestellt zu werden?«

»Ja.«

»Hast du oder hast du mir nicht erzählt, dass sie es war, die Lil ermutigt hatte, dein eben erst abgezahltes Auto zu nehmen, das sie dann in derselben Nacht zu Schrott fuhr?«

Etwas von der Anspannung fiel ab und sie fing an zu lachen. Erinnerungen, die früher geschmerzt hatten, waren nun lustig, als sie in den Armen ihres liebenden Mannes wiederauflebten. »Oh ja, das war sie. Lil wollte ihren Führerschein machen, aber ich hatte nicht genug Geld, um sie zu meiner Versicherung hinzuzufügen, also bat ich sie, noch ein Jahr lang zu warten. Alethea dachte, wenn sie das Auto nehmen, würde ich es mir anders überlegen.« Und in diesem Humor fand sie die Kraft, sich dem Kern ihres Problems mit Alethea zu stellen. »Je mehr ich Lil beschützen wollte, desto mehr ermutigte Alethea sie, mich herauszufordern.«

»Dann habt ihr es also beide falsch gemacht«, verkündete Dominic und lächelte bestärkend. »Das kannst du wieder einrenken! Jemand hat mal zu mir gesagt, wenn man kein Arschloch mehr sein will, braucht man nichts weiter zu tun, als daran zu denken, dass man durch jedes ausgesprochene Wort und jede Handlung definiert wird. Warst du das oder Jake?«

Abby drehte sich langsam um, stützte beide Hände auf den Hüften auf und fragte leise: »Hast du mich eben ein Arschloch genannt?«

Jakes tiefes Lachen dröhnte durch den Raum. »Ruder zurück, Dominic. Kein Wort mehr. Lauf, hol Blumen!«

Lil mischte sich vermittelnd ein, wo nur wenige es wagen würden. »Abby, ich bin sicher, dass Dominic damit sagen wollte ...«

Marie sprang ebenfalls in der Hoffnung ein, die Wellen zu glätten. »Es war für alle ein emotionaler Tag ...«

Abby hob eine Hand, um sie zum Schweigen zu bringen. Sie stand vor ihrem Ehemann und funkelte ihn finster an. »Nein, ich will wissen, was er gemeint hat. Dominic ist ein großer Junge. Er kann für sich selbst sprechen«, verlangte sie.

Dominic riss sie an sich. »Abby, du hast dich in Alethea geirrt«, erklärte er vor aller Augen. »Du hast zu lange an deinem Groll festgehalten. Du hast genau wie wir alle deine Fehler und jeden Tag liebe ich dich mehr dafür. Ich würde überhaupt nichts an dir ändern, Abby. Du bist nicht perfekt und das brauchst du auch nicht zu sein, denn du bist perfekt für mich.«

Mit einem Schluchzer warf sie Dominic die Arme um den Hals und küsste ihn.

»Sie hat ihn viel zu schnell vom Haken gelassen«, kommentierte Jake sarkastisch neben Lil.

Lil lachte ihn an und umarmte ihn. »Ich fand das süß.«

Er hob zweifelnd eine Augenbraue. »Und wenn ich zu dir sagen würde, dass du Fehler hast?«

»Dann würdest du eine Woche lang auf der Couch schlafen«, konterte Lil, schnellte jedoch auf die Zehenspitzen und küsste ihn schelmisch.

Er vertiefte den Kuss und erinnerte sie an all die Gründe, weshalb das für beide von ihnen eine schwer durchsetzbare Drohung war.

Marie räusperte sich laut hinter ihnen. »Nicole und Stephan warten auf euch alle im Atrium.«

Widerwillig lösten sich die beiden Paare voneinander und folgten ihr den Korridor entlang. Rosella empfing sie mit der kleinen Judy in den Armen, während Colby neben ihr hertapste und sich dabei an ihrem Bein festhielt. Nicole und Stephan saßen auf der Couch.

Beide erhoben sich, als die anderen eintraten. Dominic steuerte auf seine Schwester und ihren Verlobten zu. »Stephan ...«

Abby legte ihrem Mann warnend die Hand auf den Arm. »Dominic, bist du sicher, dass jetzt der richtige Moment ist?«

Nicole stellte sich verteidigend vor ihn, doch Stephan zog sie sanft zurück an seine Seite. »Du brauchst mich nicht zu beschützen, Nicole. Ich weiß, dass ich letztlich für das verantwortlich bin, was heute geschehen ist. Ohne mich hätte Sliver nie so nah an uns herankommen können.«

Bebend funkelte Nicole ihren Bruder an. »Das ist nicht wahr, er hat dich benutzt! Wenn du es nicht gewesen wärst, hätte er einen anderen gefunden. Ich lasse nicht zu, dass Dominic die ganze Schuld dir zuschiebt ...«

»Nicole, es reicht!«, dröhnte Dominics Stimme durch den ansonsten stillen Raum.

Stephan richtete sich zur vollen Größe auf. »Mir ist egal, ob sie deine Schwester ist. Die nächsten Worte, die du in diesem

Ton zu ihr sagst, werden deine letzten sein«, warnte er tödlich leise.

Dominics Blick zuckte zu Nicole und als er erkannte, dass er sie tatsächlich aufgebracht hatte, streckte er die Hand nach ihr aus. Sie machte einen Schritt zurück und schüttelte den Kopf. Er warf die Hände in die Luft. »Wieso nehmen alle immer an, dass ich etwas Furchtbares sagen werde?«

Abby glitt unter den Arm ihres Mannes und drückte ihn. »Weil du brüllst? Und das macht man, wenn man wütend ist.«

Dominic fluchte und fuhr mit aggressivem Ton fort: »Ich bin auch wütend! Auf mich selbst! Sliver glaubte, er könne uns spalten und vernichten, und beinahe hätte er gewonnen, weil ich meiner Wut die Oberhand gegeben und mein Urteilsvermögen vernebeln lassen habe.« Er streckte Stephan die Hand entgegen. »Ich weiß es zu schätzen, was du heute getan hast.«

Niemand rührte sich.

Die Luft knisterte vor Spannung.

Stephan lächelte zärtlich zu Nicole hinab und schüttelte dann seinem zukünftigen Schwager die Hand. »Ich habe es nicht für dich getan, Dominic.«

Jake hob die Stimmung mit ein wenig Humor. »Näher werden wir an eine Entschuldigung und die Annahme selbiger nicht herankommen. Bin ich der Einzige, der einen ordentlichen Drink braucht?«

»Hier, das ist besser für dich.« Marie reichte ihm die sich windende Colby, die nach seinem Gesicht griff und »Daddy! Daddy!« rief.

Jake lachte und fragte, ohne den Blick von seiner kichernden Tochter abzuwenden: »Weiß jemand, warum ihre Hände so klebrig sind?« Amüsierte Blicke wandelten sich in Lächeln und zuletzt lachten alle.

Das Haustelefon klingelte und die ganze Runde erstarrte, noch immer von den früheren Ereignissen mitgenommen.

Marie hob den Hörer ab und teilte mit: »Es ist Marc.« Als Dominic sich in Bewegung setzte, schüttelte sie den Kopf. »Er möchte Lil sprechen.«

Lil nahm das schnurlose Mobilteil entgegen und fragte: »Ist Alethea bei dir?«

Sie nickte einmal. Nickte zweimal. »Wenn du sicher bist, dass das am besten ist.« Sie schien allem zuzustimmen, was Marc sagte, und dann erstrahlte ihr Gesicht mit einem breiten Lächeln. »Wirklich? O Gott, das würde ich unheimlich gern tun. Ich bin sicher, alle anderen auch. Nein, überlass das alles mir. Ich organisiere es. Super. Dann bis Donnerstagabend. Ich schicke dir die Adresse.«

Nachdem Lil aufgelegt hatte, fragte Abby: »Was würden wir alle liebend gern tun?«

Plötzlich verunsichert, sah Lil alle hoffnungsvoll an. »Eine Überraschungsparty zur Verlobung von Alethea und Marc schmeißen, wenn sie am Donnerstag zurückkehren. Er will ihr vor uns allen einen Heiratsantrag machen.«

Abby legte ihrer Schwester den Arm um die Taille. »Das machen wir!«

Tränen stiegen Lil in die Augen. »Ganz im Ernst?«

»Hundertprozentig.«

Lil biss sich auf die Unterlippe. »Marc sagt, dass sie uns noch nicht gegenübertreten kann. Er sagt, wir müssen ihr zeigen, dass sie uns wichtig ist.«

Dieser Funke von Verletzlichkeit in Alethea fachte Abbys Entschlossenheit an, zwischen ihnen alles in Ordnung zu bringen. »Dann lasst uns das verdammt noch mal zur besten Party machen, die New York je gesehen hat!«

Nicole trat näher. »Ich möchte dir bei der Planung helfen.« Ihre Stimme wurde mit jedem Wort fester. »Sie hat von Anfang an an Stephan geglaubt und dank ihr ist er heil zu mir nach Hause zurückgekehrt. Ich weiß nicht, wie ich ihr auch nur ansatzweise dafür danken soll.«

Marie strich sich entschlossen durch ihr Haar und gesellte sich zu ihnen. »Ich bin bei Details sehr penibel. Ich würde ebenfalls gern helfen.«

Rosella reichte Judy an Dominic weiter. »Ein Fest wird uns allen guttun«, schaltete sie sich ins Gespräch ein. »Was denkt ihr, wie viele Leute wir einladen werden?«

Abby überlegte einen Moment. »Mindestens fünfzig.«

Nicole klatschte begeistert in die Hände. »Wir müssen die Andrades einladen. Sie lieben solche Sachen.«

»Maddy dreht durch, wenn sie hört, was wir vorhaben«, sagte Lil mit einem riesigen verschmitzten Lächeln im Gesicht.

»Dann planen wir also für hundert«, schloss Abby. Die Gruppe schwatzte aufgeregt über mögliche Partyorte und Details. Während alle mit Planen beschäftigt waren, verschränkte Abby ihre Finger mit Dominics und zog leicht an seiner Hand. Er verstand den Wink und beugte sein Ohr in ihre Richtung. »Ich werde das, was wir haben, nie wieder als selbstverständlich annehmen. Ich werde mich nie über die Security beschweren, die du beschäftigst. Ich bin so dankbar, dass alle gesund nach Hause gekommen sind. Ich weiß nicht, was ich getan hätte, wenn ich dich verloren hätte.«

Seine Hand griff die ihre fester. »Ich gehe nirgendwohin.«

»Ich weiß«, flüsterte sie, blickte hinauf in die liebevollen Augen ihres Mannes und verliebte sich gleich noch einmal in ihn. Aber es war besser, ihn nicht zu verhätscheln. »Trotzdem heißt das nicht, dass du den nächtlichen Fläschchen entgehst«, neckte sie ihn.

Er stöhnte auf, drückte sie jedoch leise lachend an sich. »Solange ich dich wecken kann, wenn ich fertig bin …« So wie er es immer tat.

Abby zwinkerte ihm zu und umarmte ihn. *Soll ich ihm sagen, dass ich ihn allein deswegen nachts losschicke?*

Nein, er ist ein großer Junge. Er wird schon von selbst darauf kommen.

* * *

Es war weit nach Mitternacht, als Alethea unter Marcs Arm hervorglitt, sich in eine Decke wickelte und auf die Veranda seines kleinen Strandhauses trat. Die kalte Nachtluft trug die rhythmische Melodie der sich brechenden Wellen aus der Ferne heran. Es erinnerte sie daran, wie sie und Marc sich in der ersten Nacht gleich hier auf der Veranda im Glanz des Mondlichts geliebt hatten.

Und am nächsten Tag am Strand.

Dann unter der Dusche.

Dann sanft am nächsten Morgen, nachdem sie aufgewacht waren.

Ans Geländer gelehnt, zog Alethea die Decke fester um sich. Marc war mehr, als sie je zu hoffen gewagt hätte. Leidenschaftlich. Intelligent. Mutig. Konsistent besser als ein Vibrator – und das konnte sie nicht von allen Männern behaupten, mit denen sie zusammen gewesen war.

Über diesen Scherz hätte er gelacht, wenn sie ihn ihm erzählt hätte. Dann hätte er sich wahrscheinlich auf sie geworfen und sie auf eine köstliche Art und Weise dafür bezahlen lassen. Sie lächelte in der Dunkelheit und gestand sich ein, wie gut sie zusammen passten – im Bett und außerhalb.

Normalerweise waren feste Beziehungen nichts für sie. Freunde mit Extras waren eher ihr Ding. Aber Marc war anders. Schon der Gedanke an ihn ließ ihr Herz schneller schlagen und sie begann, sich auszumalen, wie es für immer und ewig mit ihm sein würde. Er würde Kinder haben wollen. Ein Haus, aus dem sie ein Zuhause machen würden. Es würde Geburtstagspartys geben, gemeinsame Feiertage. Familiensachen.

Bin ich für eine derartige Lebensveränderung bereit?

Dafür müsste ich einiges aufgeben ... allein reisen, allein essen, jeden Erfolg allein feiern. Nicht, dass es ihr schwerfallen würde, männliche Begleitung zu finden, wann immer ihr danach war. Doch sie hatte festgestellt, dass es möglich war, mit jemandem zusammen und trotzdem allein zu sein, wenn man nicht mit jemandem zusammen war, der einen aufrichtig mochte.

Ich will einen echten Lebenspartner.

Einen, der mir das Gefühl gibt, ein wertvolles Mitglied seines Teams zu sein.

Ein geschätzter Teil seines Lebens.

Jemanden wie Marc.

Es sei denn, ich irre mich in ihm.

Sie hatte erwartet, dass er ihr irgendwann während der vergangenen gemeinsamen Tage einen Antrag machen würde, hatte er aber nicht. Bereute er seine Liebeserklärung? Gefährliche Situationen verstärkten Gefühle und all seine Worte, sie heiraten zu wollen, waren vielleicht verhallt, nachdem sich die Dinge beruhigt hatten.

Nicht gerade etwas, was einer Frau leicht beizubringen war.

Sind wir deshalb hier? Eine heiße Affäre, bevor er mir leider sagen muss, dass er nicht sieht, wie es mit uns beiden tatsächlich funktionieren kann?

Wahrscheinlich übt er drinnen gerade ein, wie er morgen auf dem Flug nach Hause sanft mit mir Schluss machen wird. Ich sollte ihn bitten, es jetzt zu tun, solange ich noch von der Tatsache betäubt bin, dass ich weder von Lil noch von sonst jemandem im Corisi Verbund gehört habe.

Keine »Bin so froh, dass du lebendig rausgekommen bist«-Nachricht.

Kein »Danke für die Vorwarnung«-Anruf.

Was hatte ich denn erwartet?

Dass sich Nicole bei mir für Stephans Befreiung bedankt?

Lil hat gesagt, dass sie nicht das, was ich tue, abstoßend finden, sondern wie ich es tue. Keine Ahnung, wie ich sie diesmal beleidigt habe, aber ich bin sicher, dass mir das nicht länger wichtig ist.

Ich bin wie ich bin, wenn ihnen das nicht gut genug ist, wird es Zeit, sie zu vergessen.

»Hey, was machst du hier draußen?«, fragte Marc hinter ihr, schlang die Arme um sie und legte die Wange an ihr Haar.

»Ich brauchte frische Luft«, antwortete sie und starrte weiter in die Dunkelheit hinaus.

»Denkst du an deine Freunde in New York?«

»Nein«, antwortete sie etwas zu schnell.

Er drehte sie zu sich und hob ihr Gesicht zu seinem. »Ich merke sofort, wenn du lügst.«

Sie fühlte sich in die Ecke gedrängt und weigerte sich, ihm in die Augen zu sehen. »Was willst du von mir hören?«, schnauzte sie zurück.

Anstatt auf ihren Ton abwehrend zu reagieren, hielt er sie weiter fest, hielt sie einfach fest, bis sie zu ihm aufschaute. In den tiefblauen Augen sah sie Liebe und Akzeptanz und das erschütterte sie. Konnte er sie genau so lieben, wie sie war? Konnte das überhaupt jemand?

»Die Wahrheit. Nicht mehr. Nicht weniger. Beschönige nichts. Kein mit Bedacht gewähltes Wort. Nicht bei mir.«

Obwohl sie ihn enger an sich halten wollte, stieß sie ihn nach wie vor weg. »Und was, wenn die Wahrheit hässlich ist? Alle sagen immer, sie würden es wissen wollen, aber das stimmt nicht. Nicht wirklich.«

Er streichelte mit dem Handrücken ihre Wange. »Ich bin nicht wie die meisten Leute. Ich dachte, das wüsstest du inzwischen.«

Alethea drehte sich von ihm weg. »Wieso? Weil wir in der Hitze des Gefechts ein paar lächerliche Dinge gesagt haben? Weil der Sex gut ist?«

Marc seufzte hinter ihr. »Alles, was ich gesagt habe, habe ich auch so gemeint. Du kannst jeden Moment, den wir miteinander verbracht haben, anzweifeln und in deinem hübschen kleinen Kopf zu Gott weiß was verdrehen. Oder du kannst mir glauben. Liebe ist ein Sprung ins Ungewisse. Sie kommt ohne Garantien und niemand kann dich davon überzeugen, dass sie da ist, wenn du sie nicht sehen willst.« Er machte einen Schritt zurück. »Ich gehe wieder ins Bett.«

Alethea rührte sich nicht, auch nicht, als sie hinter sich die Tür auf- und wieder zugehen hörte. Sie wollte sich umdrehen und ihm hinterherlaufen, tat es jedoch nicht.

Sie umklammerte das Geländer vor sich.

Bin ich wirklich ein derart großer Feigling?

Ich werfe heute einen unglaublichen Mann weg, weil ich Angst habe, dass er mich später verlässt?

Alethea presste die Lippen zu einer entschlossenen Linie zusammen, drehte sich um und kehrte ins Strandhaus zurück. Erst am Fußende des Bettes blieb sie stehen, wo sie wütend darauf reagierte, dass er anscheinend gerade wieder am Einschlafen war.

Sie starrte auf ihn hinab und legte eine Hand an die Hüfte. »Ich hasse es, dass ich nicht weiß, was zwischen uns vorgeht. Ich habe furchtbare Angst, dass du aufwachst und feststellst, dass du den Rest deines Lebens nicht mit jemandem wie mir verbringen kannst.«

»Komm her«, sagte er leise.

»Nein, ich muss das loswerden. Du willst die Wahrheit wissen? Ich kann nicht ändern, wie ich bin. Ich hab's versucht. Es ist nur eine Frage der Zeit, bevor du beschließt, dass ich den Ärger nicht wert bin. Wir sollten es besser jetzt gleich beenden.«

Das ist deine Chance, Marc.
Bring es mir sanft bei oder sag es gerade heraus.
Tu's einfach.

Mit katzenartigem Tempo setzte Marc sich auf, schnappte sich ihren Arm und zerrte sie auf sich.

»Ich gehe nirgendwohin«, raunte er und rollte sie unter sich.

»Das sagen alle«, erwiderte Alethea und blinzelte die Tränen zurück, die plötzlich zu fallen drohten. »Aber niemand bleibt.«

Marc beugte sich vor und küsste sie zart. »Das ist nicht wahr, Alethea, und ich werde dir zeigen, wie sehr, aber nicht heute Nacht.« Er drückte sie an sich. »Ich weiß, dass du Angst hast, aber du musst mir nur noch einmal vertrauen.«

Sie schlug ihm verärgert gegen die Brust und nickte dann. Er küsste sie erneut und sie begegnete seinen Lippen begierig, verzweifelt, als könnte das ihre letzte gemeinsame Nacht sein.

Nur für den Fall, dass es so war.

* * *

Später, lange nachdem Aletheas Atmung tiefer geworden war und sie sich an ihm entspannt hatte, starrte Marc an die Decke. Er hätte ihr von seinem Gespräch mit Lil erzählen können, dann hätte sie sich besser gefühlt – oder auch nicht. Auf jeden Fall hätte sie sofort infrage gestellt, weshalb sie eingewilligt hatten, die Party zu veranstalten und vielleicht sogar gefordert, dass keine stattfindet.

Wüsste sie vorher davon, würde es nur den Effekt schmälern.

Alethea musste die Liebe in den Augen der Menschen sehen, für die sie so viel riskiert hatte, um sie zu retten – und das würde er ihr geben. Auch wenn das bedeutete, dass der Heiratsantrag zu einem kleinen Spektakel wurde, obwohl er es vorgezogen hätte, ihn zur Privatsache zu machen.

Sie würde ihren Beweis bekommen.

Es war nicht leicht gewesen, sich lange genug von Alethea fortzuschleichen, um mit Lil die Details abzustimmen, aber er hatte es geschafft. Jetzt blieb nur noch übrig, sie davon zu überzeugen, dass sie ihren ersten Abend in New York damit verbringen wollte, das existierende Sicherheitssystem eines Gebäudes gegenzuprüfen. Er würde ihr sagen, dass er engagiert worden war, um das System zu erneuern.

Obwohl die Anfrage diesmal eine List war, erschien ihm die Zusammenarbeit auf diese Weise sinnvoll. Jedes System musste getestet werden und niemand machte Schwachstellen besser ausfindig als Alethea. Dabei konnte sie die Aufregung einer Herausforderung genießen, ohne zugleich ihr Leben zu riskieren.

Sie seufzte im Schlaf und kuschelte sich enger an ihn. Er schloss die Augen und legte seinen Kopf an ihren.

Morgen wird sie sehen, dass sie nicht allein ist.
Und dass sie das nie war.

KAPITEL 21

 *W*as hast du denn da an?«, fragte *Marc*, als er in *Aletheas* Wohnung zurückkehrte, um sie abzuholen, und sie von Kopf bis Fuß in einem reflektierenden, metallischen Jumpsuit mit passender Kapuze vorfand. Er lag an genau den richtigen Stellen eng an, was sein Blut abwärtsrauschen und seine Gedanken zu Aktivitäten ablenken ließ, deretwegen sie sich ungemein verspäten würden.

»Das ist das Allerneueste bei Tarnkleidung. Ist das nicht großartig? Der Anzug reduziert meinen thermalen Abdruck und reflektiert das Licht in zufälligen Mustern, wodurch meine Umrisse verschwimmen und man mich in Aufnahmen mit bloßem Auge schwieriger ausmachen kann.« Sie setzte die Kapuze auf und verdeckte damit ihren langen Zopf. »Wenn ich die aufhabe, wird mein Gesicht mit blinkenden LED-Lichtern für Kameras undeutlich gemacht. Also auch, wenn man ein Foto von mir machen würde, wären meine Gesichtszüge nicht erkennbar.« Sie drehte sich vor ihm und gab ihm kurz einen Blick darauf, wie sich der Stoff an ihren appetitlichen Hintern schmiegte. »Das Material wirkt glatt, besteht aber tatsächlich aus Sektionen mit einem Borstenhaar-Prototypen.«

Ich werde sie wohl nicht so leicht in ein Kleid bekommen, was?

»Woraus?«, fragte er und lockerte gedankenverloren die Fliege an seinem Smoking. Die Versuchung, sie zusammen mit dem Rest seiner Kleidung abzulegen, war groß.

»Na, du weißt schon, Borstenhaare – die winzigen dreieckigen Härchen, mit denen Spinnen die Wände hochklettern können.« Sie hob den Arm, damit er es sich aus der Nähe ansehen konnte.

Fasziniert fuhr er mit der Hand über ihren Arm, jedoch nicht, weil ihn die Textur des Anzugs interessierte. Er wollte die Frau, die in ihm steckte. Die erwähnten Eigenschaften gaben ihm ein paar kreative Ideen, wie man sie testen könnte. Seine Hand hielt am Ellbogen inne, wo sich das Material rauer anfühlte. »Wenn du in diesem Ding die Wände hochklettern kannst, fällt mir gerade eine sofortige Anwendungsmöglichkeit ein.«

Sie verpasste seiner Hand einen Klaps und nahm die Kapuze ab. »So weit ist die Technologie noch nicht fortgeschritten. Obwohl er tatsächlich besseren Halt bietet, wenn ich durch einen Luftschacht klettere und überall, wo es glatte Oberflächen gibt.« Sie legte die Hände an die Hüften und sah prachtvoll aus. »Also, behalt die Hosen an – ich kann nicht von der Decke hängen.«

Mist. Er beugte sich vor und küsste sie innig. »Woher wusstest du, was ich denke?«

»Weil du das immer denkst.« Das schien sie kein bisschen zu stören, denn sie lachte und küsste ihn.

Er lächelte an ihren Lippen. »Daran bist ausschließlich du schuld. Und jetzt los, zieh dir etwas Passendes für ein förmliches Geschäftsabendessen an. Ich habe mit meinem Klienten gesprochen und er möchte sich erst mit uns treffen, bevor er uns herumführt. Wenn du in diesem Aufzug dort auftauchst, könnte er sich nicht lange genug konzentrieren, um uns zu erklären, was er braucht.«

Die Enttäuschung stand ihr deutlich ins Gesicht geschrieben. »Ein geführter Rundgang? Das ist wohl ein Witz?« Sie drehte sich weg und zog den Reißverschluss des Jumpsuits auf. »Hätte ich das gewusst, hätte ich nicht zugesagt.«

Er musste schlucken, während sie nach und nach ihre nackten Schultern, den geschwungenen Rücken und dann den Spitzentanga enthüllte. Als sie aus dem Anzug stieg, fiel Marcs Entschlossenheit zusammen mit ihm zu Boden.

»Ich will dich«, raunte er direkt hinter ihr und löste die Fliege von seinem Hals.

»Eben hast du gesagt, dass wir nicht zu spät kommen dürfen.« Sie nahm zwei Kleider aus dem Schrank. Ihre hohen, kessen Brüste wippten leicht, als sie an ihm vorbeischritt und die Kleider links und rechts von sich hochhielt.

Es verschlug ihm völlig den Atem.

»Na gut, ich finde sicher etwas, das dir gefällt.« Sie hängte die Kleider zurück und bückte sich, um ein Paar einfacher schwarzer Ballerinas hochzuheben.

Er konnte sich nicht rühren.

Nicht sprechen.

Das Lächeln, das sie ihm über die Schulter hinweg zuwarf, verriet, dass sie ganz genau wusste, was sie mit ihm anstellte. Mit wenigen Schritten war er hinter ihr und legte beide Hände an ihre Pobacken. Er genoss es, dass der String des Tangas nichts vor seinen Berührungen verbarg. »Das hier gefällt mir«, raunte er.

Sie richtete sich auf, drehte sich um und fuhr mit den Händen unters Jackett, bis hinauf zu seiner Brust. »Wir werden zu spät kommen.«

»Ist mir egal«, knurrte er, hob sie mit Schwung in die Arme und trug sie zu ihrem Bett.

Eine gute Stunde später stieg Alethea aus Marcs Lexus aus und ging mit ihm auf ein nobles Bürogebäude zu, während sich der Parkservice um den Wagen kümmerte. Ihr Körper vibrierte noch von Marcs Berührungen. Er wusste haargenau, wie er sie wieder und wieder zum Höhepunkt bringen und dennoch einen Hunger auf mehr hinterlassen konnte.

Bekleidet mit einem stylischen blauen Kleid, von dem Marc sie überzeugt hatte, weil es notwendig sei, konnte Alethea nicht anders, als sich zu fragen, wer der Mann war, mit dem sie sich trafen. Wenn Marc derart bedacht darauf war, ihn zu beeindrucken, musste er jemand Wichtiges sein. Marc brauchte kein Geld. Dominic bezahlte ihn gut und sein Nebengeschäft mit der Konstruktion von Bunkern für die Reichen musste ihm ein ansehnliches Zusatzeinkommen einbringen. Weshalb dann also die Sorge um diesen einen Nebenjob?

Irgendwas passte nicht ganz zusammen.

Alethea hob den Blick und stellte fest, dass die gesamte oberste Etage des Gebäudes beleuchtet war. In den Fenstern waren viele Leute zu erkennen. »Du hast mir nicht erzählt, dass hier ein Event stattfindet.«

Er zuckte mit den Schultern. »Das ist eine Privatveranstaltung. Für Events setzt er einen anderen Sicherheitsservice ein. Mit Sitz in Washington. Ex-Secret-Service. Damit gab es noch nie Probleme, deshalb gehört das nicht zu dem, wofür ich engagiert wurde.«

Ex-Secret-Service und er will mir nicht verraten, wen wir treffen. Jetzt eine Party, die gesichert sein sollte, es aber wahrscheinlich nicht ist. »Wir sollten uns reinschmuggeln.«

Marc führte sie ins Gebäude. »Ich weiß nicht«, wich er aus. »Ich will den Auftrag wirklich haben. Ist es das Risiko wert?«

Vor einem Monat hätte Alethea Ja gesagt, ohne noch mal darüber nachzudenken. Sie ließ die Würfel fallen und nutze ihre Chancen; manchmal gewann sie, manchmal verlor sie. Wie es ausging, hatte ihr nie etwas bedeutet, bis sie es unter dem Gesichtspunkt betrachtete, wie sich das auf jemanden auswirken könnte, der ihr wichtig war. »Du hast recht. Wir sollten deinen Klienten fragen, ob er es testen möchte.«

Marc blieb stehen und sah sie überrascht an. »Würde dir das nicht den Nervenkitzel rauben?«

Seltsamerweise nicht. Es war ihr wichtiger, dass Marc den Auftrag bekam, als zu beweisen, dass sie besser war als der Secret Service. Die Erkenntnis war befreiend. *Ich bin gut in meinem Job. Marc weiß, wie gut ich bin. Ich muss mich nicht länger mir oder ihm beweisen.* Sie stellte sich auf die Zehenspitzen und küsste ihn spontan auf den Mund. »Ich möchte, dass du den Auftrag bekommst. Dir dabei zu helfen wird mich glücklicher machen, als Einbruch es je könnte.«

Ein kleines Stirnrunzeln verdunkelte sein schönes Gesicht. »Du musst dich nicht für mich ändern.«

Sie legte ihm die Hand auf den jetzt angespannten Kiefermuskel. »Ja, ich verändere mich, aber nicht *für dich* – sondern *wegen dir.* Danke, dass du mich heute Abend auch eingeladen hast. Es bedeutet mir sehr viel, dass du mit mir zusammenarbeiten möchtest. Du hattest recht. Am Ende dreht sich alles um Vertrauen.«

Sie hatte nicht erwartet, dass ihre Worte ihn sogar noch unglücklicher machen würden. Er schniefte betreten. »Alethea, ich muss dir etwas sagen ...«

»Ja?«

Er wirkte hin und her gerissen, schien dann jedoch zu einer Entscheidung zu kommen. »Lass uns geradewegs auf diese Party marschieren. Wir machen das einfach, und mal sehen, was passiert.«

»Bist du dir sicher?« *Jetzt bin ich erst recht verwirrt.*

»Ich vertraue hierbei einfach auf meinen Instinkt. Ja.«

Hand in Hand fuhren sie im Aufzug bis ganz nach oben. Viel zu einfach. Die Sicherheitsleute im Erdgeschoss hatten sie erwartet, aber was würde geschehen, wenn sie die Etage mit der Veranstaltung erreichten? Bis jetzt hatten sie niemanden gesehen, der wie Ex-Secret-Service aussah.

Kurz bevor sie oben ankamen, sagte Marc: »Was auch immer passiert, denk daran, dass ich dich liebe.«

Alethea hatte keine Zeit, um ihn zu fragen, weshalb er besorgt war, denn die Tür des Aufzugs öffnete sich direkt zur Party – einer Party, bei der sie jede anwesende und festlich gekleidete Person erkannte.

Marc drängte sie, aus dem Aufzug herauszukommen, was sie normalerweise auch getan hätte, wenn ihre Füße nicht vor Schreck wie angewurzelt wären. Lil, Jake, Abby, Dominic, Nicole, Stephan – alle hatten sich mit einem breiten Lächeln im Gesicht in einem Halbkreis versammelt. Etwas abseits stand Marie mit Jeremy und Jeisa. Ein kleines Kind rannte mit der Mutter dicht auf den Fersen umher. Das konnte nur eins bedeuten: ja, Stephan hatte seinen gesamten Clan dabei.

Sprachlos überflog Alethea die Menge. Die Gesichter waren ihr alle bekannt. Sie hatte mit jedem der Anwesenden in der jüngeren Vergangenheit zusammengearbeitet.

Lil eilte zu ihr und nahm sie fest wie eine Schraubzwinge in die Arme. »Wir fingen schon an, uns Sorgen zu machen, dass du nicht erscheinen würdest zu deiner eigenen …«

Marc griff eilig ein. »Sie weiß noch nichts.«

Augenblicklich alarmiert, löste sich Alethea von ihrer Freundin. »Meiner eigenen was?«

Mit einem gequälten Schulterzucken antwortete Lil: »Überraschungsparty?« Sie hob die Hände und schwang sie ulkig durch die Luft. »Überraschung!«

Alethea hob den Blick zu Marc. »Heute Abend geht's um eine Party? Dann gibt es hier also keinen Auftrag? Du hast mich also nicht gefragt, ob wir zusammenarbeiten können?«

Marc streckte die Hand nach ihr aus, aber sie wich zurück. »Nicht wirklich …«

»Du hast mich angelogen …«

»Genau genommen ja …«

Alethea wusste nicht, was sie davon halten sollte. Alle Blicke waren auf sie gerichtet und sie wusste, man erwartete, dass sie lächelte, aber das Gemisch der in ihr tobenden Gefühle war übermächtig. *Was soll das? Weshalb hast du all diese Leute versammelt?*

Lil griff Alethea beim Arm. »Sei bitte nicht sauer. Er wollte, dass jeder, der dich gern hat, dabei ist, wenn er …«

Marc nahm Lils Hand von Aletheas Arm und schickte sie mit einem sanften Schubser in Jakes Richtung. »Von hier an übernehme ich.«

Das Licht im Saal wurde plötzlich gedimmt und die beiden standen von einem Scheinwerfer beleuchtet da. Marc steckte die Hand in die Tasche seines Jacketts und holte ein Schmuckkästchen heraus. Dann sank er auf ein Knie vor ihr. »Alethea Narcharios, seit ich dich zum ersten Mal gesehen habe, machst du mich verrückt. Jeder Tag mit dir war ein Abenteuer – eins, das niemals enden soll.« Er öffnete das samtene Kästchen und brachte einen einfachen Ring mit einem tief eingelassenen, einkarätigen Solitärdiamanten zum Vorschein. »Ich habe den Juwelier gefragt, welchen Ring man tragen kann, während man sich an einer Hauswand abseilt, und er schlug diesen vor.« Er hielt ihre linke Hand in der einen und den Ring in der anderen Hand. »Damals hast du gesagt: Geh aufs Ganze oder geh heim. Ich habe vor, nach Hause zu gehen, denn mein Zuhause ist dort, wo auch immer du bist. Alethea, willst du mich heiraten?«

Alethea versank in seinen liebevollen Augen und spürte, wie der letzte Rest ihrer Angst von ihr abfiel. Tränen liefen ihr übers Gesicht und sie antwortete: »Ja, verdammt!«

Er steckte ihr den Ring an, erhob sich und küsste sie ausgiebig. Der Applaus war ohrenbetäubend. Alethea löste sich von ihm und wischte sich die Tränen von den Wangen. »Du bist verrückt!«

Er beugte sich zu ihr. »Nur nach dir«, knurrte er ihr ins Ohr.

Nahe bei ihnen meldete sich Lil: »Dürfen wir sie jetzt auch umarmen?«

Marc lachte in Aletheas Ohr: »Du weißt, dass sie dich liebt.«

Alethea warf einen Blick über ihre Schulter und sah dann Marc wieder an. »Hast du was dagegen?«

Er schüttelte den Kopf und ließ sie los.

Alethea und Lil trafen sich auf halber Strecke, lachten und weinten, und fingen gleichzeitig an, sich zu entschuldigen. Keine von beiden kümmerte es, dass sie zum Mittelpunkt der Party wurden.

»Ich hätte nicht an dir zweifeln dürfen«, sprudelte es aus Lil hervor. »Und ich hätte dich nicht bitten sollen, dich zu ändern. Ich liebe dich so, wie du bist.«

Alethea umarmte Lil und es war ihr egal, dass ihre Tränen wahrscheinlich ihr Make-up verschmierten. »Und ich hätte dich nicht bitten dürfen, vor deiner Familie etwas geheim zu halten.«

Dominics Stimme übertönte die Musik. »Okay, alle zurück an ihre Tische, damit wir mit einem Toast anstoßen können!« Der autoritäre Ton, den er anschlug, ließ keinen Raum für Fragen, und fast alle machten sich zu ihren Tischen auf, wo bereits Champagnerflöten serviert wurden.

Abby berührte sacht Aletheas Arm. »Ich weiß überhaupt nicht, wie ich anfangen kann, mich bei dir für das zu bedanken, was du für uns getan hast.«

Nicole trat ebenfalls zu ihnen. »Alethea, wir stehen höher in deiner Schuld, als wir es je begleichen können. Stephan hat mir erzählt, dass du ihn nicht allein gelassen hast, obwohl es dich das Leben hätte kosten können.« Sie wischte eine Träne weg. »Danke, dass du an ihn geglaubt hast.«

Gleich hinter ihr erklang Maries Stimme: »Es fällt mir nicht leicht, es einzusehen, dass ich sogar in meinem Alter noch viel zu lernen habe. Es tut mir leid, dass ich dich falsch eingeschätzt habe.«

Alethea nickte und fühlte sich noch immer überwältigt von der Wendung, die dieser Abend genommen hatte. Marc nahm ihre Hand. Sie lächelte ihn mit Tränen in den Augen an und dachte an das Gespräch, das sie auf dem Hinweg geführt hatten und das auf die Menschen um sie herum zutraf. »Ich weiß, dass es nicht leicht ist, mich kennenzulernen«, gestand sie ein. »Manchmal presche ich voran, ohne darüber nachzudenken, welche Auswirkungen meine Entscheidungen auf andere haben können.« Als darauf niemand etwas sagte, zuckte Alethea mit den Schultern und lächelte. »Daran werde ich arbeiten.«

Ihr Lächeln sprang auf die Frauengruppe über. Marc umarmte sie und lächelte ihr anerkennend zu.

Lil lachte und nahm Abby in die Arme. »Siehst du? Sie wird daran arbeiten. Problem gelöst. Jetzt kann ich meine Hochzeit haben.«

Abby sah sie einen Moment lang ernst an. »Ich wäre nicht beleidigt, wenn du Alethea als deine Brautjungfer wählst. Ich kann kaum glauben, dass ich das sage, aber es ist wirklich schön, euch beide wieder vereint zu sehen.«

Zum ersten Mal fühlte sich Alethea wirklich von Abby akzeptiert. Das machte den Tag zu einem noch freudigeren, als er ohnehin schon war. »Abby, ich habe gehört, dass man verheiratete Frauen statt Brautjungfer Trauzeugin nennt und dass eine Braut beides haben kann.«

Abby traten die Tränen in die Augen und sie bedeckte den Mund mit einer Hand, während sie nickte.

Dominic gesellte sich an Abbys Seite. »Weißt du, wir könnten jemanden wie Alethea auf unserer Gehaltsliste gebrauchen.

Marc behauptet, seine Bunker seien einbruchsicher, aber es gibt nur einen Weg, sich dessen sicher zu sein.«

»Sie wurden bereits getestet – zumindest von innen«, warf Jake ein.

»Wir haben einen Bunker?«, fragte Lil erstaunt. »Einen dieser unterirdischen bombensicheren? Wieso weiß ich nichts davon?« Alle wandten betreten den Blick ab. »Hey, ich kann Geheimnisse bewahren!«, sagte sie trotzig.

Alethea fing an zu lachen und alle anderen fielen ein.

Alle außer Lil, die die Fäuste auf die Hüften stützte und protestierte: »Doch, kann ich!«

Es war wunderbar festzustellen, dass einiges gleich blieb, egal wie sehr sich andere Dinge veränderten. Angesichts der anhaltenden allgemeinen Belustigung nahm sich Lil ein Beispiel an Alethea. Sie zuckte lächelnd mit den Schultern. »Daran werde ich arbeiten.«

Abby schüttelte lachend den Kopf. »Komm, wir gönnen uns einen Champagner.«

Als sich das Grüppchen zum Zentrum der Party aufmachte, flüsterte Marc Alethea ins Ohr: »Ich wollte, dass du genau das hier siehst. Ja, du streitest dich mit ihnen, aber diese Menschen sind deine Familie und sie lieben dich. Genau wie ich.«

Alethea legte ihm den Arm fester um die Taille. »Ich liebe dich so sehr, Marc Stone. Ich kann nicht glauben, dass du das für mich getan hast«, flüsterte sie zurück.

»Warte erst, bis du siehst, wie wir nach Hause kommen. Jake hat uns einen Hubschrauber gekauft.«

»Einen was?«

»Du hast richtig gehört. Das ist unser Verlobungsgeschenk.«

»Das ist wirklich zu viel des Guten!«

Marc küsste ihren Hals. »Ich habe gehört, dass er besser ist, als es ein Autorücksitz je sein kann.«

Alethea warf den Kopf zurück und lachte. »Natürlich denkst du gleich an so was!«

»Immer«, knurrte er an ihrem Nacken.

»Entschuldigt bitte«, erklang die Stimme einer Frau neben ihnen. Alethea drehte sich und sah dort Jeremy mit seiner provokativ gekleideten brasilianischen Verlobten Jeisa. »Hast du einen Moment Zeit, Alethea?«

Wahrscheinlich war es zu vermessen, zu hoffen, dass der Abend ganz ohne Drama abläuft. »Halt dich von meinem Mann fern! Wie kannst du es wagen, ihn in etwas Gefährliches zu verwickeln?« Es ist egal, was sie sagt, diesen Abend kann nichts ruinieren.

Davon abgesehen hat sie ein Recht auf ihre Restwut.

Ich habe nicht gerade zu einem reibungslosen Verlauf ihrer Verlobung beigetragen.

Also, tief durchatmen und lächeln.

»Jeisa, was für eine Überraschung«, grüßte Alethea und hoffte, erfreut zu klingen. Marcs Hand legte sich als stille Warnung fester an ihre Taille.

Ich weiß, ich weiß. Sei lieb.

»Ich habe Jeisa alles darüber erzählt, was mit Sliver abgegangen ist. Sie ist extra hergeflogen, um dich zu sehen«, erklärte Jeremy.

Ich bin aber auch ein Glückspilz.

Jeisa machte einen Schritt auf sie zu und nahm Aletheas Hände in ihre. »Ich freue mich so sehr für dich, Alethea. Du strahlst regelrecht. Wir beide hatten einen holprigen Start, aber das liegt jetzt in der Vergangenheit. Manche Leute sagen, du seist Jeremy keine gute Freundin gewesen, aber du sollst wissen, dass ich deren Einschätzung für falsch halte. Schau ihn dir heute an. Nein, romantisch betrachtet hast du nicht zu ihm gepasst, aber du gabst ihm etwas, worauf er hoffen konnte, als er nichts anderes hatte. Er ist ein wundervoller Mann, und ein

Teil des Mannes, den ich liebe, entwickelte sich durch seine Freundschaft mit dir. Als ich hörte, was du für Stephan getan hast, wusste ich, dass ich herkommen und dir unbedingt etwas erzählen musste. Den Großteil meines Lebens habe ich versucht, unangenehme Situationen zu meiden, doch erst als ich mich ihnen gestellt habe, gelang es mir, mit ihnen abzuschließen. Du greifst das Hässliche bei den Hörnern und trägst es direkt mit ihm aus. Das inspiriert mich. Alethea, Jeremy hat Glück, eine Freundin wie dich zu haben, und ich hoffe, dass wir in Zukunft auch Freunde sein können.«

Alethea sah von Jeisa zu Jeremy und wieder zurück und zog Jeisa in eine Umarmung. »Das fände ich toll. Das fände ich richtig toll.«

Über Jeisas Schulter hinweg trafen sich ihre Blicke mit Jeremys und aus dem polierten Abbild eines Geschäftsmanns sah sie ihren alten Freund zurücklächeln.

»Wenn du ihr wehtust, bekommst du es mit mir zu tun«, sagte er an Marc gewandt. Jeisa kehrte an Jeremys Seite zurück und er ergänzte: »Und schlimmer noch – mit Jeisa. Ich kann deine Bankkonten leerräumen und alles ins Ausland transferieren, aber brasilianische Rache willst du garantiert nicht auf dich ziehen. Es gibt keinen Bunker, der dich davor retten kann, nicht einmal einer von deinen.«

Marc begrüßte die Drohung mit einem Lächeln. »Verstanden.« Er nahm Aletheas Hand und hob sie an seine Lippen. »Deine Freunde nehmen dich genauso sehr in Schutz wie du sie, Alethea.« Er seufzte, als würde er leiden. »Wie's aussieht, wirst du mich nie wieder los.«

»Scheint mir auch so«, stimmte Alethea mit einem fröhlichen Lächeln zu. Sie schaute zu Lil hinüber, die sich mit einem Mikro in der Hand neben die Live-Band auf die kleine Bühne stellte. »Wir sollten uns besser unseren Champagner holen. Lil scheint eine Rede halten zu wollen, egal ob wir bereit sind oder nicht.«

»Für das hier bin ich seit dem ersten Augenblick bereit, als ich dich in der Menge erblickt habe«, flüsterte Marc ihr leise ins Ohr.

KAPITEL 22

Wo habe ich mein Eheversprechen hingelegt? Ich finde mein Eheversprechen nicht!« Lil durchsuchte fieberhaft den Brautraum der kleinen Kirche in Manhattan. Ihr langes Kleid und der Schleier wirbelten wild hinter ihr her. »Ich habe es genau hier neben meine Make-up-Tasche gelegt und jetzt ist es weg!«

Bekleidet mit einem schulterfreien, bodenlangen Kleid aus Seide hielt Abby einen kleinen weißen Seidenbeutel hoch. »Es ist in deinem Beutel, damit du es nicht vergisst. Genau dort, wo du mir aufgetragen hast, es hineinzutun.«

Lil entriss ihrer Schwester den Beutel und atmete erleichtert auf, als sie ihn öffnete und den vermissten Zettel herausholte. »Ich hätte das größer ausdrucken sollen. Was, wenn ich zu weinen anfange und es nicht lesen kann?«

»Lil, solange deine Worte von Herzen kommen, ist es unwichtig, was du da vorn sagst. Was zählt ist, dass du und Jake endlich verheiratet sein werdet. Das ist heute das Allerwichtigste«, erwiderte Abby.

»Ist Alethea schon zurück?«, fragte Lil besorgt.

»Sie spricht mit den Männern der königlichen Garde von König Raschid – wahrscheinlich erklärt sie ihnen, wie sie ihren Job zu machen haben«, antwortete Abby leicht ironisch. »Zhang hat erzählt, dass Marc und Alethea angeboten haben, heute die Security zu koordinieren. Ich bin nicht sicher, ob Zhang das für nötig hielt, aber ich habe ihr gesagt, dass sie einfach dankbar sein soll, dass Alethea es angeboten hat. Ich fühle mich besser, wenn sie ein Auge darauf hat, aber verrat ihr das nicht. Ich bin noch immer jedes Mal in Sorge, wenn ich Judy abgebe, obwohl ich weiß, dass sie bei Marie absolut sicher ist.«

»Zwei Monate sind vergangen, Abby. Sliver kommt nicht zurück.«

»Ich weiß. Raschid hat Dominic gesagt, er habe sich darum gekümmert. Ich weiß nicht, was das genau bedeutet, und normalerweise befürworte ich diese Art der Justiz nicht, aber ich hatte noch nie im Leben solche Angst.«

»Abby, du machst mich ganz nervös. Darf ich mir bitte einfach Gedanken machen, ob die Ansteckblumen geliefert wurden?«

Klug genug, um zu wissen, dass ihre Schwester es ernst meinte, fragte Abby: »Und, welchen Schabernack hast du eigentlich für heute ausgeheckt? Bei meiner Hochzeit hast du Zhang dazu gebracht, einen Scheich zu küssen. Bei Zhangs Hochzeit hast du uns alle am Vorabend zum Bauchtanz verführt. Deine eigene Hochzeit kann nicht ohne eine Wette oder eine Überraschung verlaufen.«

»Keine Sorge, darum habe ich mich gekümmert«, klinkte sich Alethea ins Gespräch ein.

»Al!« Lil hüpfte vor Begeisterung bei der Rückkehr ihrer Freundin. »Was hast du getan?«

In einem ähnlichen, allerdings hipperen Designerkleid als Abbys kam Alethea heran und gesellte sich zu ihren Freundinnen beim Make-up-Tisch. »Noch nichts. Es ist nur eine Idee. Habt ihr Stephans Cousins gesehen? Diejenigen, die er einfliegen ließ? Ich glaube, es gibt hier kaum eine Frau, die nicht zu schätzen weiß, dass Stephans Nahtod-Erlebnis dazu geführt hat, den Kontakt zu ihnen wieder aufzunehmen.«

»Das ist ja furchtbar«, meinte Abby, ohne jeden Vorwurf.

Lil hielt inne und lachte. »Mag sein, aber sie sind wirklich zum Anbeißen.«

»Heiratest du nicht in ein paar Minuten?«, tadelte Abby sanft.

Lil lächelte schamlos. »Ehe macht einen nicht blind.«

»Okay«, gab sich Abby geschlagen und lachte. »Sie sind mir auch aufgefallen, es ist offensichtlich, dass sie Andrades sind. Was für ein Genpool. Ich traue mich kaum zu fragen, aber wie sieht deine Idee aus?«

»Ein Wettbewerb unter Freunden. Wir nennen ihn: Wer ist die beste Kupplerin?«

»Maddy, ohne Wenn und Aber«, antwortete Lil.

Alethea schaute verschmitzt zu Abby hinüber. »Glaubst du, sie ist besser als du?«

Abby rückte ihr langes Kleid zurecht. »Mag sein … oder auch nicht. Auf jeden Fall weiß ich, dass ich besser bin als du.«

Alethea verengte die Augen bei dieser Herausforderung. Zwischen ihnen würde immer ein letzter Hauch Widerstreit existieren. Doch diese Tatsache hatten beide anerkannt und sie lachten sogar darüber. Die Zukunft könnte noch ein paar Stolpersteine für sie bereithalten, allerdings hatte sich der Kern ihrer Beziehung verändert. Sie hatten entdeckt, dass sie, wenn es darauf ankam, mehr gemeinsam hatten als gedacht: Loyalität, Familie. Alles andere konnte geregelt werden. »Einhundert Dollar behaupten, du seist es nicht.«

»Ooooooh?«, sagte Abby betont gedehnt. »Das werden wir ja so was von sehen!«

Lil hob den langen Rock ihres weißen Brautkleids im Märchenstil, ließ ihn wieder fallen und sah die beiden Frauen über die Schulter hinweg an. »Ich bin auch dabei. Gewinnt man mit einer Verlobung oder mit einer Hochzeit?«

»Verlobung«, antworteten Abby und Alethea im Chor und lächelten dann beide.

Lil klatschte aufgeregt in die Hände. »Das finde ich super, Al! Das wird ein Riesenspaß. Gibt's irgendwelche Regeln?«

»Niemand darf wissen, was wir tun, und ihr zwei dürft euch nicht beschweren, wenn ich gewinne«, bestimmte Alethea und warf ihre lange rote Mähne zurück.

»Stephan hat mir erzählt, dass er seinen Cousins früher nahegestanden hat, bis zwischen seinem Vater und ihrer Mutter irgendwas vorgefallen ist. Stephan möchte sie wirklich gern in den Schoß der Familie zurückholen. Was auch immer wir tun, darf das nicht in Gefahr bringen«, ergänzte Abby.

Maddy betrat das Zimmer mit einem Tablett, auf dem mit Champagner gefüllte Gläser standen. »Schaut, was ich draußen im Korridor gefunden habe.« Während sich jede Frau ein Glas nahm, fragte Maddy: »Was dürfen wir nicht in Gefahr bringen?«

Königin Zhang trat hinter ihr ein. »Wie ich sehe, ist hier alles beim Alten. Wen forderst du heute heraus, Lil?«, fragte sie und lehnte den angebotenen Champagner ab.

Lil lief zu der Freundin, die für ihren Geschmack viel zu weit weg wohnte, und umarmte sie. »Diesmal habe nicht ich angefangen. Das war Alethea.«

Maddys Augen wurden groß. »Wir werden doch nichts Illegales tun, oder?«

Alethea zuckte lässig mit einer Schulter. »Ist es denn illegal, wenn man nicht erwischt wird?«

Wenn überhaupt möglich, weiteten sich Maddys Augen noch mehr.

Abby griff ein. »Das ist nur ein Witz, Maddy. Sie hat einen komischen Sinn für Humor. Man gewöhnt sich dran.« Ein Lächeln nahm ihren Worten die Schärfe und sie zwinkerte Alethea zu. »Am Ende gefällt er dir sogar ganz gut.«

Zhang sah sich mit einem erfreuten Lächeln um. »Es ist schön zu sehen, dass alle miteinander auskommen. Und jetzt zurück zu dem, was ich verpasst habe.«

Nicole kam hereingerauscht. »Tut mir leid. Stephan wollte, dass ich ein paar Leute kennenlerne, aber damit hätten wir bis nach der Zeremonie warten sollen. Ich vergesse immer, wie viele Andrades es gibt. Sie sind heute von überallher eingeflogen. Da draußen ist die Hölle los. Lil, vielen Dank, dass du sie eingeladen hast. Ich weiß, dass sie genau genommen nicht zu deiner Familie gehören, und es bedeutet Stephan sehr viel, dass sie willkommen sind.«

Lil ging zu Nicole und umarmte sie. »Du bist meine Familie und über dich sind sie es auch. Ich habe oft überlegt, wie es wohl wäre, aus einer großen Familie zu kommen, mit Tanten und Onkeln und chaotischen Familientreffen. Victor und Katrine haben mich bei unserer ersten Begegnung in ihrem Haus aufgenommen. Wir freuen uns, dass sie hier sind.«

»Apropos Stephans Eltern«, sagte Nicole an Alethea gewandt. »Sie reden noch immer darüber, wie sehr sie sich gefreut haben, dich kennenzulernen. Sie möchten, dass du sie bald zum Abendessen besuchst.«

Alethea lächelte. »Genau das sollte ich vielleicht tun. Ich muss so viel wie möglich über Stephans wiederentdeckte Cousins George, Luke, Nick und Max herausfinden. Ich habe nämlich vor, zu gewinnen.«

Lil drehte sich aufgeregt zu Maddy. »Wir wetten darauf, welche von uns die beste Kupplerin ist, und werden uns an ihnen beweisen. Es sind doch vier, richtig? Wir müssen doch in der Lage sein, zumindest einen von ihnen zu verheiraten.«

Anstatt darüber begeistert zu sein, wie Lil es erwartet hatte, wirkte Maddy bei der Erwähnung ihrer Cousins etwas betrübt. »Ich stehe dem Rest der Familie sehr nahe, aber nach einem Zerwürfnis mit Onkel Vic ist meine Tante mit den Kindern weit weggezogen. Es kann sein, dass wir sie nach dem heutigen Tag nicht wiedersehen. Ich habe Stephan geholfen, sie zu überreden, herzukommen, aber das war nicht einfach. Ich glaube, ein paar von ihnen sind bloß angereist, um Dominic zu treffen.«

»Wir können das auch abblasen, wenn du möchtest«, bot Abby sanft an.

»Klar, wenn du die Herausforderungen scheust«, ergänzte Alethea. »Aber gibt es eine perfektere Methode, sie besser kennenzulernen, als sich ein wenig in ihre Angelegenheiten einzumischen?«

Maddy kaute auf der Unterlippe und zeigte für sie untypische Selbstzweifel. »Meinst du wirklich?«

Zhang lächelte. »Und so nahmen die Dinge ihren Lauf ...«

Die Hochzeitsplanerin steckte den Kopf zur Tür herein. »Sind Sie so weit?«

Lil nahm Abbys Hand in die eine und Aletheas in die andere Hand und drückte sie dann beide. »Du hast recht, Abby. Es gibt keinen Grund, nervös zu sein. Dieser Tag ist jetzt bereits der schönste Tag meines Lebens.«

Als sie durch die Tür gingen, hielt Abby den hinteren Saum von Lils Kleid über dem Boden und flüsterte Alethea zu: »Das kam genau zur richtigen Zeit. So langsam wurde sie richtig aufgeregt. Jetzt hat sie etwas, worauf sie sich konzentrieren kann, anstatt daran zu denken, dass alle Augen auf sie gerichtet sein werden. Einfach genial.«

»Du kannst mir so viel Honig um den Bart schmieren, wie du willst, Abby, aber ich werde dir beweisen, dass es eine Wissenschaft für sich ist.«

Schlagfertig erwiderte Abby ebenso leise: »Und eine Strategie. Ich rufe Marie in mein Team.«

»Oohhh! Du schummelst!«, entgegnete Alethea leise knurrend.

Lil blieb stehen und blickte über die Schulter. »Vertragt ihr zwei euch?«

Beide lächelten sie zuckersüß an und antworteten im Chor: »Selbstverständlich!«

»Wen wir im Auge behalten müssen, ist Maddy. Sie hat Insiderwissen und das verschafft ihr einen Vorteil«, flüsterte Alethea.

»Sie ist wieder schwanger. Das wird sie behindern«, sagte Abby.

»Wer hätte gedacht, dass du derart ehrgeizig bist?«, meinte Alethea bewundernd. »Je besser ich dich kennenlerne, desto mehr mag ich dich.«

Abby nickte zustimmend. »Ich weiß genau, was du meinst. Ich hoffe nur, dass du gut damit klarkommst, wenn du verlierst.«

Die Hochzeitsplanerin führte sie aus den Gemächern heraus und den Korridor entlang zu dem Raum, in dem der Rest des Brautzugs versammelt war. Colby trug ein lavendelfarbenes Blumenmädchenkleid und wartete neben Marie. Kaum erblickte sie ihre Mutter, lief sie zu ihr. »Mami, Mami, hoch, hoch.«

Marie versuchte, sie an den Ablauf zu erinnern. »Colby, du bist das Blumenmädchen. Du gehst zuerst rein und verstreust die Blumen. So, wie wir es geübt haben, weißt du noch?«

Die kleine Unterlippe schob sich vor und Tränen drohten zu kommen. »Mami?«

Lil beugte sich hinab und hob ihre Tochter auf die Hüfte. »Wir können sie zusammen verstreuen.«

Marie blieb zweifelnd stehen. »Bist du sicher? Vielleicht möchte sie mit Tante Abby gehen?«

Colby schüttelte den Kopf und vergrub das Gesicht am seidenen Oberteil des Kleides ihrer Mutter. Lil drückte sie fest an sich. »Wenn du möchtest, kannst du mit mir gehen, Colby. Es ist genau, wie Tante Abby so oft sagt: Zusammen sind wir immer besser.«

Colby hob das Gesicht und lächelte, was Lil die Chance gab, sie neben sich abzusetzen. An der Hand ihrer Mutter sagte Colby: »Susammen.«

Lil richtete sich auf und erblickte ihre Schwester und ihre beste Freundin Seite an Seite stehend. Ein strahlendes Lächeln breitete sich über ihr Gesicht aus. »Das beste Hochzeitsgeschenk der Welt!«

* * *

Jake widerstand dem Impuls, die Fliege an seinem Smoking zu richten, während er mit dem Pastor vor einem mit weißen Rosen bedeckten Altar wartete. Etwas weiter neben ihm standen Dominic, Jeremy, Stephan, Raschid und Richard in einer Reihe. Obwohl er und Lil seit fast einem Jahr zusammenwohnten, überschlug sich sein Magen nach wie vor wie verrückt aus Vorfreude, sie endlich den Mittelgang auf sich zuschreiten zu sehen.

Er warf einen Blick auf die Männer an seiner Seite. Die Zeit hatte ihre Freundschaften auf die Probe gestellt und sie waren gestärkt daraus hervorgegangen. Er konnte sich nicht vorstellen, wie sein Leben verlaufen wäre, wenn er Dominic nie begegnet wäre. Jeremy war inzwischen wie ein kleiner Bruder für ihn, obwohl er nie gedacht hätte, dass er überhaupt einen haben wollte. Doch jetzt schien es ihm unvorstellbar, ihn nicht zu haben. Raschid war fast ein Jahrzehnt lang eigene Wege gegangen und seine Rückkehr in Jakes Leben war chaotisch gewesen, aber ihn hier zu haben, fühlte sich richtig an. Stephan und Richard repräsentierten die Hälfte der anwesenden Gäste – die Familie Andrade, ohne die Jake seine Lil wohl nie geheiratet hätte. In Alessandro und Victor erkannte er ein wenig von sich und Dominic wieder und er hoffte, eines Tages auf ein ebenso großes wie liebevolles Vermächtnis zurückzublicken wie sie.

Jakes Blick kreuzte sich mit Marcs, der hinter den sitzenden Gästen stand. Er hatte ihm gesagt, dass er an diesem Tag nicht arbeiten müsse, doch genau wie Alethea konnte Marc seinen inneren Wachhund nicht ausschalten.

Musik setzte ein und die Gäste verstummten.

Die Tür am Ende des Mittelgangs öffnete sich und überraschte die leicht abgelenkten Frauen, die noch immer lächelten und über irgendetwas lachten.

»Ich frage mich, was sie heute schon wieder aushecken«, murmelte Richard leise vor sich hin.

»Lasst uns keine Probleme heraufbeschwören«, meinte Dominic mit fester Stimme.

»Heraufbeschwören ist unnötig. Sie tragen Kleider und kommen direkt auf uns zu«, witzelte Richard.

»Hört auf, ich muss gleich lachen. Lil würde mich umbringen«, murmelte Jake.

»Die Mädels sehen definitiv viel zu vergnügt aus«, warf Stephan ein.

»Frauen sind bei Hochzeiten immer vergnügt«, erwiderte Raschid darauf mit königlicher Überzeugung.

»Denkt an meine Worte«, orakelte Richard, »da ist was im Busch.«

»Könnt ihr alle einfach die Klappe halten?«, murrte Jake. »Ihr macht mich nervös.«

Dominic lachte leise. »Es gibt keinen Grund, sich Sorgen zu machen, es sei denn, du vergisst dein Eheversprechen oder trittst ihr auf den Schleier. Aber egal, was passiert, sprich sie ja nicht aus Versehen mit dem falschen Namen an.«

»Du bist so ein Arsch, Dominic!«, knurrte Jake, ohne den Blick von der Prozession aus Frauen abzuwenden, die den Mittelgang entlangschritt.

Jeremy lachte prustend los, woraufhin sich alle Köpfe nach vorn zu den Männern drehten, anstatt auf den Brautzug gerichtet zu sein. »Tut mir leid. Ich habe mir eben Lils Gesicht ausgemalt, wenn Jake sie mit falschem Namen anspricht.«

Jake lächelte gezwungen. »In nicht allzu langer Zeit wirst du an meiner Stelle stehen, Jeremy. Vergiss nicht, Rache ist süß.«

Jeremy schluckte schwer und behielt seinen nächsten Gedanken für sich.

Dominic drückte die Schultern durch und prahlte: »Davor bin ich ja zum Glück sicher.«

»Oh, nein, Dom«, erwiderte Jake. »Bei dir steht eine Taufe an. Mach nur so weiter und ich werde diese Feier nutzen, um Abby zu beglückwünschen, dass du nach eigenen Worten für euer zweites Kind bereit bist.«

Dominic murmelte einen Fluch vor sich hin und verstummte.

Stephan lachte und Dominic funkelte ihn finster an.

Jake weiter aufzuziehen wäre verschwendete Mühe gewesen, denn in dem Augenblick, als Lil durch die Tür kam und ihren Weg entlang des Mittelgangs antrat, war seine Aufmerksamkeit komplett auf seine Braut geheftet. Feierlich schritt sie auf ihn zu, überreichte die inzwischen glückliche Colby an Abby und stellte sich zu Jake vor den Altar.

Der Pastor begann die Zeremonie mit den üblichen formalen Worten. »Wir haben uns heute hier versammelt, um die Vereinigung ...«

»Ich will!«, platzte Lil heraus.

Ein leises Lachen hallte in der Kirche wider. »Bei diesem Teil sind wir noch nicht ganz«, erklärte der Pastor.

Lil lief feuerrot an. »Ich wollte das nicht laut sagen«, bekundete Lil hektisch. »Machen Sie einfach weiter. Ich schätze, ich bin einfach nervös.« Sie schaute entschuldigend zu Jake hinüber. »Und jetzt plappere ich.«

»Ich will auch«, bekundete Jake mit stiller Würde, als wäre das jetzt ganz fraglos passend. Dann zwinkerte er seiner Braut zu.

Lils Augen füllten sich mit Freudentränen. »Du willst?«, fragte sie.

Jake nickte feierlich und hielt ihr die Hand entgegen. »Heute. Morgen. In alle Ewigkeit. Ich verspreche dir, Colby und der Familie, die wir gemeinsam gründen, dass ich für dich da sein werde. Für immer.«

Der Pastor klappte das Buch resigniert zu und wartete.

Mit strahlendem Gesicht nahm Lil Jakes Hand. »Das verspreche ich dir auch. Heute. Morgen. In alle Ewigkeit. Ich werde für dich da sein – für immer.«

Der Pastor ließ sich auf die spontane Änderung im Ablauf ein und fragte: »Haben Sie die Ringe?«

Jake steckte Lil ihren an. Lil Jake den seinen. Sie brach in Freudentränen aus und zog ihn für einen innigen Kuss an sich.

Der Pastor hüstelte. »Okay, wie's aussieht, küssen wir jetzt die Braut. Kraft des mir verliehenen Amtes durch den Staat New York erkläre ich Sie hiermit zu Mann und Frau.« Er räusperte sich laut. »Was Gott zusammengeführt hat, soll der Mensch nicht trennen.« Als der Kuss kein Ende fand, schlug der Pastor Jake leicht mit dem Bibelrücken auf die Schulter. »Manchmal ist ein wenig Trennung allerdings nötig!«

Lachend beendeten Jake und Lil ihren Kuss und drehten sich zu den versammelten Gästen.

Der Pastor verkündete: »Ich präsentiere Ihnen erstmalig Mr und Mrs Jake Walton.«

Lil streckte die Hand zu Colby aus, die sich bereits mühte, Abby zu verlassen, und nun auf sie zugerannt kam. Jake hob seine Adoptivtochter hoch und hielt sie auf einem Arm, während er mit der anderen Hand Lils Hand ergriff und sie gemeinsam den Mittelgang zurückliefen.

Dominic bot Abby seinen Arm an. Sie hakte sich unter und offenbarte ihm lächelnd: »Glaubt ja nicht, dass wir euch Jungs nicht lachen gehört haben. Ihr tragt Mikros, schon vergessen?«

Mit einem halben Lächeln warf Dominic seinen Freund den Wölfen zum Fraß vor. »Richard hat damit angefangen. Er meint, ihr Ladys heckt gerade etwas aus.«

Abby lächelte. »Stimmt.«

»Sollte ich mir Sorgen machen?«

»Maddy, Lil, Alethea und ich haben eine Wette laufen. Wer als Erste einen der neuen Andrade Cousins vor den Altar bringt, hat gewonnen.«

»Na dann viel Glück damit«, kommentierte Dominic. »Laut Victor haben diese Jungs eine schwere Zeit hinter sich.«

»Ich brauche kein Glück. Ich habe Marie«, erklärte Abby siegessicher.

»Alethea spielt auch mit?« Dominic pfiff leise. »Dann solltest du besser hoffen, dass Stephans Familie keine Leichen im Keller hat.«

Abby schlug sich erschrocken die Hand vor den Mund. »Daran habe ich überhaupt nicht gedacht!«

Dominic zuckte mit den Schultern, beugte sich vor und gab seiner Frau einen Kuss auf die Wange. »Was sollte sie schon Schlimmes finden?«

ENDE

Zeitfracht Medien GmbH
Ferdinand-Jühlke-Straße 7
99095 Erfurt, Deutschland
produktsicherheit@kolibri360.de

Druck:
CPI Druckdienstleistungen GmbH
im Auftrag der
Zeitfracht Medien GmbH
Ein Unternehmen der Zeitfracht - Gruppe
Ferdinand-Jühlke-Str. 7
99095 Erfurt